本书为国家社科基金青年项目"亚裔美国文学批评范式与理论关键词研究"（09CWW008）结题成果

本书获"暨南社科高峰文库"出版资助

暨 南 社 科 高 峰 文 库

亚裔美国文学批评范式与理论关键词研究

蒲若茜 等◎著

A Study of Paradigms and
Theoretical Key Words of
Asian American Literary Criticism

中国社会科学出版社

图书在版编目(CIP)数据

亚裔美国文学批评范式与理论关键词研究/蒲若茜等著. —北京：
中国社会科学出版社，2020.4
（暨南社科高峰文库）
ISBN 978-7-5203-6804-9

Ⅰ.①亚…　Ⅱ.①蒲…　Ⅲ.①亚细亚人—文学评论—美国
Ⅳ.①I712.06

中国版本图书馆 CIP 数据核字(2020)第 120171 号

出 版 人	赵剑英
责任编辑	史慕鸿
责任校对	季　静
责任印制	戴　宽

出　　版	中国社会科学出版社
社　　址	北京鼓楼西大街甲 158 号
邮　　编	100720
网　　址	http://www.csspw.cn
发 行 部	010-84083685
门 市 部	010-84029450
经　　销	新华书店及其他书店

印　　刷	北京明恒达印务有限公司
装　　订	廊坊市广阳区广增装订厂
版　　次	2020 年 4 月第 1 版
印　　次	2020 年 4 月第 1 次印刷

开　　本	710×1000　1/16
印　　张	17.5
插　　页	2
字　　数	251 千字
定　　价	99.00 元

凡购买中国社会科学出版社图书，如有质量问题请与本社营销中心联系调换
电话：010-84083683

目　　录

前　　言

经过多年的钻研打磨，经过师徒五人的精诚合作，《亚裔美国文学批评范式与理论关键词研究》终于得以面世了！

此专著是本人主持的国家社科基金青年项目"亚裔美国文学批评范式与理论关键词研究"的结题成果。项目的阶段性成果是系列论文，先后在《外国文学研究》《中国比较文学》《当代外国文学》《学术研究》《暨南学报》等学术期刊发表；项目的最终成果是本专著。在结题评审中，本专著获得国家社科基金结题"优秀"等级（2015）。随后，项目组成员在我的带领下，再次精心修改、打磨书稿，直至现在出版。

专著的基本思路是在精读亚裔美国批评原典和文学文本的基础上，以论题为纲组织内容。一方面以时间为经，在对亚裔美国文学批评进程进行历时性考察的基础上，抓出有特色的、根本性的批评范式和理论关键词进行深入的剖析和研究；另一方面参照亚裔美国文学文本，以及与这些理论命题紧密相关的当代西方文学、文化思潮与理论进行横向展开，对比研究以揭示其复杂性。研究重点在于对亚裔美国文学批评的批评范式、基本理论命题和诗学范畴作有效的梳理、归纳和升华，做到有学理性、原创性、独特性；坚持以批评文本、文学文本为研究依托，避免凌空蹈虚。

我的四位已经毕业的博士研究生宋阳、许双如、肖淳端、潘敏芳全程参与了本项目研究，并对专著研究资料的搜集、整理、筛选和章节的撰写做出了巨大的贡献。在此，我首先对各自承担的工作一一说明：

作为项目主持人，本人承担了专著总体构架的设计、提纲的撰写、批评范式的定义和理论关键词的遴选，独立撰写专著的前言、绪论、第一章、结论和后记，与潘敏芳合作完成第二章第三节和第五章第一节；同时，本人指导成员完成所承担章节的论题、论路以及文学文本和批评文本的选择。

作为项目参与人，宋阳承担了第二章第一节和第二节的撰写工作；许双如承担了第三章、第四章的撰写工作；潘敏芳独立承担了第五章第二节和第三节的撰写工作，并与本人合作撰写了第二章第三节和第五章第一节；肖淳端承担了第六章的撰写工作。

虽然我们已经竭尽心力，但由于水平所限，错漏之处在所难免。我们真诚地希望学界前辈和师友不吝指正！

绪　论

　　亚裔美国文学的发生发展，迄今已有近一百七十年的历史，而作为亚美研究（Asian American Studies）之重要组成部分的亚裔美国文学批评，则兴起于 20 世纪 60 年代末 70 年代初，是在"民权运动"精神引领下，与美国亚裔弘扬族裔联盟的"泛亚运动"（Pan-Asian Movement）相伴而生的。

　　检视亚裔美国文学批评的发展历程，可以分为以下三个阶段[①]：一、20 世纪 60 年代末至 1982 年的探索期，以许芥昱（Kai-Yu Hsu）和海伦·帕卢宾斯克斯（Helen Palubinskas）合编的《亚裔美国作家》（*Asian-American Authors*，1972），以赵健秀（Frank Chin）为首的"哎—咿集团"（Aiiieeeee Group）编著的《哎—咿！：亚裔美国作家选集》（*Aiiieeeee! An Anthology of Asian-American Writers*，1974）和王燊甫（David Hsin-Fu Wand）主编的《亚裔美国文学遗产：散文与诗歌选集》（*Asian-American Heritage：An Anthology of Prose and Poetry*，1974）的出版为代表，其选集的序言及作品评介开启了亚美文学批评的先河；二、1982 年至 1995 年的形成期，以一批著名的亚裔美国文学批评家及其广为人知的论著的涌现为标志，该阶段的亚裔美国文学批评致力于亚裔美国文学版图的扩展以及对美国文学批评典律的重构。这期间具有代表性的批评家包括金惠经（Elaine H. Kim）、斯蒂芬·苏密达（Stephen H. Sumida）、林英敏（Amy Ling）、黄秀玲

---

　　① 关于亚裔美国文学研究的阶段划分，本著作参考了 Stephen Hong Sohn 和 John Blaire Gamber 的划分法。参见 Stephen Hong Sohn & John Blaire Gamber，"Current of Study：Charting the Course of Asian American Literary Criticism"，*Studies in the Literary Imagination*，37.1（2004），pp. 1 – 19。

（Sau-ling Cynthia Wong）、林玉玲（Shirley Geok-Lin Lim）、张敬珏（King-Kok Cheung）等；三、1995 年以来，是亚裔美国文学批评的拓展期，新一代亚裔美国文学批评家在后现代主义、后殖民主义、女性主义、心理分析、全球化、离散及跨国主义理论话语观照下对亚裔美国批评进行拓展与反思，代表性批评家包括骆里山（Lisa Lowe）、李磊伟（David Leiwei Li）、马圣美（Sheng-mei Ma）、大卫·帕兰波·刘（David Palumbo-Liu）、何丽云（Wendy Ho）、帕特西亚·朱（Patricia P. Chu）、莱斯利·包（Leslie Bow）、伍德尧（David L. Eng）、凌津奇（Jinqi Ling）、蒂娜·陈（Tina Chen）、阮越清（Viet Thanh Nguyen）、苏珊·科西（Susan Koshy）、拉歇尔·李（Rachel C. Lee）和柯灵·赖（Coleen Lye）等。迄今为止，亚裔美国文学批评已经形成了以下几个关注点：在国家/跨国/全球化语境中亚裔美国文学内涵的界定及其有关问题，亚裔美国文学中的性别与性，亚裔美国文学创作类型及形式的探讨，著名亚裔美国作家专论，亚裔美国文学批评的元批评研究（meta-critical studies of Asian American literary criticism）等。

作为亚美研究的分支，亚裔美国文学批评的产生与 20 世纪 60 年代美国一系列的政治运动血脉相连。在黄桂友（Gui-you Huang）主编的《格林伍德亚裔美国文学百科全书》（*The Greenwood Encyclopedia of Asian American Literature*，2009）中，学者专门梳理了美国"民权运动"（Civil Rights Movement）与"亚裔美国运动"（Asian America Movement）之间的关系：

亚裔美国运动产生于 20 世纪 60 年代中期，直接影响其产生的因素有以下三方面：民权运动、具有批判精神的亚裔美国大学生、发展迅速的反［越］战运动。在 1964 年的《民权法案》（Civil Rights Act）及 1965 年的《选举权法案》（Voting Rights Act）通过之后，新一代领导者诞生了。……这些领导者中的大多数，由于国内的激烈斗争和国际的反殖民运动而磨砺得很激进，发出了认同第三世界人民的政治主张……在非裔美国人解放运动催生的种族自觉意识基础上，亚裔美国运动蓬勃发展起来。①

民权运动及其发展而来的"黑色力量运动"（Black Power Movement）强烈地激发了年轻的亚裔美国行动主义者：他们曾亲历亲见了民权运动，继而致力于强化自己社区的基础，效仿非洲裔、墨西哥裔、印第安裔等少数族裔群体，建立自己的组织，争取族裔权利。

"亚裔美国人"（Asian American）正是这一时期新出现的一个词。该词来源于亚裔美国政治运动中两位亚裔学生（Yuji Ichioka 和 Emma Gee）的创见，其目的是以此颠覆具有种族歧视内涵的"东方人"（Oriental）的标签。② 虽然"亚裔美国人"的定义一直处于动态发展的过程之中，被某些学者认为"最初是为反对〔美国白人〕霸权而想象建构的一个对立场域"（"Asian American was first imagined as as an oppositional locale against hegemony"）③，但联系当时的历史、政治及文化语境，考虑到来自不同祖居国的亚裔独立抗争的力量之薄弱，"泛亚"（Pan-Asian）不失为一种理想的"连横"策略，可以聚细流成江河，发出亚裔族群更加强大的抗议之声，对抗美国主流的霸权与种族歧视，最大可能地争取自己的权利。

亚裔美国运动致力于在教育、社会服务、政治组织及艺术创造方面争取地位——追寻自己的族裔之根，塑造自己的族裔身份。

1968 年，在"第三世界解放联盟"（The Third World Liberation Front, TWLF）的直接领导下，旧金山州立大学的亚裔学生与其他有色人种学生团结起来，以罢课和请愿的方式要求学校当局扩大对"第三世界学生"的招生率，并且要学校开设由"第三世界人"主持的"族裔研究"（Ethnic

① Loan Dao, "Civil Rights Movement and Asian American", *The Greenwood Encyclopedia of Asian American Literature*（Vol. I）, ed. Gui-you Huang, Westport：Greenwood Publishing Group, Inc., 2009, p. 222.

② Suyoung Kang, "Racism and Asian American", *The Greenwood Encyclopedia of Asian American Literature*（Vol. III）, ed. Gui-you Huang, Westport：Greenwood Publishing Group, Inc., 2009, p. 821.

③ Yasuko Kase, "Orientalism and Asian American", *The Greenwood Encyclopedia of Asian American Literature*（Vol. III）, ed. Gui-you Huang, Westport：Greenwood Publishing Group, Inc., 2009, p. 795.

Studies）系科，独立招聘教师，独立完成课程设计，充分体现了"少数族裔"的"自决"（self-determination）意识。① 1969 年春天，旧金山州立大学开设了美国第一个"族裔研究课程班"（Ethnic Studies Program），而随后加州大学伯克利分校及其他分校也加入了抗争的队伍并取得了胜利，其影响由西海岸扩大到东海岸，继而影响全美，到 20 世纪 70 年代中期，族裔研究在美国大学已成为一个独立的学科领域，许多学子（尤其是少数族裔）以此为自己的主修专业。

加州大学洛杉矶分校的亚裔美国研究中心于 1971 年春天创办了《亚美研究》（Amerasia Journal）杂志，专注于对亚裔美国历史的挖掘以及亚裔美国政治、经济、文学和文化的研究，"以宣传亚裔美国人及太平洋岛诸民生活的历史及现实为使命"。② 近四十年来，该杂志为确立亚美研究在学术研究、教学、族群服务及公共话语领域的地位发挥了不可或缺的重要作用。在亚裔美国文学的研究及其批评话语的提出、推进方面一直处于最前沿、最先锋的位置。

正是有了研究机构和研究杂志，亚美研究才得以展开，随之有了亚裔美国政治、历史、文学、文化的命名。"亚裔美国运动"中的行动者们，转而走进学术研究或文学艺术创作殿堂，为族裔身份的追寻和建构进行身体力行的实践。

这些在"革命运动"中成长起来的作家和批评家包括了我们今天耳熟能详的名字：汤亭亭（Maxine Hong Kingston）、赵健秀（Frank Chin）、徐忠雄（Shawn Wong）、陈耀光（Jeffery Paul Chan）、劳森·稻田（Lawson Fusao Inada）、金惠经（Elaine Kim）等。

正是这批亚裔作家、学者的努力，"亚裔美国文学"在 20 世纪 60 年代末获得命名并逐渐在亚裔美国研究中占据了重要地位，虽然其命名及研

---

① Loan Dao, "Civil Rights Movement and Asian American", *The Greenwood Encyclopedia of Asian American Literature* (Vol. I), ed. Gui-you Huang, Westport: Greenwood Publishing Group, Inc., 2009, p. 223.

② Lingling Yao, "Amerasia Journal", *The Greenwood Encyclopedia of Asian American Literature* (Vol. I), ed. Gui-you Huang, Westport: Greenwood Publishing Group, Inc., 2009, p. 27.

究比亚裔美国文学在美的发端晚了 100 多年，但亚裔美国文学 20 世纪 60 年代以来的蓬勃发展，彻底改观了美国的文学及文学批评典律。可以毫不夸张地说，如果离开了亚裔、非洲裔、墨西哥裔、印第安裔等多族裔背景的作家及理论家的巨大贡献，20 世纪后半叶以来的美国文学及文学理论将黯然失色。

亚裔美国文学批评理论是当代美国文学批评理论中重要的一支。在当代西方文学批评理论书目中，亚裔美国批评家的著作占据了相当的席位，但迄今为止，国内外尚无研究成果系统地梳理亚裔美国文学批评范式、核心话语和诗学范畴，本著作在这方面做出了努力。

本著作在梳理 20 世纪 60 年代末以来亚裔美国文学批评史的基础上，一方面展示近四十年来亚裔美国文学批评产生、发展的总体概貌；另一方面找寻这一学科领域具有自身特色、带根本性的批评范式和理论命题，以夯实国内本学科研究的理论基础。研究主要从以下诸方面展开。

首先，梳理亚裔美国文学批评发生发展的历史轨迹，追溯亚裔美国文学批评产生的历史、政治、文化语境。挖掘亚裔美国文学批评在近四十年的发展历程中，其理论范式转变或热点理论问题产生的原因，及其与美国政治、经济、文化生活的联系，与当代西方理论思潮之间的磨砺、抗争、对话融合与发展。

其次，厘清亚裔美国文学的若干批评范式和基本理论范畴，为建立亚裔美国文学批评的理论体系寻找建构性的"网结"和关键词。亚裔美国文学批评在其发展过程中，在"亚美研究"的框架之下，形成了自己特殊的批评范式、话语场域和诗学范畴。诸如"亚裔美国感"、"文化民族主义"、"双重身份"、"边缘人"、"种族影子"、"种族阉割"、"身份操演性"、"杂糅性"、"去国家化"、"跨国"、"离散"等理论关键词，由于时间、空间及批评者立场的不同，其中不无混淆和歧义，本研究在精读批评原典的基础上，正本清源，整理亚裔美国文学批评理论关键词及核心诗学范畴。

最后，分析、研究亚裔美国文学理论关键词在不同时期及不同批评范式中的呈现，紧扣亚裔美国文学的发展，对关键词的产生、发展及其与亚裔美国文学的互动进行对比研究和评价。拟选涉及亚裔美国文学核心理论范畴的代表性批评文本和文学文本进行综合性的解读和评析。

著作分为绪论、主体论述（分为六章）和结语，主要内容如下。

绪论以简述亚裔美国批评的产生、发展阶段为起点，定位其在当代美国文学与文化批评中的地位，由此阐发梳理亚裔美国文学批评范式，剖析、研究不同发展阶段的理论关键词的重要意义，并对论著的主旨、论题、论路作出了清晰的界定。

第一章讨论亚裔美国文学之族裔身份批评范式，重返历史现场，研究20世纪70年代"亚裔美国"族裔身份论争的焦点、内涵与实质；聚焦当时出现的心理批评和历史文化批评中有关"亚裔美国人"人格特质的探讨，关注对亚裔美国文学及批评有着开拓之功的"哎—咿集团"（Aiiieeeee Group）所提出的"亚裔美国感"等理论关键词。通过追溯"亚裔美国感"产生与发展的历程，从出生地、语言、文化、族裔经验、人格气质、亚裔美国历史再现、亚裔美国书写传统等要素探讨"亚裔美国感"的本质特点，揭示以"哎—咿集团"为首的亚裔美国批评家提出"亚裔美国感"这一理论关键词的历史意义及其局限。在此基础上，聚焦于20世纪90年代以来涉及亚裔美国族裔论述的代表性批评文本，对亚裔美国族裔身份的"间际性"、建构性、异质杂糅性等特质展开分析，揭示亚裔美国族裔身份批评的分化对亚裔美国族群发展的积极与消极意义。

第二章聚焦亚裔美国文学之文化身份批评范式。首先通过梳理"文化民族主义"的理论渊源，分析"哎—咿集团"所倡扬的"文化民族主义"（cultural nationalism）中的误解与真相，揭示其对亚裔美国文学批评的意义与局限。其次，通过梳理与"文化民族主义"立场对立的"多元文化主义"的起源、形成、内涵及其与少数族裔内在的深厚渊源，探究美国亚裔作家的多元文化书写，并揭示少数族裔作家的多元文化身份诉求所引发的质疑及其深层原因。本章最后梳理"新生代"亚裔美国批评家的"杂糅性"（hybridity）身份观的基本含义及其变异；通过观照亚裔美国文学作品中的杂糅性文化身份书写，理解亚裔美国作家与学者为文化身份的建构所作出的努力，指出"杂糅性"文化身份观出现在"多元文化主义"的大背景下，有助于亚裔美国族群积极融入美国生活，并通过保留亚裔文化特点建构独特的亚裔美国身份，但亚裔美国人异中求同的策略并不能保证他们在美国社会如鱼得水，由于美国主流文化的优势地位使种族偏见无处通行，亚裔美国人最终还是靠求异作为自己的生存途径。

第三章和第四章着力探讨亚裔美国文学之心理批评范式及其理论关键词。

第三章首先梳理现代西方反传统主体性的文化思潮和后现代主体性理论对亚裔美国文学批评的影响，以"亚裔美国主体性"、"种族面具"、"身份扮演"、"双重能动性"等理论关键词为切入点，展开对亚裔美国族群精神、心理维度的探究，揭示亚裔美国"身份扮演"中的主体能动性及其与族裔主体性建构的关系，指出无论是性别身份扮演、族裔身份扮演，还是"面具"理论中的"性别操演"，都是被"他者化"的弱势群体以一种间接的、隐蔽的方式争取权利和自由、定义自我的政治策略，本质上都反映了某一形式的"他者"身份政治。简言之，"身份扮演"就是"他者"的一种"面具"政治；美国亚裔"他者"以角色面具为掩护与恶劣的生存环境、不公的政治和文化制度作抗争，又在行使某种身份/角色的过程中改造、解构霸权文化对这一身份/角色的规定性话语，并在这一过程中彰显出族裔主体能动性，将自我建构成自我言说自我决定的亚裔美国族裔主体。

第四章主要关注亚裔美国主体所承受的精神创伤及其在亚裔美国文学文本和批评话语中的表征，对亚裔美国心理批评范式下的理论关键词如"种族阉割"、"种族阴影"、"种族抑郁症"进行了心理学理论溯源和具体文学文本和批评文本的剖析，从历史语境、社会意识形态等方面关注亚裔美国族裔自我所遭受的"种族阉割"，所经历的自我憎恨与扭曲，以及由此落下的"种族抑郁症"病根。本章解读将亚裔美国作家笔下的亚裔美国个体视作真正的生命主体，深入其灵魂深处，听其发自灵魂深处的呼声，揭示出亚裔美国人在美国社会的独特经验和情感感受，而不是将其视作社会政治中的客体，被动地等待来自政治博弈中各方的评判。

第五章考察亚裔美国文学之女性主义批评范式。首先讨论亚裔美国文学创作与批评中女性的"沉默"书写与论述，指出亚裔女性作家书写"沉默"，亚裔文学评论家论述"沉默"，缘于"沉默"既有亚洲的文化特征，又在美国的文化语境下被强化。鉴于"沉默"对亚裔族群的有害性，亚裔作家、批评家们致力于打破沉默，让被湮没的族裔历史以更清晰完整的面貌呈现在世人面前。与此同时，亚裔美国女作家和评论家致力于"母性谱系"建构，如汤亭亭、谭恩美等的"母与女"叙事，林英敏"寻找母亲的花园"、建构亚裔美国女性"她们的文学"传统的努力——她们的文学创作与批评实践，一方面受到西方女性主义大潮的裹挟，另一方面更是出于族裔女性的自觉，旨在帮助亚裔美国女性形成自己独特的文化和历史传统，找到自己的文化之根，以利于亚裔女性的主体性建构。本章最后考量苏珊·科西对亚裔美国女性以"性资本"对白人男性的依附，以"婚姻"、身体为资本获得国家身份的论述。"性资本"的提出，一方面意味着亚裔美国女性向美国主流社会归化的努力；另一方面也揭示了亚裔美国女性彰显自己主体性的途径在于自己对情欲的主动权，通过主动展示被社会历史文化重重遮蔽的亚裔女性身体，反抗父权制度及族裔不平等。

第六章讨论亚裔美国文学批评与"流散"诗学的关系。随着20世纪后期"流散"作为一种批评范式在全球范围内的兴盛，流散批评在亚裔美国文学研究领域也日益声势浩大。但其中的发展流变如同"流散"一词本身的发展一样，经历了迂回曲折、纷繁复杂的变化过程。本章首先回溯、厘清流散与流散批评的源起、发展及其当代的批评内涵；在此基础上，结合亚裔美国文学文本，分析从作为流散者的亚裔美国人、亚裔美国文学的迁徙与回望主题及亚裔美国文学的异质杂糅性特质分别展开讨论，透视在当代全球化的语境下的文化流散，流散族裔如何在流散中求得生存和发展，文化如何在世界范围内、在强势与弱势之间进行互动和补给。随着亚洲和中国的崛起，随着游走于两个社会、两种文化之间的流散者队伍的壮大，这一种流散的视角将会更加流行，这也会影响美国的亚裔美国文学批评的整体景观。本章指出，流散批评已从原先的被动的他者化批评演变成当今的主动迈向差异性文化批评及比较研究，使亚裔美国文学研究逐渐从一种族裔政治批评走向流散的比较诗学，也使得亚裔美国文学研究走向更加开放、动态、多元。

最后是结语，综观四十多年来亚美研究的发展历程，在学科体制之内，亚裔美国文学批评范式经历了一系列的转变，其关注的核心问题、理论热点一直处于动态变化之中。随着研究范式的转变，亚裔美国文学批评的理论关键词也得到丰富和拓展：从早期批评话语中对"亚裔美国"定义的区分，对"亚裔感性"的追寻，对弘扬"文化民族主义"（Cultural Nationalism）还是"多元文化主义"（Multiculturalism）的讨论，到后现代思潮观照下对亚裔种族、性别、性、阶级的多维度呈现，以及 20 世纪末"全球化"语境中的"去国家化"（denationalization）、"跨国"（transnational）、"离散"（diasporas）论争等，亚裔美国文学批评观照亚裔美国人各个历史阶段的生存语境和文学想象，在与后现代主义、后殖民主义、女性主义、文化研究等理论的互动中，凝练出一系列具有自身特色的理论关键词，初步形成亚裔美国文学批评的理论体系。

第一章 亚裔美国文学之族裔身份批评

美国是世界上最大的移民输入国，移民问题在美国历史的地位举足轻重。著名历史学家、在哈佛大学任教超过五十年之久的奥斯卡·汉德林（Oscar Handlin，1915—2011）曾不无夸张地说，"一想到写美国移民史，我发现移民就是美国的历史"。① 由此，移民及族裔问题在美国社会的重要性可见一斑。

至 2011 年 10 月 9 日，美国的总人口已达到312340000，但土生的印第安裔美国人和阿拉斯加土著只有2932248 人，占美国总人口的 0.9%，夏威夷及太平洋诸岛原住民540013 人，占 0.2%。其他近99%的人口都是来自世界各地的移民及其后裔，其中白人占 72.4%，黑人及非洲裔占 12.6%，梅斯蒂索混血儿（Mestizo，指西班牙人与美洲印第安人的混血儿）和穆拉托混血儿占（Mulatto，黑白混血儿）等占 6.2%，亚裔占 4.8%，多种族混血儿（Multiracial）占 2.9%。② 可以看出，白人虽然也是移民，但后来者居上，在美国人口结构中占据了核心地位，成为美国社会的主流，而真正的土生原住民，却成了名副其实的少数民族。

比较有规模的亚裔移民美国的历史从 19 世纪 50 年代开始：中国广东的农民为了他乡淘金，漂洋过海到达梦中的"金山"，成为最早从太平洋

---

① 转引自 Roger Daniels, *American Immigration：A Student Companion*，New York：Oxford University Press，2001，p. 7。

② 参见 http://en. wikipedia. org/wiki/Demographics_ of_ the_ United_ States#Race_ and_ ethnicity。

海岸进入美国的亚洲人。约 40 年后，第一批日本移民到达美国，之后是韩国人及印度人。至 1900 年，在美华人的数量达到 90000 人，日本人达到 86000 人，而韩国人和印度人分别为 7000 人和 2000 人。① 与于 1565 年最早到达美国的西班牙移民相比，亚洲人到达美国的时间晚了近 300 年。

由于移民众多，人种复杂，美国的种族问题和族裔政治尤其突出：美国历史上唯一的一次内战（1861—1864）就是由解放黑人奴隶引发的，林肯总统由于支持废除黑人奴隶制被刺杀；而改变美国 20 世纪社会历史的"民权运动"，其发起者是黑人领袖马丁·路德·金，为争取美国黑人的民权献出了自己的生命。

作为晚期到达的移民和人口较少的少数族裔，在很长一段时间里，亚裔美国人在美国历史上基本是处于被消音、被涂抹的地位，直到"民权运动"展开之后，亚裔的族性意识才逐渐苏醒，开始追求自己的族裔权利。

亚裔美国文学的族裔批评范式，就是在这样的历史语境中产生的。该批评范式与 20 世纪后半叶以降美国的社会主潮相契合，真实反映了亚裔美国文学的诉求与主旨，反映了亚裔美国人在美国勉力生存的历史与现状。

第一节　何为亚裔美国人？
——关于"亚裔美国文学"的界定及作家身份论争

值得注意的是，亚裔美国文学批评一开始就是以"外部研究"引人瞩目，其最典型的表现就是对于作家族裔身份的界定和论争。

早在 1972 年，第一本亚裔美国文学选集——《亚裔美国作家》（*Asian-American Authors*）出版之时，编者许芥昱（Kai-Yu Hsu）和海伦·

---

① 该组数据来自笔者 2011 年 9 月至 2012 年 8 月在加州大学洛杉矶分校做访问研究期间，在周敏教授（Prof. Min Zhou）课堂上所做的笔记。

帕卢宾斯克斯（Helen Palubinskas）就以李金兰（Virginia Lee）与赵健秀（Frank Chin, 1940— ）在 1970 年一次访谈中的差异性身份认同为引子，提出了亚裔美国作家身份界定的问题。

在这次访谈中，李金兰说自己并没有关于身份的概念，声称"亚裔美国作家首先是一个人，正如诗人首先是一个人，然后才谈其诗性……我并不太关心我是中国人或美国人，或华裔美国人（Chinese-American），或美国华人（American-Chinese）"，而赵健秀则针锋相对地调侃道，"这等于说你是一粒豆子，是世界上成万上亿的豆子中的一粒，甚至既不是黑豆也不是黄豆，那你的身份是什么？"①

由此可见，关于族裔身份的论争，早在 1970 年已经出现，而李金兰与赵健秀的族裔身份观，基本上贯穿了亚裔美国文学批评近四十多年的发展历程。应当特别指出的是：在 20 世纪 70 年代，对于"亚裔美国人"的区分和界定并不只是亚裔美国文学及批评界的学术命题，而是亚裔美国研究的主要关注点，是社会学、心理学、历史学界共同关注的学术领域。

一　论争的历史语境：关于"亚裔美国人"族裔认同的探讨

美国"民权运动"唤醒了同为有色人种和弱势族裔的亚裔美国人族裔意识的觉醒。在 20 世纪 70 年代，亚裔美国学者在追寻自己族裔历史的同时，展开了关于亚裔美国人精神健康与族性认同的探讨。

1971 年 7 月，《亚美研究》第 2 期刊登了心理学家史丹利·苏与德劳德·苏（Stanley Sue & Derald Sue）共同署名的文章《华裔美国人格与精神健康》（"Chinese-Amerian Personality and Mental Health"），以旧金山华裔青年的精神疑障为个案，探讨了在美国"同化"政策及种族歧视的夹击之下亚裔美国人所产生的人格分化：分别为固守华人身份的"传统人"（Tra-ditionalist）、完全认同西方价值观的"边缘人"（Marginal Man）和形成了

① Kai-Yu Hsu & Helen Palubinskas, *Asian-American Authors*, Boston: Houghton Mifflin Company, 1972, p. 1.

亚裔美国认同的"亚裔美国人"（Asian American）；而从该文所记载的病例来看，"传统人"蛰伏于华人社区，与美国主流社会完全隔绝，有自闭倾向；"边缘人"就是黄皮白心的"香蕉人"，因为思想被"白化"而歧视、憎恨黄种人，但又得不到主流社会的接纳；"亚裔美国人"是亚裔运动的产物，思想激进、勇于行动，又为得不到家人的理解而深感困扰。在史丹利·苏与德劳德·苏看来，这三种人的人格发展都面临危机，都需要"心理健康护理"（Mental Health Care）。① 因为他们在传统家庭、西方文化和种族主义的多重压力下挣扎，都面临着人格被扭曲的窘境，具体表现为"怀着过度的犯罪感、自我憎恨、好斗，认识不到自我价值"。②

同样是 1971 年，在《亚美研究》的第 3 期，华裔美国学者本·R. 唐（Ben R Tong）发表了《精神的格托：关于华裔美国历史心理的思考》（"The Ghetto of the Mind：Notes on the Historical Psychology of Chinese American"）一文，指出苏文所论"对华裔美国文化感性理解不够，对由于集体经验累积而成的人格问题理解甚少，对当下所需要的'治疗'知之甚少"。③ 唐文认为，二苏的研究仅仅局限于研究华裔美国大学生群体，是一种在概念上不精确的"人格类型"，正好契合了现存的以 WASP 为导向的精神治疗体系，而这种体系亟待彻底改革。④

与二苏关注个体的精神分析不同，本·R. 唐更加关注华裔美国人作为一个族群的历史及现实生存语境，他从华裔移民史出发，挖掘华裔美国人在美国主流社会俯视之下所陷入的"精神格托"，其所遭遇的历史创伤（historical trauma）及种族压迫。他历数美国华人所遭受的歧视、掠夺和谋杀：六大公司在 1862 年给加州参议院的报告中说当年有 88 名华人被谋杀；

① Stanley Sue & Derald Sue，"Chinese-American Personality and Mental Health"，*Amerasia Journal*，1. 2（1971），p. 38.

② Jerry Surh，"Asian American Identity and Politics"，*Amerasia Journal*，2. 3（Fall 1974），p. 159.

③ Ben R. Tong，"The Ghetto of the Mind：Notes on the Historical Psychology of Chinese American"，*Amerasia Journal*，1. 3（1971），p. 1.

④ Ibid.

1871 年 10 月 24 日，21 名华人在洛杉矶被枪杀或吊死；1876 年，第四十四届国会特别调查委员会在总结报告中指出，异教徒［中国佬］被认为不可同化，习俗败坏，且对美国的低工资和生活水准负有责任……① 而在 1882 年《排华法》（*Chinese Exclusion Law*）通过之后，美国对华人驱逐和迫害完全合法化了。

面对白人的歧视、压制和迫害，早期华人移民只好困守在唐人街，希望以群体的力量对抗恶意的主流社会。唐人街成为穷困潦倒的华人唯一的庇护所，成为他们难以逃离的孤岛，如唐文中所言：

> 被囚禁在狭小、肮脏、不安全、使人产生幽闭恐惧症的火柴盒样的公寓里，［唐人街的］老人们静静地忍受着被孤立、被忽略的绝望；移民的年轻一代则狂热地追寻一种体面的生存方式，但却总是无功而返，垂头丧气。由于在最基本的人性需求上遭到［美国社会］一贯的、系统性的拒绝，他们的愤怒不定期爆发，使本来已不稳定的社会关系更加紧张。②

在本·R. 唐看来，华裔美国第二代虽然不必像父辈那样时时刻刻要躲避来自白人的石头的袭击，但却陷入了另一种困境，由于美国主流对于华人的种族歧视，也由于华人社群内部的压力，他们无法摆脱精神的"格托"，由于全盘接受了美国主流社会的"内部殖民"教育，他们毫无疑义地接受了对华裔美国人的刻板印象，产生了一种"种族自憎"情绪，敌视华人移民和华人社区，以能把自己与"他们"区别开来为荣。在其提供的案例中，一位自诩的"香蕉人"这样写道："我唯一几次去唐人街是像普通游客一样去吃饭，直到今天我还是持这样的态度。我不喜欢与华人移民产生联系，我不讲广东话而且从来不帮助华人和唐人社区。换句话说，我是一

---

① Ben R. Tong, "The Ghetto of the Mind: Notes on the Historical Psychology of Chinese American", *Amerasia Journal*, 1. 3 （1971）, pp. 11 – 12.

② Ibid., p. 23.

个香蕉人……"①

唐文所谓"香蕉人"即苏文所说的"边缘人"，他认为这些人的问题绝不是"心理治疗"可以解决的，而是需要具有"激进的政治特质"的解决途径，要改变自己首先要改变社会公共机构和制度（social institutions），暗示了亚裔为改变现状要采取的政治行动。

由史丹利·苏与德劳德·苏和本·R.唐所引起的话题被20世纪70年代初的亚裔美国学者们作为热点问题探讨，系列的商榷或批评论文在《亚美研究》上刊载。到杰里·佘（Jerry Surh）在1974年秋季号上的论文《亚裔美国身份与政治》（"Asian American Identity and Politics"），已经把"亚裔美国人"的人格特质建构提到了身份政治的层面。该文对亚裔美国人的"边缘人"心态进行了细致的剖析：

> "边缘人"孤立于亚裔之外，他首先把自己当作一个个体存在（an individual），切断了自己人格中特定的族裔决定因素，追求一种具有普遍性的人性本质。他放弃自己性格中"亚洲的"一面，为的是发现和发展与所有其他人共通的特质。如此，"边缘人"的脱离群体（detribalization）可以被看作是一种解放（liberation）的行为……②

杰里·佘对"边缘人"的困惑给予了充分的理解，认为其"自憎"和"仇视亚裔"情结不仅仅是由于美国的种族主义，也由于亚裔族群的存在，其他亚裔的存在似乎在随时提醒他们：你是一个没有族裔特点的人，因而导致其质疑自己的身份。美国的自由主义思想使他们坚信一切的偏见和歧视都是错误的，但自己却永远深陷其中，一方面是种族歧视，一方面是族群内部的压力，因此他们失落、彷徨、找不到自我。种族主义之所以长盛不

---

① Ben R. Tong, "The Ghetto of the Mind: Notes on the Historical Psychology of Chinese American", *Amerasia Journal*, 1.3 (1971), p. 22.

② Jerry Surh, "Asian American Identity and Politics", *Amerasia Journal*, 2.3 (Fall 1974), p. 164.

衰，不仅仅在于外部压力的实施，也在于"残害种族主义的受害者，分化他们，迫使他们以自憎和相互憎恨来与种族主义者对抗"。① 也就是说，为了证明自己不是种族主义者眼中"温顺而柔和"（meek and mild）的"传统亚裔"，他们往往采取一种极端的行动，一方面拒绝亚裔族群的价值观和道德标准，另一方面全盘接受美国主流文化，以泯灭自己族裔特性、远离亚裔族群的方式反对种族主义，旨在告诉白人主流社会：我与你们是完全一样的。但事实证明，这种以疏离族群和泯灭族性为代价的身份追寻并不成功。史丹利·苏与德劳德·苏从精神病角度、本·R. 唐从历史心理角度探讨的病例，都对此提供了强有力的证据。

由此观之，亚裔美国文学及其批评话语对"亚裔美国"作家身份的论争与当时的政治、历史、社会环境紧密相连，离不开亚裔美国社会学、历史学、心理学各学科领域学者对于亚裔美国人族裔身份认同的研究和共同探讨。正是在这样的历史语境之中，以"哎—咿集团"（Aiiieeeee Group）为首的亚裔美国作家和批评家，掀起了对亚裔美国文学边界及亚裔美国作家身份的探讨。

二 "哎—咿集团"对"亚裔美国"身份的界定

亚裔美国文学作家及评论家中率先加入族裔身份探讨的，是赫赫有名的"哎—咿集团"。"哎—咿集团"是对赵健秀（Frank Chin）、陈耀光（Jeffery Paul Chan）、劳森·稻田（Lawson Fusao Inada）、徐忠雄（Shawn Wong）四位亚裔美国文学学科开拓者的总称，他们因共同编著具有奠基意义的亚裔美国文学选集《哎—咿！：亚裔美国作家选集》（*Aiiieeeee! An Anthology of Asian-American Writers*，1974）和《大哎—咿！：华裔与日裔美国文学选集》（*The Big Aiiieeeee! An Anthology of Chinese American and Japanese American Literature*，1991）而得名。

---

① Jerry Surh，"Asian American Identity and Politics"，*Amerasia Journal*，2.3（Fall 1974），p. 165.

在1974年出版的《哎—咿！：亚裔美国作家选集》的序言中，"哎—咿集团"对何为"亚裔美国人"进行了明确的定义：

> 亚裔美国人首先不是一个民族，而是几个民族——包括华裔美国人、日裔美国人和菲律宾裔美国人，他们被地理、文化和历史的原因与中国和日本已分离了七代和四代。他们已经发展了自己独特的文化和感性，很明显，他们既不是中国人、日本人，也不是美国白人……
>
> ……这是一个专门的亚裔美国文学选集，作者是出生和成长在美国的菲律宾裔、华裔和日裔。他们从美国文化推销中，通过广播、电影、电视和漫画书了解中国和日本，认为黄种人就是那些在受伤、伤心、愤怒或发誓时发出"哎—咿"的哀叫、呼喊或尖叫的族类。亚裔美国人，如此长时间地被忽视和强制性地排除在美国文化的创造之外，他受伤、悲哀、生气、发誓或吃惊，这就是他的哎—咿——！！！这不仅仅是哀嚎、呼喊和尖叫。这是我们五十年的完整声音。①

这段话，已然成为亚裔美国文学批评的源头和经典，但其遭人诟病之处也是显而易见的：首先，该定义没有纳入华裔、日裔、菲律宾裔之外的其他亚裔美国作家，比如韩国裔和印度裔作家。其次，"哎—咿集团"限定"出生和成长在美国"是成为"亚裔美国作家"的必要条件，却又把9岁从广东台山移民美国的雷庭超（Loius Chu，1915—1970）和生在美国、长在中国的戴安娜·张（Diana Chang，1934）作为亚裔美国文学的奠基人加以推介，而把土生的刘裔昌（Pardee，Lowe，1905— ）和黄玉雪（Jade Snow Wong，1922—2008）排除在外。其界定的标尺是是否用英语写作，

---

① Frank Chin, et al. ed., *Aiiieeeee! An Anthology of Asian-American Writers*, Washington D. C.: Howard University Press, 1974, pp. vii – viii.

是否具备"亚裔美国感"（Asian American Sensibility），但其本真性却遭到众多亚裔美国作家和批评家的质疑，这是我们下一节将要重点梳理的关键词，在此暂不赘叙。

赵健秀在其 1972 年给《桥》（Bridge）杂志编辑的信中，因人们把自己混同于来自中国香港、中国台湾的新移民而气恼万分："……我为把我与黎锦扬、林语堂或其他有着完整的中国身份的华人联系在一起感到莫大的羞辱……我们不是可以互换的，我们的感性是不同的。"在赵健秀看来，华裔美国人和华裔移民是不同的；由于接受了美国传媒对亚洲人及亚洲文化的错误表征，尽管在其创作中运用大量的中国文化典故和古代英雄形象，赵健秀拒绝被称为华人作家："我不是回避移民，我只是陈述我不是华人的事实。正如我不回避白化病人［白种人］、大象［黑人］、矮子、侏儒［亚洲人］，但如果你把我当作他们，我就不得不纠正你。"①

在 1979 年 3 月斯坦福大学的一次演讲中，陈耀光也发表了类似的意见，提出自己的华裔美国身份观："我们必须抛弃华人的或白人的身份意识，抛弃二者之后达成的平衡，才可能形成华裔美国人的身份意识，华裔美国人现在还不存在，但随着我们的努力，它会冒现出来。"② 由此我们可以看到他的亚/华裔族性是建立在对中国、美国身份的双重摒弃的基础上的。

1991 年，距离《哎—咿！：亚裔美国作家选集》出版 17 年之后，"哎—咿集团"再度合作，推出了《大哎—咿！：华裔与日裔美国文学选集》（The Big Aiiieeeee! An Anthology of Chinese American and Japanese American Literature, 1991）。与《哎—咿！：亚裔美国作家选集》排斥已成名华裔作家黄玉雪、刘裔昌一样，该选集没有收录在美国主流社会中已经很有影响力的汤亭亭（Maxine Hong Kingston, 1940— ）、谭恩美（Amy Tan, 1952— ）、

---

① Frank Chin, *Bridge* 2（Dec. 1972），p. 30.

② Jeffery Paul Chan, Lecture at Stanford University, March, 1979, qtd. from Elaine H. Kim's *Asian American Literature*: *An Introduction to the Writings and Their Social Context*, Philadlphia: Temple University Press, 1982, p. 175.

黄哲伦（David Henry Huang，1957—　）等人的作品，却把 1875 年出版并在唐人街流通，1877 年由黄生（Wong Sam）修订的《英汉短语手册》（*An English Chinese Phrase Book*）当作华裔美国文学的源头，开篇第一章就选载了该手册的内容；同时选录了原文为中文，由华裔学者谭雅伦（Marlon K. Hom）翻译出版的《金山歌集》（*Songs of Gold Mountain*）中的两首诗歌。

由此看来，随着时间的推移，"哎—咿集团"判定何为"亚裔美国"作家有了更具包容性的标准：是否用英文写作、是否是美国土生不再是必要条件。但对于受美国主流社会欢迎的诸多亚裔美国作家，包括容闳（Yung Wing）、刘裔昌（Pardee Lowe）、黄玉雪（Jade Snow Wong）、李金兰（Virginia Lee）、汤亭亭（Maxine Hong Kingston）、谭恩美（Amy Tan）、黄哲伦（David Henry Huang）等，他们坚持强烈排斥的态度，并在《前言》中论证了不收录其作品的理由；他们认为，这些作家的作品之所以受美国主流出版社的青睐，在于都是"基督徒的传记或自传体小说"；践行的是"基督教社会达尔文主义"（Christian social Darwinist）的"白人种族主义之爱"（White Racist Love），谴责"这些作品所描述的中国或华裔美国都是白人种族主义想象的产物，不是事实，不是中国文化，不是华人或华裔美国文学"。① 同时，在该文集的第一章，赵健秀本人更独自撰写长文《真假亚裔美国作家一起来吧！》（"Come All Ye Asian American Writers of the Real and the Fake"），把以上作家归入"假的"（the fake）亚裔美国作家之列，认为他们没有"亚裔感性"，其作品中表现的都是白人的价值观，是对"基督教社会达尔文主义"的复制和呼应。

与此同时，赵健秀更把中文原版的《木兰辞》与汤亭亭《女勇士》的"白虎山学道"（该章以花木兰为原型塑造了一个华裔美国"女勇士"形象）一章进行对比阅读，认为汤亭亭迎合西方读者，误读误用中国文化经典，甚至张冠李戴，把岳飞精忠报国、岳母刺字等情节嫁接到花木兰从军

---

①　Frank Chin, et al. ed., "Introduction", *The Big Aiiieeeee! An Anthology of Chinese American and Japanese American Literature*, New York：Meridian，1991，p. vii.

的民间传说中；而且，汤亭亭笔下的"女勇士"并不是替父从军，而是为了逃避家务和反抗封建父权社会对女性性别的歧视。赵健秀以此为根据，把汤亭亭归入"假的亚裔美国作家"之列。

事实上，"真伪之辩"是亚裔美国文学史上一直论争的话题，也是"赵汤之争"十多年来所围绕的主题。其核心其实在于如何理解亚裔美国作家与其族群的关系：对赵健秀及"哎—咿集团"而言，亚裔美国作家应该是"亚裔"的代言人，是种族志的书写者，所以要真实、可靠、"真确"（authenticity）；而汤亭亭等华裔美国女作家却更强调文学的虚构性及文学作品的普世价值，认为自己的写作是个体的、私人的行为，与族裔认同并无关碍：正如汤亭亭在反驳"数典忘祖"的指控时所说，"我不是社会学家，我不用根据行为发生的时间去衡量真理……为什么我不能只'代表'我自己而要'代表'其他的人？为什么我不能拥有个人的艺术想象？"同时，汤亭亭主张去掉"Chinese-American"之间的连字符，使之成为"Chinese American"，这样，"Chinese"就成为"American"的修饰语，华裔美国人就只能被理解为美国人的一种，而不是具有两种身份。[①] 而新一代华裔美国作家任璧莲（Gish Jen）则从根本上否认"亚裔"或"华裔"美国作家的标签：在与单德兴的访谈录中，她旗帜鲜明地提出了这样的观点：

> 我的立场——如果称得上是立场的话——是很反本质论式的（anti-essentialist）。我对中国很感兴趣，花了很多时间在中国。……但是，今天我拒绝被人公开地以那种方式定义我，原因是：就美国的脉络来看，每个所谓"族裔集团"的族裔都是由每个人自由选择的，其中存在着自由。……除了以族裔分类之外，性别的影响也同样重大……许多人认为族裔是最重要的一部分，我认为事实并非如此……[②]

---

① Maxine Hong Kingston, "Cultural Misreadings by Chinese American Reviewers", *Asian and Western Writers in Dialogue*: *New Cultural Identities*, ed. Guy Amirthanayagam, London: The Macmillan Press LTD, 1982, pp. 60 – 61.

② 单德兴：《对话与交流：当代中外作家、批评家访谈录》，王德威主编《麦田人文》，（台北）麦田出版社 2001 年版，第 142 页。

值得指出的是，以赵健秀为代表的"哎—咿集团"对"亚裔美国"作家的狭义定义发生于 20 世纪 70 年代，而汤亭亭的声明发表于 1982 年，任璧莲的访谈对话发表于 2001 年，中间的跨度接近 30 年。联系到 20 世纪 70 年代美国亚裔的弱势社会及历史语境，其建立族裔联盟的努力是值得肯定的。正如亚裔美国文学学者金惠经（Elaine Kim）在《亚裔美国文学：对亚裔美国写作及其社会背景的介绍》（*Asian American Literature：An Introduction to the Writingsand Their Social Context*，1982）的论述："种族联合对加强我们的力量，促进我们的社群建设做出了贡献，为至关重要的亚裔美国文化的维护和发展做出了贡献，为我们组织进行全国性的族裔文化项目提供了有效的工具。"①

直到 1993 年，菲律宾裔美国作家、批评家杰西卡·海格冬在其《陈查理已死：当代华裔美国小说选集》（*Charlie Chan Is Dead：An Anthology of Contemporary Asian American Fiction*）的导论中也非常肯定"哎—咿集团"对亚裔美国文学文化传统的建构所做出的贡献：

> 《哎—咿》在 20 世纪 70 年代所引发的政治能量和族裔兴趣对亚裔美国作家来说是非常重要的，它使我们作为独特文化的创造者得以显现，得以获得自己的身份。突然之间，我们不再被忽略，我们不再沉默。像美国的其他有色作家一样，我们开始挑战长期以来由白人男性主宰的仇外主义的文学传统。②

虽然"哎—咿集团"的诸多论点饱受诟病和攻击，但他们确实提出了具有开创性的亚裔美国文学理论话语，以及由此产生的该学科领域的对话、辩论甚至"争吵"。可以这么说，如果缺失了"哎—咿集团"的先驱

---

① Elaine H. Kim, *Asian American Literature：An Introduction to the Writings and Their Social Context*, Philadlphia：Temple University Press, 1982, p. xiii.

② Jessica Hegedorn, ed., *Charlie Chan Is Dead：An Anthology of Contemporary Asian American Fiction*, New York：Penguin Books USA Inc., 1993, p. xxvii.

性的挖掘工作及其宣言式的、具有语言"暴力"的关于亚裔美国人及亚裔美国文学的定义和分析，亚裔美国文学及批评会苍白很多。

三 宽泛的"连横"："亚裔美国"内涵延伸与作家身份的拓展

虽然与"哎一咿集团"处于同一时代，许芥昱（Kai-Yu Hsu）和海伦·帕卢宾斯克斯（Helen Palubinskas）对于对"亚裔美国作家"的身份界定却宽泛、包容得多。在其 1972 年出版的《亚裔美国作家》（*Asian-American Authors*）序言中，他们首先以赵健秀与李金兰关于身份认同截然相反的意见为引子，探讨了亚裔作家族裔身份认同的问题：

> 但这［身份认同］确实是一个问题。而且这问题从不同的方面困扰着亚裔美国作家，因为这是困扰所有敏感的人的问题，不管其族裔背景如何。……佛说，人的自我是一种虚幻（illusion），一旦人忘记自己，就获得了自由。但我们不是佛，不能忘记"自我"（self），所以就探寻——永无休止地探寻。
> ……或许处于双文化或跨文化中的人的［自我］探寻并不更复杂，但却更加凸显，由于强力的牵引被推到前台，从而无论从内在还是表面，左右人的存在。
> 最明显的一点，就是文化、族裔、社会甚至政治的对抗与冲突，经常给双文化中的人带来痛苦的创伤和伤害。①

接着，许芥昱和海伦·帕卢宾斯克斯列举了丹尼尔·井上（Daniel In-ouye）、俊夫盛雄（Toshio Mori）等日裔作家在幼年及"第二次世界大战"中所遭受的种族歧视与种族隔离——被强制迁徙、进入沙漠中的日裔集中

---

① Kai-Yu Hsu & Helen Palubinskas, *Asian-American Authors*, Boston: Houghton Mifflin Company, 1972, p. 2.

营的经历；也论及"哎—咿集团"成员之一劳森·稻田（Lawson Inada）所遭受的种族歧视：虽然已经是第三代日裔，可他所任教的马萨诸塞州的学生还是在其身后窃窃私语："看，一个日本佬老师！一个日本佬老师！"①而"哎—咿集团"另一成员陈耀光（Jeffrey Chen）娶了美国白人做妻子，虽然得到女方亲戚的接纳，却被自己的父亲断绝了父子关系。许芥昱和海伦·帕卢宾斯克斯通过这些事例证明，虽然某些亚裔美国人憎恶把自己与白种美国人区别开来，但这种区别性对待却无处不在，从反面论证了保持族裔身份、争取族裔地位的必要性。

但在其文集选编的作家作品中，许芥昱和海伦·帕卢宾斯克斯并没有排斥异己，既收录了刘裔昌（Pardee Lowe）、黄玉雪（Jade Snow Wong）、李金兰（Virginia Lee）、俊夫盛雄（Toshio Mori）后来受到"哎—咿集团"批判的华裔和日裔作家的作品，也有赵健秀、陈耀光、徐思雄、劳森·稻田等亚裔美国文学的积极倡导者和践行者的作品。对比"哎—咿集团"的激进态度，在族裔运动高涨的 20 世纪 70 年代，这样包容的学术态度殊为不易。从其所选作家的母居国来源来看，该文集选入了华裔、日裔、菲律宾裔作家作品；在作家身份的界定上，许芥昱和海伦·帕卢宾斯克斯秉持了两个原则：一是出生和生长在美国；二是用英文写成的作品。这样的界定，与"哎—咿集团"所坚持的"本土视角"是基本一致的。

而同时代的华裔美国学者王燊甫（David Hsin-Fu Wand）在亚裔美国作家的身份界定上却与"哎—咿集团"和许芥昱和海伦·帕卢宾斯克斯大异其趣。在其1974 年主编出版的《亚裔美国文学遗产：散文与诗歌选集》（*Asian-American Heritage：An Anthology of Prose and Poetry*）的"绪论"中，针对日裔学者 Daniel I Okimoto 将日裔作家 S. I. Hayakawa 视为"黄色汤姆大叔"（yellow Uncle Toms）和"顶级香蕉"（Top Banana）的贬斥，王燊甫提出了"何为亚裔美国人？"的问题：

---

① Kai-Yu Hsu & Helen Palubinskas, *Asian-American Authors*, Boston：Houghton Mifflin Company, 1972, p. 4.

　　何为亚裔美国人？答案绝不是简单而清晰的。是不是只有一世、二世、三世、四世（日语的第一代、第二代、第三代、第四代）出生和生长在美国的才算得上亚裔美国人？……难道一世——比如像友安野口（Yone Noguchi，1875—1947）那样选择用英语写作的第一代日本移民就不能被界定为亚裔美国作家？华裔诗人斯蒂芬·刘（Stephen S. N. Liu）和王燊甫又如何界定？他们虽然出生在中国，但早年就来到美国，并且只在美国杂志和文选中发表自己的作品。如果我们把亚裔美国人的定义局限在出生和成长在美国，那我们会排除掉许多用英语写作的最好的作家：如韩裔作家康永山（Yonghill Kang）和理查德·金（Richard E. Kim），他们都出生在韩国，还有卡洛斯·布洛桑（Carlos Bulosan），他出生在菲律宾的一个小村庄。①

由此可见，在"亚裔美国文学"学科发展的"草创"阶段，具有前瞻性眼光的亚裔美国学者就提出了后来学者一直辨析、论争的问题，其问题的提出和探讨具有共时性、众声喧哗的特点。

　　不仅如此，王燊甫对于亚裔美国文学作品的语言问题也提出了极具挑战性的意见：

　　我们的亚裔美国文学作家选集能否包括完全用汉语、日语、韩语或他加禄语［菲律宾语的基础］写作的作家？事实上，自1850年以来汉语和日语的报纸和杂志就在美国西海岸出版。在绝大多数这样的报纸中，有许多的诗歌和文章记录了早期华裔和日裔移民在美国的经历。比如旧金山的《华人世界日报》（*The Chinese World Daily*），其中发表的许多诗歌是中国古体诗，表达的是华人移民的生活和对"金山"（华人对旧金山的称呼）的印象。这些诗歌难道不应该被看作华

---

① David Hsin-Fu Wand，"Introduction"，*Asian-American Heritage：An Anthology of Prose and Poetry*，New York：Washington Square Press，1974，p. 2.

裔美国文化遗产的一部分吗？它们难道不应该被翻译为英文，并且被收录进亚裔美国文学选集之中吗？①

的确，如果把英语作为界定亚裔美国文学的语言标尺，大量早期华裔用汉语、日裔用日语创作的、真实反映其族裔历史、人生经验和文学想象的作品就会被排斥在外，而这，显然与"泛亚运动"及亚裔美国文学钩沉、寻找亚裔美国文化遗产、构建亚裔美国历史的主旨相违背。在王燊甫看来，这样的非英语文学，不仅应该被纳入亚裔美国文学体系，还应该作为族裔文化遗产受到重视。但现实的情况是，大部分第二代以上的日裔不会日语，读不懂早期日裔移民创作的短歌、俳句；年轻一代的华裔也读不懂早期华裔移民用汉语创作的古体律诗，这一点，使亚裔美国文学选集的编撰者不得不做出妥协，要么把英语以外的华裔美国文学排除在选集之外，要么像《埃仑诗集》那样，用双语再现早期亚裔移民作品。

王燊甫不仅在作家身份界定问题上表现出"非本土"视角，在语言上也包容早期亚裔移民的非英语作品；更让人意外的是，他在其选集中选录了夏威夷、萨摩亚、塔西提的玻利尼西亚语口述诗歌，并且在开篇部分大力推介玻利尼西亚语口述文学。② 这显然是对亚裔美国作家身份界定的重大突破，但这种突破并没有在 20 世纪 70 年代之后的亚裔美国文学批评界引起呼应，直到 21 世纪初，夏威夷及太平洋诸岛的文学创作才重新进入亚裔美国文学研究者的视野。

王燊甫在亚裔美国作家身份上的包容性态度与以赵健秀为主的"哎—咿集团"的保守态度形成鲜明的对比，为后来的亚裔美国文学研究者继续拓展亚裔美国文学研究领地奠定了基础。

1982 年著名亚裔美国文学研究者金惠经（Elaine H. Kim）在《亚裔美国文学：对亚裔美国写作及其社会背景的介绍》（*Asian American Literature*：

---

① David Hsin-Fu Wand, "Introduction", *Asian-American Heritage*: *An Anthology of Prose and Poetry*, New York: Washington Square Press, 1974, pp. 2 - 3.

② Ibid. , pp. 9 - 13.

An Introduction to the Writings and Their Social Context）的前言中指出，不管是土生华裔还是新移民，只要是亚裔美国人用英语书写的具有"亚裔美国意识"（Asian American Consciousness）的作品，都可以被称作亚裔美国文学。[①] 1988 年张敬珏（King-Kok Cheung）和斯丹·尤根（Stan Yogi）在《亚裔美国文学：注释书目》（*Asian American Literature：An Annotated Bibliography*）的前言中提出，"我们包括了所有定居美国或加拿大的有亚洲血统的作家的作品，不管他们在哪里出生，什么时候定居北美，以及如何诠释他们的经历，我们还包括了有着亚裔血统的混血作家和虽然不定居在北美，却书写在美国或加拿大的亚洲人经历的作品"[②]；1990 年林英敏（Amy Ling）出版的专著《世界之间：华裔美国女作家》（*Between Worlds：Women Writers of Chinese Ancestry*）更从广义上指称华裔美国文学，"即包括中国来的移民及美国出生的华人后裔，不管他们是华侨还是美国公民，只要他们的作品在美国出版，都属于华裔美国文学的研究范围"[③]；在《解读亚裔美国文学：从必需到奢侈》（*Reading Asian American Literature：From Necessity to Extravagance*，1993）一书中，黄秀玲把加拿大日裔小川乐（Joy Kogawa）反映"第二次世界大战"中日裔加拿大人族裔经验的《婶婶》（*Obasan*，1981）也纳入了亚裔美国文学的分析框架。

　　由此可见，亚裔美国之族裔身份界定，随着时间及社会、历史语境的变化发生了很大的转变，其总的趋势是定义越来越宽泛，不仅突破了赵健秀在出生地上的"土生"视角，语言也不再局限于英语，血统也不一定是纯种亚裔，含有亚裔血统的混血儿"水仙花"甚至被推举为亚裔美国文学的先驱。究其原因，主要有两点：一是作为美国的少数族裔，亚裔群体的

[①]　Elaine H. Kim, *Asain American Literature：An Introduction to the Writings and Their Social Context*, Philadelphia：Temple University Press, 1982, pp. xi – xii.

[②]　King-Kok Cheung & Stan Yogi, *Asian American Literature：An Annotated Bibliography*, New York：The Modren Language Association of America, 1988, p. 5.

[③]　Amy Ling, "Chinese American Women Writers：The Tradition behind Maxine Hong Kingston", *Maxine Hong Kingston's The Woman Warrior：A Casebook*, ed. Sau-ling Cynthia Wong, New York：Oxford University Press, Inc. , 1999, p. 136.

声音是微弱的，要发出更大的声音，客观上需要更多人的参与，所以宽泛的"连横"是必须采取的策略，"泛亚"运动的主旨就是要团结所有的亚裔，而这个主旨一直延续到今天；二是从亚裔美国文学学者的群体构成看，20世纪80年代以来以林英敏、黄秀玲、张敬珏、林玉玲等为代表的亚裔美国文学学者都是出生在美国之外的第一代移民，但她们是亚裔美国文学发展及研究的生力军，站在亚裔美国研究的最前沿，从情感和学理上都不可能把自己排除在亚裔美国群体之外。

但值得注意的是，无论是金惠经、张敬珏和斯丹·尤根，还是林英敏、黄秀玲，都用不同的字眼表达了对以赵健秀为主的"哎—咿集团"所论及的"亚裔美国感"（Asian American Sensibility）的基本认同：金惠经的"亚裔美国意识"（Asian American Consciousness）与"亚裔美国感"（Asian American Sensibility）仅一字之差，张敬珏和斯丹·尤根认为亚裔美国文学应反映"美洲大陆经历"，林英敏认为欧亚裔混血儿"水仙花"并不缺乏"亚裔美国感"，黄秀玲把加拿大日裔作家小川乐（Joy Kogawa）纳入自己的研究视野，为的是证明"泛亚洲情感的存在"。由此观之，亚裔美国文学的族裔身份批评有其基本原则：即反映亚裔美国独特的族裔经验与文学想象。鉴于此，对"亚裔美国感"这一理论关键词进行追根溯源就殊为重要。

第二节　"亚裔美国感"溯源

在亚裔美国批评话语中，"亚裔美国感"①（Asian American Sensibility）

---

①　"亚裔美国感"的英文表述为"Asian American Sensibility"，台湾学者将该词翻译为"亚裔美国感性"，笔者在此前的专著及系列论文中也沿用此汉译。在2012年11月16—18日暨南大学承办的"全国外国文学学会英语文学研究会第三次专题研讨会"上，笔者做了"亚裔美国感性溯源"的主题发言，会后南京大学的王守仁教授就该词的汉译提出建议，认为"sensibility"的翻译值得再斟酌；之后笔者与加州大学洛杉矶分校亚裔美国文学专家张敬珏（King-Kok Cheung）教授、台北"中研院"的华裔美国文学研究专家单德兴研究员通过电子邮件讨论、切磋，最终决定把"Asian American Sensibility"翻译为"亚裔美国感"。

是一个具有里程碑意义的关键词。而"哎—咿集团"正是这一关键词的缔造者和诠释者。1972 年，在《种族主义之爱》（"Racist Love"）一文中，"哎—咿集团"的核心成员赵健秀、陈耀光首次提出了"亚裔美国感"（Asian American Sensibility）一词；而在出版于 1974 年的《哎—咿！：亚裔美国作家选集》中，"哎—咿集团"更旗帜鲜明地以"亚裔美国感"作为亚裔美国文学作品入选该文集的核心标准："所选作品的年代、多样性、深度和质量证明了亚裔美国感及亚裔美国文化的存在，它与亚洲和白色美国（White America）相互关联但又判然有别。"①

近四十年来，正是"哎—咿集团"发起的一系列与"亚裔美国感"相关或相悖的理论命题，使亚裔美国批评体系渐成气候，并逐步在广度上拓展和深度上推进。本节通过追溯"亚裔美国感"产生与发展的历程，旨在剖析"亚裔美国感"的本质特点，揭示以"哎—咿集团"为首的亚裔美国批评家建构"亚裔美国感"这一理论话语的历史意义及时代局限。

一　"实际的出生地"与"感性的出生地"之辨

在《哎—咿！：亚裔美国作家选集》"序言"中，在亚裔美国人是否具有"亚裔美国感"的问题上，"哎—咿集团"首先考虑的是出生地，即后来学者们所称的"本土视角"：

　　亚裔美国感的确细微难辨，尽管你对亚洲并没有实际的记忆，出生在中国或者日本就足以把你与美国出生的亚裔区别开来。但是，在作家实际的出生地（actual birth）与情感的出生地（birth of sensibility）之间，我们选择了情感的出生地作为衡量亚裔美国作家的标准。维克特·倪（Victor Nee）出生在中国，5 岁来到美国；小说家雷霆超

---

① Frank Chin, et al. ed., "Preface", *Aiiieeeee! An Anthology of Asian-American Writers*, Washington, D. C.: Howard UP, 1974, p. ix.

（Louis Chu）9 岁才来到美国，但对他们来说，中国和中国文化并不来自个人经验，而是来自传闻和学习。①

"哎—咿集团"首先强调了出生在美国——以美国为"实际的出生地"之于"亚裔美国感"的重要性，认为只有这样才能确认亚裔美国人"非亚洲"的身份；而所谓"情感的出生地"则强调了成长在美国对于建构"亚裔美国感"的重要性，因为这样才能保证亚裔对于祖居国的所有感知都来源于间接的了解，而不是来自现实的个人体验，这正如后来"哎—咿集团"在《大哎—咿！：华裔与日裔美国文学选集》（1991）的"引言"中所论述的，"亚裔美国人"只是"从广播、电影、电视和漫画书中了解中国或日本，以白人美国文化为推手，认为黄种人就是在受伤、悲哀、生气、发誓或吃惊的时候发出哀嚎、呼喊或惊呼'哎咦'的人……"②

以华裔移民作家林语堂（Lin Yutang）、黎锦扬（C. Y. Lee）为例，"哎—咿集团"分析了华人移民作家不具备"亚裔美国感"的原因：

> 情感与个人选择把入选的亚裔美国作家与林语堂、黎锦扬等美国化的中国作家（Americanized Chinese Writers）区别开来。从经验感觉上讲，他们 [林语堂、黎锦扬] 有着熟悉而安全的中国文化身份，而美国出生的华裔永远不可能有这种身份。……他们通过白人的感知使自己成功地变成白人刻板印象中的华裔美国人：友好、忠诚、顺从、被动、遵从法律……难怪他们的写作立足于白人性，而不是立足于华裔美国。变成白人至上主义者，是他们有意识地、自愿地变成"美国人"的一部分。③

---

① Frank Chin, et al. ed., "Preface", *Aiiieeeee! An Anthology of Asian-American Writers*, Washington, D. C.: Howard UP, 1974, p. ix.

② Jefferey Paul Chan, et al. ed., "Introduction", *The Big Aiiieeeee! An Anthology of Chinese American and Japanese American Literature*, New York: Meridian, 1991, p. xi.

③ Frank Chin, et al. ed., "Preface", *Aiiieeeee! An Anthology of Asian-American Writers*, Washington, D. C.: Howard UP, 1974, p. x.

由此可见"哎—咿集团"对华裔移民作家的排斥，但这番论述也不乏"片面的深刻"：从20世纪20年代的"新文化运动"以来，西风东渐，中国知识分子无不对西方思想文化趋之若鹜，而美国作为西方思想文化的新生代表，正处于社会与经济高速发展的时期，与战乱、落后的中国形成鲜明的对比，林语堂、黎锦扬等自然更倾向于吸收发达的西方文化。同时，林语堂分别获得哈佛大学硕士学位和德国莱比锡大学博士学位，黎锦扬获得耶鲁大学硕士学位，他们都是海外华人移民中的知识精英，与身处唐人街的草根阶层相比，自然是大异其趣。唐人街于这两位作家，只是一个具有中国情调的布景。所以，"哎—咿集团"认为其作品充满异国情调，不具备"亚裔美国感"。

这里其实涉及了"自我他者化"或"自我东方化"的理论命题，"哎—咿集团"看到了林语堂、黎锦扬等移民作家对美国主流社会的迎合、对"友好、忠诚、顺从、被动"的华裔美国形象的自我塑型，这与后殖民主义理论家爱德华·萨义德所命名的"东方主义"异曲同工，而该文的发表比萨义德的《东方主义》早了四年，由此不难看出"哎—咿集团"对族裔、文化身份认同的深刻洞见；其所提倡的"亚裔美国感"，其实质是对移民作家"自我东方化"创作倾向的反拨。

"哎—咿集团"设立"实际的出生地"的标尺，目的是斩断亚裔与祖居国的文化联系，以利于建立其理想中的"亚裔美国"新身份。但这个标准，把诸多成年之后才到美国求学并定居的知名亚裔美国学者排除在外，因而遭到质疑和反对。如张敬珏（King-Kok Cheung）在《回顾亚裔美国文学研究》（"Re-viewing Asian American Literary Studies"，1997）一文中所言：

"亚裔美国"是20世纪60年代晚期创造出的一个新词，为的是促进政治团结和文化民族主义，其基础是宽泛的，对于移民和出生在美国的亚裔具有同样的吸引力。但与之矛盾的是，早期亚裔美国文化批评却更加重视美国出生地。在赵健秀、陈耀光、稻田、徐忠雄所编写的《哎—咿！：亚裔美国作家选集》极具影响力的导言中，他们把

美国出生作为其所谓的亚裔美国 "感" 的决定性因素……①

张敬珏发出了众多亚裔移民学者的声音：20 世纪 60 年代末以来的 "泛亚运动"（Pan-Asian Movement）的初衷是团结最广大的亚裔美国人，但"哎—咿集团" 的 "本土" 标尺，把大量亚裔移民排除在外，与 "泛亚" 的宗旨发生悖谬。

而 "哎—咿集团" 不仅以 "实际的出生地" 排斥亚裔移民作家、批评家，更以 "感性的出生地" 把出生在美国本土并被美国主流社会高度认同的著名华裔作家黄玉雪（Jade Snow Wong）、汤亭亭（Maxine Hong Kingston）、谭恩美（Amy Tan）、黄哲伦（David Henry Huang）等人排除在 "亚裔美国" 之外，认为这些作家通过把华裔美国文化异国情调化，迎合了美国主流的东方主义话语："用白人的言语方式，使自己美国化了"，变得"忠实、驯服、被动"。② "哎—咿集团" 还引用华裔美国批评家许芥昱（Kai-Yu Hsu）的话，批评以上作家对中国文化的扭曲：

> 这些很大程度上具有自传体性质的作品像鉴赏家手册介绍中国玉和乌龙茶一样去展示中国文化和华人移民的刻板印象：华人移民要么被表现为孤僻、完全中国化，要么悄无声息地被同化，变成美国人，成为美国理想的大熔炉进程中的模范。③

在《真假亚裔美国作家一起来吧！》（"Come All Ye Asian American Writers of the Real and the Fake", 1991）一文中，赵健秀再次把这些作家归入 "假的"（the fake）亚裔美国作家之列，认为他们没有 "亚裔美国

---

① King-Kok Cheung, "Re-viewing Asian American Literary Studies", *An Interethnic Companion to Asian American Literature*, New York：Cambridge UP, 1997, p. 2.

② Frank Chin, et al. ed., "Preface", *Aiiieeeee! An Anthology of Asian-American Writers*, Washington, D. C.：Howard UP, 1974, p. x.

③ Qtd in Frank Chin, et al. ed., "Introduction：Fifty Years of Our Whole Voice", *Aiiieeeee! An Anthology of Asian-American Writers*, Washington, D. C.：Howard UP, 1974, p. xxiv.

感"，表现的都是白人的价值观，是对"基督教的社会达尔文主义"（Christian social Darwinism）的复制和呼应。① 而在《大哎—咿！：华裔与日裔美国文学选集》的引言中，赵健秀等进一步解释道："我们把他们归入假的亚裔美国作家——因为他们的创作来源于基督教教义、西方哲学、历史和文学。"② 同时，赵健秀把汤亭亭《女勇士》中所改写的"花木兰"故事与乐府诗歌《木兰辞》——对照审读，以此作为汤误读误用中国经典，取悦于美国白人主流的事实。

究其实质，"哎—咿集团"对"出生地"的纠结是一种表象，其真实目的其实在于凸显"亚裔美国"之"非亚"、"非美"的特点，所以他们既不能接受已经具有安全而稳定中国文化身份的林语堂和黎锦扬，也不能接受"创作来源于基督教教义、西方哲学、历史和文学"③ 的土生亚裔美国作家如黄玉雪、汤亭亭、谭恩美等。在这里，有两点值得特别探讨。

首先，创作来源于"基督教教义、西方哲学、历史和文学"的文学与"亚裔美国文学"是否是两个截然对立的范畴？换句话说，难道"亚裔美国感"是独立于西方宗教、哲学、历史和文学之外的吗？从其本质上看，亚裔美国文学的独特性正表现在其文化的混杂性，因为亚裔美国作家们无一不是置身于双重甚至多重传统之中；但由于西方文化传统中根深蒂固的强势文明主观意志，他们更容易接受西方文化价值观的影响和西方文化经典的熏陶。如华裔美国文学理论家林英敏曾在《这是谁的美国？》（"Whose America Is It?", 1998）一文中坦言："我是受鹅妈妈童谣和欧洲童话的滋养长大的，我一直渴望自己能变成一个金发碧眼的公主"④，"从

---

① Frank Chin, "Come All Ye Asian American Writers of the Real and the Fake", *The Big Aiiieeeee! An Anthology of Chinese American and Japanese American Literature*, ed., Jefferey Paul Chan et al., New York: Meridian, 1991, p. 13.

② Jefferey Paul Chan, et al. ed., "Introduction", *The Big Aiiieeeee! An Anthology of Chinese American and Japanese American Literature*, New York: Meridian, 1991, p. xv.

③ Frank Chin, "Come All Ye Asian American Writers of the Real and the Fake", *The Big Aiiieeeee! An Anthology of Chinese American and Japanese American Literature*, ed., Jefferey Paul Chan et al., New York: Meridian, 1991, p. 13.

④ Amy Ling, "Whose America Is It?", *Transformations*, 9.2 (1998), p. 13.

裴欧沃夫到乔叟的坎特伯雷故事，从莎士比亚到萨克雷、左拉、亨利·詹姆斯……他们的艺术禀赋犹如高高的奥林匹斯山，如此的高以至于我决心献出自己毕生的精力"。① 所以尽管有着双重或多重的文化传统，亚裔美国作家最显性的认同的还是西方文化模式。鉴于这样的事实，他们正是亚裔美国作家的真正代表，绝对不是"假的亚裔美国作家"。

其次，亚裔美国作家应如何在自己的创作中运用祖居国的文化资源？如前所述，"哎—呷集团"认为"亚裔美国人"对于祖居国的了解均来源于美国传媒，而不是个人体验，那他们就绝无可能再现"真确的"（authentic）的祖居国文化。而且按照其对"亚裔美国感""非亚"、"非美"的界定，"真确的"祖居国文化再现反而是不可取的。既如此，又何来"误读误用"之说呢？

对此，汤亭亭提出了自己的看法："他们不明白神话必须变化…… 把神话带到大洋彼岸的人成了美国人，同样，神话也成了美国神话。我写的神话是新的、美国神话。"② 而在多次的访谈中，汤亭亭一再强调：

> 实际上，我作品中的美国味儿要比中国味儿多得多。我觉得不论是写我自己还是写其他华人，我都是在写美国人。…… 虽然我写的人物有着让他们感到陌生的中国记忆，但他们是美国人。再说我的创作是美国文学的一部分，对这点我很清楚。我是在为美国文学添砖加瓦。评论家们还不了解我的文学创作其实是美国文学的另一个传统。③

通过这番论说，汤亭亭不仅是为自己正名，更是为亚裔美国文学的特质作

① Amy Ling, "Whose America Is It?", *Transformations*, 9.2（1998）, p.15.

② Maxine Hong Kingston, "Personal Statement", in *Approaches to Teaching Kingston's The Woman Warrior*, Shirley Geok-Lin Lim ed., New York: The Modern Language Association of America, 1991, p.24. 该段中文翻译引自吴冰《关于华裔美国文学研究的思考》，《外国文学评论》2008 年第 2 期。

③ Paula Rabinowitz, "Eccentric Momories: A Conversation with Maxine Hong Kingston", in *Conversations with Maxine Hong Kingston*, Skenazy Paul & Tera Martin ed., Jackson UP of Mississippi, 1998, p.140. 该段中文翻译引自吴冰《关于华裔美国文学研究的思考》，《外国文学评论》2008 年第 2 期。

解：亚裔美国文学是掺杂了亚裔文化元素的美国文学之一脉，是具有旅行性和流动性的混血文学之一种。

"赵汤之争"是亚裔美国文学研究中永远无法绕开的话题，但就实质而言，赵健秀与汤亭亭的族裔与文化身份认同是殊途同归：正如加州大学洛杉矶分校亚裔系凌津奇教授（Jinqi Ling）所言：

> ［赵健秀与汤亭亭］都认为"大熔炉"（melting pot）文化对亚裔美国人是无效的，他们都认为主流美国文化在干扰亚裔美国叙事的延续性。不过汤亭亭采取的是一种后现代主义精神，只取对自己有用的部分，而赵健秀则努力想要复制"真确的"（authentic）中国文化，虽然他的复制并不成功。①

的确如此，汤亭亭所创作的亚裔美国神话，其目的是颠覆"主流"的美国神话，为亚裔美国人创造属于自己的文化传统；同样，赵健秀所孜孜以求的中国文学、文化经典表述的"真确性"，其主旨也是颠覆美国主流文学、文化范式，建立属于亚裔美国人自己的传统，二者深层的"亚裔美国感"是一致的。

二 语言、文化与亚裔美国身份的整体性构建

与黄玉雪、汤亭亭、谭恩美、黄哲伦（David Henry Huang）等亚裔美国作家的境遇形成鲜明对比的，是备受"哎—咿集团"推崇的华裔作家雷霆超（Louis Chu）和日裔作家约翰·冈田（John Okada）。在《哎—咿！：亚裔美国作家选集》题为《五十年来我们总体的声音》长达四十三页的导言中，"哎—咿集团"以雷霆超的小说《吃碗茶》（*Eat a bowl of Tea*，1961）和日裔作家约翰·冈田的《双不小子》（*No-no Boy*，1957）为例，从语言、

---

① 引自加州大学洛杉矶分校凌津奇教授（Jinqi Ling）2012 年 9 月 14 日在暨南大学外国语学院的学术讲座上就笔者提问做出的回答。

文化、人格等方面论述"亚裔美国感"的内涵，致力于亚裔美国身份的整体性建构。

"哎—咿集团"高度认可雷霆超和约翰·冈田充满"亚裔感"的语言，认为正是这两位作家遭人诟病的用词与文法，表现出真切的"亚裔美国感"。对于雷霆超夹杂着广东四邑方言的英语，他们极度褒扬：

> ［书中］角色间的打招呼、应答的态度和习惯都是真确的唐人街式的。雷把四邑方言中的成语或谚语直接字对字地翻译过来，这种表达，对于华裔美国读者而言是趣味和认同。雷可靠的眼睛和耳朵使他避免了陈词滥调、粉饰太平和怪异的哗众取宠。他了解唐人街的人们，了解他们的癖好和渴求，能捕捉到他们的褊狭和人性。①

更加值得注意的是，"哎—咿集团"把语言问题提高到了族裔斗争的高度，并就他人对冈田的批评进行了激烈的反驳：

> 批评家们为冈田对语言和标点符号的使用感到尴尬是不对的。一个少数族裔作家认为自己正在使用，或者雄心勃勃地试图使用漂亮、正确、断句很好的英语写作是一种白人至上主义。那种普遍把英语当作美国唯一语言的认识，其实是把语言变成了文化帝国主义的工具。……②

在"哎—咿集团"看来，要求亚裔美国人使用所谓"标准英语"，不仅是"白人至上主义"和"文化帝国主义"的表现，更是对亚裔"语言的剥夺"（deprivation of language），从而导致"亚裔美国文化整体性"（Asian American Cultural Integrity）和"亚裔美国男性气质"被抹杀；亚裔美国人

---

① Frank Chin, et al. ed., "Introduction: Fifty Years of Our Whole Voice", *Aiiieeeee! An Anthology of Asian-American Writers*, Washington, D. C.: Howard UP, 1974, p. xxxi.

② Ibid., p. xxxvii.

被剥夺了自己的语言，只能"去适应他们从来没有使用过的语言和在英语书中才读到的文化"。"哎—咿集团"认为，"这种白色文化对土生语言的劫掠，等于消灭了亚裔美国文化"。①

值得注意的是，早在 1972 年，"哎—咿集团"的核心成员赵健秀和陈耀光在《种族主义之爱》（"Racist Love"）一文中，就深刻论及语言与文化、语言与民族感（the people's sensibility）建构的关系：

> 语言是文化、民族感的媒介……［语言］通过把共同经历组织、编码成象征符号将人们团结为一个整体。阻碍语言就割裂了文化与感性。……人若没有了自己的语言，就不再是一个人，而是表演口技的傻瓜（ventriloquist dummy），最多算一只学舌的鹦鹉。……白色文化通过语言的暴力压制华裔美国和日裔美国文化，把亚裔美国感排除在美国意识主流之外。②

可见，"哎—咿集团"很早就注意到了后殖民主义理论家们所探讨的语言与文化殖民的问题，并对语言剥夺与文化帝国主义的关系有着深刻洞见，主张作家用原生态、本色的土语表达思想，以此建构自己族裔文化的整体性——这种诉求，与当今身处真正的后殖民国家的作家们的努力非常相似：如肯尼亚作家尼·瓦·西昂戈（Ngugi Wa Thiong'o）就极力主张放弃殖民者的语言（英语），用自己的民族语言进行创作，以抵制殖民语言中所隐藏的殖民文化承载。

但无论是"华人英语"（Chinese English）还是"日式英语"（Japanese English），客观上还是一种混杂的、不纯粹的英语，而在"哎—咿集团"看来，正是这种"杂交"和不纯粹，成就了亚裔美国文学中独特的

---

① Frank Chin, et al. ed. , "Introduction：Fifty Years of Our Whole Voice", *Aiiieeeee！An Anthology of Asian-American Writers*, Washington, D. C. ：Howard UP, 1974, pp. xxxviii - xliv.

② Frank Chin and Jeffery Paul Chan, "Racist Love", *Seeing through Shuck*, ed. Richard Kostelanztz, New York：Ballantine Books, 1972, p. 77.

"亚裔美国感"，对建构亚裔美国文化身份具有重要的意义：以雷霆超的《吃碗茶》为例，里面的角色对白无论从句法还是用词，都表现出"中国式英语"的痕迹，夹杂着"肥水不流外人田"、"男女授受不亲"、"绿帽子"等习语，以及粤语中才有的"鬼佬"、"死鬼"等骂人的口头禅。而这种特殊的、只有中国人才能读懂的"唐人街英语"，正是"哎—咿集团"所追求的体现"亚裔美国感"的本色语言。

"哎—咿集团"成员中，赵健秀尤其提倡亚裔作家们在作品的语言风格方面体现"亚裔感"：不注重语法的规范和标准，而是刻意使用可以传达"亚裔美国感"的亚裔式美国英语，推崇用特殊的语言风格表达族裔特色。在他自己创作的剧本中，"角色的道白掺杂了一般英文、黑人英文、华人英文、广东话、北京话……生动地呈现出语言与文化的混杂（hybridity）现象"。[①]

"哎—咿集团"之所以如此重视雷霆超充满"亚裔美国感"的语言，在于他们看到了语言与亚裔美国文化、亚裔美国感，以及亚裔美国人格之间的紧密联系。在《种族主义之爱》一文中，赵健秀和陈耀光论述道：

> 双重人格（dual personality）概念成功地剥夺了华裔美国人对于语言的权利，由此也剥夺了华裔美国人将其经历编码、交流与合法化的方式。因为他是外国人，英语就不是其母语；因为他出生在美国，汉语也不是其母语。中国的汉语，所谓"真正的汉语"，使得华裔美国人意识到自己缺乏对汉语的权利，而同时白种美国人并不把华裔美国英语当成一种语言，甚至不把它当成一种少数族裔语言，而是当作错误的英语（faulty English），一种"土音"。由于双重人格概念，一种在中国和白色美国都无法解释的、有机的、完整的身份和人格就被排除掉了。[②]

---

①　单德兴：《铭刻与再现——华裔美国文学与文化论集》，（台北）麦田出版社 2000 年版，第 224 页。

②　Frank Chin and Jeffery Paul Chan, "Racist Love", *Seeing through Shuck*, ed. Richard Kostelanztz, New York: Ballantine Books, 1972, p. 76.

这里所说"双重人格",指的是所谓"东西方交融"把"华裔美国人分为不相容的两部分"的分裂现象:"一是'外国人',其地位的确认依靠白色本土人的接纳程度,二是'有生理缺陷的本土人',他们被教导认同其外国身份是证明其肤色不同的唯一途径。"① 而这种分裂,与"哎—咿集团"所追求的完整的"亚裔美国"身份背道而驰——他们所追求的,是一种"在中国和白色美国都无法解释的、有机的、完整的身份和人格"。但由于"亚裔美国英语"被否决,亚裔美国文化也被否决,亚裔美国文化的整体性无从建立,则亚裔美国感、亚裔美国的完整人格建构无从谈起。

"哎—咿集团"洞悉"双重人格"和语言剥夺对"亚裔美国感"的破坏作用,所以在界定"亚裔美国感"时,特别拒斥所谓"双重人格"的作家:他们把林语堂、黎锦扬等华裔移民作家,土生华裔作家黄玉雪、日裔作家莫妮卡·曾根(Monica Sone)称为"从一种文化游走到另一种文化的"的"香蕉人"予以排斥,而对约翰·冈田作品中同时对日本和美国说"不"的"双不小子"(No-no Boy)却赞赏有加:

> 就冈田而言,做日本人或者美国人似乎是他唯一的选择,但他拒绝了两者,而基于其既不是日本人也不是美国人的经历去定义二代日裔(Nisei)。他笔下的主人公["双不小子"]表达了这样的看法:日裔美国人是不能用双重人格予以定义的,不能把不可兼容的两者混为一体。其小说中双重否定的、加连字符的"不",表达了主人公对加连字符的日裔–美国人的憎恨与拒斥——既对日本说"不",也对美国说"不"。②

"哎—咿集团"对"双重人格"的决绝态度可见一斑,而其建构"有

---

① Frank Chin and Jeffery Paul Chan, "Racist Love", *Seeing through Shuck*, ed. Richard Kostelanztz, New York: Ballantine Books, 1972, p. 72.

② Frank Chin, et al. ed., "Introduction: Fifty Years of Our Whole Voice", *Aiiieeeee! An Anthology of Asian-American Writers*, Washington, D. C.: Howard UP, 1974, p. xxxv.

机、完整"的亚裔美国身份的"双不"策略也彰显无遗：1972 年，赵健秀给《桥》（Bridge）杂志编辑的信中，就对把自己混同于林语堂、黎锦扬等"双重人格"的作家提出了尖锐的批评。在 1979 年 3 月斯坦福大学的一次演讲中，陈耀光也发表了他对于建立新的华裔美国族裔身份的想法："我们必须抛弃华人的或白人的身份意识，抛弃二者之后达成的平衡，才可能形成华裔美国人的身份意识。"① 可见，赵健秀、陈耀光所提倡的"亚裔美国感"是建立在对亚洲和美国双重摒弃的基础上的。

考虑到 20 世纪 60—70 年代亚裔美国人的弱势地位，我们自然能理解"哎—咿集团"致力于建构"亚裔美国感"的良苦用心。其对"亚裔美国"英语的倡导、对"双重人格"的拒斥，体现出他们对亚裔美国文化整体性及"亚裔美国感"的执着追寻，而这种追寻，符合当时的族裔政治语境：正如著名亚裔美国文学学者金惠经（Elaine Kim）所言，"在 20 世纪 70 年代末……我之所以寻求划界、边界和各种限定性指标，是因为感觉到有必要建立这样的事实：亚裔美国文学是一种确确实实的存在……这就是为什么文化民族主义曾经如此重要……坚持一种整体的身份似乎是抵抗和防御被边缘化的唯一有效途径"。②

三　族裔经验、历史钩沉与亚裔美国"英雄"书写

为建构"亚裔美国感"，"哎—咿集团"在再现族裔经验、钩沉亚裔美国历史、破除种族刻板印象（racial stereotypes）、创建亚裔美国"英雄"书写传统、摒弃自传文类书写等方面提出了自己的理论主张，并进行了身体力行的批评和创作实践。

在族裔经验上，"哎—咿集团"以是否"真确"（authentic）作为标准，推举雷霆超的《吃碗茶》为"第一部以不具异国情调的唐人街为背景

---

① Qtd in Elaine H. Kim, *Asian American Literature：An Introduction to the Writings and Their Social Context*, Philadlphia：Temple UP, 1982, p. 175.

② Qtd in King-Kok Cheung, "Re-viewing Asian American Literary Studies", *An Interethnic Companion to Asian American Literature*, New York：Cambridge UP, 1997, p. 2.

的华裔美国小说"，认为雷霆超的"亚裔感"表现在对20世纪40年代唐人街"单身汉"社会的真实描述，折射出美国60多年来的排华历史，发出了来自华裔社群内部的声音；认为雷霆超笔下"充斥着妓女、赌博，作为外国飞地（foreign enclave）而存在"的唐人街①，才是忠于历史和当时社会现实的真实再现。

《双不小子》中的主人公"双不小子"一郎因为拒绝入伍为美国而战，拒绝宣誓效忠美国而得名。与"第二次世界大战"中一百多万日裔美国人一样，一郎被迫离开家乡，进入日裔拘留营。当他从监狱回到西雅图旧时的家时，却由于是进过监狱的"双不小子"而遭到了兄弟、邻居甚至旧时老师的嫌弃，成了一个"病态的失败者（pathological loser），自我轻视，自我怜悯，但又有一种天生的尊严……"② 在"哎—咿集团"看来，书中所描述的西雅图日裔聚居地充满了"沮丧、绝望、自杀、百无聊赖的愤怒"，以及"低调的歇斯底里"③，正是对日裔美国人在日本袭击珍珠港之后所遭受的种族仇视，被关进沙漠拘留营等创伤经历的"真确"再现，约翰·冈田被推举为最具"亚裔美国感"的作家之一。

而"哎—咿集团"不仅把"亚裔美国"族裔经验的"真确"再现作为衡量亚裔美国作家作品"亚裔美国感"的重要标准，更把亚裔美国历史的钩沉、破除种族刻板印象作为建构"亚裔美国感"的重要途径。在《哎—咿！：亚裔美国作家选集》1991年重版序言中，"哎—咿集团"透彻地论述了亚裔美国的文学创作、亚裔美国感的建构、亚裔美国历史的钩沉与破除亚裔美国种族刻板印象之间的辩证关系：

　　在我们能谈论我们的文学之前，我们得解释我们的感性，在我们能解释我们的感性之前，我们必须勾勒出我们的历史，在能够勾勒出

---

① Frank Chin, et al. ed. , "Introduction：Fifty Years of Our Whole Voice", *Aiiieeeee! An Anthology of Asian-American Writers*, Washington, D. C. ：Howard UP, 1974, p. xxxi.

② Ibid.

③ Ibid.

我们的历史之前，我们得摒除他们对于我们的刻板印象，在我们能摒除刻板印象之前，我们必须证明刻板印象的错误，证明那些容易取得、一般曾为大众所知的历史都是不学无术。①

以此为理论基础，被美国主流读者广泛认可的华裔美国作家汤亭亭、谭恩美、黄哲伦等人被赵健秀当作"假的"亚裔美国作家而受到猛烈抨击：他在《真假亚裔美国作家一起来吧！》这篇长文中一一列举了以上三位炙手可热的作家对中国人形象及中国文化知识的扭曲和错误再现：诸如汤亭亭《女勇士》中对花木兰和岳飞典故的混淆，谭恩美《喜福会》一开篇虚构的"天鹅羽毛"的寓言，黄哲伦对汤亭亭版花木兰的复制，还增加了屠杀花木兰一家的血腥情节……

汤亭亭、谭恩美、黄哲伦的作品确实在一定程度上突出了中国人"神秘"（mystic）、"被动"（passive）、"厌女"（misogynistic）的刻板印象，但与美国主流作家杰克·伦敦、罗伯特·亨莱恩等人作品中的华人形象判然有别。在美国主流文学及文化宣传中，中国男人不是邪恶的"傅满洲"（Fu Manchu），就是娘娘腔的陈查理（Charlie Chen），中国女人要么是诡计多端的"龙女"（Dragon Lady），要么是柔弱羞涩的"莲花"（Lotus Blossom），但汤亭亭、谭恩美笔下的华人女性多是具有反抗精神的"女勇士"，黄哲伦戏剧中男扮女装的京剧小旦也彻底颠覆了西方人眼中作为牺牲品的"蝴蝶夫人"形象。"哎—咿集团"对于他们的激烈批判和绝然排斥，显然是有失公允的。

基于对以上华裔美国作家的不满，"哎—咿集团"不仅提出了建构亚裔美国感的理论主张，而且积极运用于自己的文学实践，致力于钩沉亚裔美国历史，建构亚裔美国男性英雄传统，以破除亚裔男性被"阉割"、被"女性化"的种族刻板印象：

---

① Qtd in Shawn Wong, *Asian American Literature：A Brief Introduction and Anthology*，New York：Addison-Wesley Educational Publishers Inc.，1996，p. 5.

在徐忠雄的《家园》（*Home Base*，1979）中，叙述者陈雨津（Rains-ford Chan）追寻父亲、祖父、曾祖父在美国奋斗的英雄传统，通过对父系先辈伤痛历史经历的记忆和缅怀，创造出一种独特的族裔感，这种族裔感是充满阳刚之气的，是与美国的高山、大地血脉相连的，是土生土长于美国的陈雨津引以为傲的特性。而在《唐老鸭》（*Donald Duk*，1991）中，赵健秀则以中国文学文化经典《三国演义》《水浒传》中的关公、李逵等英勇好战的男子形象作为重振华裔父系雄风的楷模，将华人移民父亲们在美国修建铁路的光荣历史与中国古典小说的英雄故事结合起来。从赵健秀、徐忠雄对"力量型"英雄传统的追寻，我们可以看出美国文化传统对其"内化"的力量，这正如张敬珏所言，这应该引起人们对"通过暴力建立再生的神话"的美国"民族性格"的反思。①

赵健秀、徐忠雄的"华裔男性英雄"书写虽然饱受诟病，但毋庸置疑的是，他们通过文学创作实践，确实在一定程度上达到了颠覆华裔美国刻板印象、重构华裔美国历史的目的，开启了亚裔美国文学创作的"英雄传统"。

为建构亚裔美国文学的"英雄传统"，"哎—咿集团"特别排斥华裔文学中的自传书写，认为写自传不是东方文学传统，而是西方，尤其是基督教的文学传统。赵健秀认为，"华裔作家中只有基督教徒才写自传，这些自传从形式到内容都满足了白人的想象，这些作家推崇基督教道德，从心底深处认为白人至上……从黄玉雪到汤亭亭，她们的自传完全脱离了中国人或华裔美国人真实的生活处境，没有什么是华族的，没有什么是真实的，一切都出于纯粹的想象"。②

在此，"哎—咿集团"由于态度偏激而体现出明显的逻辑漏洞：首

---

① King-Kok Cheung, "Of Men and Men: Reconstructing Chinese American Masculinity", *Other Sisterhoods: Literary Theory and U. S. Women of Color*, ed. Sandra Kumamoto, Urbana: U of Illinois P, 1998, p. 175.

② Frank Chin, "Come All Ye Asian American Writers of the Real and the Fake", *The Big Aii-ieeeee! An Anthology of Chinese American and Japanese American Literature*, ed. Jefferey Paul Chan et al., New York: Meridian, 1991, p. 75.

先，自传真的是基督教的文学传统吗？其次，推崇基督教道德就是白人至上论吗？

说写自传是基督教的文学传统，应该是指圣·奥古斯丁（Aurelius Augustinu，354—430）开辟了西方写忏悔录的文学传统，但自传与忏悔录有着本质的区别，自传体小说自然也不能等同于自传；基督教道德更不能与白人至上论画等号，因为二者形成的历史年代、社会语境及其倡导的精神都截然不同：基督教于公元 1 世纪发源于巴勒斯坦的耶路撒冷地区犹太人社会，是以信仰耶稣基督为救世主的宗教，而以白人至上为核心的种族主义则起源于 19 世纪末，产生于列强瓜分非洲的年代。

实事求是地看，被"哎—咿集团"标记为"假的"亚裔美国作家的汤亭亭、谭恩美、黄哲伦、曾根等的作品正是从种族、文化、性别、阶级等多个维度解构机械的二元对立，反对种族、文化、性别歧视。二者的分歧，究其根本，还在于"哎—咿集团"对文学的"现实主义"创作观的坚守，追求现实的可靠性；而汤亭亭等更注重艺术的真实，在诸多细节上超越或"扭曲"了现实，但这些"扭曲"或"变形"恰恰具有反讽或黑色幽默的美学效果。就在赵健秀、徐忠雄等攻击"自传是基督教文学传统"的同时，他们自己的文学创作其实也充满了自传色彩，而这样做不仅没有削弱，反而更加增强了作品的情感和美学感染力。

在 20 世纪 70 年代，"亚裔美国"作为一个崭新的族裔标签，的确需要框定内涵、划定边界，以利于亚裔美国人缔结联盟，在 WASP 为主流的美国社会发出更强大的声音，争取更广阔的族裔权利和发展空间；但"哎—咿集团"对于"亚裔美国感"的界定极具矛盾性和排他性，以至于在亚裔美国族群内部引来诸多争议。关于这一点，"哎—咿集团"的核心人物赵健秀也在出版于 1998 年的《刀枪不入的佛教徒及其他散文》（*Bulletproof Buddhists and Other Essays*）杂文集中对自己早年的激进与狭隘立场进行了反思，并进行了一定程度的修正。

第三节　多元·异质·杂糅
——亚裔美国文学之族裔身份批评话语的分化

早在 1982 年，在《亚裔美国文学：对亚裔美国写作及其社会背景的介绍》的前言中，著名亚裔美国学者金惠经（Elaine Kim）曾理性地审视"亚裔美国文学"标签，并质疑其所带来的问题：

> 把这本书叫作"亚裔美国"文学带来一个极大的问题，原因首先在于"亚裔美国"这个词极具争议，与其前身"东方人"（oriental）一样，是西方人在种族分隔或种族多元的社会中为了种族划分的需要而造出的一个词。对我而言，被称作东方人是一件很难的事，因为所谓"东方"意味着某处的东方，某个他者定义的中心的东方。①

金惠经同时指出，"亚裔美国人"较之于"东方人"的确更加准确，至少表明了亚裔美国身份，"听起来也比'东方人'客观"，但在"亚裔美国"内部，语言、历史、文化的差异是显而易见的：金惠经以日据时期的韩国为例，说明当时韩裔美国人如何极力区别自己与日裔美国人的不同；同样，美国的老挝人、柬埔寨人、越南人也因被统称为"印度支那人"（Indochinese）或"东南亚人"（Southeast Asians）而倍感迷惑。在厘清这些差异的同时，金惠经清楚地认识到："各种国族群体的差异会在一、两代人之后模糊，作为美国少数种族的共同经历使我们更清楚我们是在一起的。然而，当我们这样做时，就已经接受了外界强制所给的标签，即主要基于种族而不是文化，将亚裔与其他美国人区分开来。"

---

① Elaine H. Kim, *Asian American Literature：An Introduction to the Writings and Their Social Context*, Philadelphia：Temple UP, 1982, p. xii.

质言之，"亚裔美国人"的标签是一把双刃剑：一方面有利于亚裔美国人共享处于美国主流社会边缘的少数族裔的共同经历，争取共同的族裔权利；另一方面，在接受这个标签的同时，亚裔美国人承认了自己与"美国人"的不同，承认了自己的"他者"地位，这对于亚裔被美国主流接纳非常不利。

在分析、质疑"亚裔美国人"标签的同时，金惠经提醒读者，亚裔美国作家的写作没有必要就其国家或种族群体具有"典型性"或"代表性"，正如"没有人期望斯坦贝克（Steinbeck）和梅尔维尔（Herman Melville）要代表白人美国人，甚至德国裔美国人或英国裔美国人一样"。①

这让人回想起1970年赵健秀与李金兰（Virginia Lee，1923—　）关于族裔身份认同截然相反的意见：在一次访谈中，李金兰声称自己并没有关于身份的概念，说"亚裔美国作家首先是一个人，正如诗人首先是一个人，然后才谈其诗性……我并不太关心我是中国人或美国人，或华裔美国人（Chinese-American），或美国华人（American-Chinese）"。而赵健秀则针锋相对地调侃道，"这等于说你是一粒豆子，是世界上成万上亿的豆子中的一粒，甚至既不是黑豆也不是黄豆，那你的身份是什么？"②

李金兰与赵健秀从不同的立场简单而旗帜鲜明地表达了自己的族裔认同/抗拒，而在其后几十年的批评历程中，亚裔美国学者对于"亚裔美国人"和"亚裔美国文学/文化"所面临的悖论性语境有了越来越深刻的认识，其族裔、文化身份的批评话语也越来越走向分化与多元。

本节聚焦于20世纪90年代以来涉及亚裔美国族裔身份论述的代表性批评文本，对亚裔美国族裔身份的"间际性"、建构性、异质杂糅性等特质展开分析，从而揭示亚裔美国族裔身份批评话语的分化对亚裔美国族群发展的积极与消极意义。

---

① Elaine H. Kim, *Asian American Literature*: *An Introduction to the Writings and Their Social Context*, Philadelphia：Temple UP，1982，p. xiii.

② Kai-Yu Hsu & Helen Palubinskas, *Asian-American Authors*, Boston：Houghton Mifflin Company，1972，p. 1.

一　亚裔美国身份之"间际性"

1990 年，林英敏（Amy Ling）出版了《世界之间：华裔美国女作家》一书，而米莎·伯森（Misha Berson）编辑出版了《世界之间：当代亚裔美国戏剧》（*Between Worlds：Contemporary Asian-American Plays*，1990）。两位作家不约而同地使用"世界之间"为主标题，显示出亚裔美国作家及学者对于"亚裔美国"族群的现实生存语境，对于其族裔与文化身份`"间际性"（in-betweenness）的自觉意识。林英敏在其"开场白"中开宗明义地指出：

> 无论是近期的［华人］移民还是本土出生的［华裔］，在美华人都发现自己被夹在两个世界之间（caught between two worlds）。他们的面部特征表明了一个事实——他们是亚裔，但从教育、自我选择及出生看，他们是美国人。种族特征加强了他们的显示度，把他们与"正常"白人区分开来，但具有悖论意义的是，也正是这种种族特征，强化了他们的"隐形"特征，从隐喻的意义上讲，他们变成了拉尔夫·埃里森（Ralph Ellison）小说主人公那样"看不见的人"。①

米莎·伯森在《世界之间：当代亚裔美国戏剧》的"介绍"中论及亚裔美国戏剧在美国主流戏剧舞台"长时间缺席"的原因时，指出由于文化差异和种族歧视对此所造成的影响："跨文化差异肯定起到一定作用。以表演为主导的西方戏剧对于亚州人来说是陌生的"②；尽管年轻一代有天赋的华裔美国人超过了他们的父母辈，但仍然面临着来自主流社会的种族歧视，以至于华裔美国戏剧没有生发的土壤：

①　Amy Ling, *Between Worlds：Women Writers of Chinese Ancestry*, New York：Pergamon Press, 1990, p. 20.

②　Misha Berson, ed., *Between Worlds：Contemporary Asian-American Plays*, New York：Theatre Communications Group, Inc., 1990, p. x.

直到"第二次世界大战"以后，大部分亚裔美国人还是生活在自己的族裔"飞地"（enclaves），如市区中的中国城、菲律宾城、日本街，以及加利福尼亚和西部的农村地区。亚裔美国人在一定的历史时期遭受到不公正法规的限制和残酷的治安袭击；他们由于西方人所不熟悉的习俗、语言和宗教而受到公开的鄙视。亚裔美国人几十年来就一直以"沉默"的少数族裔而受到称赞或谴责——排斥他人、搞宗派小集团、根深蒂固的异国情调、永远不变的外国人。考虑到亚裔美国人所遭受的种族敌视（在某些地方，他们至今遭受这样的敌视），可以理解其公众显示度低下的原因。①

由此，米莎·伯森反对"狭隘的、简单化的种族和族裔概念"，呼吁建立一种"真正多元的美国文化——一种具有包容性的文化，在称颂我们的共性的同时，承认矛盾并尊重差异"。②

林英敏和米莎·伯森意识到了亚裔美国族裔的"间际性"特征，并看到了人种、文化差异给亚裔美国人所带来的"看不见"或"低显示度"甚至被排斥、歧视的族裔待遇，但其观点依然还停留在"二元对立"的思维模式之中：亚裔是作为被美国主流俯视的"少数族裔"和"弱势族群"出现的，他们与生俱来的双文化背景带来的是消极的、"破坏性的"影响，造成自我认同的痛苦、挣扎甚至"分裂"。正如李贵苍在其专著《文化的重量：解读当代华裔美国文学》（2006）中所论述的：

> Amy Ling［林英敏］在《两个世界之间：华裔女作家》中，分析了大量的华裔文学形象，但总的思路是华裔作为生活在美国的少数族裔，在文化上处于两个世界的夹缝之中，一个个成了自己文化传承的牺牲品，毫无自主性可言。她们有强烈的异化感，她们的自我和个性

① Misha Berson, ed., *Between Worlds: Contemporary Asian-American Plays*, New York: Theatre Communications Group, Inc., 1990, p. x.

② Ibid., p. xiv.

甚至呈现分裂状态……①

在林英敏和米莎·伯森的分析和论述中，"间际性"是亚裔美国人不幸遭遇的根源，具有浓厚的悲剧色彩。但同时代的亚裔美国文化理论批评家骆里山（Lisa Lowe）却从非常正面、积极的视角考量亚裔美国的"间际性"，认为正是"文化、政治和经济意义上的异化感才可以通过反抗话语进行表述"②，华裔/亚裔美国人主体性正是在对抗主流文化"国家认同"的压力时实现的。骆里山不是从消极的视角看亚裔美国人在"夹缝"中生存的艰难，而是把这种"间际性"看作少数族裔对抗主流的"反抗话语"，认为"文化、政治和经济意义上的异化感才可以通过反抗话语进行表述。……文化错置的长期影响将会打开人们寻求替代政治和文化主体的大门"。③

由此可见，亚裔美国族裔身份主体形成的核心正是在于其"间际性"，否则早已消弭在美国的以"同化"为目标的"国家认同"之中；而亚裔美国人的"边缘"、"夹缝"地位并不是一种痛苦而无奈的选择，正是其独特性、革命性和颠覆性之所在。亚裔美国人这种与生俱来的"间际性"，颠覆了美国"WASP"（White，Anglo-Saxon Protestant）主流所形成的种族"霸权"，成为美国多元种族景观中一道独特的风景线。如后殖民学者霍米·巴巴所言，"殖民列强生产、力量变化和巩固权威的符号，因为间际性认同不过是消除殖民统治的策略的一个名称而已……杂合性展现的是对所有歧视和统治场所的破坏和剔除"。④

当然，这种"破坏和剔除"既关涉美国长期以来形成的"内部殖民"氛围，更与美国少数族裔自"民权运动"以来一系列革命的政治、文化运动息息相关。美国从来不是传统意义上的殖民国家，但美国"WASP"主流从文化、政治、思想上对少数族裔及其他"异己者"（aliens）的"殖

---

① 李贵苍：《文化的重量：解读当代华裔美国文学》，人民文学出版社 2006 年版，第 83 页。

② Lisa Lowe, *Immigrant Acts: On Asian American Cultural Politics*, Durham and London: Duke University Press, 1996, p. 103.

③ 李贵苍：《文化的重量：解读当代华裔美国文学》，人民文学出版社 2006 年版，第 83 页。

④ Homi Bhabha, *The Location of Culture*, New York: Station High Press, 1989, p. 112.

民"优势地位是不言自明的。正是为了保有自己独特的族裔特色，抵抗主流话语霸权，亚裔美国行动主义者们才在 20 世纪 60 年代以来一系列政治、文化运动中那么坚定地反对"大熔炉"（melting pot）政策，坚持"非此非彼"（neither…nor）的族裔、文化身份策略，积极倡扬建设多元共存的"色拉碗"（salad bowl）美国文化。

二　亚裔美国身份之建构性

作为被美国文学、文化批评界高度认可的亚裔美国文化理论批评家，骆里山的研究成果被选入《诺顿理论与批评文选》第 2 版（*The Norton Anthology of Theory and Criticism*，2001，2010），其理论研究跨越"种族与族裔研究"、"主体/身份"、"女性主义理论及批评"、"妇女文学"、"马克思主义"、"现当代运动与流派"等多个学科领域。她对"亚裔美国"之族裔文化身份研究成果尤其引人瞩目，引起了广泛的关注和探讨。

对于亚裔美国族裔文化身份之最具有代表性的研究成果，来自骆里山出版于 1996 年的专著《移民法案——论亚裔美国文化政治》（*Immigrant Acts，On Asian American Cultural Politics*）一书；但该书之重点章节"异质性、杂糅性、多重性"早已以《异质性、杂糅性、多重性：标示亚裔美国差异》（"Heterogeneity，Hybridity，Multiplicity：Marking Asian American Differences"）为题作为单篇论文发表在学术期刊《流散》（*Diaspora*）1991 年第 1 期。骆里山对于"亚裔美国"族群政治的前沿性思考，代表了同一时期亚裔美国学者对"亚裔美国"这一族裔身份概念的深层次考量。

骆里山提出，亚裔美国人由于其种族、文化和语言的差异而与美国的民族文化和民族身份保持距离，因而是"内部的外国人"（foreigner-within）①，被看作永远的移民，永远的"他者"；但从积极的一面看，正是亚裔美国人这种"差异"，避免了美国的族裔和文化认同落入同质化的"大

---

① Lisa Lowe，*Immigrant Acts：On Asian American Cultural Politics*，Durham and London：Duke University Press，1996，p. 64.

熔炉”的窠臼。

在关于亚裔美国之“异质性、杂糅性、多重性”的论述中，骆里山首次提出一种“处于建构过程中”的、处于“不断嬗变”（constant transformation）过程中的亚裔美国身份观：

> 与其把“亚裔美国身份”当作一个固定的、被建构好的既定物（a fixed，established“given”），不如把它当作创造身份的“亚裔美国文化实践”（Asian American Cultural practices）；这种创造身份的过程永远不会完成，其建构总是与历史和物质的差异相关。[①]

骆里山这种“处于建构过程中”的亚裔美国身份观的理论资源来自文化理论大家斯图尔特·霍尔（Sturat Hall）。在《文化身份与流散》（“Cultural Identity and Diaspora”，1990）一文中，斯图尔特·霍尔以非洲裔加勒比海人（Afro-Caribbean）为例，反思了“文化身份”的两层含义：一方面，文化身份是属于同一种族或族群的人集体的、共享的身份，被普遍认为是固定且稳定的存在；而另一方面，文化身份更具有建构性与动态特征：

> 文化身份，就其第二种意义而言，其实处于“此在”（being）和“正在变成”（becoming）的过程中。它们既属于过去也属于将来，并不是超越时间、地点、历史和文化的既定存在；正如一切历史性的东西一样，它们一直经历着持续不断地转化和变形。文化身份远远不是永恒地定格在某种被本质化的过去，而是从属于历史、文化和权利永恒的“嬉戏”（play）过程中；文化身份也不是对过去的“复原”（recovery），不是等待着被发现，或者发现之后就使我们

① Lisa Lowe, *Immigrant Acts*: *On Asian American Cultural Politics*, Durham and London: Duke University Press, 1996, p. 64.

获得身份的安全感，而是我们在对于过去的叙述中被定位或定位自己的不同方式。①

从霍尔的文化身份观的第二层含义，我们看到了身份的建构与时间、地点、历史、文化与权力场域的互动关系；身份不再是铁板一块的单一整体，而是受制于多种动因和过程，处于永恒变化、永恒发展的过程之中，因此变得不再单一、不再纯粹，而是一个多元、杂糅且动态发展的复合体。正是从这第二层含义出发，我们更能理解与"非洲裔加勒比海人"一样具有族裔创伤经验的亚裔美国人在美国社会身份认同的复杂性和动态性。

对亚裔美国人来说，其身份在很长一段时间内受制于美国国家政策对于少数族裔的规范和定格，其认同处于与主流权力永恒的斗争与协商的过程之中；亚裔美国人及其亚裔美国经历，被定位在主流权力话语允许其表达的范围之内，正霍尔所言，"他们［主流社会］有权力使我们看见和经历作为'他者'的自己"②；更如骆里山所一再论述的：

> 关于族裔文化和族群构成的亚裔美国讨论绝不是一成不变、一贯如一的，而是挑战种族的单一性和概念化，将之作为差异、交集、不可通约的物质场域（material locus）……在定义亚裔美国身份的方式上，不仅批判性地继承文化定义和文化传统，更看到了过程中族群自身对种族意义的建构，与国家族群控制之间的抗争和协商。……亚裔美国文化的创造，不是一个稳定的过程，不是一代一代未经中介的垂直传递，而是部分继承，部分修正，部分创造出来的……③

① Stuart Hall, "Cultural Identity and Diaspora", *Theorizing Diaspora*: *A Reader*, ed. Jana Evans Braziel and Anita Mannur, Malden, MA: Blackwell Publishing, 2010, p. 236.

② Ibid.

③ Lisa Lowe, *Immigrant Acts*: *On Asian American Cultural Politics*, Durham and London: Duke University Press, 1996, pp. 64 – 65.

联系亚裔美国人的族裔经验，我们知道，在 20 世纪 60 年代末期的"亚裔美国运动"之前，亚裔美国人被欧美人统一称为"东方人"，是长期被"先进、发达"的"西方人"作为"愚昧、落后"的"他者"而存在的对立面，直到"亚裔美国运动"之后，才争取到了"亚裔美国人"这样的族群称谓。而由于亚裔移民美国的历史及际遇各不相同，其不同的国家来源、代际、性别和阶级差异，以及亚裔移民祖居国与美国政治、经济、文化等权力关系的此消彼长，"亚裔美国"的内涵和外延一直处于动态发展的过程之中，而任何一种"固化"（fix）的观念都有可能掩盖或歪曲亚裔美国族裔、文化身份的丰富内涵。

由此观之，承认亚裔美国族裔与文化身份的建构性是反抗刻板的"东方主义"话语和美国主流文化霸权的有利武器。如果说"亚裔美国运动"为了发出族群更强更大的声音而致力于建构"亚裔美国"的同一性的话，在"泛亚运动"（Pan-Asian Movement）运动之后几十年的发展历程中，亚裔美国研究者们越来越发现"亚裔美国"不是一个纯粹、单一的整体，而是充满了"异质性、杂糅性和多重性"的动态集合——这，正是骆里山的《移民法案——论亚裔美国文化政治》所表达的核心思想。

三　亚裔美国身份之异质杂糅性与多重性

在《移民法案——论亚裔美国文化政治》的"异质性、杂糅性、多重性"一章中，骆里山认为，"异质性、杂糅性和多重性不是作为文学词汇或修辞格，而是试图给亚裔美国族群物质上的矛盾性予以命名。虽然就与'身份'的关系而论，这些概念看起来是同义词，但它们实际上可以被准确区分开来"。①

骆里山所谓"亚裔美国"的"异质性"，指的是"一定范畴内差异性的存在与不同的关系——质言之，亚裔美国人中存在着祖居国来源的不

---

① Lisa Lowe, *Immigrant Acts: On Asian American Cultural Politics*, Durham and London: Duke University Press, 1996, p. 67.

同，存在不同代际与排斥移民法律关系的不同，存在在亚洲的阶级背景及在美国经济地位的不同，还包括性别的不同"。①

　　的确，亚洲只是一个地理概念，涵盖 48 个国家和地区，包括黄色人种、白色人种和棕色人种；不同亚洲国家的人讲不同的语言，有不同的文化传统，不同的宗教信仰（佛教、伊斯兰教、犹太教、基督教等主要宗教在亚洲各国均有广泛的信徒）；而在政治制度和意识形态上更存在巨大的差异。这种祖居国来源的差异性首先决定了亚裔美国人的"异质性"。与此同时，各亚洲国家的发展历史各不相同，其海外移民移居美国的时间、际遇、与美国主流社会的交流、融合、协商与妥协的程度也存在天壤之别，更不用说移民个体本身的差异，个人在阶级、性别、经济地位、教育背景、文化价值观上的不同。所以，在骆里山看来，一个"亚裔美国"的巨伞，遮蔽了这诸多的差异，而承认这些差异的存在，才是科学、客观的态度。

　　以华裔和日裔为例：虽然华人是最早移民美国的亚裔族群，但自 1882 年到 1943 年遭遇了长达 60 多年的"排华法"歧视，不能通过正常法律途径移民美国，便有了"契纸儿子"（paper son）、"契纸女儿"（paper daughter），甚至靠"蛇头"偷渡等非法移民的方式。20 世纪 50 年代至 70 年代末，又由于中国大陆与美国的"冷战"关系，华裔移民再次遭受政治迫害，最典型的是麦卡锡时代的"坦白运动"（Confession Movement），许多华裔家庭被这种"白色恐怖"搞得亲朋反目、家庭分离，许多人尽管出卖了家庭秘密，背叛了祖先和父母，却依然得不到一个美国公民身份。相比华裔，日裔早期移民在美国的安家落户非常顺利，其中不乏在美国西部有了自己的农庄，实现了"美国梦"的日裔家庭，但"第二次世界大战"的爆发使日裔美国人成为最不受欢迎的人，美国政府在沙漠里修建了"日裔集中营"，把日裔从历经几代建立的美丽家园赶到沙漠中的集中营受难，成为日裔美国人心中永远的伤痛记忆。这——只是华裔和日裔在移民历史

---

　　① Lisa Lowe, *Immigrant Acts*: *On Asian American Cultural Politics*, Durham and London: Duke University Press, 1996, p. 67.

及族裔经历上所呈现出的"异质性",是亚裔美国"异质性"之冰山一角,如果扩展到亚裔不同的祖居国及祖居国的社会、政治、经济、历史、语言、文化传统,其差异性岂能一一道尽呢?

骆里山所说"亚裔美国"的"混杂性"或"杂糅性",指的是语言和人种的杂合:她以菲律宾裔为例,指出其人种的混血与语言的杂合来源于菲律宾曾受西班牙和美国殖民和美国新殖民的历史:"所谓'杂糅性',我指的是不均衡的历史所产生的文化目的及实践,比如菲律宾所存在的人种和语言的混杂,而在美国的菲律宾族群也打下了西班牙殖民主义、美国殖民和美国新殖民的历史烙印。"①

检视其历史,菲律宾从 1565 年至 1898 年三百多年间一直是西班牙殖民地,直到 1898 年"美西战争"爆发之后,成为美国殖民地(1898—1935),1935 年建立菲律宾自治邦,"第二次世界大战"中沦为日本的殖民地(1942—1945),之后再次沦为美国殖民地,1946 年 7 月获得完全独立。由此可见,美国菲律宾裔人种和语言的混杂与其祖居国的被殖民历史紧密相关,无论是西班牙还是美国,都从政治、经济、宗教、语言、文化上控制着菲律宾,而两国国民的交往使跨种族婚姻成为可能,客观上造成了人种的杂合。据称,美国用三十多年的时间,完全改变了菲律宾的教育状况,当时几乎所有学校都采用英文授课,现在,虽然菲律宾人讲 70 多种不同的语言,但官方语言依然是英语;在宗教信仰方面,虽然菲律宾不同族群有自己的宗教信仰,但 84% 的国民信奉天主教,西班牙殖民统治在宗教方面的影响可见一斑。有着这样的被殖民历史的菲律宾人,移民美国之后也带来了先前被殖民的历史后果:人种、语言,甚至文化的杂合现象。所以,骆里山强调,"从这个意义上讲,混杂性不是指亚裔的同化,也不是针对主流形式的移民实践,而是标示了不平等的宰制和权力关系中亚裔生存的历史"。② 而同样来自亚洲的华裔、日裔、韩国裔美国人,显然没有这样长期

---

① Lisa Lowe, *Immigrant Acts*: *On Asian American Cultural Politics*, Durham and London: Duke University Press, 1996, p. 67.

② Ibid.

的殖民历史所造成的人种"混杂"现象。

关于"亚裔美国"文化的"多重性"，骆里山指的是"在社会关系中主体定位的方式是由不同的权力制衡所决定的，是由资本主义、父权制、种族关系的矛盾等多重性地决定的"。① 她从葛兰西的"霸权理论"出发，以美国加利福尼亚州不断增长、变化的有色人种移民人口为例，论证了加州的"少数"族裔群体与"主流/多数"（majority）协商、互动所产生的"霸权创造"（hegemony creation）：在葛兰西看来，霸权其实是一个描述社会过程的概念，既描述一种特定的控制的维持过程，也描述这种控制受到挑战、新的力量得以发声的过程；在加州，由于种族地图的改变及"少数"族群的抗争，他们由"不能归化为公民的外国人"变成了"政治利益一致的集团"的一部分，从种族、文化、政治、经济甚至性别的差异性立场挑战既有格局，形成了"一套新的关系"，一个新的集团，是"不同的霸权和权力平衡"。② 在这一过程中，他们其实已经超越了"多数"与"少数"、"黑"与"白"的二元对立，从而改写了加州的文化政治，形成了"发展不均衡的、各种各样种族群体的多重性，而亚裔只是其中的一员"。③ 在骆里山看来，亚裔美国人是历史发展中形成的一个特定族群，是一个动态、开放、其形状处于不断发展变化之中的群体。

从以上论断，我们看到了骆里山对"亚裔美国"作为一个整体的族裔概念的质疑：在她看来，"亚裔美国"是"与同质性对抗的、断裂的、多重身份的异质性的集合体"。"亚裔美国"种族谱系的形成与美国社会的经济基础密切相关，与美国不同历史时期的移民政策、种族文化政治及性别政治密切相关。鉴于此，在运用"亚裔美国人"这个概念时，不可忽视其"异质性、杂糅性、多重性"，不可忽视政治、经济、历史、文化、性别、阶级等多层次、多维度力量的共同作用。

————————

① Lisa Lowe, *Immigrant Acts：On Asian American Cultural Politics*, Durham and London：Duke University Press, 1996, p. 67.

② Ibid.

③ Ibid.

而在骆里山对亚裔美国族裔身份的异质性、杂糅性、多重性展开思考的同时，苏珊·科西（Susan Koshy）已经把"亚裔美国"当作一种"虚构"（fiction）的存在：在《亚裔美国文学的虚构》（"The Fiction of Asian American Literature"，1996）一文中，苏珊·科西指出，"把族裔身份当作获取政治空间的手段，在 20 世纪 60 年代成为一个新兴领地，而其基本假设有待质疑"①；到 21 世纪初，在《流散时代的族裔性》（"Ethnicity in an Age of Diaspora"，2003）一文中，印度裔学者 R. 拉达克里希南（R. Radhakrishnan）提出"族裔性是流动变化的，绝不是静止不变"②；而在《文学姿态：亚裔美国写作中的美学》（*Literary Gesture：The Aesthetic in Asian American Writing*，2006）一书中，新生代亚裔美国学者则从亚裔美国文学研究"美学转向"的角度，探讨"亚裔美国文化政治的危机"③……这一切，似乎预示着一个"非族裔身份"或者"泛族裔身份"时代的到来。

时隔近 40 年，亚裔美国人的社会、政治、经济地位自然不可与"哎—咿集团"所处时代同日而语。然而，亚裔美国人真的到了可以随心所欲地选择自己的文化身份标签或者完全摒弃自己的族裔性的时代吗？看看以下事例或许有助于我们认清迷局："在大学生对抑郁、社会焦虑和自我解释的个人报告中，亚裔美国学生在抑郁、社会焦虑项的计分大大高于美国白人学生"④；而 2011 年 7 月《华尔街日报》发表的调查报告显示：亚裔美国人拥有常春藤盟校学位的比例较大，但当上公司高管的比例远远低于其他族裔，且百分之二十五的亚裔认为自己受到了种族歧视。可见，

① Susan Koshy, "The Fiction of Asian American Literature", *The Yale Journal of Criticism*, 9, 1996, p. 315.

② R. Radhakrishnan, "Ethnicity in an Age of Diaspora", *Theorizing Diaspora*, ed. Jana Evans Braziel & Anita Mannur, Malden: Blackwell Publishing, 2003, p. 119.

③ Mark Chiang, "Autonomy and Representation: Aesthetics and the Crisis of Asian American Cultural Politics in the Controversy over *Blu's Hanging*", *Literary Gestures: The Aesthetic in Asian American Writing*, ed. Rocio G Davis & Sue-Im Lee, Philadelphia: Temple University Press, 2006, p. 17.

④ Sumie Okazaki, "Sources of Ethnic Differences between Asian American and White American College Students on Measures of Depression and Social Anxiety", *Journal of Abnormal Psychology*, 106. 1 (Feb 1997), p. 52.

较之于美国 WASP 主流的优势地位，亚裔美国人在族裔权利的争取方面还有一段长路要走。如此，反思"哎—咿集团"当初对"亚裔美国感"的坚守及随之几十年来亚裔美国族裔批评话语的分化应该具有其当下的意义。

第二章 亚裔美国文学之文化身份批评

正如华裔美国批评家骆里山（Lisa Lowe）所说，文化具有"广泛投射但却个体参与"（broadly cast yet singularly engaging）的特性，每一个"个体参与"的族裔作家都对其"广泛投射"的文化身份有着不同的理解与诠释。① 因此，从早期的"哎—咿集团"的文化民族主义（cultural nationalism）之高呼，到亚裔作家的多元文化身份之追寻，再到后期对亚裔美国文化的多重性、异质性与杂糅性的强调，文化身份批评一直是亚裔美国文学的批评浪潮中最活跃、最丰富、最具活力与张力的一个场域。

第一节 "哎—咿集团"与"文化民族主义"

"哎—咿集团"〔指赵健秀（Frank Chin）、陈耀光（Jeffery Paul Chan）、劳森·稻田（Lawson Fusao Inada）、徐忠雄（Shawn Wong）〕四位亚裔美国作家兼批评家对亚裔美国文学及美国亚裔的文化身份有着独特的见解，并通过共同编著《哎—咿！：亚裔美国作家选集》（*Aiiieeeee! An Anthology of Asian-American Writers*，1974）和《大哎—咿！：华裔与日裔美国文学选集》（*The Big Aiiieeeee! An Anthology of Chinese American and Japanese American Lit-*

---

① Lisa Lowe, "Immigration, Citizenship, Racialization: Asian American Critique", *Immigrant Acts: On Asian American Cultural Politics*, Durham and London: Duke University Press, 1996, p. 2.

erature, 1991）而得名。两本亚裔美国文学选集实践其文学批评立场，体现其亚裔美国文化价值观。

赵健秀等人以伪造中国文化为由，拒不收录黄玉雪（Jade Snow Wong）、汤亭亭（Maxine Hong Kingston）、谭恩美（Amy Tan）等当红华裔作家的作品，不仅引发了华裔美国文学领域中旷日持久、影响深远的论战，更被冠上了"文化民族主义者"的标签。本节通过梳理"民族主义"与"文化民族主义"之间的联系、概述"哎—咿集团"的"文化民族主义"主张及批评行为，旨在剖析其"文化民族主义"观点的实质、解释其悖论之处，并探讨"哎—咿集团"所倡导的"文化民族主义"的历史意义及时代局限。

一 "文化民族主义"理论溯源

第二次世界大战之后，欧洲帝国主义的殖民属地纷纷独立，在原殖民地的基础上成立"民族－国家"（nation-state），新的民族国家成为一个新的政治经济文化实体，它力图控制人口流动，建构民族国家内人民之间的同一性和认同感，进而建立可以与宗主国抗衡的新的社会。民族主义①的思维模式也逐渐形成。民族主义将民族价值置于绝对的高度，必然带有文化优越的心态，因而不可避免地表现出两面性：即文化帝国主义和文化民族主义。文化帝国主义是欧洲宗主国向殖民地扩张的思想来源，而文化民族主义则常见于经历过动荡的国家实体、被殖民过的民族国家，或生活在西方国家里的少数族裔群体里。

文化民族主义与民族主义密切相关，因而与种族主义有着千丝万缕的联系，正如巴利巴尔（Etienne Balibar）在《种族主义和国族主义》（"Racism and Nationalism", 1991）一文中开篇便说道："在大多数情况下，种族主义组织，总不愿意被称为种族主义组织。相反，它们总打起国族主义的幌子。"②

---

① "民族主义"（nationalism）也被翻译为"国族主义"，本书将其译为"民族主义"，在引用相关文献时，则尊重原译者的译法。

② 许永强、罗永生选编：《解殖与民族主义》，中央编译出版社 2004 年版，第 121 页。

事实上，种族主义与国族主义密切相关。巴利巴尔认为"种族主义是国族主义的必然后果，假如不存在公开的或隐藏的种族主义，国族主义本身就不会成为历史现实"。① 为了论证他的观点，他提出了四个命题：

一、任何国族，也就是说，任何民族国家，都不具备族裔基础。

二、社会上一些群体，"性质"非常不同，但却同样受到"低贬"和"种族化"。这低贬和种族化的现象……反映出一个排斥和宰制相辅相成的历史制度。

三、种族主义这个大结构，既是异质性的，又是紧密结合的，它提供各种幻象、编织论述。并付诸行动。种族主义和国族主义维持着必然的关系，种族主义虚构出族裔性，使国族主义有所依据，因而促进了国族主义的形式。

四、如果说发展出种族主义的社会，恰好又是按理来说"平等"的社会……那么这种社会学的看法亦不能脱离国族这个背景本身的。

巴利巴尔的四个命题均围绕民族主义和种族主义的密切关系而展开，其核心思想是"种族主义是民族主义产生的基础"，它解释了"文化民族主义"何以出现在东西方文化显著对抗或各族裔人群不平等的国家或社区里。首先，西方社会存在制度化的种族主义体制使前殖民地国家的人民沦为被边缘化、被歧视的他者形象，它并不利于"民族国家"的全面复兴，相反，它使整个社会成为新殖民主义掌控的区域，而"文化民族主义"在于强调本国的文明、通过追溯本国的文化资源、挖掘被湮没的民谣、神话等形成新的民族身份。其次，随着整个社会全球化的全面展开和流散行为的日益加剧，越来越多的前殖民地人民流散到宗主国，成为宗主国内部被边缘的"他者"形象。"文化民族主义"则通过强调他们的族裔身份反映出渴望获得主流身份的强烈意愿，而文化差异性的展现能帮助他们更好地被表述、被接受。

---

① 许永强、罗永生选编：《解殖与民族主义》，中央编译出版社2004年版，第122页。

第二次世界大战以后，随着欧洲的殖民地的解殖化运动，欧洲帝国主义逐渐式微，美国一跃而成为世界强国。与此同时，20世纪60年代，在美国民权运动的压力下，肯尼迪政府，特别是约翰逊政府被迫通过了一系列法令，"禁止任何个人或团体在雇用、教育、政治选举、医疗辅助以及住房等方面因种族、肤色、宗教、性别以及国籍而对任何人进行歧视"。[①]随着美国国内政策禁止对少数族裔的公开歧视和美国移民政策的改变，大批来自第三世界的移民来到美国。但是隐形的种族主义仍无所不在，少数族裔移民饱受歧视和束缚。

20世纪60年代由美国黑人发起的民权运动以黑人反对同化主义、追求族群间文化平等的权利为主要特征，旨在为黑人争取权利，复兴黑人族裔文化。例如托妮·莫里森在《最蓝的眼睛》揭示了黑人群体内的内部殖民倾向对于黑人的伤害，表达了反对同化的愿望；另一位非裔作家里德（Ishmael Reed）甚至为非洲文明建构了一个比西方文明更为久远的宏大叙事，并赋予非裔美国人群以族裔自豪感。对此，国内学者赵文书指出："通过追溯族裔的文化本源来建构并肯定各自族群文化的特殊性是美国少数族裔作家共同采用的文化民族主义策略。"[②] 非裔所提倡的"文化民族主义"主要"利用文化人类学中的文化相对主义和文化延续性原则，挖掘、恢复自己的文化传统，并重新连接自己的文化源头，像传统回归"。[③] 也就是说，非裔的"文化民族主义"积极提倡非洲的文化源头，借此作为族裔认同的标志。

亚裔美国人在黑人民权运动的感召下发起了为亚裔争取权利的"黄色力量运动"（Yellow Power Movement），以赵健秀为代表的"哎—咿集团"所倡导的"文化民族主义"正是出现在这个历史条件下。可见，美国的种族主义政策催生了亚裔的"文化民族主义"，而亚裔的"文化民族主义"

---

① 令狐萍：《金山谣——美国华裔妇女史》，中国社会科学出版社1999年版，第180页。

② 赵文书：《美国文学中多元文化主义的由来——读道格拉斯的〈文学中的多元文化主义系谱〉》，《当代外国文学》2014年第1期。

③ 同上。

也是对美国制度化的种族主义的回应。"哎—咿集团"提出的"文化民族主义"同样倡导族裔认同。赵健秀在《我们五十年完整的声音》（"Fifty Years of our whole voice"，1974）中首先言辞激烈地批评部分亚裔美国作家，认为他们通过撰写自传，传递刻板化的文化符码，从而与美国主流（WASP）文化形成共谋。他认为，亚裔的族裔认同不仅是亚裔美国文学和文化的核心所在，也是"真的"亚裔美国人同"假的"亚裔美国人、"真的"亚裔美国文化与"假的"亚裔美国文化的区别所在。要获得族裔身份，必须具备"亚裔美国感"（Asian American sensibility），并能从中日两国乃至全亚洲的儿童文学与历史中去寻找"真的"而非"假的"亚裔文化书写。该"文化民族主义"在于强调非亚非美的"亚裔美国感"，以及与美国文化迥异的亚洲文化书写，其体现的精神与"文化多元主义"（cultural pluralism）和"多元文化主义"（Multiculturalism）一脉相承。

本尼迪克特·安德森为亚裔的"文化民族主义"观提供了强大的理论支撑。他的专著《想象的共同体：民族主义的起源与散布》（*Imagined Communities*：*Reflections on the Origin and Spread of Nationalism*，1983）对"民族主义"进行了定义："它是一种想象的政治共同体——并且，它是被想象为本质上有限的，同时也享有主权的共同体。"[①] 该定义中最重要的关键词是"想象的"、"有限的"、"享有主权的"、"共同体"四个词。其中，"想象"的一词指的是从民族的成员中提炼出他们的共有的东西，作为其存在的基础，而"文化"，包括文字、书籍、宗教、地图、博物馆等都有可能成为民族国家在建构自己的过程中所要诉诸的对象。安德森的观点可以看作是"文化民族主义"者的观点的脚注，因为"文化民族主义"者在提出自己的理念过程中不同程度地回溯了母国的各种文化传统，例如，美国的非裔作家赫斯顿（Zora Neale Hurston）通过文学创作肯定少数族裔文化的完整性和独特性。所以，安德森的《想象的共同体》从另一个角度论

---

① ［美］本尼迪克特·安德森：《想象的共同体：民族主义的起源与散布》（增订版），吴叡人译，上海世纪出版集团、上海人民出版社2011年版，第6页。

证了亚裔"文化民族主义"出现的必然性。

从本质上说，"哎—咿集团"提出的"文化民族主义"表现的是一种二元对立的逻辑，它将"亚裔美国人"和"亚洲人"对立起来，并未挑战美国主流意识形态，而是一种自我否定，通过否定自己的某些特质而在主流社会的框架内定义自己。正如赵健秀在给《桥》的编辑写信时说："就我而言，十多岁来美定居的美国化的华人同在美国出生的华裔没有共同点，无论是在文化上、智力上，还是情感上。所有的华人因为肤色的原因都很相像——这是种族主义的说辞。"① 赵健秀借此将华裔美国人和新移民对立起来，而新移民华裔学者凌津奇在《叙述民族主义》（*Narrating Nationalism: Ideology and Form in Asian American Literature*，1998）一书中对此现象进行了言辞犀利的剖析：

> 编者们的这种抗辩表征式地反映在他们对以中产阶级为主体的亚洲移民源源涌入美国这一现象的疑虑之中。在编者们的眼中，这些移民无视美国社会中紧迫的社会问题，规避逾越性政治，并冲动地拥抱美国梦。在这种境况下，宣称自己是"美国人"的做法实际上并不会将文化民族主义的属民性重构为完美无瑕的公民—主体，也不可能将这样的公民—主体轻易地纳入一种向上流动的规范化叙事。②

凌津奇的解读颇有政治色彩，他将赵健秀把土生华裔与新移民对立起来的行为赋予极强的政治意义，认为新移民盲目地试图归化进入美国并不会被主流社会所认可，因为他们作为文化民族主体的属民性不可忽视。但是赵健秀本人在论述时明显表现出拥有美国公民身份的优越感，其实质是他对新移民所代表的亚洲文化的排斥。究其本质，赵健秀所认同的是"真确

---

① David Leiwei Li, *Imagining the Nation: Asian American Literature and Cultural Consent*, Stanford: Stanford University Press, 1998, p.71.

② ［美］凌津奇：《叙述民族主义：亚裔美国文学中的意识形态与形式》，吴燕译，中国社会科学出版社 2006 年版，第 34 页。

的"美国公民身份和美国文化。因此，他的观点在汤亭亭的小说《孙行者》的开篇就被无情揶揄，汤亭亭将华裔第五代移民惠特曼·阿新和"土里土气"的新移民置于地下通道的场景里，让两人不可避免地相遇，从而让惠特曼更清醒地认识自己的族裔身份和族裔困境。

二　中国文化还是亚裔文化：误解与真相

正是赵健秀等人质疑中国文化的刻板化形象和捍卫"真的"中国文化的明确立场，使得人们想当然地认为其文化民族主义的指涉对象是中国文化。这其实是亚裔美国文学批评领域中常见的一个误解。

从始至终，"哎—咿集团"一直在不断地强调：美国华裔乃至整个亚裔是一个特殊的群体。在《哎—咿！：亚裔美国作家选集》的序言中，赵健秀等人指出：华裔在美国出生成长，他们对中国的了解仅仅来源于广播、电影、电视和漫画书等渠道。① 在此，四位编者首先将美国华裔的身份限定在以美国为"实际的出生地"（actual birth）。不仅如此，他们又通过"感性的出生地"（birth of sensibility）这一标准，将华裔与广大的华人移民再一次地明确区分开来，强调华裔对于中国的所有感知都来源于间接的了解，而不是来自现实的个人体验和情感经历。可见，"哎—咿集团"通过"实际的出生地"和"感性的出生地"等标准，完成了对美国华裔乃至美国亚裔群体的身份特殊性的论述，这实际上是一个对美国亚裔的社会身份的界定过程。

社会身份的重新定义必然会引起文化身份的重新界定。"哎—咿集团"虽然旗帜鲜明地驳斥白人文化对中国文化的刻板化建构，但他们也同时拒绝将其文化归属等同于中国文化：

　　　　一个出生于美国本土的亚裔在书写美国亚裔世界时，不与千百

---

① Frank Chin, et al. ed. , "Preface", *Aiiieeeee! An Anthology of Asian-American Writers*, Washington, D. C. : Howard University Press, 1974, p. xii.

年前敲响的铜锣声形成回响……会被视为怪胎、模仿者、说谎者。这里存在一个神话，即美国亚裔保留了亚洲人的文化完整性，一个奇怪的延续存在于美国亚裔和中国那早已消失了五百年的伟大的高端文化之间。①

在赵健秀等人看来，亚裔的"出生于美国本土"这一身份特点就决定了一个事实，即他们没有也无法与亚洲文化取得直接、完整、深入的接触。因此，"美国亚裔保留了亚洲人的文化完整性"这一假设根本不能成立，只能是白人社会对美国亚裔这一异质客体的单方面期待。与此同时，如何破除主流社会将美国亚裔与"早已消失了五百年"的亚洲"高端文化"等同以凸显亚裔的异质性和他者性的预谋，反而正是亚裔美国文学的当务之急。

于是，"哎—咿集团"的文学主张与批评行为就呈现出了悖论性的一面。他们一方面积极地捍卫中国文化，力求修正中国文化在美国社会中的刻板化形象；另一方面又坚决地否认中国文化身份，强调其与中国文化的疏离感与承继的非完整性。要厘清这一悖论，还要回到问题的关键所在，即："哎—咿集团"的文化民族主义的指涉对象究竟是什么？

"哎—咿集团"认为亚裔美国群体有着特殊的社会身份。他们的"实际的出生地"和"感性的出生地"均为美国，而非千万里之外的亚洲。这一生存环境和生活经历的转变使得美国亚裔演化出了一种独特的文化：

> 在地理、文化和历史等方面，美国华裔和日裔与他们的祖居国分别隔了七代人和四代人。他们已经演化出了自身的文化与感性，与中日两国和美国白人的文化判然不同。甚至现今美国社会中存在的亚洲语言也早已变化、发展，以表达由崭新的经验创造出的感性……除了

---

① Frank Chin, et al. ed., "Introduction: Fifty Years of Our Whole Voice", *Aiiieeeee! An Anthology of Asian-American writers*, Washington, D. C. : Howard University Press, 1974, p. xxiv.

最表层的术语，亚洲文化和美国文化均无法定义我们……（这部选集）的年代、多样性、深度和质量都证明了亚裔美国文化的存在，它可能与亚洲或白人美国相互联系，但却又截然不同。①

"哎—咿集团"将这独特的文化命名为"亚裔美国文化"，它既不是相隔久远的祖居国文化——亚洲文化，也不是近在指端的居住国文化——美国白人文化。以这一论点为基础，赵健秀等人又接着指出，正因为亚裔美国文化与惯常用来定义文化身份的亚洲文化或美国文化"相互关联，但却又截然不同"，美国亚裔先天具有的双重文化背景——亚洲文化和美国文化——"均无法定义"他们的文化身份。只有"由崭新的经验创造出的"、与亚洲文化和美国白人文化"判然不同"的亚裔文化才能满足亚裔定义自身文化身份的诉求。可见，"哎—咿集团"的文化民族主义的指涉对象实质上是美国的亚裔文化，并非中国文化。

在这里，如果说"哎—咿集团"的文化民族主义以建构"由崭新的经验创造出的"亚裔美国文化身份为终极目标，那么这一"崭新的经验"就成为破解"哎—咿集团"的文化民族主义之本质的最佳切入点，它在"哎—咿集团"的文学创作和批评实践中均得到了浓墨重彩的呈现。在创作方面，徐忠雄的《家园》借主人公追寻父亲、祖父、曾祖父在美国本土的足迹，缅怀了60余年的排华历史中的华裔父辈的奋斗经历和伤痛记忆。赵健秀的《唐老鸭》（*Donald Duk*，1991）和短篇小说集《华人太平洋与旧金山铁路公司》则紧扣华人移民在美国修建铁路的光荣历史和唐人街"金山客"的孤独寂寞。在批评实践方面，入选《哎—咿！：亚裔美国作家选集》和《大哎—咿！：华裔与日裔美国文学选集》的作品也大都展示了这一"崭新的经验"。约翰·冈田的《双不小子》（*No-no Boy*，1957）真实再现了第二次世界大战期间，美国日裔被强制离开家乡、关入日裔拘留

---

① Frank Chin, et al. ed., "Preface", *Aiiieeeee! An Anthology of Asian-American Writers*, Washington, D. C.: Howard University Press, 1974, pp. xii – xiii.

营的创伤经历。雷霆超的《吃碗茶》则准确记录了充斥着妓女、赌场、堂会、广东四邑方言的唐人街"单身汉"社会。

从这些文学作品中可以推断出，"崭新的经验"究其实质就是"亚裔的在美经历"。"在美"这一关键词揭示了"哎—咿集团"的文化民族主义之本质——本土主义。在论文集《刀枪不入的佛教徒及其他散文》（*Bulletproof Buddhists and Other Essays*，1998）中，赵健秀精准地指明了困扰亚裔文化身份建构的难题：

> 几乎无一例外的是，这个国家现已出版的"美国亚裔"书写的关于自身的作品都是白人种族主义宣传品……并不是"写美国亚裔没有销路"，而是"挑战陈查理没有销路"。美国不想我们成为具有可见性的本土少数族裔。他们想让我们始终位于被移民忠诚所统治的美国化的外国人这一位置。[1]

对亚裔而言，建构文化身份首先要面对的就是"白人种族主义"。主流社会通过操控社会大众的意识形态，控制美国亚裔"关于自身"的写作范式，扼杀一切不符合陈查理等亚裔刻板化形象的文学作品，从而使得亚裔始终是"美国化的外国人"，剥夺其作为"本土少数族裔"应有的美国身份合法性与合理性。因此，为了强调美国亚裔的"本土少数族裔"的身份，"哎—咿集团"将真实反映"亚裔的'在美'经历"作为主要的创作目标与评判标准。赵健秀等人通过文学作品钩沉那段湮没于主流白人历史洪流中的美国华裔历史，坚决抵制部分作家"取决于白人的中国"（Chinese-according-to-white）视角的创作[2]，号召全体亚裔作家以展示当下真正的亚裔、亚裔生活和亚裔文化为己任，修正主流白人的"唐人街"、"小东

---

① Frank Chin, "Confessions of a Chinatown Cowboy", *Bulletproof Buddhists and Other Essays*, Honolulu: University of Hawaii Press, 1998, pp. 92 – 93.

② Frank Chin, et al. ed., "Preface", *Aiiieeeee! An Anthology of Asian-American Writers*, Washington, D. C.: Howard University Press, 1974, p. xii.

京"等刻板化的族裔形象和文化身份，期待建构出"由崭新的经验创造出
的"崭新的亚裔美国文化身份。概言之，"哎—咿集团"力图展现与关注
的始终是亚裔群体曾经的"在美"历史，当下的"在美"经历与未来的
"在美"生活，即他们的本土经历和合理合法的本土身份，隐藏这一个
"民族主义与本土主义的置换"。①

宣示合理合法的本土身份的首要任务就是"挑战陈查理"，也就是抵
制"白人种族主义宣传品"中"被移民忠诚所统治的美国化的外国人"这
一亚裔刻板化形象。在《真假亚裔美国作家一起来吧!》一文中，赵健秀
痛斥部分华裔作家迎合刻板化形象的做法：

> 汤亭亭、黄哲伦和谭恩美……如此大胆地伪造亚洲历史上最广受
> 人知的文学与传说中的最知名的作品。而且，为了使他们的伪造合法
> 化，他们不得不伪造所有的美国亚裔历史和文学，争辩说美国华裔与
> 中国文化失去了联系，有误的记忆与新经历的结合产生了这些传统故
> 事的新版本。这个版本的历史是他们对刻板化形象的贡献。②

赵健秀认为，汤亭亭等作家为了作品得到主流社会的认可，伪造了亚裔美
国历史和亚洲文化，他们笔下的"所有的亚裔美国历史和文学"远非其辩
解的"新版本"的中国文化，而是迎合主流社会的"新版本"的亚裔刻板
化形象。而要破解"假的"中国文化建构出"新版本"的刻板化形象，
"真的"中国文化则是最直接、有效地选择。于是，"哎—咿集团"始终坚
持文本的"真确性"，以真实的中国文学文本为对抗，有针对性地选取
《三国演义》《水浒传》中的关公、李逵等英勇、好战的男子形象，对恶魔
化、奴仆化和女性化的华裔刻板化形象进行替换，以此为建构合理合法的

---

① 赵文书：《和声与变奏：华美文学文化取向的历史嬗变》，南开大学出版社 2009 年版，第
204 页。

② Frank Chin, "Come All Ye Asian American Writers of the Real and the Fake", *The Big Aii-ieeeee! An Anthology of Chinese American and Japanese American Literature*, ed. Jefferey Paul Chan et al. , New York：Meridian, 1991, p. 3.

本土身份的途径和手段。

从上文的梳理可以看出，"哎—咿集团"的文化民族主义以建构"由崭新的经验创造出的"亚裔美国文化身份为终极目标，其实质是强调亚裔群体的本土经历和合理合法的本土身份的本土主义，赵健秀等人捍卫"真的"中国文化的行为看似与其本土主义充满悖论，其实却是他们破解亚裔刻板化形象、建构合理合法的本土身份的途径和手段。

三 贡献与局限："哎—咿集团"文化身份理念的价值评判

亚当斯（Bella Adams）在《亚裔美国文学》（*Asian American Literature*，2008）一书中曾指出，少数族裔文学的文化民族主义通常侧重于三个相互关联的议题：抵抗沉默、质疑刻板化形象和修改文化历史与身份。① 这三个议题反映了"哎—咿集团"在文学创作和批评实践上的主要贡献，具有重要的历史意义。

《哎—咿！：亚裔美国作家选集》在亚裔美国文学史上具有开拓性的意义，用"独立宣言"般的序言打破了亚裔沉寂百年的静默：

> 亚裔美国人，如此长时间地被忽视和强制性地排除在美国文化的创造之外，他受伤、悲哀、生气、发誓或吃惊，这就是他的哎—咿——！！！这不仅仅是哀嚎、呼喊和尖叫。这是我们五十年的完整声音。②

自从19世纪中期大量亚洲移民奔赴"金山"，亚裔在美国生活、发展已经有了百余年的历史。但直到20世纪60年代，真正意义上的亚裔美国文学作品寥寥无几，亚裔美国文学批评领域更是近于真空状态。凭借20世

---

① Bella Adams, *Asian American Literature*, Edinburgh: Edinburgh University Press, 2008, pp. 73 – 74.

② Frank Chin, et al. ed., "Preface", *Aiiieeeee! An Anthology of Asian-American Writers*, Washington, D. C.: Howard University Press, 1974, p. viii.

纪 60 年代末以来的"泛亚运动"（Pan-Asian Movement）等少数族裔社会运动的影响，在 70 年代初，亚裔作家开始书写他们在美国社会中"受伤、悲哀、生气、发誓或吃惊"等各种生存经历，"哎—咿集团"更是迈出了亚裔文学批评的重要一步，他们将亚裔文学作品整合、筛选，总结亚裔美国文学领域的利弊得失，阐释亚裔独特的文学主张和批评立场，集体性地发出了亚裔已缺失百余年的"哀嚎、呼喊和尖叫"。

同时，"哎—咿集团"敏锐地察觉到了亚裔及亚洲文化的刻板化形象以及这一刻板化形象在主流文学机制作用下对部分亚裔作家的影响：

> 汤亭亭、黄哲伦和谭恩美的作品与中国童话和儿童文学不一致。但我们如何解释它们彼此一致，并和之前其他美国华裔轰动一时的出版物——从华人在美国用英语出版的第一本小说即 1909 年容闳（Yung Wing）的《我在中国和美国的生活》（My Life in China and America）到黄玉雪的《华女阿五》——也保持一致的现象呢？①

文学创作是对人类生活经历的一种艺术性再创造，一些作家出于写作的需要，使用、修改甚至颠覆某些题材的行为都是可以理解的。但在上段引文中，赵健秀指出了一个令人深思的现象：几乎现今所有受主流社会欢迎的华裔作家都对中国文化进行了不同角度、程度的改写；这些改写不仅彼此之间保持一致，而且与之前受到主流社会认可的华裔文学作品也惊人地相似；所有这些相似的改写都与主流社会对华人及中国文化的刻板化印象相符。这一现象就说明，受到白人至上意识形态影响的主流文学机制对美国亚裔文学存在一种隐形的"控制和审查"：并不是"写美国亚裔没有销路"，而是"挑战陈查理没有销路"。② 当亚裔作家质疑并驳斥陈查理等亚

---

① Frank Chin, "Come All Ye Asian American Writers of the Real and the Fake", *The Big Aii-ieeeee! An Anthology of Chinese American and Japanese American Literature*, ed. Jefferey Paul Chan et al., New York: Meridian, 1991, p. 8.

② Frank Chin, "Confessions of a Chinatown Cowboy", *Bulletproof Buddhists and Other Essays*, Honolulu: University of Hawaii Press, 1998, pp. 92 – 93.

裔刻板化形象时，他们通常会面临"没有销路"的悲惨境遇。于是，为了赢得销路并获得主流社会的认可，部分作家有意识或者潜意识地向符合主流文学机制审查标准的亚裔刻板化形象靠拢，最后导致其书写与亚裔生活真实现状相背离，与美国社会对亚裔及亚裔文化的刻板化建构形成了共谋关系。

"哎—咿集团"的文化民族主义的历史意义还在于其修正了亚裔的历史与文化，确定了亚裔统一的文化身份。在《哎—咿！：亚裔美国作家选集》的序言中，赵健秀等人通过文化归属和选择性对华人作家进行了区分：一类作家以林语堂和黎锦扬（C. Y. Lee）为代表的"美国化的中国作家"（Americanized Chinese Writers），他们具有"熟悉而安全的中国文化身份"，并通过"选择的能力"（the ability to choose）成为美国人；另一类作家则是"亚裔美国作家"（Asian-American writers），因为其在美国出生、成长的经历无法拥有"熟悉而安全的中国文化身份"[①]。针对这种区分，金惠经这样评价：

> 坚持一个统一的文化身份看起来是对抗边缘化和保护自身的唯一有效途径。这个策略地构建的统一文化身份，一个判然区分"美国亚裔"和"亚洲人"的封闭的本质，是能够使我们的面孔浮现并铭刻在美国霸权文化空白的书页和荧幕的一个途径。[②]

通过区分亚裔作家与美国化的中国作家，"哎—咿集团"实际上赋予了亚裔美国一个统一的文化身份。这一举动不仅能增强亚裔族群的内部凝聚力，更为有效地对抗主流社会的霸权话语，同时还能突显亚裔族群的可见性，抵制主流社会的隐形化、边缘化亚裔的策略。

---

① Frank Chin, et al. ed., "Preface", *Aiiieeeee! An Anthology of Asian-American Writers*, Washington, D. C.: Howard University Press, 1974, p. x.

② Elaine H. Kim, "Foreword", *Reading the Literatures of Asian American*, ed. Shirley Geok-Lin Lim and Amy Ling, Philadelphia: Temple University Press, 1992, p. xii.

但不能忽视的是，"哎—咿集团"的文化民族主义还存在许多历史局限。在接受单德兴采访时，汤亭亭曾这样解释她对中国故事的改写：

> 如果你追溯任何中国故事，就会发现许许多多不同的版本。在活生生的口述传统中，故事随着每个说故事的人而改变，而个别说故事的人也会根据不同的听众而说出不同的故事。我其实是忠于这个一直在演变的说故事的过程（the ever-evolving storytelling process）。我打开进一步传播的门户。①

汤亭亭表示自己并不认同主流白人关于中国与华人的刻板化形象，她其实采用了一种新的书写策略，将中国元素以有利于少数族裔身份建构的形式和途径加以挪用、改写，以便充分利用文化"演变"的力量。以此反观"哎—咿集团"的文学主张，他们对"真确性"的强调近乎偏执，陷入了本质主义的窠臼。赵健秀等人出于政治与社会上的需求将中国古典文学作品和中国文化过度文本化，不允许一丝一毫的改写，这种做法不仅使得中国文学与文化丧失了原有的生命力与感染力，更封闭了亚裔作家以戏仿、挪用、置换等形式解构刻板化形象的可能。

"哎—咿集团"的文化民族主义另一广受诟病之处在于其"以男性为中心的好战的民族主义情绪"。② 在华人的刻板化形象方面，赵健秀等人敏锐地意识到了族裔与性别之间的联系，并在文学创作和批评实践中不断地抵制、驳斥主流社会的"亚洲男性女性化"（the effeminization of the Asian man）的刻板化形象。但遗憾的是，他们下意识或不自觉地忽略了亚裔女性相似的"过度女性化"（ultrafeminization）遭遇，从而未能勘破主流白人将选择性的性别特征指派给不同的族裔他者即"族裔性别化"（the gende-

---

① ［美］汤亭亭：《献身书写与和平的女勇士：汤亭亭访谈录》，单德兴主编《故事与新生：华美文学与文化研究》，南开大学出版社 2009 年版，第 134 页。

② 赵文书：《和声与变奏：华美文学文化取向的历史嬗变》，南开大学出版社 2009 年版，第 200 页。

ring of ethnicity）的意识形态。① 这就导致他们无法在更高、更广的层面上探讨少数族裔遭受族裔性别化的历史过程和深层原因，而只能在华人男性的男子气概上进行表面化的抗争。也正因如此，赵健秀等人"将亚裔美国社群内部对其种族、性别、文化与性欲取向多样性的暂时沉寂，转化成了一种以种族为基础、单一维度的抵抗动员行为……对男子气概的理想化处理与个体亚裔美国人生活经历的物质多样性格格不入，所以他们大力推崇的那些形象未必能在族群内引起他们所期盼的强烈反响"②。

从 1974 年的《哎—咿！：亚裔美国作家选集》的亚裔"已经演化出了自身的文化"到 1991 年的《大哎—咿！：华裔与日裔美国文学选集》展示"真确的"亚裔文化，再到 1998 年《刀枪不入的佛教徒及其他散文》的"美国华裔不能用中国或美国文化的条款进行解读"，"哎—咿集团"一直致力于美国亚裔的文化身份的追寻与建构。他们的文化民族主义不仅反映了亚裔在亚洲文化和美国文化的双重文化身份上的彷徨，也折射出了亚裔在发现美国社会中的刻板化华人文化和意图建构的理想亚裔文化之间巨大差距时的困扰。

随着时间的推移，文化多元主义以及文化身份的多重性、异质性与杂糅性等新观点不断涌现，似乎无一不在暗示文化民族主义的式微。但不管怎样，"哎—咿集团"的文化民族主义作为美国亚裔在文化身份上的早期探索，依然具有重要的历史意义和研究价值。而且，赵健秀等人的建构理想亚裔文化身份这一诉求，如何在主流权力话语与文学机制操控与影响下反而引起了亚裔内部的论战，这一经验更是具有警示和反思价值。

---

① Sau-ling Cynthia Wong, "Ethnicizing Gender: An Exploration of Sexuality as Sing in Chinese Immigrant Literature", *Reading the Literatures of Asian American*, Eds. Shirley Geok-Lin Lim and Amy Ling, Philadelphia: Temple University Press, 1992, pp. 111 – 112.

② ［美］凌津奇：《叙述民族主义：亚裔美国文学中的意识形态与形式》，吴燕译，中国社会科学出版社 2006 年版，第 37 页。

第二节 亚裔美国之"多元文化主义"追寻

除了"哎—咿集团"的文化民族主义追寻，亚裔美国文学领域中的另一股文化身份批评浪潮是"多元文化主义"（multiculturalism）。本节在梳理"多元文化主义"的起源、形成、内涵及其与少数族裔的内在深厚渊源基础上，探究美国亚裔作家的多元文化书写，并试图揭示少数族裔的多元文化身份诉求引发质疑的过程及其深层原因。

一 "多元文化主义"与少数族裔的内在亲缘性

"多元文化主义"相关观点最早由美国学者贺拉斯·卡伦（Horace Kallen）于 1924 年提出，它最初关注的是涌入美国社会的大批外国移民的现象及随之而引发的文化异质性问题。卡伦指出："美国处于一个联邦国家的形成中，不仅仅是作为地域和行政统一的联盟，也是作为一个文化多样性的联合体，各种民族文化的联邦或共同体。"① 可见，卡伦对以往的美国文化政策（如盎格鲁－撒克逊化、美国化和大熔炉等）持反对态度，他认为种族和族裔的多样性能使美国更强大，形成一个"各种民族文化的联邦"，在这个联邦之中，不同族群的文化都具有积极的贡献和独特的价值。

自此，"文化多元主义"在美国得到了逐步的发展，影响日益增加，尤其在 20 世纪 50、60 年代非裔的"民权运动"（Civil Right Movement）和亚裔的"泛亚运动"（Pan-Asian Movement）等少数族裔争取自身应得的民主权益运动之后。在 1964—1968 年，美国政府通过了一系列联邦法律，为少数族裔享受平等的政治和公民权利扫清了法律上的障碍。在获得了稳固的政治基础和法律支持之后，"多元文化主义"成为席卷整个美国社会的

---

① Qtd in M. Milton Gordon, *Assimilation in American Life: The Role of Race, Religion and National Origins*, New York: Oxford University Press, 1964, p. 101.

思潮。根据社会学家内森·克莱泽（Nathan Glazer）的统计，"多元文化主义"一词于 20 世纪 80 年代末首次出现在美国的主流报刊上，它在 1989 年的出现频率为 33 次，1991 年跃升为 600 余次，三年之后，"多元文化主义"在美国主要报刊的出现频率竟达到了 1500 次之多。①

"多元文化主义"虽然被称之为一种"主义"，但它却从未享有明确、公认的定义。在不同的语境和不同的领域中，"多元文化主义"可以指称一种社会经验、一种文化观念、一种批评理论，甚至一种意识形态。意大利社会学家波拉斐（Guido Bolaffi）等人认为"多元文化主义"一词指"同一族群或社会中的不同文化经验的共存"。② 英国文化研究学者斯图尔特·霍尔（Stuart Hall）认为"多元文化主义""指向更开放的文化体系"。③ 美国亚裔批评家骆里山（Lisa Lowe）提出"多元文化主义"实为一种用于容纳美国社会不可缩减之多样性的新"普遍主义"（universalism）。④ 英国肯特大学的学者沃尔森（Conard W. Watson）在《社会科学概念：多元文化主义》（Concepts in the Social Science：Multiculturalism，2000）一书的序言中指出，在不同国家的不同政治和历史环境下，"多元文化主义"不仅是强调多元文化平等性的一种文化价值观、强调历史经验多样性的历史观，更是禁止任何理由的种族歧视、意在政治平等的一项公共政策。⑤

不管定义怎样复杂多样，"多元文化主义"在创始之时，就是应对益格鲁－撒克逊化、美国化和大熔炉等文化同化理论与政策，解决多民族、多文化如何在一个国家内共存这一问题而产生的。不管它的使用语境

---

① Nathan Galzer, *We Are All Multiculturalists Now*, Cambridge, Masschusettes：Harvard University Press，1997，pp. 7 – 8.

② Guido Bolaffi, et al. ed.，*Dictionary of Race，Ethnicity and Culture*，London：SAGE Publications，2003，p.183.

③ Qtd in Michael Payne，ed.，*A Dictionary of Cultural and Critical Theory*，Oxford：Black Well，1996，p. 353.

④ Lisa Lowe，*Immigrant Acts：On Asian American Cultural Politics*，Durham and London：Duke University Press，1996，p.30.

⑤ Conard William Watson，"Preface"，*Concepts in the Social Science：Multiculturalism*，Buckingham：Philadelphia Open University Press，2000，pp. vii – xxiv.

如何改变，其基本内涵是始终不变的：首先，美国是一个多种族、多族裔构成的移民国家，每个族群都应在承认美国社会生活的族群多样性构成基础上正视随之而来的文化多样性；其次，不同族群的在美经历和文化背景不同，每个族群应了解彼此的差异并包容、尊重不同族群的差异性，不能以某一个族群的文化或生存语境为标准或模板而排斥异己；最后，鼓励不同的种族和族裔群体保持其独特的文化认同和民族个性，以追求多元文化的平等共存、共同繁荣为最终目标。

正是因为"多元文化主义"对主流白人以外的不同族群及其文化的正视、包容、承认和鼓励态度，美国社会中的少数族裔群体一直与这一思潮保持着深厚的联系与互动，并将其作为争取自身合法利益、建构族群文化身份的有力武器。首先，"多元文化主义"能保护少数族裔群体的切身利益，使其在以白人为主流的美国社会中的存在合法化。而且，立足于自身族群文化身份的差异性，"多元文化主义"使得少数族裔能够以非主流的不同立场，与白人文化进行有利于其群体地位的对话与交锋。其次，"多元文化主义"充分肯定了白人文化之外的少数族裔文化的存在价值和社会意义，不仅有利于扭转以往少数族裔在主流白人文化与自身族群文化之间被迫选择文化归属的尴尬境遇，还能提高少数族裔对自身族群文化的接纳和尊重，增强他们对族群及族群文化的认同感和归属感。最后，"多元文化主义"为少数族裔如何解构主流族群及主流白人文化的霸权话语提供了线索，有助于建构主流文化与少数族裔文化之间更公正、平等的族裔文化话语体系。

二 亚裔美国文学的多元文化书写

正是因为"多元文化主义"与少数族裔切身利益的内在紧密联系，这一思想在亚裔美国文学中不时得到体现，反映了亚裔作家对自身族群文化身份的探索。

在《女勇士》（*The Woman Warrior*，1975）的最后一章《羌笛野曲》中，汤亭亭描写了女诗人蔡琰被南匈奴首领擒获后"与蛮人共处的12年"的经历：

一天夜里，她听到了乐曲声，像沙漠里的风一样忽高忽低。她走出帐篷，见数以百计的蛮人坐在沙漠上，沙漠在皎洁的月光下一片金黄。他们的肘是抬起来的，正在吹笛子……这乐曲搅动了蔡琰的心绪，那尖细凌厉的声音使她感到痛苦。蔡琰被搅得心神不宁。夜复一夜，她在帐篷外散步，不论走出多少个沙丘，那些乐曲在整个沙漠上空回荡。她躲进帐篷，曲声萦绕于耳，使她不能入睡。终于，从与其他帐篷分开的蔡琰的帐篷里，蛮人们听到了女人的歌声，似乎是唱给孩子们听的，那么清脆，那么高亢，恰与笛声相和。蔡琰唱的是中国和在中国的亲人。她的歌词似乎是汉语的，可野蛮人听得出里面的伤感和怨愤。有时他们觉得歌里有几句匈奴词句，唱的是他们永远漂泊不定的生活。她的孩子们没有笑，当她离开帐篷坐到围满蛮人的篝火旁的时候，她的孩子也随她唱了起来。①

在这里，汤亭亭巧妙地将中美文化比喻成了"蔡琰的歌声"和"野蛮人的笛声"。深受汉人文化熏染的"蔡琰"初到象征美国的"南匈奴"时，无法理解代表美国白人的"野蛮人"，更无法欣赏象征白人文化的"野蛮人的笛曲"，"那尖细凌厉的声音使她感到痛苦"，无论蔡琰如何尝试摆脱，"曲声萦绕于耳，使她不能入睡"。

在这里，汤亭亭生动地展现了美国华人的现实生活：一方面，他们不理解白人文化，也无法融入主流社会；另一方面，他们又身处异质语境，主流社会的强势以及白人文化的无孔不入使他们痛苦不堪。在汤亭亭看来，摆脱这一困难局面的办法就是像蔡琰那样，发出自己"清脆"、"高亢"的歌声。虽然这歌声并非野蛮人的语言，但他们能"听得出里面的伤感和怨愤"。只有这样，蔡琰才能"离开帐篷坐到围满蛮人的篝火旁"。这个办法暗示全体华裔，在面对强势的白人文化时，要勇于克服种种语言文化的心理障碍，以差异性的中国文化与白人文化进行对话，才能如蔡琰一

---

① ［美］汤亭亭：《女勇士》，李剑波、陆承毅译，漓江出版社 1998 年版，第 192 页。

样离开代表社会边缘的"帐篷",走到象征社会主流的"篝火旁"。不难看出,蔡琰的经历承载了汤亭亭的"多元文化主义"理想,她不仅希望中美文化能告别相互排斥,更希望华裔能利用自身的中国文化背景,发出自己独特的声音,积极地与白人文化沟通,共同建构一个没有文化对立与种族冲突的多元文化和平共生、互动融通的理想社会。

谭恩美的《灵感女孩》(*The Hundred Secret Senses*,1995)同样反映了作家的多元文化身份探索。全书的故事情节由姐妹二人两条线索串成的:妹妹讲述今生,姐姐介绍百余年前的前世,两个叙述者相互交替而形成了对话。在今生,妹妹奥利维亚(Olivia)是一个中美混血儿,邝(Kwan)是来自中国的同父异母的姐姐。在姐妹二人每个相处的瞬间,"邝会叽里咕噜地用中国话闲聊",在妹妹讲述的故事中不时插入两人"前世"的叙述。① 在一百多年前,姐姐邝是广西蓟山的一个农家少女,因意外失去了一只眼睛,被称为"女怒目"。妹妹奥利维亚是名叫内利·班纳的美国人,在金田下船时不小心落水,被"女怒目"所救。

使这两个"前世"和"今生"的故事连在一起的关键便是姐姐邝的异于常人之处,在"阴眼"和"百种隐秘感官"的帮助下,邝对书中各个人物的前世今生都有所了解(见图1)。

图1将书中主要人物的"鬼魂转世"过程和社会关系进行了大致的梳理:班纳小姐一百多年前是美国白人,她的爱人"一半"是中美混血儿,她的好朋友"女怒目"是地道的中国人。当三个人在太平天国战争中不幸丧命后,班纳小姐的鬼魂为了在来世与爱人和挚友相聚,转世成了中国小女孩"小包子",找到了好友"女怒目"的鬼魂转世而生的女孩邝,但却没有找到爱人"一半",因为他的鬼魂出于同样的目的转世成了白人。"小包子"五岁时在山洪中丧命,为了能与好友和爱人在来世重逢,班纳小姐的鬼魂再次转世做了和爱人"一半"一样的中美混血儿,同时也是邝的同

---

① [美]谭恩美:《灵感女孩》,孔小炯、彭晓丰、曹江译,浙江文艺出版社1999年版,第12页。

父异母的妹妹奥利维亚。爱人"一半"的鬼魂由于转世为白人未能找到班纳小姐，便再次转世成了具有"一半"血统的混血儿：一个夏威夷—中国人和英国人的混血儿。就这样，三个"鬼魂"在经历了一百多年的轮回转世后再次聚在了一起。

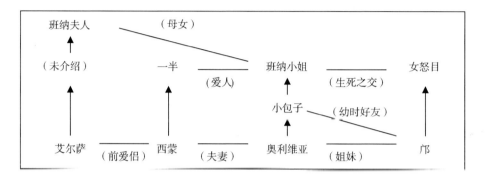

图 1

注：箭头方向表示"前生"；括号内容表示社会关系。

通过众多人物的多次在不同种族间的轮回重生经历，例如班纳小姐就从美国白人转世为中国黄种人再转世为中美混血儿，谭恩美以幽默俏皮的文笔完全颠覆了主流社会建构的白人族群与白人文化的固定性："全取决于你爱什么，信仰什么。你爱耶稣，就去耶稣的房子；你爱安拉，就去安拉的土地。"[①] 可见，《灵感女孩》的鬼魂世界代表了谭恩美的多元文化理想——一个种族血统和文化身份平等的社会。在这个社会中，每个成员能够在黄种人和白种人之间、中国文化与白人文化之间舒适地生活，他们社会身份和文化认同的选择只因自身的喜好而不同，并无强势弱势族群之分，也没有主流边缘文化之分，而是各种文化友好共处，共同描绘色彩斑斓的多元文化景观。

除了以汤亭亭、谭恩美为代表的小说家，一些华裔诗人也从"多元文化

---

① ［美］谭恩美：《灵感女孩》，孔小炯、彭晓丰、曹江译，浙江文艺出版社 1999 年版，第99 页。

主义"入手，试图为身处异质文化语境中的华裔寻找破解本土生存困境、建构文化身份的途径。在诗集《疑义相与析》（*Expounding the Doubtful Points*，1987）中，林永得（Wing Tek Lum）从中国饮食文化中找到了灵感：

> 我的美国梦
>
> 就像 *dábìnlòuh*
>
> 所有信仰和爱好的人们
>
> 围坐在一个普通的锅子旁
>
> 筷子和漏勺在各处
>
> 有些人煮鱿鱼而其他人煮牛肉
>
> 有些人煮豆腐或水田芥
>
> 全在一个汤里
>
> 像炖菜又不是
>
> 因为每个人选择他想吃的
>
> 只是共享锅子和火
>
> 还有好的陪伴
>
> 和饭后舀出的
>
> 甜美的汤 ①

在这首名为《中国火锅》（"Chinese Hot Pot"）的诗篇中，林永得提出了两种不同的饮食方式：作为白人饮食文化代表的"stew"（炖菜）和作为中国文化饮食代表的"dábìnlòuh"（打边炉，又译火锅）。这中西两种饮食均是将各种食材放在一个锅中烹饪，不同之处在于"stew"食用时各种食材作为整体相混合，而"dábìnlòuh"则是各种菜肴依旧明辨可分，"每个人选择他想吃的/只是共享锅子和火/还有好的陪伴/和饭后舀出的/甜美的汤"。

---

① Wing Tek Lum, *Expounding the Doubtful Points*, Honolulu Hawaii：Bamboo Ridge Press，1987，p. 105.

借用"stew"和"dábìnlòuh"两种饮食方式的区别，诗人言简意赅、形象生动地表达了他对美国社会、个体的身份归属和文化认同等问题深层次的看法。"stew"可视为美国政府对外来移民推行的同质化（homogenizing）或同化（assimilation）政策的隐喻。作为一个移民国家，美国号称文化"大熔炉"，以将各种族裔身份与族群文化熔炼、混合、搅拌进而打造出独特的美国人、美利坚文化为荣。但是，由于社会中各个阶层权力的悬殊，难免产生各种少数族裔文化被吞噬、被埋没的后果。例如在一次《新闻周刊》（Newsweek）的访谈中，谭恩美就曾谈及："美国号称大熔炉，但同化的结果却是让我们刻意选择典型美国的东西，像是热狗、薯条，而忽略中国的东西。"在强势的益格鲁－撒克逊白人清教文化的强力同化下，少数族裔个体被慢慢侵蚀、少数族裔文化被渐渐吞噬和埋没，沦为了美国同化政策下"内部殖民"的牺牲品。

如果说"stew"是"大熔炉"政策的隐喻，"dábìnlòuh"则是被形象比喻成"马赛克"（Mosaic）或"色拉碗"（Salad Bowl）的现行文化政策的改良。诗人借它提出了自己的美国梦，勾勒了心目中理想的美国社会：怀有各种"信仰和爱好的人们"都能平等地"围坐在一个普通的锅子旁"，都能享受握有"筷子和漏勺"的权益，根据喜好而自由地选择各种食物，彼此成为"好的陪伴"，和平共享"锅子和火"以及吸收了各种食材精华的"甜美的汤"。这不仅是一个多元文化共存的社会，更是一个各文化之间平等互助、共同繁荣，每个文化都能从集体文化宝库中汲取营养和精华的社会。

作为居住在美国领土上的少数族裔的一员，美国亚裔生活在美、亚两种甚或多种文化的夹缝中已成为一种必然。在这种复杂的文化环境中，亚裔作家将"多元文化主义"推向了潮流前端。他们立足于双重文化身份和多维度视野，以非主流的不同立场与白人文化对话、交锋，架起了美、亚文化沟通与交流的桥梁，用书写赢得了原本属于自己的话语权，实现了多元文化身份的重构。

三 自我"东方化"："多元文化主义"陷阱的产生及其运作

虽然"多元文化主义"对提升亚裔社会地位、推动亚裔美国文学发展起到了至关重要的作用，但不能忽视的是，亚裔作家的多元文化书写也引来了许多质疑，颇耐人深思。

"多元文化主义"，顾名思义，必然要涉及两个甚至多个不同的文化，也就是说，文化的差异性是"多元文化主义"建构的基础。这就导致美国亚裔作家的多元文化书写的方式是展示美、亚两种文化之间的不同和差异。于是，一个奇怪的文学现象诞生了：亚裔作家一方面高调地声称自己是对亚洲了解不多的地道美国人，另一方面又力图再现亚洲及亚洲文化并展现美、亚文化的差异之处。而根据少数族裔学者的观察，"多元文化主义"的"官方多样化"政策从未威胁到美国国家完整性的神话。① 相反地，"多元文化主义"更明显的是种族化差异的代码，它通常预留给"可见的少数族裔"（visible minorities），或者另一种更广泛的说法，非欧洲人。② 不难发现，美国亚裔作家的多元文化书写"变味"了，不幸地与"多元文化主义"的种族主义投射暗合。美国亚裔文学作品中对美、亚文化差异性的描写非但未能完成亚裔作家群体的多元文化平等共处、互融繁荣的最初愿望，反而凸显了他们作为"可见的少数族裔"和"非欧洲人"的差异性和他者性。正因于此，赵健秀等亚裔作家与批评家才不断质疑汤亭亭、谭恩美等作家的多元文化书写，指责他们的作品"都是白人种族主义宣传品"，具有自我他者化和东方化的倾向。③

面对亚裔作家多元文化书写"变味"的现象，我们不禁疑问：多元文化书写为何会遭遇自我东方化的质疑？或者说，主流社会的"多元文化主义"陷阱是如何产生并运作的呢？亚裔作家"从多元文化主义"思想出发，运用了强调文化差异的表征策略，认为这种多元文化书写有利于亚裔

---

① Sue-Im Lee, "The Aesthetic in Asian American Literary Discourse", *Literary Gestures：The Aesthetic in Asian American Writing*, ed. Rocio G. Davis and Sue-Im Lee, Philadelphia：Temple University Press, 2006, p. 11.

② Sneja Gunew, "The Melting Pot of Assimilation", *Transnational Asia Pacific：Gender, Culture, and the Public Sphere*, ed. Shirley Geok-Lin Lim, Larry E. Smith and Wimal Dissanayake, Urbana and Chicago：Unviersity of Illinois Press, 1999, p. 146.

③ Frank Chin, "Confessions of a Chinatown Cowboy", *Bulletproof Buddhists and Other Essays*, Honolulu：University of Hawaii Press, 1998, p. 92.

的文化身份认同和主体性建构，并能增强亚裔内部的凝聚力和向心力。这种观念固然没错，但它同时也陷入了种族主义权力话语预设的陷阱。种族主义权力话语本身就是以每个族群的差异，尤其是文化差异为依据建构的。亚裔作家强调美国文化与亚洲文化之间的差别，突出双方的族群特色，这种表征策略无意识地印证了种族话语创造出的白人文化与少数族裔文化之间决定性的、绝对化的差异，反而增强了种族话语对白人/有色人种、文明/野蛮、正直/阴险等二元对立论点的可信性，因此带有自我东方化的危险与遗憾。

亚裔批评家骆里山（Lisa Lowe）一针见血地指出了美国"多元文化主义"的矛盾性：主流社会一方面在政治上和种族上排斥亚裔，另一方面又在文化领域强调并包容他们的"外国性"。① 许多亚裔作家就对这一定义感受颇深：

> 我对不可避免的商业化效果保持谨慎，我的种族差异被各种的意图和兴趣视为持续的聚光点。这并不是说我想要规避我的种族身份——我对它抱有合理的自豪——我只是不想让它因为别人的利益而被预先消化和包装。特别是当我知道他们的消费嗜好是多么的贪婪却又易变。我可能只是他们一时的异域少数族裔，直到被他们"发现"的下一个少数族裔所替代。②

可见，美国主流社会倡导的"多元文化主义"并非真正意义的"多元文化主义"，而是"多元文化主义"的"烟幕"（smokescreen）版本。③ 通过这个"烟幕"的遮蔽效果，主流社会断言美国文化是一个民主的领

---

① Lisa Lowe, *Immigrant Acts: On Asian American Cultural Politics*, Durham and London: Duke University Press, 1996, p. 30.

② Yong Soon Min, "Territorial Waters: Mapping Asian American Cultural Identity", *New Asia: The Portable Lower East Side*, 7.1 (1990), p. 5.

③ Bella Adams, *Asian American Literature*, Edinburgh: Edinburgh University Press, 2008, pp. 144 – 145.

域，为了维持白人文化统治地位这一根本"意图"和"利益"，他们通过"商业化"的手段"预先消化和包装"少数族裔的文学作品，将少数族裔的各种"差异"建构成"持续的聚光点"，直到"下一个少数族裔"被发现，成为能将族裔差异延续下去的另一个"聚光点"。这也就说明，美国主流社会倡导的"多元文化主义"并非代表真正的文化接受与包容，而是借助于"包容的承诺"，掩盖其排斥政治与族裔异己的政策伪装。①

于是，在主流社会所谓的"多元文化主义"投射下，亚裔美国文学陷入了一个怪圈：为了对抗主流白人文化的入侵和压迫，亚裔作家借助于"多元文化主义"思想，在作品中书写亚洲文化进行抗衡，但亚洲文化的差异性描写非但未能如期望那样带来文化平等共存的美好局面，反而凸显了亚裔的他者性和差异性，最终面临自我东方化的尴尬境遇。对于这一现状，不少亚裔作家都有所警惕，为了减少其作品自我东方化的负面影响，他们强调评论界和读者大众关注其作品的文学性与艺术性，但始终无法摆脱主流社会在"烟幕"版本的"多元文化主义"掩盖下的纪实性和政治性解读。可见，除了美国"多元文化主义"的不完全性与烟幕属性之外，造成亚裔作家的多元文化书写失去原本效用的另一个原因便是主流文化机制对少数族裔文学的制衡关系：主流文化机制希望少数族裔文学保持一个臣服的从属状态。当美国亚裔作家希望通过多元文化书写获得主流文化机制的承认并融入其中时，主流文化机制就开始运作，使得亚裔作家的多元文化书写策略与亚裔美国文学的文本意义产生偏离，然后文本意义又与受到主流文学机制控制的社会大众的读者理解意义产生偏离。正是在这一次次的意义偏离中，亚裔作家的多元文化书写丧失了原有的建构力量，蜕变成了越来越符合主流文化机制利益的自我东方化书写。

---

① Lisa Lowe, *Immigrant Acts*: *On Asian American Cultural Politics*, Durham and London: Duke University Press, 1996, p. 86.

"多元文化主义"确实为少数族裔提供了一个契机，赋予了种族、阶级和性别上的少数群体组织和质疑主流活动的机会。① 但面对亚裔作家多元文化书写在"多元文化主义"漩涡之中的苦苦挣扎，我们不禁要问："多元文化主义"真的是走向族裔间宽容的尝试吗？借由它，少数族裔能走向一个更公正的社会，不同的族群能得到平等的承认？或者它只是一个烟幕，遮盖了主流文化的持续特权，平息威胁国家统一的族裔不安？②

正是出于对多元文化身份的焦虑，在 20 世纪末，骆里山等亚裔文学批评家展开了对文化身份的异质性、杂糅性与多重性的思考，预示着亚裔美国文学的文化身份批评告别了早期的文化民族主义和"多元文化主义"，走向了新的天地。③

第三节　亚裔美国文学与亚美"杂糅"诗学

在美国的"民权运动"和"泛亚运动"之后，从 20 世纪的 70 年代到 90 年代，亚裔美国文学经历了一个迅猛发展的阶段，亚裔美国文学批评领域也尝试建构亚裔美国人的文化身份，杂糅性作为后殖民语境下一个重要的理论关键词，经过霍米·巴巴的深刻阐发后，也进入了亚裔美国批评界的视野，其中最具典型的是骆里山（Lisa Lowe）的《异质性、杂糅性、多重性：标示亚裔美国差异》，在美国亚裔的文化身份批评领域产生了深远的影响。本节通过梳理"杂糅性"（hybridity）的基本含义，以此观照亚裔美国文学作品中的杂糅性身份书写，把握"杂糅性"的意义与局限性，从而深刻理解亚裔美国作家与学者为文化身份的建构所作出的努力。

---

① Lisa Lowe, *Immigrant Acts*：*On Asian American Cultural Politics*，Durham and London：Duke University Press，1996，p. 42.

② Graham Haggan, *The Postcolonial Exotic*：*Marketing the Margins*，London：Routledge，2001，p. xiii.

③ Lisa Lowe, *Immigrant Acts*：*On Asian American Cultural Politics*，Durham and London：Duke University Press，1996，p. 64.

一 "杂糅性" 理论溯源

杂糅性（hybridity）一词的词根为 hybrid。《牛津英语词典》解释为：hybrid 来源于拉丁词 hybrida，意指 "温顺的母猪和野生的公猪的后代"（offspring of a tame sow and wild boar），在英语中指人，意指 "不同种属或种类的两种动物或植物的后代；杂种"。《韦伯新编大学词典》中将 hybridity 解释为 "两种迥异的文化和传统的融合而产生的人"，"异质性的来源或合成的任何物体"，或者是 "一个合成物"，而在语言学上，hybridity 被解释为 "由不同语言里的元素组成的一个词"。由此可见，"hybridity" 既指动物、植物、人的杂交，也指语言、文化与传统的杂糅。

"杂糅性" 在后殖民研究及族裔研究领域也是一个热词，它通常指殖民接触区域（contact zone）中新的跨文化形式的创造。① 对于语言 "杂糅性" 的论述可以追溯至巴赫金。巴赫金在《长篇小说的话语》部分中的第三章《小说中的杂语》中探讨了 "混合语式"：

> 我们所称的混合语式，是指这样的话语：按照语法（句法）标志和结构标志，它属于一个说话人，而实际上是混合着两种话语、两种讲话习惯、两种风格、两种 "语言"；两种表意和评价的视角。在这两种话语、风格、语言、视角之间，在重复说一篇，没有任何形式上的（结构上和句法上的）界限。不同声音、不同语言的分野，就发生在一个句子整体之内，常常在一个简单句的范围内；甚至同一个词时常同时分属交错结合在一个混合语式中的两种语言、两种视角，自然便有了两层不同的意思、两种语气。②

---

① Bill Ashcroft, et al., *Post-colonial Studies: The Key Concepts* (the 2nd edition), London and New York: Routledge, 2000, p. 108.

② ［苏联］巴赫金：《巴赫金全集》第三卷，白春仁、晓河译，河北教育出版社1998年版，第87页。

在这种混合语式中，一句话被分裂为两种声音，其中一种语言用来揭露或讽刺另一种语言，具有明确的目的。同时，在第四章《小说中的说话人》中，巴赫金指出了另外一种形式的"混合"，他写道：

> 并非有意的不自觉的混合，则是语言历史发展和形成的一个极为重要的方法。简直可以说，一种语言或各种语言的历史演变，基本上是通过混合的途径，通过共存于一种社会方言、一种民族语、一个分支或一组不同分支之中的不同"语言"的混合；这不仅指语言的历史发展时期，也指古生物时期。①

巴赫金主张从语言的角度来考察杂糅性，他分别从语言的内部和外部考查了语言的多种形态和"生产性"。他的"混合"理论成为后殖民主义理论家借以阐发后殖民语境下"杂糅"概念的理论基石。罗伯特·杨（Robert Young）在《殖民的欲望》（*Colonial Desire*：*Hybridity in Theory*，*Culture and Race*，2006）一书中对巴赫金的话语杂交理论进行分析时，提炼出了关于"杂糅"理论最为重要的两个关键词："有机的杂糅"（organic hybridity）和"有意的杂糅"（intentional hybridity），一种是将差异性整合为同一性；另一种则是将同一性分裂为差异性。② 他的观点非常有启发性与前瞻性，首先，他的观点承袭了巴赫金的语言观，并对其进行了归纳和文化阐释。其次，这两个理论关键词与霍米·巴巴的后殖民主义文化杂糅观有异曲同工之妙。

霍米·巴巴在《文化的定位》中提出"分裂"（splitting）和"重合"（doubling）两个概念，以阐述他的杂糅身份观。巴巴的"分裂"指的是英国在殖民地形式权力时，远离了欧洲的权力中心，分裂为两种不同的英国形

---

① ［苏联］巴赫金：《巴赫金全集》第三卷，白春仁、晓河译，河北教育出版社1998年版，第146页。

② Robert J. C. Young，*Colonial Desire*：*Hybridity in Theory*，*Culture and Race*，London and New York：Routledge，2006.

式，包括在印度建构的"英国性"（Englishness）和英国本土的"英国性"。而分裂的身份不可避免表现出"重合性"（doubling）。巴巴的"杂交"身份观因此形成，他在《文化的定位》中从"模拟"、"第三空间"和"文化翻译"等关键词出发多角度地阐发了他的杂交身份观。赵稀方在《后殖民理论》一书中清晰地指出了巴巴思想构架的"杂交"（Hybridity）术语的定义：

> 杂交指的是在话语实践上殖民者与被殖民者你中有我，我中有你的状态。在理论上，它与泾渭分明的本质主义者和极端论者的二元对立模式相对立。……从批判殖民话语的立场上说，杂交的效果主要是动摇了殖民话语的稳定性。"它们以惊人的种族、性别、文化，甚至气候上的差异的力量扰乱了它（殖民话语）的权威表现，它以混乱和分裂的杂交文本出现于殖民话语之中。"①

赵稀方的定义准确地捕捉到了殖民话语在第三世界所受到的挑战，殖民话语中的"杂交文本"是殖民者与被殖民者之间权力相互渗透的结果，殖民权威在"杂交"的过程中被分裂，而殖民地人民在表现身份时既可选择对宗主国主体身份的重合，也可选择对殖民地身份的重合，表现出杂糅的特征。

斯丹·莫斯朗（Sten Pultz Moslund）在专著《移民文学与杂糅》（*Migration Literature and Hybridity: The Different Speeds of Transcultural Change*, 2010）中对巴赫金提出的"有机的混合"和"有意的混合"进行了再阐发，同时借用了巴赫金提出的"向心力"和"离心力"的概念，以标志文化冲突中出现的同质和差异现象。在综合考察巴赫金和巴巴以及罗伯特·杨对"有意的混合"的解读后，莫斯朗将"有意的杂糅"定义为"有意对立的话语"和"新的存在方式的前置"②，"有机的杂糅"指的是"多种杂糅，其中，同一性强劲的离心力与差异性微弱的向心力处于不对称的辩证

---

① 赵稀方：《后殖民理论》，北京大学出版社 2009 年版，第 108—109 页。
② Sten Pultz Moslund, *Migration Literature and Hybridity: The Different Speeds of Transcultural Change*, London: Palgrave Macmillian, 2010, p. 39.

过程中。导致的结果是文化语言与认识论的缓慢改变，它主要作为同一性的延续而被体验"。①

　　从以上西方学者对于"杂糅性"理论的研究可以看出，杂糅现象是后殖民语境下的一种独特的形式。帝国主义国家在宗主国之外建立殖民地，并试图保持自己的权威地位，但是，帝国主义远离了自己的权力中心而行使权力时，必将遭遇各种形式的抵抗，而帝国主义权力在抵抗面前不断调整自己，为了保证权力的顺利运转甚而吸收了殖民地的一些元素，因而其权力不可避免带有杂糅性。从霍米·巴巴的《作为奇迹的符号：1817 年 5 月德里郊外一棵树下发生的矛盾情感和权威问题》（"Signs Taken for Won-ders：Questions of Ambivalence and Authority under a Tree Outside Delhi, May 1817"）记录的关于印度人对待《圣经》的态度中可见一斑。《圣经》作为英国在场的标记，其本意在于摧毁当地的文化，进行文化殖民，从而巩固殖民权力，但是印度人在接受《圣经》的过程中利用自己的原有的文化对其礼仪和教义进行了改写，使殖民文化的权威性受到了挑战。

　　正是殖民权威的分裂，使殖民地人民表现出了双重身份（double iden-tity），他们的身份成为"既不……也不"的模式，在他们试图成为宗主国人民时，他们模仿、征用宗主国人民的形象，他们的人生成为"角色操演"（performative）的人生。奈保尔笔下的《米格尔街》中充斥着模仿宗主国的第三世界人民，例如自称是白人诗人华兹华斯兄弟的黑人 B. 华兹华斯，渴望进入宗主国、娶白人女性为妻的爱德华，等等。

　　自 19 世纪中叶开始，一批批亚裔移民进入美国，成为美国社会内新的少数族裔。与殖民地如印度的"杂糅"身份不同，亚裔美国人是流散进入美国的"第三世界"人群，早期的华裔时刻怀有"叶落归根"的朴素愿望。从"叶落归根"到"落地生根"的思想演变是他们不得已的选择。在融入美国的过程中，他们身上体现了明显的"杂糅"特点。评论家吉格奈

---

　　① Sten Pultz Moslund, *Migration Literature and Hybridity：The Different Speeds of Transcultural Change*, London：Palgrave Macmillian, 2010, p. 38.

里（Vanessa Guignery）等在编辑《杂糅性》（*Hybridity*：*Forms and Figures in Literature and the Visual Arts*，2011）这部选集时，内容分为四个部分，包括"英国本土的杂糅"、"北美文化和视觉艺术的杂糅"、"南亚文学中杂糅的语言、文化和政治"，以及"杂糅的奥德赛：跨文化的体裁和身份"。[①]在这四个部分中，编者均未将亚裔美国文学中的杂糅现象包括进去。考虑到亚裔美国文学中杂糅现象的普遍性和多样性，这样的忽视实在令人遗憾。其实，早在20世纪90年代，亚裔美国批评学者骆里山在论文《异质性、杂糅性、多重性：标示亚裔美国差异》中对"杂糅性"已经有精妙的分析。在为何将"异质性"、"杂糅性"和"多重性"作为亚裔美国文化的批评关键词这一问题上，骆里山这样解释：强调美国亚裔文化的异质性和动态波动（dynamic fluctuation）的首要原因在于少数族裔文化不是固定的或"同质的"（homogeneous），并为了避免对美国亚裔的"同质化"（homogenizing）。[②]也就是说，骆里山提出"异质性"、"杂糅性"和"多重性"的批评立场在于反对那些将美国亚裔及亚裔美国文化同质化的行为。

二 亚裔美国文学中的"杂糅"书写

亚裔美国文学作为跨越中美两种文化的文学、"冒现的文学"，明显体现了中美两种语言、文化、价值观的影响，在形式、风格、人物塑造和语言方面均体现出"杂糅性"。亚裔美国文学中的杂糅性展现了亚裔美国作家看待和再现世界的新方式。

而亚裔美国文学的"杂糅性"在语言方面表现尤为突出。根据巴赫金的观点，语言在文化上绝不可能是中性的，而是充满了他人的意图。语言生产文化、承载文化、承载身份。我们所使用的语言受社会文化的话语机制和话语等级所限。正如巴赫金在《生活话语与艺术话语》中所说："意

①　Vanessa Guignery, Catherine Pesso-Miquel and Francois Specq, *Hybridity*：*Forms and Figures in Literature and Visual Arts*，Newcastle：Cambridge Scholars Publishing, 2011.

②　Lisa Lowe, *Immigrant Acts*：*On Asian American Cultural Politics*，Durham and London：Duke University Press, 1996, pp. 63 – 68.

识行为已经是社会行为、交往行为，甚至最隐秘的自我意识也是考虑他人观点将自我译成普通语言的一种尝试。"① 亚裔美国作家跨越两种文化，在用英语进行创作时不自觉征用了具有差异性的语言，这些语言与标准英语这一主要表达形式有机地杂糅在一起。语言中"有机的杂糅"指的是消弭差异，并将其吸收进盎格鲁-撒克逊化的英语表征中，使英语语言呈现出独特的、在变化中不断调整的同一性中。

亚裔美国作家在创作时使用了祖居国的语言，其目的在于再现一个地道的亚洲，但是另一方面，语言的杂糅也再现了一个极具异域风情的亚洲。华裔美国作家的语言表现出多种特点，例如：作家在作品中使用了英语与汉语拼音的并置、英语与汉字的并置、标准英语与中式英语的并置。谭恩美的小说如《喜福会》《灶神之妻》《灵感女孩》《接骨师之女》中叙述了曾经生活在中国的母亲与现在生活在美国的女儿之间由于不同的历史、文化差异和女性地位的差异而矛盾重重，语言的杂糅成为母女冲突的斗争场。《喜福会》（*Joy-luck Club*，1989）中，谭恩美在讲述中国母亲的故事时使用了汉语拼音，如 "chunwangchihan"（唇亡齿寒），"hulihudu"（糊里糊涂），"heimengmeng"（黑蒙蒙）等。《灶神之妻》中母亲雯丽的故事主要围绕 "taonan"（逃难）而展开。《接骨师之女》的第一部分共有七章，作者在每一章的标题中直接将英语和汉字并置：heart（心），change（变），ghost（鬼），destiny（命运），effortless（道），character（骨），fragrance（香），中国母亲也说着中式英语，如精妹的母亲在劝女儿弹钢琴时说 "who ask you be genius? Only ask you be your best. For you sake. You think I want you be genius? Hnnh! What for!"（146）而印度裔美国作家穆克吉（Bharati Mukherjee）在《茉莉》（*Jasmine*）中的方言和口音更为丰富，包括各种形式的英语。例如印度英语 "their wives also are liking to work"（84），美国南部口音，"This'n here's my own special lookout. Me'n her's been

---

① ［苏联］巴赫金：《巴赫金全集》第二卷，李辉凡、张捷、张杰、华昶等译，河北教育出版社 1998 年版，第 104 页。

traveling a long ways together" (111)，澳大利亚英语 "you'd love owstrylia. Perth's just the plyce for you" (102)，牙买加英语 "What she t'ink？Slavery makin a big comeback？...we gotta unionize" (179)，同时小说中还有一些很难翻译的印度姓名如 Mazbi，Yama，Dida，Hasnapur 等，印度称呼如 Mataji，Prefessorji，Masterji，Arvind-prar，Hari-Prar 等。

语言的杂糅也正是骆里山提出的杂糅观的一部分，她将"杂糅性"定义为：

> 所谓"杂糅性"，我指的是不均衡的历史所产生的文化目的及实践，比如菲律宾所存在的人种和语言的混杂，而在美国的菲律宾族群也打下了西班牙殖民主义、美国殖民和美国新殖民的历史烙印。①

将汉字、汉语拼音、方言、口音等直接嵌入英语文本，是处于杂糅身份状态的作者为再现可信的亚洲故事所作的努力，再现了一个全球化背景下的世界。同时，小说中的人物在使用杂糅性的语言时强调了其生活在东方的背景，因而为小说增添了异域风情。此外，杂糅语言的使用，正如霍米·巴巴在论述"文化翻译"时说，为目的语（即英语）增添了新奇感并保证了英语在多元文化大环境下所保持的旺盛的生命力。但是，不可否认，尽管亚裔作者在创作时语言充满了差异性和异质性，小说中规范的英语表达仍然传递了同质化的倾向。

以《茉莉》为例，《茉莉》中茉莉的标准英语是小说的主导语言，丝毫看不出印度英语或印度口音的任何影响，丝毫没有违反官方英语的任何既定规范。而且小说中再现的其他形式的英语因其偏离规范而被嘲讽。可见，《茉莉》中的语言不是差异性的语言，而是同一性的语言。作者进行并置的规范英语和各种口音并不处于平等的地位，而是有非常

---

① Lisa Lowe，*Immigrant Acts*：*On Asian American Cultural Politics*，Durham and London：Duke University Press，1996，p. 67.

明显的等级秩序，英语作为西方的权威语言高高在上，作为二元对立的另一极的"他者"形象只是为小说增添了异域风情，最终将和规范英语进行有机的杂糅。

如果说语言的杂糅属于"有机的杂糅"，是将差异性整合为同一性，亚裔美国文学文本中同样充满"有意的杂糅"其目的在于将中西文化中的差异之处有意对立起来，彰显在移民、跨国语境下亚裔主体所遭受的文化震撼以及他们为融入美国生活所作出的努力。

骆里山在《异质性、杂糅性、多重性：标示亚裔美国差异》的开篇选用两个例子来展示亚裔美国文化的特殊性。她首先引用了美国日裔作家贾尼丝·美里木谷（Janice Mirikitani）的诗篇。在选文中，"二代"（nisei）日裔的母亲因其与"三代"（sansei）日裔的女儿之间的矛盾，回忆起她与自己"一代"（issei）日本移民的母亲同样的纷争过往。第二个诗作以服装工厂为背景，详细描述了年老华裔女工与年轻华裔女经理之间的对立，指出这些人物虽然同为华裔女性，但她们不仅存在"代际"（generation）的差异、历史的差异和对性别身份定义的差异，还面临更有影响力的"阶级和语言"上的鸿沟。[①]

在骆里山看来，这两篇诗作反映了"传统文化实践的瓦解和扭曲"。[②]在中日两国的传统文化中，母慈子孝或者晚辈尊重长辈是基本理念。但由于亚裔在美国的"错置"（displacement）的生存环境，以及美国社会中"阶级的不同层次和性别角色的不同建构"，母慈子孝不复存在，尊敬长辈也难以实现。[③]取而代之的是第一个例证中的外祖母、母亲和女儿三代之间的彼此否认与摩擦不断，第二个例子中的懂英语的年轻华裔女性不得不违反尊老的传统，训导、惩戒只会说粤语的华裔女性长辈。通过这两个极具说服力的例子，骆里山试图证明："原初的"（original）中国文化早已无

① Lisa Lowe, *Immigrant Acts*: *On Asian American Cultural Politics*, Durham and London: Duke University Press, 1996, p. 67.

② Ibid. , p. 62.

③ Ibid.

法定义生活在异质文化语境中的亚裔，亚裔美国文化是一种崭新的、独特的文化，一种杂糅的文化。

骆里山所展示的只是亚洲传统文化被杂糅的一个方面，事实上，亚洲文化在向美国跨国移动的过程中，出现了不同的变体，如汤亭亭笔下的女勇士便是中国传统文化中的花木兰与岳飞故事的杂糅以及在美国种族主义和美国唐人街的父权制度下的全新变体。黄运特称汤亭亭笔下的女勇士"结束了导致木兰最终美国化的跨太平洋位移的旅程"①，因为汤亭亭"用标准美式英语重写"② 中国故事，使"这些文本中的奇异故事被剥去它们语言上的外来性"。③ 但是，不可否认，女勇士身上不容忽视的中国符码和美国化演绎体现的正是中西文化杂糅的状态。

同样，孙悟空在从东方到西方的旅行中，也被赋予了多种意义，成为文化符码和杂糅的载体。在中国古典文学《西游记》中，孙悟空是一个不畏强权、疾恶如仇、英勇无畏、机警善变的美猴王。在华裔美国作家汤亭亭笔下，孙悟空化身为华裔剧作家惠特曼·阿新（Wittman Ah Sing），他从事过多种工作，包括"售货员、管理班学员、邮局拣信者、公共汽车售票员和奶油炼制工人"④，显示出猴王多变的身份。惠特曼在剧本中将《西游记》《三国演义》《水浒传》中的场景和人物杂糅，创作了一部颇具"亚裔美国感"的戏剧，整部小说中惠特曼就如《西游记》中的孙悟空，向美国主流社会戴着歧视有色镜的妖魔鬼怪们举起了隐形金箍棒，将其偏见大白于天下，使其无处遁形。而在赵惠纯（Patricia Chao）的小说《猴王》（*Monkey King*，1997）中，孙悟空成为一只"贪婪"的猴子。代表中国传统文化的父亲就是"猴王"，他有着长久的生命，可以变换自己的形状，他以霸权的方式管辖着自己的领地。赵惠纯将猴王看作是父权制的代表，从而解构了中国传统文化中的"美猴王"形象。

---

① ［美］黄运特：《跨太平洋位移：20世纪美国文学中的民族志翻译和文本间旅行》，陈倩译，江苏人民出版社2012年版，第151页。
② 同上书，第150页。
③ 同上。
④ ［美］汤亭亭：《孙行者》，赵伏柱、赵文书译，漓江出版社1998年版，第250页。

此外，亚裔在美国的生存空间也呈现出杂糅的特点。亚裔移民在离家去国的过程中，面临着家园的去地域化，为了表达自己的思乡之情，他们在美国的土地上建构了一个独立的移民社区，家园的翻版，在这个社区内他们的族裔身份得到强化。如华裔美国作家笔下的唐人街和印度裔作家穆克吉笔下的印度社区 Flushing 都是移民在流散的过程中抵抗异质文化的途径，其结果是他们在融入美国的过程中试图体现了"有意的杂糅"。他们所生活的地方是霍米·巴巴所称的"居间"状态，亚裔主体既试图通过保留中国传统文化如庆祝中国节日、恪守古训以抵抗美国主流文化的影响，同时在美国出生的后代在接受美国教育时不可避免地受到外界的影响，他们进而影响原本隔离于主流社会的少数族裔社区，使其呈现出文化杂糅的特点。

三　亚裔建构"杂糅"文化身份观的意义

不管是"有机的杂糅"还是"有意的杂糅"，都是在"多元文化主义"语境下跨国移民主体身上表现出的独特的文化身份观，既有其进步意义也有局限性。

传统的二元对立将东方/西方、黑人/白人、殖民者/被殖民者、自我/他者、内部/外部对立，杂糅概念的引进颠覆了现存的二元对立。同时，杂糅概念反对种族和文化的真确性、反对"纯种"（purity）的神话，反对固定的、本质主义的身份，相反，它支持融合、多样性。正如拉什迪在《想象的家园》（*Imaginary Homelands*，1991）中讲述他的名著《撒旦诗篇》时说：

> 《撒旦诗篇》赞扬了杂糅性、不纯（impurity）、混合（intermingling），因为人种、文化、观点、政治、电影、歌曲的全新的不可思议的合并而产生的转变。它为种族混杂（mongrelization）而欣喜，对"纯粹"的决定论感到害怕。大杂烩、大拼盘，这里一点，那里一点，新奇性就此进入世界。这是大规模移民带给世界的最大可能性，我一

直试图接受它。《撒旦诗篇》通过合成而改变，通过连接而改变。它是我们杂交的自我的恋歌。①

此处，拉什迪指出融合、合并等策略既颠覆了二元对立的结构，也颠覆了所谓的"纯种"的概念。在拉什迪看来，印度因其语言、宗教和文化的多样性，代表了杂糅的传统。拉什迪笔下的印度是经历了殖民历史、远在宗主国之外的印度。亚裔美国文学中广泛存在的杂糅书写同样具有重要意义，首先体现在抵制主流社会对亚裔群体的"东方化"建构上和构建具有"亚裔美国感"的亚裔身份的努力上。

19 世纪后半叶到 20 世纪前期，几乎有一百万人从中国、日本、韩国、菲律宾和印度移民到美国和夏威夷。他们被主流社会看作是"苦力"（coolie）、"黄祸"（yellow peril），永远的"异教徒"（Heathen），"不可同化者"。"不可同化"的原因在于亚裔不愿意放弃自己的母国文化传统，即使在异国仍然固守自己的文化传统。而事实上，当一代代的亚裔在美国生存并生活下来后，他们已然融入了美国生活，但他们身上的亚裔文化传统影响依然存在，由此杂糅性身份观便成为他们建构其族裔身份的基础。

"杂糅性"身份观是一种同中求异、异中求同的身份观，它反对将亚裔美国身份的本质化做法。例如雷霆超《吃碗茶》和谭恩美的《喜福会》，如果将这两部小说仅仅看作是代际冲突和孝道关系，这就是对亚裔美国文化本质化的做法。骆里山认为它忽视了亚洲人群中不同的阶级、性别和国族之间的特殊性，抹杀了物质排斥（material exclusion）和差异化的移民历史，是对亚裔美国人的文化差异的"审美的商品化"（aestheticizing commodification）。② 本质化意味着异中求同、泯灭亚裔主体的差异性，这样的固定化恰恰暗合了种族主义的权力话语，将来自不同国家、不同历史时期

---

① Salman Rushdie, *Imaginary Homelands*：*Essays and Criticism 1981 – 1991*, London：Granta Books, 1991, p. 394.

② Lisa Lowe, *Immigrant Acts*：*On Asian American Cultural Politics*, Durham and London：Duke University Press, 1996, p. 63.

的社会各个层面的千万个鲜活的亚裔个体抽象化为符合主流白人刻板化印象的千人一面的"被教化了的'模范少数族裔'"（domesticated "model minority"）："黄种人就是在受伤、悲哀、生气、发誓或吃惊的时候发出哀嚎、呼喊或惊呼'哎—呷'的人。"①

亚裔美国主体追求融合、多样性的文化身份观，它彰显处于"居间"身份的亚裔移民主体，再现多族裔混杂的社区和文化，支持身份的流动性，这是亚裔美国人融入美国社会所采取的一种策略。任璧莲在《梦娜在应许之地》（*Mona in the Promised Land*，1996）中讲述了华裔第二代张梦娜与犹太青年赛斯的爱情和婚姻。梦娜在成长过程中身份从华人到犹太人再到华人的自由转换、姐姐选择做中国人的努力均表明在多元文化环境下亚裔美国新一代身份的杂糅。在《世界与城镇》（*World and Town*，2010）中，任璧莲再现了一个"流动的时代"，一个如世外桃源般的多族裔混居的社区，它不是族裔飞地，而是全球化背景下世界的缩影。女主角海蒂是孔子的后人，中美混血，她的身份是杂糅了中国传统儒家文化的美国身份，也是作者对于杂糅性身份观的再思考。

在亚裔群体构成的日益复杂多样的背景之下，亚裔"杂糅性"身份的书写揭示了亚裔族群之间在阶级、性别和民族的多样性、"不可通约性"（incommensurability）和独特性的同质化行为。② 杂糅性身份概念出现在"多元文化主义"的大背景下，有助于亚裔美国群体积极融入美国生活，并通过保留独特的亚洲文化特点而建构独特的亚裔美国身份。

但是，在白人至上的美国社会，杂糅性身份在其发展过程中一直遭到质疑。首先，杂糅性身份主要应用于多元文化的主体、移民和流散的社群，他们处于霍米·巴巴所谓的"居间"的身份，在文化生活中被错置，经历着破碎感、断裂感、移置感，他们没有完整的文化之根。他们渴望通

---

① Frank Chin, et al. ed. , "Preface", *Aiiieeeee! An Anthology of Asian-American Writers*, Washington D. C. : Howard University Press, 1974, p. vii.

② Lisa Lowe, *Immigrant Acts: On Asian American Cultural Politics*, Durham and London: Duke University Press, 1996, p. 63.

过征用杂糅性身份概念去建构自己的身份，但是处于对立一极的却是本质化的美国白人的"纯种"身份。以断裂后重组、杂糅的文化身份去对抗、同化美国白人的完整的文化之根，这无异于"蚍蜉撼大树"，亚裔群体的不适感必将长期存在。其次，处于主导地位的白人社会一方面对呈现出杂糅性文化身份的亚裔群体心怀容忍，同时坚守其优势地位不可撼动。他们一方面宣称其"种族之爱"，另一方面居高临下地俯视少数族裔的存在。

部分亚裔美国作者对杂糅性理论也持谨慎的态度。以印度裔美国作家拉希里（Jhumpa Lahiri）的两部短篇小说为例。在其第一部短篇小说集《疾病解说者》（*Interpreter of Maladies*，2000）里的最后一个故事《第三块大陆，最后的家园》（"The Third and Final Continent"）中，拉希里讲述了一个印度移民和他的印度妻子玛拉融入美国生活的故事，小说结尾，叙述者充满自豪地说：

> 在儿子的眼睛里，我看到了最初激励我游历世界的那股勃勃雄心。几年以后，他就要毕业，独自走自己的路，无人保护了。但是我心里默想，他的父亲依然健在，母亲快乐而坚强。任何时候他感到沮丧，我都会告诉他，如果我能在三块大陆谋得生存，那就没有他征服不了的困难。①

此时，作者的"勃勃雄心"在于他对少数族裔融入美国生活充满信心，因为小说叙述者在融入美国的过程中并没有遇到不可逾越的障碍。他的归化是以抛弃印度母国文化为代价的。拉希里2008年出版第二部短篇小说集《不适之地》（*Unaccustomed Earth*，2008），在《地狱—天堂》（"Hell-Heaven"）中，印度裔青年普拉纳博不顾父母的反对，娶了美国白人黛博拉为妻，之后淡出了孟加拉人的社交圈。两人结婚二十三年后离婚，原因是普

---

① ［美］裘帕·拉希莉：《疾病解说者》，卢肖慧、吴冰青译，上海文艺出版社2005年版，第202页。

拉纳博爱上了一个已婚的孟加拉女人。表面上这是人到中年的婚姻危机，而事实上是作者对于流散主体的杂糅性身份的重新思考。在普拉纳博和黛博拉的婚姻关系中，普拉纳博切断了和自己好友、父母的联系，被从自己的族裔社区连根拔起。如同《第三块大陆，最后的家园》中的主人公一样，他全力以赴投入归化美国的进程中。但是他的人生并不完美，他无法与白人妻子心灵相契，结婚十年后，他公开表达了回到印度的愿望。"若不是那顿饭，我早就回加尔各答了。"① 他的言辞表达了他对印度母国的依依不舍，最后他抛弃了自己的白人妻子，选择了一个孟加拉女人，这是他归化之路的反向运动，是他对母国文化身份的刻意追求。

从拉希里的两个短篇小说文本中可见，亚裔移民最开始雄心勃勃试图归化进入美国社会，甚至不惜以抹杀自己的族裔身份为代价。而在八年后的另一部小说中，已经融入美国社会、同自己族裔社会切断联系、娶美国白人为妻的印度移民刻意要彰显自己的族裔身份，意味着移民身份从杂糅性向本质化、纯种（purity）的回归。由此可见，亚裔美国人异中求同的杂糅身份并不能保证他们在美国社会如鱼得水，相反，美国主流文化的优势地位使种族偏见无处遁形，使亚裔移民不得已靠求异作为自己的生存途径。在全球化的大背景下，已经归化入籍二十多年的亚裔移民仍然寻求精神上回归母国，暗示了杂糅身份观在美国社会所面临的威胁，表达了亚裔作家对杂糅身份观的深刻反思。

"杂糅性"文化身份作为后殖民语境下的文化关键词自提出之日便受到了评论界的普遍关注，在跨国移民成为全球化语境下的一道景观之后，其体现出的对于建构族裔主体身份的积极意义不可忽视。"杂糅性"文化身份观强调同中有异、异中有同的身份观，彰显了少数族裔文化对于美国主流文化不可忽视的影响。但是随着"多元文化主义"在"9·11"之后遭到质疑，美国奉行的"色拉碗"政策被激进的"美国城堡"政策所威胁，杂糅性身份观也面临着多方面的挑战。

---

① ［美］茱帕·拉希里：《不适之地》，施清真译，上海译文出版社 2011 年版，第 68 页。

第三章 亚裔美国文学之心理批评(一)

亚裔美国文学批评自 20 世纪 70 年代滥觞之始，便确立了社会历史批评作为主要的研究范式，此后的研究大多遵循此一路径。虽然在 70 年代初，已有研究者关注亚裔美国人的人格发展和心理状态，例如，《亚美研究》于 1971 年第 2 期和第 3 期分别刊登了史丹利·苏和德劳德·苏 (Stanley Sue & Derald Sue) 的《华裔美国人格与精神健康》（"Chinese-American Personality and Mental Health"）一文[1]和本·R. 唐（Ben R. Tong）的《精神的格托：关于华裔美国历史心理的思考》一文（"The Ghetto of the Mind：Notes on the Historical Psychology of Chinese American"）[2]，但此阶段的研究者都是心理学家和社会学家，这些研究尚未涉及亚裔美国文学。

第一节 主体、主体性与亚美主体性

从 1990 年，亚裔美国文学批评在原有外部研究的基础上，出现由外转向内的趋势，即从注重社会历史维度转而关注亚裔文学对族裔个体的精神、心理维度的探究和表现。"亚裔主体性"、"双重能动性"、种族"面

---

[1] Stanley Sue & Derald Sue, "Chinese-American Personality and Mental Health", *Ameriasia Journal*, 1.2 (1971).

[2] Ben R. Tong, "The Ghetto of the Mind：Notes on the Historical Psychology of Chinese American", *Ameriasia Journal*, 1.3 (1971).

具”等便是在此趋势下出现的相互关联的概念和理论关键词。

一　走向消解：现代哲学中的主体和主体性

“主体”（subject）和“主体性”（subjectivity）是两个复杂的术语。英文 subject 可以指语法中的主语、法律上的主体、哲学上的主体以及作为人的主体。在哲学和文化领域的研究实践中“主体”一词往往与“自我”（self）、“自我意识”（self-consciousness）、“人格”（personality）、“身份”（identity）、“认同”（identification）等一起作为同义词群使用。[①] 据《牛津哲学指南》，“主体性”指“与主体及其独特的视角、感情、信仰、欲望相关”的特性。[②] 然而不同历史时期对于主体和主体性的观念有很大不同。根据罗伯特·斯特罗齐尔（Robert Strozier）的说法，关于主体和主体性主要有两种主张：“第一种是认为主体作为思想、行动和变化的基础或根源……第二种则认为主体是某种文化化过程（enculturating process）的结果。在第一种观念中，主体是既有的，这个主体生产文化和知识；另一种主体则是由文化所生产的。”[③] 从历史的角度而言，这两种截然不同的主体和主体性观念之间的分野是伴随着现代哲学由启蒙哲学转向后现代而形成的。

关于主体和主体性的意识早在古希腊时期对于人和自然、周围世界的关系的思考中已经开始萌芽，但其作为一个哲学核心命题是在西方近代哲学所发生的“认识论转向”中正式提出来的。

从笛卡儿“我思故我在”的反思性主体，康德的超验的、以理性“为自然立法”的认识主体，再到黑格尔的“实体即主体”主张中具有在自身运动中展开的能动性的“绝对自由”主体，“主体”都是启蒙哲学家们探索认识之确定性的入思角度。在这一探索过程中近代启蒙哲学建构并形成

①　赵毅衡：《符号学：原理与推演》，南京大学出版社 2011 年版，第 341 页。
②　傅其林：《“主体性”》，载王晓路《文化批评关键词研究》，北京大学出版社 2007 年版，第 131 页。
③　Robert M. Strozier, *Foucault, Subjectivity and Identity：Historical Constructions of Subject and Self*, Detroit：Wayne Sate UP, 2002, p.10.

了完善的认识论意义上的主体性（Subjectivity）理论。认识论的主体性理论基本上都坚持普遍性的、先验的、理性的主体性存在，认为主体性是主体的一种自由、自律、理性的意识特质。

19世纪后期以降，随着西方哲学向人本主义哲学转向，之前的认识论主体性理论受到质疑，西方掀起了反传统主体性的文化思潮。人本主义哲学家在反思社会现实的基础上，对认识论的理性主体性进行了批判，强调人的意志、情感等非理性因素在人的主体性中的地位，如叔本华的"生存意志"，尼采的"权力意志"，柏格森的"生命冲动"以及萨特的"存在先于本质"等理念，都在证明主体性的非理性存在。

哲学对主体和主体性的探究贯穿了整个20世纪，形成了一系列不同的理论模式。根据傅其林的说法，20世纪影响比较大的新型主体性理论主要有弗洛伊德、拉康的精神分析学派中的主体性理论，卢卡奇、阿尔都塞等马克思主义主体性理论，尼采、福柯、德里达的解构主义主体性理论等。①

弗洛伊德通过对无意识的阐发，不仅颠覆了启蒙哲学的理性主体性，而且他将人的精神人格分成三个相互联系的层面："本我"（id）、"自我"（ego）和"超我"（superego），在本质上瓦解了认识论哲学意义上主体的稳定性和完整性。拉康则从语言学角度分析主体性的形成，他发现人的主体性是在镜像阶段形成的，幼儿从镜像中获得对自己身体的总体感知，才形成了自我意识，由此拉康认为主体受外在的语言象征体系的影响，是在与他人的关系中建构的："说话主体，如果他是语言的奴隶的话，更像普遍意义上说的一种话语形式，他是在自己出生时刻就在这种普遍的话语形式中找到自己的，即使他的名字也是如此。"② 拉康不仅看到主体性在语言中形成，他还发现主体被语言所异化。拉康先是将无意识看成是"他者的话语"③，从而将主体置于文化中，再将索绪尔符号模式中的能指和所指的

---

① 傅其林：《"主体性"》，载王晓路《文化批评关键词研究》，北京大学出版社2007年版，第131—144页。

② Jacques Lacan, "The Insistence of the Letter in the Unconscious", in David Lodge, ed., *Modern Criticism and Theory: A Reader* (Second Edition), Harlow, England: Longman, 1999, p. 64.

③ Ibid., p. 83.

对应关系隔断，使自我不可避免地走向分裂和异化。可以说，在弗洛伊德和拉康的主体性理论中，主体都不是完整的，而是分裂成互相冲突的若干部分，由于自我的分裂，任何人的主体都不可能自在自为。

在西方马克思主义哲学中，主体同样不是独立完整的存在，而是受社会结构和意识形态的宰制。卢卡奇分析了资本主义社会对人的异化所造成的主体的分裂，指出主体的形成是一个辩证过程；阿尔都塞则讨论主体性在社会生产关系、意识形态的支配下形成及运作的机制，认为主体是由社会生产关系的结构决定的，是"意识形态把个人传唤为主体"[①]，个人主体唯有臣服于意识形态而没有挣脱的可能。

20 世纪 70 年代之后，后结构主义、解构主义更加彻底地摧毁了主体。福柯用非连续的"后现代史学"[②] 来终结现代性"主体"神话：在福柯的理论中，"个体是权力影响的结果"[③]，因此"不存在拥有独立权力的主体"[④]，取而代之的是铭刻历史的身体；个体没有能动性可言的，只能臣服于权力的规训，消极被动地接受社会制度的建构。解构主义理论家利奥塔则用"后现代语言哲学"来消解主体，反对将主体视为意义的来源。他说："不是人表达出语言，而是语言不仅表达世界和意义，并且也表达人。"[⑤] 也就是说，主体不过是语言的产物。德里达则用延异（différance）[⑥] 取代恒定的意义和中心，彻底解构了主体性。德里达认为意义产生于差异和关系，并

---

① 陈越编：《哲学与政治：阿尔都塞读本》，吉林人民出版社 2003 年版，第 370 页。

② 对于"连续性"历史观，福柯认为，"传统"、"影响"、"发展"、"进化"和"精神"等概念具有本质的意义；对于"非连续性"的历史观，这些都必须在研究中清除出去，代之以"断裂"、"开端"、"界限"、"系列"、"差别"和"变化"等概念。参见姚大志《现代之后——20 世纪晚期西方哲学》，东方出版社 2000 年版，第 364 页。

③ Foucault, *Power/Knowledge*, ed and trans, Colin Gordon, New York：Pantheon Books, 1980, p. 98.

④ ［法］福柯：《权力的眼睛——福柯访谈录》，严锋译，上海人民出版社 1997 年版，第 19 页。

⑤ 转引自姚大志《现代之后——20 世纪晚期西方哲学》，东方出版社 2000 年版，第 251 页。

⑥ 德里达的"延异"同时包含空间上的差异和时间上的延缓和搁置，"延异"就是"产生差异的差异"，是"差异的系统游戏"，是不断"播散"的运动过程。参见［法］高宣扬《德里达的延异和解构》，载冯俊、陈喜贵译《后现代主义讲演录》，商务印书馆 2003 年版，第 319—321 页。

不存在一个具有普遍性和同一性的超验所指，一切都只是符号的游戏；人之存在也是由人与人之间的差异而确定的，而不是像传统哲学所认为的那样具有普遍的属性，因此，在德里达眼里，主体已经消亡。

总之，正如赵毅衡所说的，"二十世纪是拆解主体的时代：……一个完整的主体，在哲学上几乎已经是不值得一谈的幼稚幻想"。① 近现代哲学中的那个具有现代性意义的普遍性的、自主、自律、以自我为中心的主体已经被拆解成碎片，而"主体性"也从启蒙时期作为理性的代名词，转而成为后结构主义眼中"不稳定、矛盾的、处于过程中的，不断在我们每次思想和言说的话语中被建构"② 的"自我身份"或"认同"。主体的消解和主体性的解构无疑将现代人从各种本质主义的范畴格栅中解脱出来，但同时也将人带入了另一种危机之中，这就是对于身份的困惑：我是谁？我来自何方？我该往何处去？当然，对于哲学和文化研究者而言，危机的存在恰恰提供了一个值得深入研究的新课题。

二　被形塑的主体与分裂的主体：后现代主体性理论及对亚裔美国文学批评的影响

后现代新型主体性理论与意识形态、权力、文化息息相关，成为当代文化批评，尤其是女性主义文化批评和族裔研究的一个不可或缺的关键词。在后现代主体性理论中，巴特勒的主体性理论以及法侬的主体性理论无疑对族裔研究和族裔文学批评产生最为直接的影响。

巴特勒的主体性理论是建立在其性别身份研究的基础上的。③ 她深受福柯的影响，将主体性置于历史过程和话语建构中。与福柯一样，她反对本质主义的、本体论的主体观。她认为把心理世界的"内在性"当作理所当然的是重大的理论错误，在她看来，并不存在一个内在、稳定的

————————————

① 赵毅衡：《符号学：原理与推演》，南京大学出版社 2011 年版，第 340 页。

② Chris Weedon, *Feminist Practice and Poststructuralist Theory*, Oxford: Blackwell, 1987, p. 33.

③ 巴特勒似乎并不区分"身份"（identity）和"主体性"，虽然其论述主要围绕性别身份或女性主体，但也适用于其他身份和普遍意义上的主体。

人的"本质"或主体，这些所谓"内在"特征其实是通过一个内化（in-teriorization）的过程转化的，那个"内在"世界的建立正是心理实行内化的结果。① 她将那种对先在主体的假定称为基础主义的神话②，认为在这种模式里，主体被理解为具有某种稳定的存在，先于它与之周旋的那个文化领域，这是错误的，在这种模式里，"'文化'与'话语'使主体陷入其泥淖中，但并非构成了那个主体"。③ 为了论证其反本质主义主体观，巴特勒甚至比福柯走得更远，她对女性主义阵营内的一些观点，例如对于建构普遍性的女性主义主体——妇女范畴的言论提出批评。她批判性地分析了福柯所说的司法权力生产了主体，然后又再现这些主体的观点，指出主体作为再现的观点之错误在于先预设了一套主体形成的标准，结果是必须先符合作为主体的资格才能得到再现。她说："也许并没有一个在律法'之前'的主体，等待在律法里再现，或是被律法再现。也许主体……都是被律法建构的，作为律法取得合法性的一个虚构基础。"④ 这里巴特勒否认了再现之前的主体的存在，并且直截了当地揭露律法也就是权力虚构主体是出于确立自身合法性的政治动机。巴特勒还指出，只探讨如何使妇女在语言和政治上得到更充分的再现是不够的，女性主义批判也应当了解"妇女"这个范畴即女性主义的主体是如何被生产，同时又如何被它赖以寻求解放的权力结构本身所限制。

　　巴特勒还批评了传统认识论的主体/客体二分法，认为这种二元对立是一套特定意指实践里的一项策略行动，它通过这个二元对立建立"我"，并将这个对立自然化，隐藏这个对立本身所得以建构的话语机制。这种认识论主体模式往往拿"我"的表象作为理论的出发点，然而这些表象其实只是某种试图隐藏其本身运作，并自然化其结果的意指实践的产物。也就是说，主体其实只是意指实践的结果，是在文化中的话语所建构的某种身

---

① ［美］巴特勒：《性别麻烦》"序（1999）"，宋素凤译，上海三联书店 2008 年版，第 9 页。
② ［美］巴特勒：《性别麻烦》，宋素凤译，上海三联书店 2008 年版，第 4 页。
③ 同上书，第 187 页。
④ 同上书，第 3 页。

份，而且因为意指实践是个不断重复的过程，因此，"被意指为一身份者不是在某一特定的时间点上被意指完成后就停在那里，形成一件无活性的实体性语言成品"①，而是在时间中处于不断地形成过程中。

基于这一历史的、建构论的主体观，巴特勒提出了主体性具有操演性的观点：

> 要获得实在身份的资格是一项费劲的工作，因为这些表象是由规则产生的身份，它们的产生端赖对那些限定、限制文化上可理解的身份实践的规则进行前后一贯、不断重复的调用。②

也就是说，主体不是实质性存有（being），而是通过对支配文化中可理解的身份规则的不断重复操演而得以维持的身份/位置（position）。结合其所关注的性别身份这一核心问题，巴特勒写道：

> 性别不应该被解释为一种稳定的身份，或是产生各种行动的一个能动的场域；相反地，性别是在时间的过程中建立的一种脆弱的身份，通过风格/程式化的重复行动在一个表面的空间里建制。③

> 性别的实在效果是有关性别一致的管控性实践，通过操演生产而且强制形成的。……性别证明是具有操演性的——也就是说，它建构了它所意谓的那个身份。在这个意义上，性别一直是一种行动，虽然它不是所谓可能先于它存在的主体所行使的一个行动。……在性别表达的背后没有性别身份；身份是由被认为是它的结果的那些"表达"，通过操演所建构的。④

---

① ［美］巴特勒：《性别麻烦》，宋素凤译，上海三联书店2008年版，第189页。
② 同上。
③ 同上书，第184页。
④ 同上书，第34页。

在这两段话中，巴特勒非常清楚地指出，性别身份不是个人固有的特征，而是根据个人程式化的表演性行动所表达出来的效果而认定的，但并不是说个人可以按照自己的意愿自由表演，其行为受到文化认为是可理解的实践规则的管控。这里巴特勒所说的"管控性实践"直接来源于福柯，她接受了福柯关于历史和文化铭刻和规训身体的理论，并推演出身体对管控性实践规则的调用和操演。她认为，主体就是在这种对管控性实践规则的调用和操演过程中建构的。

如果说巴特勒强调的是主体身份在限制性文化中形塑的过程，那么后殖民理论家法侬则发现了在殖民文化中分裂的主体。在对他描述为黑皮肤却戴着白面具的族裔越界者（ethnic passer）的观察中，他留意到了黑人主体如何在白色文化面具的遮蔽下一步步碎裂和消解：殖民地黑人发现在殖民压迫中，他们"只有一种命运，那就是变白"[1]，他们为了生存不得不放弃自己的母语，学说流利和标准的法语，不得不放弃自己的行为模式，转而效仿殖民者的穿着打扮、举止谈吐和生活方式，扮演起黑皮肤的"白人"，在漂白过程中逐渐洗去了自己的文化记忆，丢失了自己的人格，以至于成为法侬所声称的"不是人的黑人"。法侬"黑人不是人"[2]这句惊世骇俗的话语如何解释？其实，所谓的"黑人不是人"，指的是黑人主体性的分裂，正如台湾学者陈光兴在《黑皮肤，白面具》译本的导读中所阐释的，"黑人成了'半人'，是不完整的主体"，"只有当黑人能够脱离他的身体，全然进入白人的象征秩序所代表的价值体系时，黑人才能成为'人'"。[3]

在法侬看来，被殖民者的主体性分裂是殖民体系的直接产物。"打从黑人接受了欧洲人所强加区分的那一刻，他就不能够喘息"[4]，因为白人将他们他者化、卑下化，"被卑下化的黑人，会从让人感到羞辱的不安全，

---

① ［法］法兰兹·法侬：《黑皮肤，白面具》，陈瑞桦译，（台北）心灵工坊文化2005年版，第79页。

② 同上书，第76页。

③ 同上书，第47—48页。

④ 同上书，第162页。

走到清楚分明的自我控诉，再一直到绝望"。① 所以法侬宣称："是种族主义造成了自卑者。"② 强烈的自卑情结催生了漂白的潜意识欲望，而这种试图将自己提升到白人位阶的欲望是永远无法满足的梦想，所以黑人自我厌弃，自我漂白，无望地上演扮演白人的戏码，却又永远成不了白人。强烈的自卑与无法实现的欲望交织在一起，撕扯着黑人的灵魂，让其精神结构永远处于瓦解的危机中，陷于"永远的缺乏，永远的不太对，永远的自我怀疑，永远被锁在白人所划下的牢笼中"③ 的境地。总之，殖民统治下的黑人没有本质，没有存在，只有黑色的皮肤提示着曾经有过、业已分裂的黑色主体，"黑皮肤，白面具"就是这个分裂的黑人主体的象征。

法侬和巴特勒分别对受殖民统治压迫和受压制性文化规训的弱势者的主体性所作的分析，都强调了社会结构和文化权力对主体性的宰制和规约。这一思路在其他一些相关理论著述中都可以找到。例如阿米娜·玛玛（Amina Mama）在《超越面具：种族、性别与主体性》（*Beyond the Masks*，*Race*，*Gender and Subjectivity*，1995）中分析了居住在美国和英国的非洲人的主体性，认为黑人主体性模式并不是内在的特性，而是受社会文化权力制约而形成的。④

法侬等理论家的主体性理论对亚裔美国文学批评的影响无疑是深厚的，90 年代后期的亚裔美国文学批评界出现了众多位批评家和理论家，一致表现出对亚裔主体性问题的强烈关注，例如马圣美（Sheng-mei Ma）、黄秀玲（Sau-ling Cynthia Wong）、伍德尧（David. L. Eng）、蒂娜·陈（Tina Chen）等人，形成一波研究热潮，将亚裔美国文学批评推向一个新的理论高峰。马圣美的《亚裔美国文学及亚裔离散文学中的移民主体性》（*Immi-*

---

① ［法］法兰兹·法侬：《黑皮肤，白面具》，陈瑞桦译，（台北）心灵工坊文化 2005 年版，第 137 页。

② 同上书，第 175 页。

③ 同上书，第 48 页。

④ Amina Mama，*Beyond the Masks*：*Race*，*Gender and Subjectivity*，New York：Routledge，1995，p. 48.

grant Subjectivities in Asian American and Asian Diaspora Literatures，1998）借用法侬关于殖民地黑人的"精神分裂症"之理论，分析错置于离散语境中的亚裔主体因种族和性的因素而出现的"精神分裂症"情结，其第四章《亚裔美国文学中的跨种族色情描写：男性主体性和白色身体》无疑也是受法侬《黑皮肤，白面具》的启发。美国学者蒂娜·陈则更多受巴特勒的操演理论（performativity）的影响，接受了主体在文化中形塑的观点，她在《双重能动性》（Double Agency）一书中考察亚裔美国人的身份扮演（impersonation）与族裔主体性建构的关系，认为亚裔通过身份扮演，表演出其"既是……也是……"的双重能动性，在文化边缘空间建构亚裔主体性。蒂娜·陈探索亚裔美国主体性的努力，其实与其他很多亚裔美国研究理论家的工作是一致的，他们包括了骆里山（Lisa Lowe）、李磊伟（David Leiwei Li）、黄秀玲等。

　　法侬和巴特勒等人的后现代主体性理论之所以对亚裔美国文学理论界形成重大影响，究其原因，首先，女性主义与弱势族裔研究同属"他者"研究，非洲裔与亚裔更是有着类似的处境，因此巴特勒的女性主义立场以及法侬的弱势族裔立场引起亚裔美国理论阵营的共鸣可谓自然而然之事；其次，后现代主体性理论反对本质主义的主体观，关怀弱势"他者"的主体性困境，契合了亚裔美国人追求自我主体性的精神诉求。总之，后现代主体性理论以其对反本质论和建构论的推崇而与亚美研究理论阵营的思想不谋而合，因而得到亚美研究理论家们的关注、援引，进而进行理论的推演是必然之势。

　　三　90 年代后亚裔美国理论家对主体性理论的建构：亚美主体性

　　早在 1996 年，骆里山在《移民法案——论亚裔美国文化政治》（Immigrant Acts：On Asian American Cultural Politics）一书中已经提出了"亚美主体性"（Asian American Subjectivity）一说，尽管骆未对此加以深入。骆里山认为，"亚美主体性"是"一个各种错置的复杂场域"，尤其是从亚洲到美国的移民，生活于一个错置的历史和文化空间的他们，对其国族身份总是存在矛盾心理。① 1998 年，李磊伟在《想象国族：亚裔美国文学及文化共识》（*Imagining the Nation：Asian American Literature and Cultural Consent*）一书中进一步关注亚美主体性问题，他通过阅读亚裔美国文学叙事，考察亚裔美国文学如何反映亚裔主体性困境。李磊伟对亚裔主体性的理解主要建立在阿尔都塞的理论基础上，"主体性"一方面有人自由自觉的能动性，另一方面又有作为"臣服者"（subject）受制于意识形态的臣服性。李磊伟认为，尽管亚裔美国人在法律上被认为具有平等权利，但在技术变革和全球化进程中，文化因素变得愈加重要，亚裔美国人并没有真正享有法律赋予的平等自由，而是被强势文化排挤于美国社会的边缘。无疑，处于文化边缘地带的亚裔主体，其主体性是伴随着被他者化、被双重拒斥的过程而建构的。李磊伟借用克里斯蒂娃的"贱斥"（abjection）一词，批评美国强势文化将亚裔作为"异类"加以"贱斥"。与此同时，主体不仅包含自我，也包含非我（not-self）（或"他者"），对于亚裔主体而言，他们一边受排斥性的强势文化所排挤，另一边也会"蓄意"摈弃某些自我要主动摒弃的部分。由此，在李磊伟看来，亚裔主体性是以"疏隔感"（alienation）为标记的，他称之为"亚裔贱斥感"（Asian abjection），是国族和文化的"异类"。② 可以说，李磊伟的"亚裔贱斥感"敏锐地抓住了亚裔主体的矛盾之处。

如果说李磊伟对亚裔主体性的认识是在西方马克思主义理论的基础上，对亚裔美国文学进行文化批评的过程中建立的，那么马圣美、黄秀玲、伍德尧、蒂娜·陈等批评家则主要是从精神性维度来探讨亚裔主体性的。

马圣美的著作《亚裔美国文学及亚裔离散文学中的移民主体性》解读了汤亭亭、赵健秀、谭恩美、印度裔作家穆克吉、菲律宾裔作家卡洛斯·布洛桑（Carols Bulosan）以及台湾旅美作家於梨华、白先勇等的作品，探

---

① Lisa Lowe, *Immigrant Acts：On Asian American Cultural Politics*, Durham and London：Duke University Press, 1996, p. 103.

② David Leiwei Li, *Imagining the Nation：Asian American Literature and Cultual Consent*, Standford：Standford UP, 1998, pp. 6 – 12.

讨亚裔移民如何在异国他乡确认自我，建构自己主体性。在第一章《再现亚裔他者》中，马圣美采取了独特的视角，以精神分析的方法考察"移民分裂症"，在第二章《色情描写中的移民主体》从分析亚美作家和留学生文学中的"色情描写"，探讨弱势族裔男性如何在与异族异性的恋情中建构自我主体性，分析弱势族裔男性的种族、性心理。马圣美指出布洛桑等作家虽然"修正了一项既存已久的策略，即通过将女性作为客体和他者来建构男性主体"①，但却"复制了他们标榜要挑战和摧毁的种族刻板形象"。② 此书出版于1998年，可视为较早涉及心理批评的亚裔美国文学批评文本，尽管作者尚未系统性地运用心理批评工具，但其对亚裔男性主体性的关注，较之以前的亚裔美国文学批评，展示出新的视野。从书中对亚裔男性的种族、性心理的分析，不难发现法侬的影响。

伍德尧则关注于亚裔男性的主体性困境。在《种族阉割》(*Racial Castration*, 2001) 一书中，他运用精神分析的方法，深入挖掘亚裔男性在性和性别问题上的心理状态，从中透视种族差别对亚裔男性性心理所造成的困扰和伤害，以及对其族裔和男性主体性形成的影响。伍德尧认为，在亚裔男性的主体性形成过程中，种族、性别以及经济的矛盾是分不开的。伍德尧的研究建立在对亚裔美国小说、电影、戏剧等不同文类文本的细读之上，将种族、性和性别问题置于后现代离散语境中，凸显了亚裔主体性问题的现实意义。他于此书中提出的"种族阉割"的概念，不仅表达了对亚裔男性主体性的关怀，而且高度集中地展现了将精神分析理论与亚裔美国文学、亚裔美国历史和种族问题联系起来的可能性。

著名亚裔美国文学理论家黄秀玲也在其著述中多次论及亚裔主体性问题。在《解读亚裔美国文学：从必需到奢侈》(*Reading Asian American Literature: From Necessity to Extravagance*, 1993) 一书中，黄秀玲选取了食物/饮食、种族影子 (the double) 等几个亚裔美国文学母题，将之置于亚裔

---

① Sheng-mei Ma, *Immigrant Subjectivities in Asian American and Asian Diaspora Literatures*, Albany: State U of New York P, 1998, p. 66.

② Ibid., p. 77.

独特的历史和文化语境中，通过对其中象征意义的分析，探讨亚裔美国人主体性形塑过程中的种族、文化、心理因素。自此，黄秀玲对亚裔主体性问题的探索孜孜不倦。2008 年 5 月受邀到北京语言大学讲学，在题为"亚裔美国人的主体建构理论"讲座中，黄秀玲对亚裔主体性这一关键词在哲学史上的演变和发展做了比较系统化的梳理，并就此提出了亚裔美国人的主体构建的四种方式，即精神性的（psychic）、结构性的（structural）、操演性的（performative）和跨国界的（transnational）。① 可见，黄秀玲对亚裔主体性的探讨已渐成体系。

受黄秀玲的影响，美国普渡大学博士劳拉·安·威廉（Laura Anh William）等则从亚裔美国文学文本中饮食描写探讨饮食对亚裔主体的建构作用。劳拉认为"食物作为隐喻，常常建构并且反映与种族化主体的关系，也用于表现真实性、同化与欲望等问题。……饮食是故事中人物主张其能动性和主体性的方式"。② 此类研究表明了亚裔美国文学批评对亚裔主体性问题的研究不仅着力于理论的建构，而且也有不同侧面的深入演绎，从而使对亚裔美国文学的解读更为深入，更为复杂化。

随着亚裔美国文学的繁荣以及亚裔美国文学批评理论的发展，越来越多的研究正展现出对亚美主体性这一命题的研究正走向逐步深入和细化，展示了这一哲学命题在亚裔美国这个特殊文化语境中的生命力。

第二节　身份扮演、主体能动性与亚裔主体性建构

尽管亚裔美国人因为种族、性别等问题面临主体性的种种危机，但他们追寻主体性完整的努力并没有因此而止步。亚裔美国文学批评也致力于发掘和弘扬亚裔美国人建构自我主体性的精神，这一良苦用心清晰地体现

---

① 参见北京外国语大学华裔研究中心简报，2008 年 5 月。

② Laura Anne William，"Foodways and Subjectivity in Jhumpa Lahiri's 'Interpreter of Maladies'"，*MELUS*，32.4（Winter 2007），pp.69–79.

在近十年的亚裔美国文学批评话语中。正如黄秀玲所言，主体性建构有精神性的、结构性的、操演性的和跨国界的四种方式。近年出现于亚裔美国文学批评话语中的两个关键词——"身份扮演"（Impersonation）和"主体能动性"（Agency），就比较成功地体现了亚裔美国主体性建构的操演性和精神性。

一　"身份扮演"：他者的面具政治

"身份扮演"是人的一种社会表演，指人在不同社会语境下扮演不同的身份。由于涉及人的多种身份、多个人格，以及不同社会语境中的权力结构，"身份扮演"具有相当的复杂性和多义性，因而对解读人与社会的权力运作以及在此过程中的心理状态具有重要的意义。作为一种行为，"身份扮演"或许自人类社会伊始就已存在，但其作为一个批评术语进入文化和文学研究的历史却很短暂。它最初作为戏剧表演术语出现在大众文化领域，主要指戏剧扮演活动或舞台表演艺术的技巧与方法，20世纪后半叶，随着文化研究兴起以及各个学科互相交叉互相渗透，"身份扮演"成为女性主义研究和种族研究的一个重要概念，近十年作为"批评转义词"（a critical trope）开始出现在亚裔美国文学研究中，成为理论界透视亚裔美国文学中的身份政治问题的理论工具。

"身份扮演"（impersonation）一词，源于拉丁语persona。persona指古希腊戏剧中演员在舞台上戴的代表其所饰演角色的面具，心理学用persona来说明每个人在人生舞台上各自扮演的角色及其不同于他人的精神面貌，如瑞士心理学家荣格的人格面具理论，使用的就是persona一词。从词义上看，狭义的impersonation主要指通过模仿声调、动作和神态等戏剧表演手法来表达一种身份、人格，而其广义则包括社会身份扮演。本书则取其广义。

由女性主义研究开始，"身份扮演"经历了一个政治化过程：女性主义研究者从舞台上的"性别反串"表演得到启发，将之与性属研究（gender studies）结合，提出了"性别扮演"（gender impersonation）的概念。

"性别扮演"除了指舞台戏剧表演中常见的"性别反串"外，更指涉 18、19 世纪普遍存在的一种独特的文学现象，即男作者模仿女性口吻，以女性名义著述或女性作者假借男性身份写作。女性主义研究者通过该现象的研究揭示：在男权话语体系下，女性是隶属于男性的弱势群体，是没有话语权的"他者"，关于她们的言说是由男性来完成的，而女性一旦想要通过写作来发声则要受到种种束缚和制约，她们必须克服巨大的困难，包括隐姓埋名，尽量去除作品中的女性气质，冒充男性口吻，才能以一种虚拟的方式暂时得以发声。

女性主义者对于男性作家以女性名义著述深恶痛绝，将之视为男性中心主义抹杀女性继而随心所欲建构女性的表征，而对女性假冒男性写作的态度却是矛盾的。一方面，女性不甘于被扮演被言说，要求获得自我言说的权利，在无法获得正常的发声渠道的情况下，假冒男性声音不失为"善于利用机会的表现"。① 但另一方面，女性作家戴着男性面具写作，"不可避免地强化了男性中心主义的叙事权威"②，因为女性作家的声音被汇入了男性声音里，她们的智慧和才华被记入了男性的功劳簿，客观上加强了男性在写作上的权威地位。但总体而言，女性作家以扮演为手段，以性别面具为掩护，努力为自己争取发声的权利，仍然不失为一种可行的斗争策略。

以身份扮演来观照"他者"问题的不仅限于女性主义研究，族裔研究对身份扮演问题的关注同样引人注目。

"族裔身份扮演"（ethnic impersonation）可以追溯到 19 世纪美国娱乐表演中白人模仿黑人歌舞的"明斯特里秀"（Minstrelsy Show）传统。这种模仿秀始于 1830 年左右，是由白人将脸涂黑，画上厚嘴唇，以滑稽的形式模仿黑人的舞蹈，以此娱乐观众，其中不乏对黑人的肆意丑化。之后逐渐影响到其他流行艺术形式，如歌舞杂耍、戏剧、影视，其扮演对象也不仅

---

① ［美］苏珊·兰瑟：《叙事的权威——女性作家与叙述声音》，黄必康译，北京大学出版社 2002 年版，第 20 页。

② 同上。

限于黑人，也包括犹太人、印第安人、亚洲人等少数族裔和移民，对其进行丑化和攻击。20世纪60年代随着美国民权运动的高涨，这一表演形式终于逐渐销声匿迹。米塔·班纳吉（Banerjee）认为，这种白人对少数族裔的扮演成为强化某一特定社群的美国性的重要仪式，然而为了达到这一目的，却不惜排斥和贬低另一族群。

身份扮演现象不仅提供了一个透视种族压迫和种族歧视等社会问题的独特视角，更成为深受后殖民理论影响的研究者向既有族裔身份概念发难的一个突破口。劳拉·布劳德（Laura Browder）在对"族裔扮演者自传"（ethnic impersonator autography）的研究中指出，这些"族裔扮演者"以自传的形式为自己重新书写新的种族身份，并以此逃避原有身份的束缚。①这种扮演行为无疑挑战了静止不变的种族/族裔身份观。布劳德不仅将"族裔身份扮演者"作为既有族裔身份观念的挑战者和解构者加以褒扬，更进一步肯定其身份扮演对美国身份建构的意义。

可见，关于"身份扮演"的讨论已经被意识形态化，被抹上了浓厚的政治色彩，因而也具有了深远的文化意义。尽管在此阶段的女性主义和族裔研究中，"身份扮演"作为政治话语似乎只是局限于弱势群体的著作者的"发声权"问题，尚未触及更具广泛意义的普通弱势人群，但重要的是，我们看到"身份扮演"已经走出了狭窄的戏剧舞台，成为社会和文化领域中的一个"权力运作场"，成为被边缘化、"他者"化的弱势群体与霸权文化争夺话语权的场域。

值得注意的是，身份扮演作为一种以扮演为手段的政治策略，其实与巴特勒等人的性别面具、性别操演理论有紧密的关联。巴特勒认为成功女性为避免引起男性的焦虑和惩罚而在公共场合伪装出女性气质，掩盖其身上具有的男性特质的现象②，是女性在公共场合的一种"性别操演行为"

---

① Laura Browder, *Slippery Characters*: *Ethnic Impersonator and American Identities* (*Cultural Studies of the United States*), Chapel Hill: U of North Carolina P, 2000, p. 2.

② Judith Butler, *Gender Trouble*: *Feminism and the Subersion of Identity*, New York: Routledge, 1990, pp. 50 – 51.

（performative gender acts）①，女性的性别身份正是通过这种操演建构起来的。换言之，所谓的性别（gender）并非"天然事实"，而只是身体对文化规范重复实践、不断操演的结果，是一种话语效果。美国学者卡米拉·帕格利亚（Camille Paglia）认为，性别身份的游移不定实际上是主体性分裂的一种表征，她称之为"性别面具"（Sexual Personae）。② 伊丽莎白·赖特（Elizabeth Wright）则坚信："面具理论印证了真实与符号不相匹配这一事实，它是女性企图在其所处的符号系统范围内解决自身主体性问题的一种尝试。"③ 由此来看，性别面具、性别操演与性别身份扮演（gender impersonation）同样都是两性之间玩的一种"表演"游戏，不同之处在于后者的性别面具掩盖的是一个争夺发声权的（男性或女性）主体，而在女性主义的面具理论中，隐藏在性别面具后面的"主体"却是存疑的，需要由其行为操演来定义，其面具也呈现多种可能性。

其实，无论是性别身份扮演、族裔身份扮演，还是面具理论中的"性别操演"，都是被他者化的弱势群体以一种间接的、隐蔽的方式争取权利和自由、定义自我的政治策略，本质上都反映了某一形式的"他者"身份政治，我们或许可以将身份扮演作为一个更为广义的概念统摄之。简言之，身份扮演就是"他者"的一种面具政治。

由此，"身份扮演"由古希腊的戏剧舞台，走进后现代的政治话语，成为社会权力运作的表征，其面具上既记载着弱势群体、"他者"被压迫被消音的历史，彰显了被压迫者反抗压迫的勇气和智慧，又承载着后现代"他者"主体性迷失后的困惑与追寻中的得与失。无论是作为一种政治策略还是作为一个文化政治概念，它都具有重要的现实意义：对于所有被强势文化他者化的弱势群体来说，有效利用"身份扮演"策略对于他们摆脱

---

① Judith Butler, *Gender Trouble: Feminism and the Subersion of Identity*, New York: Routledge, 1990, p. xii.

② ［美］卡米拉·帕格里亚：《性面具：艺术与颓废》，王枚等译，内蒙古人民出版社 2003 年版，第 37 页。

③ ［英］伊丽莎白·赖特：《拉康与后女性主义》，王文华译，北京大学出版社 2005 年版，第 95 页。

生存困境、争取权利无疑具有积极的政治意义，而对于从事边缘弱势文化研究，包括亚裔美国文学的研究者来说，透过"身份扮演"这一表征考察其背后的权力运作，尤其是处于"他者"地位的弱势群体如何以身份扮演为策略为自我及族群争取社会和政治权利，将有助于深入理解其生存状态，有助于思考和解决后现代"他者"的主体性危机。

二　亚裔美国文学中"他者"的身份扮演

在亚裔美国文学中，从反映早期亚洲移民生活的叙事文本中常常涉及的"契纸儿子"（paper son）、亚裔在不同社会场合扮演多种角色，及至20世纪八九十年代关于亚裔美国人"既是亚洲人也是美国人"之身份观的探讨，都离不开身份扮演这一话题。根据美国学者蒂娜·陈的界定，身份扮演在亚裔美国文学和文化中具有不同以往的内涵：亚裔的身份扮演不是以"我"来饰演他人，而是"我"在展演构成"自我"的多重面具。[①] 在此，蒂娜·陈的观点正好与社会心理学的"人格面具理论"、社会表演学的表演理论相符。

人类表演学和社会表演学奠基人谢克纳认为，人的内在素质体现在其表面中，在不同的情境，人体现着不同的表面。[②] 荣格在论述其"人格面具"理论时也指出，每个人可以有不同的面具，在不同的语境中出现，所有面具的总和，就构成了他的"人格面具"。人格面具对于人的生存来说是必需的，它保证了我们能够与人相处，是社会生活的基础。[③] 虽然"人格面具"与此处所讨论的身份扮演未必相同，但它指出了人为了应对环境的变化、获取生存空间而进行自我调整的必要性。对于美国亚裔同时扮演多种身份，我们不应囿于简单僵化的道德判断，而应将之置于美国的社会

---

① Tina Chen, *Double Agency：Acts of Impersonation in Asian American Literature and Culture*, Stanford, California：Stanford UP, 2005, p. 8.

② ［美］理查·谢克纳：《人类表演学系列：谢克纳专辑》，孙惠柱主编，文化艺术出版社2010年版，第6页。

③ ［美］C. S. 霍尔、V. J. 诺德贝：《荣格心理学入门》，冯川译，生活·读书·新知三联书店1987年版，第48页。

语境，在亚裔等少数族裔所处的生存环境中，深入理解其生存现实与身份问题，透视其背后复杂的权力运作和族裔政治。

如果我们真正理解了美国亚裔所处的生存环境，种族主义者所编造的亚裔擅长身份扮演是出于"狡诈多端"的民族劣根性的谎言就不攻自破。美国亚裔在不同场合扮演不同角色，并非因为本性狡猾，而是为了应对恶劣的生存环境所做出的策略性行为。

长期以来，在美国的华裔及其他少数族裔备受种族主义歧视和霸权文化的压迫。在处处充满歧视的社会文化环境里，他们常常发现自己不得不扮演多种角色身份以应对不同的场合。如在华裔剧作家黄哲伦（David Henry Huang）的戏剧作品《走捷径》（*As the Crow Flies*，1990）中，黑人妇女汉娜（Hannah）说自己分裂成两个人，一个年轻，一个年老。一个是社会所派定的角色，一个是自己喜欢扮演的角色；而剧中的中国老婆婆却告诉她自己的叔叔有六个甚至七个不同的名字，分别代表在不同场合的不同身份。[①] 汉娜的假发以及老婆婆的叔叔的不同名字就是少数族裔在应对环境压迫时不得不戴上的面具。正是借助于这些面具，他们才得以在艰难的环境中生存下去。可以说，对于遭受种族、性别、阶级等多重压迫、处于社会边缘弱势地位的亚裔等少数族裔来说，他们能否在充满压迫的美国社会生存，将有赖于其扮演好各种角色的能力。

身份扮演不仅是亚裔等少数族裔的生存策略，同时也是与不公的政治制度抗争，争取作为美国人的权利的政治策略。在很多华裔作家的作品中常常涉及的"契纸儿子/女儿"现象，就是美国实行排华政策所造成的。当早期华人移民无法娶妻生子，唐人街成为单身汉社会，华人养老送终的问题就只能通过冒充的"契纸儿子"来解决。但这种身份扮演不可避免成为华人移民心灵上长期挥之不去的阴影，他们不得不谨言慎语，担心泄露秘密。在伍慧明（Fae Meynne Ng）的小说《骨》（*Bone*，1993）中，代表

---

① 参见宋伟杰《文化臣属·华埠牛仔·殖民谎言——论华裔美国作家刘裔昌、赵健秀、黄哲伦》，程爱民主编《华裔文学研究》，北京大学出版社 2003 年版，第 134—135 页。

早期华人移民的利昂凭着"契纸儿子"的身份才得以来到美国，之后取得美国公民身份。他养成了收藏各种文件、证件、信件的习惯，因为在"文件比血还重要"① 的美国，这些文件就是庇护他的一张张面具，凭着这一张张面具，他才能在美国生存下米。

然而，如果以为这张张面具就能让千千万万同利昂一样的亚洲移民成为"真正的美国人"，则未免过于乐观。当亚洲移民们经过千辛万苦来到美国，准备以一颗赤诚之心拥抱他们所投奔的"梦想之地"，却发现迎接他们的是冰冷冷的敌视的眼睛，时刻提醒他们：你们是亚洲人，你们是异族。亚洲人——假冒的美国人，这才是美国主流社会给亚洲移民及亚裔铸好的面具。

这种"假冒美国人"的言论非常危险。其逻辑是建立在非此即彼的二元论基础上，这种忠诚/不忠，真/假，亚洲人/美国人的二元对立逻辑不但无助于理解亚裔美国人的身份扮演，而且非常有害：它已然成为美国主流社会所塑造的众多深入人心的"间谍"、"密探"、"鬼鬼祟祟的异族人"等亚裔刻板化形象的理论依据，更直接为美国曾经的排华政策造势。② 即使是在后民权运动时代，美国土生土长的亚/华裔，也无法被主流社会接纳为"美国人"。如在任璧莲的《爱妾》（*The Love Wife*，2004）中，王家的两个养女由于其东方人的外貌特征，在学校和社会上被当作"他者"对待，常被人问"你是哪里来的"，因而对自己的"美国人"身份产生困惑和怀疑，时常担心被送回中国。美国华裔学者林英敏（Amy Ling）在《这是谁的美国？》（"Whose America Is It?"）一文中也表达过同样的感受："我很难把美国当作自己的家园，因为老是有人问我是从哪儿来的。"③ 在这种"他者"的凝视下，华裔难以找到身为美国人的感觉，因为美国主流社会已经为他们设定了亚洲人的角色，他们只有扮演这种角色，才符合主流社会的预期。

---

① Fae Meynne Ng, *Bone*, New York: Hyperion, 1993, p. 9.

② Tina Chen, *Double Agency: Acts of Impersonation in Asian American Literature and Culture*, Stanford, California: Stanford UP, 2005, p. xix.

③ Amy Ling, "Whose America Is It?", *Transformations*, 9. 2（1998），p. 12.

美国主流社会为亚裔派定"亚洲人"、"假冒的美国人"身份，不仅将亚裔排斥于美国主流社会之外，剥夺了亚裔作为美国人的社会政治权利和归属感，还通过控制就业市场，使亚裔在经济地位上处于弱势。在汤亭亭的《孙行者》中，主人公惠特曼·阿新失业，是因为在就业顾问眼中，华人/华裔只能扮演售货员之类的角色，从事服务性工作，而阿新居然想成为剧作家，简直是异想天开。阿新的同学、华裔女演员南希虽然是大学戏剧表演系科班出身，容貌气质出众，却因其东方人面孔而得不到在影视剧中当主演的机会，只能扮演面目模糊的群众演员或是土里土气的中国农妇。阿新和南希的遭遇并非个案，而是亚/华裔美国人的普遍经验。为了生存，他们不得不长期接受主流社会派定的角色，一辈子蜷身于唐人街阴暗潮湿的洗衣房、餐馆厨房、杂货铺中，安守本分扮演温顺寡言的家仆、洗衣工、苦力等角色。美国主流社会为亚裔铸造的"亚洲人"、"假冒的美国人"面具，背面却记载着一代代亚/华裔的心酸历史。

可见，身份角色的规定和扮演体现了美国亚裔与美国霸权文化之间的权力运作，在这一权力运作场，霸权文化试图规定、约束、控制亚裔族群，而亚洲移民和亚裔也以身份扮演来应对恶劣的生存环境，与霸权文化周旋，与不公的社会制度抗争。尽管美国的亚裔并不愿被贴上"亚裔美国人"的标签，而在"非白即黑"的美国，既不白又不黑的肤色使其身份处于悬置状态，只有当他们戴上某一既存于社会观念中的角色面具时，才有可能被这个社会所接纳；只有当他们作为某一种类出现时，其存在才暂时获得主流社会的认可。于是，为了获得生存的空间，身处"他者"地位的亚裔等少数族裔暂时接受并扮演社会所派定的身份就成了不得不为之的策略性行为，一种目的严肃的策略。

然而，倘若我们只将身份扮演看作亚裔为生存而被动接受的"绥靖"策略，就忽视了身份扮演更为积极的政治意义：它实际上是一种"楔入"式的消解策略，最终的目的是重新建构亚裔主体性。这一过程涉及了族裔主体的能动性问题。下面我们结合亚裔美国文学中的"身份扮演"书写讨论"身份扮演"对于族裔主体性建构的作用，以及从中彰显的族裔主体能动性。

三　"身份扮演"中的主体能动性与族裔主体性建构

能动性（agency）这一术语在哲学上大体指一个行动者（agent）选择行动的能力或涉及行动的主体位置（subject-position）。[1] 福柯等一些后结构主义、解构主义理论家的主体性理论基本上都强调了主体被权力制约和建构的方面，但他们的理论似乎忽略了主体的能动性问题，许多女权主义理论家认为此类理论取消了所有现实斗争的可能性，不利于女性主义政治。深受福柯影响的巴特勒似乎延续了这一倾向，其性别操演理论将主体视为文化的建构以及在能动性问题上的语焉不详，同样招致一些女性主义批评家的质疑和批评。例如，凯思琳·库克林批评巴特勒将主体简约为一个在压迫性的制度内的站位者，杜绝了主体具有对其所处体制进行批判性思考的能力的可能性。[2]

的确，在《性别麻烦》一书中，巴特勒似乎并不关心主体能动性的问题，该书只在结论部分捎带着提到了能动性，但对于主体是否具有能动性，她也没有明确地指明。她一再强调，其声称性别是建构的，并不是在断言它是虚幻的或人为的，其目的只是在试图了解话语如何生产了那个二元关系的合理性，并指出某些性别文化设定如何取得"真实"的位置，而经由巧妙的自我自然化来巩固、强化其霸权地位。[3] 可见，巴特勒的关注点放在揭示话语如何生产主体，而不关心个体的这一端是否有能动性。

但仔细比较巴特勒和福柯的理论，我们还是可以发现两者之间的不同，其实在能动性问题上，巴特勒还是比福柯前进了一大步，尽管她不承认有先在于文化的主体，并由此暗示她不认为有内在于主体的能动性，但

---

① Karlyn Kohrs Campbell, "Agency: Promiscuous and Protean", *Communication and Critical/Cultural Studies*, 2.1 (March 2005), pp. 1 - 19.

② Katherine Lowery Cooklin, *Poststructural Subjects and Feminist Concerns: An Examination of Identity, Agency and Politics in the Works of Foucault, Butler and Kristeva*, The University of Texas at Austin, 2004, p. v.

③ Judith Bulter, *Gender Trouble*, New York: Routledge, 1990, pp. 32 - 33.

她并非完全排除了能动性，而是提出了一种外在于主体的能动性模式，为主体进行政治抗争提供了可能性。

巴特勒批评某些女性主义理论，因为这些理论假定行动的背后有一个"行为者"，认为没有能动者就没有能动性，因此也没有了发动改变社会中的统治关系的潜能。例如，她指出维蒂格的理论所存在的暧昧之处，即一方面质疑形而上学，另一方面又保留了人的主体——个人——作为能动性的一个形而上学的中心位置。巴特勒并不认同这种不彻底的反形而上学，但对于是什么构成了对主体身份逆转、颠覆或置换的可能性的问题，巴特勒将之归因于实践过程本身的动能，她说："女人本身就是处于过程中的一个词，是正在变成、正在建构，无法确切指出它从哪里起始，或在哪里结束。作为一个持续进行的话语实践，它不断受到干预、接受意义的改变。"① 她认为，使意义改变成为可能的能动性不是来自主体身上，而是存在于身份操演过程，即意指和重复意指过程中所发生的偏移和变动：

> 意指作为一个过程，它内在蕴含了认识论话语所指涉的"能动性"。……所有意指都是在重复强迫症的规律下发生的；因此，"能动性"要从那个重复当中发生变异的可能性里去寻找。……颠覆身份的可能只存在于重复的意指实践之内。②

这就是巴特勒身份操演理论的内涵。身份操演为主体能动性的在场提供了可能。正是受巴特勒能动性理论和身份操演理论的影响，蒂娜·陈进一步力图挖掘和彰显亚裔美国人的主体能动性。

在《双重能动性》（*Double Agency*，2005）的前言里，蒂娜·陈开宗明义地指出能动性和主体性问题对于亚美研究至为关键。③ 然而，"亚裔美

---

① Judith Bulter, *Gender Trouble*, New York: Routledge, 1990, p. 33.

② Ibid. , p. 145.

③ Tina Chen, *Double Agency*: *Acts of Impersonation in Asian American Literature and Culture*, Standford, California: Standford UP, 2005, p. xvi.

国人"作为独立主体却是存疑的，甚至曾被认为是"不可能存在"的[1]，因为亚裔美国人普遍被认为永远都不够成为"美国人"，因此当亚裔美国人自认为是美国人时，往往被斥为假冒者。在身份不确定的状态下，亚裔美国人谈何主体地位和主体性？为了建构自我的主体性，亚裔美国人亟须找到有效的途径确立自我身份，而要建构族裔主体性，关键在于寻找并发挥族裔的主体能动性。

如前文所分析的，美国亚裔及其他少数族裔的身份扮演最初是出于生存的必需所采取的策略，但另一方面，这一行为也是社会压迫所造成的主体性分裂的反映。然而，正如谢克纳所说，任何表演都具有重构性[2]，每一次重构都会发生改动、变异，形成一次新的自我诠释。如此，身份扮演就成为产生新的存在形态（being）的过程。少数族裔在扮演社会所派定的角色的过程中，并非一成不变地接受对这一角色的规定，而是以自身的能动性将自我观念糅合进既定角色中，于扮演角色的过程中对其进行改造、解构和重构。更重要的是，在这一过程中，原本受到压抑或分裂的主体性逐渐觉醒，逐渐被建构起来，主体获得了对自我以及族群身份的认同，并在这一过程中彰显了主体的能动性。美国华裔剧作家黄准美（Elizabeth Wong）的戏剧《中国娃娃》（*China Doll*，1996）中华裔女演员黄柳霜（Anna May Wong）的身份扮演就是一例。

在《中国娃娃》中，华裔女演员黄柳霜（以好莱坞华裔女星黄柳霜为原型）因在银幕上一直扮演被刻板化的"中国娃娃"形象而出名。剧中的"中国娃娃"美丽、娇弱、妖冶性感，同时又是操控欲强、诡计多端的"龙女"。当她被要求指导一名准备接替她的白人女孩扮演这一角色时，她不得不这样告诉学生："别眯起眼睛。亲爱的，看，不是这样的。你的眼睛必须看起来像是游移不定——但又不是真的游移不定。难道你不知道我

---

① Tina Chen, *Double Agency: Acts of Impersonation in Asian American Literature and Culture*, Standford, California: Standford UP, 2005, p. xviii.

② ［美］理查·谢克纳：《人类表演学系列：谢克纳专辑》，孙惠柱主编，文化艺术出版社2010年版，第74页。

们华人是诡计多端、阴险狡诈的种族吗？"① 这俨然是一副白人种族主义者的腔调，从黑眼睛黄皮肤的黄柳霜嘴里说出，无疑具有十分反讽的意味。尽管其身份要求她必须按照白人社会的规定性话语指导学生，然而蛰伏在其血脉里的族裔性却使她不可避免地体会到这种话语所带来的屈辱，这种屈辱感如针灸般，一点一点触动了其族裔性，使之骚动，促其复苏，因而有了她随后对这名学生所说的话："亲爱的，别同意我刚才的说法！这只是个玩笑。"② 显然，这是黄柳霜开始向白人主流社会的规定性话语发出挑战。接着，她在指导白人女孩如何表现"中国娃娃"在白人男子臂弯里的酥软情状时，不失时机插入"真正的""有自尊的中国女孩"应如何表现的话语，这无疑标志着她身上复苏的女性主体意识和族裔性已然发出权威的声音。

黄柳霜的扮演，正如蒂娜·陈所说的，既"顺从"了社会所派定的角色，又在扮演过程中"挑战"这一角色③，其时时发生的角色错位和自相矛盾的话语产生了极具讽刺意味的效果，有力地揭露主流文化是如何建构华裔女性的刻板化形象，如何设计、虚构华裔的族裔性的，其双重身份使其得以从"内部着手"，从而更为有效地瓦解强势主流文化所塑造的华裔女性刻板形象，建构出黄柳霜作为华裔女性的族裔主体性。在此，黄柳霜的身份扮演策略与霍米·巴巴（Homi Bhabha）所称的"模拟、含混、杂糅"的解构策略不谋而合：在《模拟与人：后殖民话语的含混性》（"Of Mimicry and Man：The Ambivalence of Colonial Discourse"，1994）一文中，霍米·巴巴认为，被殖民者对殖民话语的模拟是一种"似而不是"的伪装策略，模拟者在模拟的过程中不断通过"滑动"（slippage）、"溢出"（excess）来产生差异，一方面吸收、挪用对自己有利的东西来调整、改造自己；另一方面，拒绝、推翻被模拟的殖民话语，从而从内部对

---

① Elizabeth Wong，"China Doll"，*Contemporary Plays by Women of Color*，ed. Kathy A. Perkins and Roberta Uno，New York：Routledge，1996，p. 313.

② Ibid.

③ Tina Chen，*Double Agency：Acts of Impersonation in Asian American Literature and Culture*，Standford，California：Standford UP，2005，p. 7.

已被规定化的知识和权力体系产生威慑。① 在《中国娃娃》中，一方面剧作者黄准美以黄柳霜对受霸权话语侵浸的指导老师这一角色的扮演，来模拟固化于霸权话语中的"中国娃娃"女性形象，通过黄柳霜在讲解如何表演这一形象时的刻意放大、戏仿和自相矛盾，揭示霸权话语中的裂缝，并将这些裂缝一点点撕开，缓慢，而又坚定地瓦解其权威；另一方面，随着其另一身份即华人女性身份意识的觉醒，在撕开霸权话语身上的裂缝之同时，不断地"楔入"华裔女性的自我观念（如："有自尊的中国女孩不会高挺起胸的"）②，从而改造被塑造的他性，重新定义自我。

如果说黄柳霜的身份扮演在解构霸权话语的同时催醒了其自我主体性和族裔性，那么伍慧明的小说《骨》中的莱拉则是在身份扮演中完成了对自我的建构：在《骨》中，莱拉扮演着多重角色：华人、美国人、女儿、姐妹、女友和妻子、家庭矛盾的调停者、学校与社区的协调员。她纠缠于这几种角色之间，因为无法在时间和精力上作出更好的分配，她一直处于苦恼和迷茫中。自从二妹安娜跳楼自杀后，小妹妮娜离开了家，母亲与养父也分开了。处于悲伤和自责之中的父母需要她照顾，而男友梅森也要求与她尽快完婚。一头是应尽的儿女之孝、对家庭之责任，一头是爱人的情感需求、属于自己的美好生活。莱拉在这两者之间矛盾着，被拉扯得心力交瘁。但当她在利昂的箱子里找到了他精心收藏的各种身份文件时，她终于理解了作为"契纸儿子"来到美国的利昂一生的痛苦与期望，明白了是感情、责任与承诺而非血缘将家庭成员紧紧地联系在一起，只要心中装着承诺和希望，"心就不会流浪"③，也明白了一个人扮演何种身份角色其实是可以选择的。这一觉悟帮助莱拉最终作出离开鲑鱼巷与梅森开始新生活的决定，因为她认识到，她不仅是父母的孝顺女儿，还是一名独立的女性，她应该拥有自己的选择。她离开鲑鱼巷时"心里是踏实的"④，因为她

① Homi Bhabha, *The Location of Culture*, New York：Routledge, 1994, pp. 122 – 123.
② Elizabeth Wong, "China Doll", *Contemporary Plays by Women of Color*, ed. Kathy A. Perkins and Roberta Uno, New York：Routledge, 1996, p. 313.
③ Fae Meynne Ng, *Bone*, New York：Hyperion, 1993, p. 187.
④ Ibid., p. 188.

心里存放着家族的历史、所有的承诺和希望，这一切将指引着她，"如乘风破浪的轮船承载着我们驶向生活的彼岸"。①

莱拉从一个被动、缺乏主体性的传统女性终于成长为一个独立而又有责任感的华裔新女性。在其形成自我的过程中，其与家人的多种角色关系既在初始影响制约了其自我观念的形成，又于后来促其反思和觉醒，最终形成自我观念。社会表演理论认为：身份扮演是个人实现自我的社会化的必经途径和必然要求，人在角色扮演过程中完成自我发展，而自我的塑造也是一个社会化的过程，自我是个人与社会互动的产物。② 可以说，莱拉是在自己与家人的身份扮演之中获得对生命价值的顿悟，由此唤起了其自我意识的觉醒，继而走向自我肯定，完成对自我主体性的建构。

当然，亚/华裔通过身份扮演建构自我，其意义并不局限于个体。高夫曼（Goffman）在分析身份扮演与自我身份建构的关系时指出：个人身份扮演参与了集体身份建构。他认为，自我身份的建构，乃经由日常生活情境中的各种表演性实践完成，是个人在某一社会场景之中对于其处境的诠释和呈现，它总是嵌植于某种社会历史语境之中，并受其所规约；而一次次个人的身份展演，又会成为某一社会角色的"集体展示"，使之逐渐稳定、固化，引导人们对这一社会角色的外在呈现产生某种特定的期待，因此个人身份展演与集体身份建构之间具有衍生/共生关系。③ 黄柳霜以其身份扮演，作为一种"楔入"式"从内部"解构的策略，瓦解了霸权文化对华裔的刻板化，并以其一次次的"纠错"展演，引导人们对华裔群体产生新的期待。而莱拉则代表着新一代华裔女性，她们在扮演社会传统为女性设定的角色的同时，用自己的方式改写了社会传统对女性角色的规定性话语，演绎另一新的自我。莱拉不仅是新一代华裔女性的理想形象，也代表着整个华裔群体的一股新生力量，正是千千万万个以莱拉为代表的新一代

---

① Fae Meynne Ng, *Bone*, New York：Hyperion, 1993, p. 187.

② ［美］乔治·H. 米德：《心灵、自我与社会》，赵月琴译，上海译文出版社 2008 年版，第 120—128 页。

③ Erving Goffman, *The Presentation of Self in Everyday Life*, New York：Penguin Press and Doubleday, 1959, pp. 32 – 37.

华裔的勇于探索,在重新定义自我的同时,塑造全新的华裔群体形象,完成族裔主体性的建构。

总之,对于少数族裔文学和文化研究者而言,"身份扮演"为辨析亚裔美国人的生存状态及这一族群的主体建构提供了全新的窗口。透过这扇窗口,我们不仅看到美国亚裔"他者"以角色面具为掩护与恶劣的生存环境、不公的政治和文化制度作抗争,又在行使某种身份/角色的过程中改造、解构霸权文化对这一身份/角色的规定性话语,并在这一过程中彰显出族裔主体能动性,将自我建构成自我言说自我决定的亚裔美国族裔主体。

尽管蒂娜·陈对族裔主体性问题并无过多的讨论,但她在强调主体地位对于亚裔美国人之重要性的同时凸显亚裔主体性的局限性,并指出了发挥族裔能动性,建构族裔主体性的可能的道路。其所提出的"身份扮演"概念对于族裔主体性建构有着重要的启示意义。对于艰难追寻主体性的亚裔美国人而言,具有双重能动性的"身份扮演"不失为有效的策略。

第四章　亚裔美国文学之心理批评(二)

第一节　"种族阉割"：亚美主体的精神创伤

"种族阉割"（racial castration）一词是伍德尧（David L. Eng）在《种族阉割》（*Racial Castration*，2001）一书中提出的核心概念。该书被认为是首部以专著篇幅的亚裔美国文学心理批评著作。在此书中，伍德尧运用精神分析的方法，结合女性主义研究、后殖民理论和酷儿理论对种族阉割作了深入而又复杂的分析和论述，试图解答"亚裔美国男性是如何在心理上和物质上被种族差别与同性恋相交织的属性所限制"[1]，以探析亚裔美国男性主体性的形成。

伍德尧对弗洛伊德的精神分析方法情有独钟，他声称："我们必须认识到，精神分析的论述不仅是我们当代作为现代开放性（性别化和种族化）主体的自我意识所不可或缺的，而且也被整合到其中。""作为一个探索性别和性、身份认同和欲望之间的关系的主要理论之一，精神分析提供了一套关键范式，有助于我们不仅要了解性和种族差异相交织，以确定亚裔男性精神状态的多种方式，而且了解这些理论的重大影响。"[2] 伍德尧所关心的是亚裔男性的主体性形成，但他深刻意识到亚裔男性的主体性问题

---

[1]　David L. Eng, *Racial Castration*, London: Duke University Press, 2001, p. 14.
[2]　Ibid. , p. 15.

是和性和种族密切相关的。作为一名少数族裔文学批评家，伍德尧对种族问题有着切身体会，对亚裔男性在美国主流文化和文学想象中的性别化表征有其独特的思考，这促成了他选择从性和性别入手来探讨亚裔男性的主体性，因为性和性别"影响了亚裔男性主体性的形成"。①

一　《蝴蝶君》中的"反转式恋物"

伍德尧解释其"种族阉割"一词是从弗洛伊德的"恋物"理论中获得的灵感。其实"恋物"（fetishism）原指对具有超自然力量的物件的崇拜，后来社会学用以指对物质的迷恋，1900 年法国心理学家比内（Binet）提出与性欲相关的"性恋物"一说，1927 年弗洛伊德发表《恋物癖》（"Fetishism"）一文，从精神分析角度加以深入阐述。弗洛伊德认为，男孩在童年期进入恋母时期，因发现母亲和其他女性没有阳具，以为母亲被阉割，由此认为自己的阳具也岌岌可危，因而出现阉割焦虑症。男孩为了缓解这种阉割焦虑，便会在母亲和其他女性身上寻找阳具的替代物，试图发现女性身体上那个"看不见的阳具"。按照这一理论，恋物是在对女性阉割的认知和拒绝承认（disavowal）之间达成的妥协。伍德尧则将亚裔男性置于弗洛伊德所言的被阉割的角色，经由《蝴蝶君》中法国外交官与京剧男旦宋丽玲之性关系发掘出令人耳目一新的"反转式恋物"（reverse fetishism）的性欲模式。

在《蝴蝶君》中，伽里玛与宋丽玲同居 20 载，竟然不知枕边人是男儿身。这个匪夷所思的故事却并非没有事实根据，剧本本身就是以真实的故事为原型的。剧作家黄哲伦坦言其创作灵感来自 1986 年 5 月 11 日《纽约时报》报道的中国京剧演员石佩普间谍案，从法国外交官与石佩普的情欲关系中，他断定，"那个外交官一定不是与一个人，而是与一种幻想的模式坠入了爱河"。② 这种幻想的模式究竟是什么呢？

很多研究者都曾指出《蝴蝶君》与普契尼的歌剧《蝴蝶夫人》有着密

---

① David L. Eng, *Racial Castration*, London：Duke University Press, 2001, p.15.

② David Henry Huang, *M. Butterfly*, New York：Dramatists Play Service, Inc., 1988, p.85.

切的互文关系。《蝴蝶夫人》讲述的是美国海军军官平克顿来到日本，和年轻的日本姑娘巧巧桑相爱的故事。不久平克顿随海军舰队回国，抛下已有身孕的巧巧桑，许诺在知更鸟下次筑巢时会回到她身边。痴情的巧巧桑一边独立抚养婴儿，一边忠贞不渝地等候平克顿。三年后，她终于等来了平克顿，不料平克顿已经结婚，他携白人妻子来到日本，却是为了向巧巧桑索要孩子。心碎的巧巧桑拔剑自刎，结束了自己年轻的生命。剧中的巧巧桑美丽而脆弱，温顺而贞节，就像一只蝴蝶，满足了西方男子的观赏欲和自大心理的需要。这部歌剧被公认为最优美、最具诗意的艺术作品，尤其是"蝴蝶"自杀的一幕，让无数西方人扼腕叹息，迷恋其中而欲罢不能。但其实，在"优美"和"诗意"的高雅面纱后面，还掩盖着不那么高雅的性幻想和性欲望，正如多琳·康多（Dorinne K. Kondo）所言，"他们在一朵精致优雅的莲花不可避免的死亡中发现了美感并坚信日本女人的固定身份：蝴蝶即是艺伎"。①

《蝴蝶夫人》的成功和广为传唱成就了"东方蝴蝶"意象。在文学和文化领域里，"东方蝴蝶"已成为一个东方女性的象征性符号，林英敏称之为"蝴蝶图像"。所谓"图像"（icon）就是"寻求模仿或类似其对象的再现"，"图像被简化且不加思索地一再使用，时日一久便成了刻板印象"。② 在文学与文化的领域里，"蝴蝶夫人"以各种不同的艺术形式不断地被演绎，被观看，成为东亚女人的图像和刻板印象，它代表着西方男子心目中理想的女性形象：美丽而柔弱，需要男性的保护和拯救。它甚至还代表着整个东方民族。正如黄哲伦在《蝴蝶君》的后记中所说的："说起亚洲女性，我们有时会说，'她在扮演蝴蝶夫人'，意思就是说她在扮演顺从的东方角色……"③

无论是《蝴蝶夫人》中的平克顿，抑或现实中卷入间谍案的法国外交

---

① Dorinne K. Kondo, "M. Butterfly: Orientalism. Gender and a Critique of Essentialist Identity", *Cultural Critique*, 16 (1990), p. 9.

② ［美］林英敏：《蝴蝶图像的起源》，单德兴译，何文敬、单德兴编《再现政治与华裔美国文学》，（台北）"中研院"欧美研究所，1996 年，第 185 页。

③ David Henry Huang, *M. Butterfly*, New York: Dramatists Play Service, Inc., 1988, p. 86.

官，抑或黄哲伦剧本中的伽里玛，这些来自西方的白人男性，无不对亚洲女性预设了一套固有模式，以男权文化规范和帝国主义高高在上的姿态想象着亚洲女性，满足其自为尊大的权力欲望。但《蝴蝶君》并不仅仅停留在西方/东方、男性/女性二元关系模式的思考，而是对异性恋规范和白色特权的质疑，集中体现在伽里玛和宋丽玲的易装事件中。

　　伍德尧借用弗洛伊德的"阉割焦虑"和"恋物"理论分析伽里玛和宋丽玲的易装事件，伍德尧认为，伽里玛在宋丽玲坦露其男性身份之后，绝望地换上女装旗袍，对镜化妆，将脸涂抹成日本艺伎那样的白色脸孔，这其实是一种"狂热的企图"，意欲维持父权制象征秩序中合乎规范的性和种族的规定，是"面对白色性时急切维持异性恋取向的努力"。① 随着宋换上男装，伽里玛意识到无法继续占据主宰地位，他为了保全蝴蝶幻象，最终选择占据"他者"的位置，以此维持其异性恋取向和白色性。同样，当宋在最后一场脱衣展示裸体时，伽里玛拒绝看其身体，也是为了确保自己符合白色文化和异性恋规范，维持其作为白人异性恋者的优越地位而做出的掩耳盗铃般的行为，企图以此抹杀自己的同性恋倾向，否认宋丽玲的男性身体存在，由此得以将自己置于被女性化的亚裔男性之上。他通过拒绝看实际在场的亚裔男性的阴茎而象征性地实现对亚裔男性的"种族阉割"。伽里玛所经历的就是伍德尧所言的"反转式恋物"。在弗洛伊德的"恋物"理论中，小男孩试图从母亲和其他女性身体上寻找"看不见的阳具"，以此拒绝承认女性的"缺乏"（lack）。而在伍德尧的分析中，伽里玛在意识层面，他看不到自己在潜意识里实际已经承认了的事实。这一心理过程的驱动力其实在于这个白人殖民者对权力的追求和对既得利益的维护。

　　尽管伽里玛从未承认自己的同性恋倾向，但从剧本一开始就已经暗示他在西方异性恋体制中是一个失败者。剧中的伽利玛完全不同于西方主流话语中的西方男性形象，他既不英俊潇洒，也毫无男性魅力。在学校里，

---

① David L. Eng, *Racial Castration*, Durham & London: Duke University Press, 2001, p.142.

他被公认为"最不可能被邀请去参加聚会的人"。① 其第一次性经验留给他的感觉是被女人强奸，令其深感耻辱，以至于此后在西方女人面前他就像被阉割了似的。更令其尊严备受打击的是妻子怀疑他不能生育。但是伽里玛深知遵循异性恋规范对其事业发展的重要性。他与白人外交官女儿海尔曼的婚姻就是出于"实用性"，为了在事业的阶梯上爬升而做出的交易。自从他与海尔曼结婚后，他平步青云，成为派驻中国的外交官，并且与京剧名伶宋丽玲的情人关系也为他赢得了同事和上司的羡慕。所以在与宋丽玲的关系中，他竭力树立自己的西方白人阳刚男性的形象，为此他无视宋的男性身体存在，而是一味陷于"蝴蝶"幻想，以便能获得一个参照物，一个"他者"，让他能够扮演阳刚男性形象，重拾在西方女人处失去的尊严。如此，他不但满足了自己在性关系中的权力欲望，而且能确保自己的社会、政治和文化上的优势地位。简言之，伽里玛是通过对宋丽玲这个东方男子象征性的"阉割"，确立了自己作为西方异性恋男性的特权地位。

虽然伽里玛的故事匪夷所思，但正如伍德尧所指出的，西方对亚裔男性女性化的观念被"正常化"了，固定成为一种套话，被西方民众当作一种关于东方的"知识"。所以，宋丽玲在剧中对法官所说的"作为一个东方人，我从来不可能完全是个男人"。② 此言语虽惊人，却发人深省。宋丽玲即使没有扮成女人，东方男性在西方人眼里也是女性化的人。这是因为，东方男性早已经被西方的话语阉割了。此一语道破了在有关亚洲的表征话语中性与种族相纠缠的复杂关系。这也是伍德尧提出"种族阉割"一说的历史和文化背景。

二 "种族阉割"：西方对于东方民族的"刻板印象"

尽管象征性的"阉割"一说出自弗洛伊德，但伍德尧的"种族阉割"的概念同时还秉承了亚裔作家兼文学批评家赵健秀、陈耀光等人的思想。

---

① David Henry Huang, *M. Butterfly*, New York: Dramatists Play Service, Inc. , 1988, p. 8.
② Ibid. , p. 62.

在 1974 年出版的《哎—咿！：亚裔美国作家选集》（*Aiiieeeee! An Anthology of Asian-American Writers*）和 1991 年出版的《大哎—咿！：华裔与日裔美国文学选集》（*The Big Aiiieeee! An Anthology of Chinese American and Japanese American Literature*）序言中，赵健秀、陈耀光等编者称亚裔美国的历史为"被阉割/去势"（emasculation）的历史，表达了对美国主流文化对亚裔实行种族歧视的强烈不满。赵健秀还多次批评某些亚裔作家，认为他们在作品中不但没有挑战和谴责西方对华人的种族主义表征，反而进一步强化华裔男性缺乏阳刚气的形象。在其中《真假亚裔美国作家一起来吧！》（"Come All Ye Asian American Writers of the Real and the Fake", 1991）一文中指责以黄哲伦为代表的某些亚裔作家将亚裔男性表征为"去势的"、"娘娘腔的"、"同性恋的"，不是将他们刻画为"像陈查理那样暗地里搞同性恋"就是"像傅满洲那样具有威胁性的同性恋者"。[①] 在这里赵健秀将批评的矛头转向黄哲伦等亚裔作家，但归根结底是出于对美国白色文化对亚裔的表征话语的不满，以及对亚裔屈辱史的愤慨。华裔美国学者张敬珏（King-kok Cheung）在接受台湾学者单德兴的采访时指出："早期亚裔男性移民受到的种族偏见的待遇在历史上所采取的就是一种性别的形式（a gendered form）。透过美国立法和大众传播媒介所'呈现/再现'的亚裔美国人，套用赵健秀的话来说，'是可爱在他们的娘娘腔'。"[②]

的确，纵观 20 世纪美国文学和大众文化，不难发现对亚裔的表征形成了一种极具歧视性的传统，充满了性别化的话语，尤其是对亚裔男性女性化形象进行大肆渲染。对美国主流文化而言，华人的身体是一件可供其权力设计和建构的物件，他们为之设计的路线就是"无性化"或者"女性化"。无论是令人鄙夷的"苦力"还是傅满洲之类的穷凶极恶的恶棍，抑或陈查理之类的"模范少族族裔"（model minority），都是顺着这一路线塑

---

① Frank Chin, "Come All Ye Asian American Writers of the Real and the Fake", In *The Big Aiiieeeee! An Anthology of Chinese American and Japanese American Literature*, ed. Jeffery Paul Chan, Frank Chin, Lawson Fusao Inada, and Shawn Wong, New York: Meridian, 1991, p. xiii.

② 单德兴：《张敬珏访谈录》，载单德兴、何文敬主编《文化属性与华裔美国文学》，（台北）"中研院"欧美研究所，1994 年，第 180—181 页。

造出来的，其身体必然都是无性特征的。频频出现在各种文本上的是华人瘦小孱弱的身体以及这个身体所活动的场所：洗衣房、餐馆、厨房、杂货铺。这些符号能指无不清楚地意指着华人男子缺乏阳刚之气。他们只知像牲口一样埋头干活，从事着女性化工作，像女佣般成日洗烫缝补、服侍别人。他们没有女人，也吸引不了女人，因为他们身上散发不出一丝男性的气质和魅力。华人身体等于性无能这一符码不仅适用于懦弱顺从类型的人物，也适用于凶险残暴的类型，即使是傅满洲这个拥有强大超能力的恶魔，他也注定不可能拥有男性气概。在系列小说和电影中，这个人物被剔除了一切可能的性魅力，他甚至没有正常人的情感和生理需要，因此是"完全无性的"。①

对华人的"去性化"集中体现在陈查理这个符号性人物身上。在陈查理系列电影中，这位矮矮胖胖的华裔侦探举止就像老太太一样，"他真的很胖，却迈着女人似的轻快步伐。脸颊胖嘟嘟的，肤色犹如羊脂，黑头发剪得短短的，褐色眼睛敏锐地扫视着一切"。② 无论是他的雌性化的躯体，还是温顺谦恭的姿态，都在向白人发出这样的信号：他没有任何不良企图，对白人没有丝毫的威胁，也无意与白人竞争。换言之，其身体的每个信号都在透露其雄性气质的缺乏。

陈查理之类的女性化亚/华裔形象随处可见于各种影视文本。在 1956 年罗伯特·安德森的《茶与同情》（*Tea and Sympathy*）中，汤姆·李就是这样一个娘娘腔的亚裔，他腼腆羞涩，举止文静，从来不和其他小伙子一起玩美式足球，需要朋友教他如何"像男人一样走路"，喜欢在年长的男生宿舍舍监太太劳拉身边转来转去，其女性化已经妨碍他建立适当的性关系，需要白人太太劳拉的拯救。虽然剧本试图以汤姆和劳拉最终发生性关系来表明其反歧视的立场，但汤姆这一形象仍然搬用了女性化的华人符号，客观上强化了能指与所指的指涉关系。

---

① Elaine H. Kim, *Asian American Literature：An Introduction to the Writings and Their Social Context*, Philadelphia：Temple University Press，1982：8.

② ［美］厄尔·比格斯：《不上锁的房间》，宋文译，群众出版社 2008 年版，第 50 页。

西方大众文化和主流文学大力推行"女性化"和"去性化"的亚裔形象，使得此类形象深入普通民众意识之中，难免影响一些土生土长、从小浸淫于美国文化之中的亚裔作家的自我表达，造成一些作品或多或少沿袭着亚裔男性不是厌女就是孱弱无能、女性化的套话。例如，汤亭亭的《女勇士》、黄哲伦的《蝴蝶君》、谭恩美的《灶神之妻》等作品中的男性形象都相当负面，更谈不上阳刚的男性气质。这些作品的确正如赵健秀所批评的那样在某种程度上强化了美国主流大众意识中根深蒂固的亚裔男性刻板形象，尽管其效果可能并非作者本意。正是出于对此类套话的极度反感，赵健秀、陈耀光等人拈出了"去势/阉割"这一极具视觉冲击力的词语，并引发了一场围绕"真假亚裔作家"的旷日持久的论战。①

探究美国主流社会对亚洲人施行"阉割"的文化心理，不难发现几个相交织的因素，既有历史的原因，也有政治、经济因素，还有种族和性的因素。张敬珏曾经分析了华人男性被"阉割"的几个原因，她认为其中的历史原因是，19世纪末期美国政府禁止来美华工的妻子入境，也不允许华工与白人女性通婚，从而剥夺了华工正常的婚姻家庭生活，再加上不平等的就业机会，留给华人男性的工作只有白人不愿意干的、传统上被认为是"女人活"的工作。其实，造成华人被贬低，饱受屈辱的历史原因，归根到底还是经济的原因。19世纪下半叶，美国出现的淘金热吸引了大批怀揣梦想的"金山客"漂洋过海来到美国，开始了他们在美国的奋斗历程。当时在各个工矿工作的华人劳工由于勤劳肯干，深受美国雇主赏识。但这却使其他白人工人感受到了威胁，认为华工抢走了他们的饭碗，于是滋生了对华人移民的不满和敌视心理。这种社会情绪很快蔓延开来，并催生了从民间到政府的一波波的排华运动。与此同时，为配合排华运动，白人社会也开始利用各类宣传媒介，在各种文化文本中肆无忌惮地对华人移民进行丑化和贬低，于是各种华人的刻板形象应

---

① Mackin 认为论战源于对"娘娘腔"的争论，见 Jonna Mackin, "Split Infinities: The Comedy of Performative Identity in Maxine Hong Kingston's *Tripmaster Monkey*", *Contemporary Literature*, 46. 3 (2005), p. 511。

运而生。这些丑化华人的宣传手段目的就是通过对华人的他者化，将华人华裔排挤在社会边缘，确保白人在就业等方面获得资源的机会上拥有绝对优势，保障白人的利益。

张敬珏认为文化因素进一步导致了华裔男性的女性化，"由于华人尊敬权威和谨言慎行的文化传统，许多亚裔血统的人在非亚裔的人看来似乎既顺从又被动。这种文化差异由于种族歧视的政策而深化"。[①] 虽然文化差异的确导致白色文化主流对华族文化产生误解，但实质上，从文化心理根源来看，对华人族群的"阉割"符合了西方白色文化主流为了确立其世界主体地位而寻找参照物的需要。自我身份的确立并非是自足自为的，而是需要外界他者的投射和参照。美国学者萨义德认为，"自我身份的建构……牵涉到与自己相反的'他者'身份的建构"。[②] 有着内敛温和民族性格、来自积贫积弱之亚洲的移民及其后代就成了西方建构自我强者身份的"他者"。而这又是与亚裔美国表征话语权缺失的历史相关的。

赵健秀称"亚裔美国的历史为'被阉割/去势'的历史"，虽然他只是指亚裔美国人这一社会群体由于在美国长期失声，任由美国白色文化进行种族化性别化的表征，但究其历史根源，其实是与更广泛意义上的亚洲的表征权缺失的历史相关的。长期以来，亚洲一直存在于西方的表征话语中，由西方话语建构。自19世纪后半叶的欧洲和美国殖民扩张时期开始，西方人带着征服者的心态，怀着猎奇和冒险心理来到亚洲，搜刮奇珍异宝、东方情调的器具物品，然后仅凭一点浮光掠影的印象大书特书所谓的"东方文化"，建构所谓的"东方学"知识。所谓的"东方学"，表面上"是一门西方系统地接近东方的学科，是关于学习、发现和实践主题的学科"[③]，实质上则是西方实施其文化霸权以控制东方的一套系统，它体现了

---

① King-Kok Cheung, "Of Men and Men: Reconstructing Chinese American Masculinity", *Aspects of Diaspora: Studies on North American Chinese Writers*, ed. Lucie Bernier, New York: Peter Lang, 2001, pp. 121 – 122.

② ［美］萨义德：《东方学》，王宇根译，生活·读书·新知三联书店1999年版，第426页。

③ Edward W. Said, *Orientalism*, New York: Penguin Books, 1978, p.73.

东西方之间的关系其实是"一种权力关系、一种支配关系"。① 在这一权力关系中，东西方处于不平衡的两端，西方成为"东方"的代言人、表征者，而"东方"则沦为被表征者。在表征与被表征的过程中，"东方"是被当作他者而建构的。在帝国主义的权力运作下，作为表征者的西方通过不同的表征实践，如学术、展览、文学、绘画等，生产出有关他者的种族化知识形式。这些知识都围绕一个核心观念，即东方民族是弱者，必须附属于西方而存在，依照西方的文化逻辑，必定不仅要将东方表征为次等的民族，而且还需要将之表征为女性化的，由此不仅可以将东方置于他者位置，而且使西方从参照中获得自大的优越感。对此，黄哲伦通过《蝴蝶君》中宋丽玲之口予以有力的揭露：

> 西方认为自己是男性的——巨大的枪炮、庞大的工业、大笔的钞票——所以东方是女性的——软弱的、精致的、贫穷的……②

可见，西方就是挟大枪大炮、大工业及财富为其带来的威风和傲气将亚洲"阉割"了。以通俗之言，这是强者对弱者的仗势欺压。

而从性心理角度出发，对华人男性的"阉割"则可视为西方白人男性遭遇阉割焦虑的心理投射。随着西方女权主义的兴起，西方白人男性的阉割焦虑尤为严重，他们需要贬低非阳刚气男性或使之女性化，将之置于阳刚男性特征的对立面，以树立西方白色男权的权威，巩固以白人阳刚男性气质为规范的秩序。金惠经在 1990 年的一篇文章中一语中的地概括了白人文化对亚裔的性别化表征，直砭白人文化对亚裔性别化表征背后的文化心理："亚裔男性被描写为没有任何性能力，而亚裔女性除了性能力以外什么也没有，其目的都是为了证明白人男子的阳刚之气。"③ 马尔凯蒂 (Mar-

---

① Edward W. Said, *Orientalism*, New York：Penguin Books, 1978, p. 5.

② David Henry Huang, *M. Butterfly*, New York：Dramatists Play Service, Inc., 1988, p. 62.

③ Elaine H. Kim, "'Such Opposite Creatures'：Men and Women in Asian American Literature", *Michigan Quarterly Review*, 29.1（1990）, p. 69.

chetti）认为好莱坞生产大量性别化亚裔形象，目的是维持种族和族裔的等级："危险的亚洲男性、被去势的阉人、魅惑的亚洲'龙女'以及恭顺的女奴，所有这些想象出来的形象都是为白色男性统治地位的合理化服务的。"①

总之，无论是西方男权文化对亚裔男性的阉割，还是西方男性对东方女性的"蝴蝶情结"，都是一种臆想，都符合了西方男权文化彰显阳刚男性气质而需要一个作为参照物的"他者"的需要，背后潜行着西方推行种族等级制度和父权规范，以树立其拥有支配性地位的权力欲望。从此意义上讲，《蝴蝶君》里伽里玛所经历的，并非只是一个隐匿的同性者个体的体验，而是性与种族相交织着的复杂心理，是"一个独特的心理过程，通过这一过程，白色性和异性恋共同努力阐明并确保它们在与亚洲种族定位的关系中拥有普遍性的优势地位"。② 所以，伍德尧认为"阉割在任何时候都是种族的阉割"。③

三 "种族阉割"对亚裔男性的心理创伤

"阉割"一词触目惊心，它饱浸了亚裔几辈人的屈辱和悲愤，正如张敬珏所言，它"确实唤起亚裔美国人遭受多重伤害的族裔经验，满含一种特殊的辛酸和愤怒"④。亚裔男性长期被笼罩在"女性化"的刻板印象阴影之下，这种经历给他们的心理带来负面的影响，并不可避免地给族裔个体以及群体造成心理创伤，导致亚裔群体种族/性别身份的丧失，甚至造成自我的分裂，主体性的迷失。这种由种族阉割带来的心理创伤在亚裔美国文学中多有反映，甚至是亚裔美国文学的重要主题之一。

---

① 转引自 King-Kok Cheung, "Of Men and Men: Reconstructing Chinese American Masculinity", *Aspects of Diaspora: Studies on North American Chinese Writers*, ed. Lucie Bernier, Peter Lang, 2000, p. 122。

② David L. Eng, *Racial Castration*, Durham & London: Duke University Press, 2001, p. 152.

③ Ibid.

④ King-Kok Cheung, "Of Men and Men: Reconstructing Chinese American Masculinity", *Aspects of Diaspora: Studies on North American Chinese Writers*, ed. Lucie Bernier, New York: Peter Lang, 2001, p. 121.

华裔作家雷霆超在《吃碗茶》(*Eat a Bowl of Tea*, 1961) 中，形象生动地塑造了被美国排华法案"阉割"的华人移民男性群像，更通过华裔青年宾来的性无能，浓墨重彩涂抹出一个"阉割"的符号，展示了美国排华政策和种族主义歧视给华裔男性带来的难以启齿的屈辱、造成的难以抚平的创伤。表面上看宾来的性无能是由于其曾经有过荒淫无度的私生活并染上多种性病而造成的，但究其根本原因，则是美国移民政策人为造成的唐人街"单身汉社会"。早期华人劳工抱着金山梦离乡别井来到美国，本以为就此可以为家乡的亲人带来美好的生活。然而他们干的是最苦最累的活，拿的却是最微薄的薪酬，还饱受各种种族歧视和迫害。为了能够挣够钱衣锦还乡，他们忍辱负重滞留下来，在年复一年、日复一日的辛苦劳作中苦度光阴。大洋阻隔，有家难回；更甚者，1924 年，美国国会通过了《移民法》，禁止中国妇女入境，一方面家人团聚无望，另一方面，与美国人之间的异族婚恋也被禁止，华工们被迫成了"单身汉"，形成了奇特的唐人街"单身汉"社会。这些被剥夺了正常家庭生活的老单身汉只有靠喝酒、赌博和时不时光顾妓院来排解无边的寂寞和空虚，暂时性地满足精神和生理上的需要。宾来的父辈们都是这样的单身汉。生活于如此环境中，年纪轻轻的宾来也沾染上逛妓院的恶习，染上花柳病，在新婚不久便得了阳痿，失去了性能力，由此导致了婚姻家庭的不幸。从某种意义上讲，宾来和唐人街上的单身汉们都是被美国主流社会所"阉割"，他们被剥夺了正常的家庭生活，由此丧失了男子汉的自尊，失去了自我，不仅在身体上被"阉割"，精神上也阳痿了。

值得注意的是，宾来的性无能不应视为身体器官功能的丧失，而是正如伍德尧所言的，因其在封闭的唐人街仅能扮演渺小社会角色，且难以进入更大范围的美国社会所带来的失败感在无意识层面上的作用。[①] 也就是说，宾来的性无能并非器质性的，而是一种癔病。"他（宾来）的癔病症状重演了一段长期被抑制的历史，即针对华人男性实行制度化的种族主

---

① David L. Eng, *Racial Castration*, Durham & London：Duke University Press, 2001, p.181.

义，剥夺其公民权利，将其置于次等地位，当作可以驱逐的异族人，同时将他们塑造成在社会上软弱无能、毫无权力的形象。"① 蜗居于沿袭中国封建父权制的纽约唐人街，宾来的一切都是由其父亲一手操办，包括与美爱的婚姻。他在经济上、社会地位上、心理上都无法独立，更谈不上成为具有自主性、拥有阳刚气质的男性主体。只有当宾来离开令人窒息的纽约唐人街，与美爱搬到旧金山，获得自由的环境和前景美好的工作后，宾来的自信心才得以树立，在美爱的中药茶的帮助下，终于恢复男性雄风。

可见，宾来的癔病与种族歧视紧密关联，归根结底是由华人群体在美国社会的失势造成的，可以说，宾来的性无能象征着华人社群在美国社会的集体失势，同时也是华裔男性群体在美国社会所遭受精神创伤的隐喻。

在汤亭亭的《中国佬》中，"阉割"创伤同样是小说的主题之一。其中，《关于发现》一节戏仿和改写中国 19 世纪的神话小说《镜花缘》，以唐敖来到北美被变成女性的故事，映射华人被阉割的历史。张敬珏指出，熟悉华裔美国历史的人都会发现，唐敖在异国他乡被变成女人的遭遇，象征着华人"被阉割"的历史。② 唐敖的故事其实只是整部小说的引子，由此揭开了祖父"阿公"等华工在美国辛劳工作、受尽肉体和精神折磨的故事序幕。

小说叙述者的祖父"阿公"在内华达山脉修筑铁路，熬过了严酷的寒冬，躲过了爆破工作的死亡威胁，在铁路完工之后却又被四处驱逐，无处为家，历尽千辛万苦之后，回到中国，却成了家人和亲友眼中有露阴癖的疯子，毫无用处的人，连自己的妻子都不屑于理睬他。"阿公"的露阴癖是在修筑铁路期间养成。筑路工作的艰辛和危险，长年与妻儿分离的孤单和寂寞，使其被迫压抑着自己作为男性正常的欲望。他甚至怀疑自己是否还是男人，他玩弄自己的阴茎，"有时他只是看着阴茎，奇怪长这个玩

① David L. Eng, *Racial Castration*, Durham & London: Duke University Press, 2001, p.181.
② King-Kok Cheung, *Articulate Silences: Hisaye Yamamoto, Maxine Hong Kingston, Joy Kogawa*, Ithaca and London: Cornell University Press, 1993, p.104.

艺儿有什么用，男人有什么用处，他为什么要长这么个东西"。① 与其他孤苦无依的"有妻单身汉"华工一样，"阿公"不仅在肉体上被阉割了，在精神上也失去了男性的雄风。极度的压抑，使他有一次乘吊篮在空中作业时突发性冲动：

> ……一种强烈的性交欲望牢牢地攫住了他，他在吊篮里俯着身子，美感和恐惧同时向他袭来，涌向阴茎。他蜷着身子，试图让自己平静下来。突然他高高站起身，将精液射向空中。"我在操整个世界，"他喊道。世界的阴道真大，大得像天空，大得像山谷。他从此养成了一个习惯：每次他乘着吊篮下到谷底，身上的血液就涌向阴茎，他在操整个世界。②

尽管此处"阿公"的自慰从某种意义上是为华人男子的性能力正名，"操整个世界"的气势也形成了对白色文化不承认华人男性阳具存在的嘲讽，是作者为颠覆华人女性化刻板形象的辛辣笔法，但"阿公"的露阴癖以及言行举止上的疯疯癫癫，其意义更多在于有力地控诉了"种族阉割"对华人造成难以消弭的精神创伤。

《吃碗茶》和《中国佬》以癔病来象征华人华裔男性的阉割创伤，与此相类似的还有新一代华裔作家伍慧明的小说《骨》。该小说围绕一个家庭悲剧故事，从侧面讲述了老一辈华人男性移民在美国充满辛酸和失败感的生活故事。故事中的利昂同样因遭受美国社会的"阉割"而患上了心理疾病。小说中，利昂是个失败者，一个没有固定工作，无法养家糊口，无论在家庭中还是社会上都没有地位的人。在妻子眼中，他是个从来都是半途而废的人，在华人社群眼中，他是个"没生别的，光生女娃"的"没用"的人。生活上的失意，使利昂选择了自我封闭和自我放逐。在利昂出

---

① Maxine Hong Kingston, *China Men*, New York：Vintage, 1980/1989, p. 144.

② Ibid. , p. 133.

场的公共场合，他总是沉默的。在远洋轮上，他总是在默默地为白人收拾床铺、清洁船舱、浆洗衣服，其他时间就躲在自己狭小的床铺上摆弄收集来的废旧电器，"在海上漫长的旅途中继续他的发明创造"。① 回到陆地上，没找到工作时不是在广场上与其他"混日子"的老人下棋消磨时光，就是在老人公寓里继续摆弄他的旧电器，收拾他收藏的各种旧物件。利昂似乎将自己埋藏在这些废旧物件中，这些废旧物件成了他沉默的最佳理由，成为他孤寂生活中唯一的慰藉。他近乎偏执地收藏各种旧报纸、旧招贴、旧书信、旧证件。他收藏的剪报几乎都是各种人间悲凉的故事："失踪的丈夫、出走的太太，还有忘恩负义的孩子。"②

利昂的行为，在行为心理学上可称为收藏癖，这是一种心理疾病，指违背常情地到处搜集与收藏并无多大用处的物件，尤其是废旧物品，不仅把家中早已不用的废旧物品视若珍宝收藏起来，而且还把别人丢弃的废旧物品认真收集起来加以珍藏，搜集和收藏过程中会有一种莫名的满足感。它是一种强迫症和人格障碍，多见于患有老年痴呆症、抑郁症等以及遭受重大生活挫折的人群。

联系到利昂的人生境遇，可知其行为正是由于长期处于逆境中造成的挫败感的心理投射。而造成这一切的根源，就在于利昂背负美国华人移民史上一个沧桑的身份——"契纸儿子"。这个因历史原因造成的身份使他在美国社会不得不成为消声喑哑的隐形人。由于没有合法的身份证明，利昂得不到社会保险，更由于英语不好找不到满意的工作，只能做一些为白人洗衣、清洁卫生、烧饭之类的工作。他婚姻和家庭不幸，妻子与他人有染，女儿自杀，种种不幸使他采取自我放逐的逃避方式，长年随轮船在海上漂泊，或者寄居在破败的老年公寓，与一群老单身汉为伍，成为"有妻的单身汉"。从某种意义上讲，利昂在美国社会被象征性地"阉割"了，他丧失了为夫、为父、为男子汉的自信和尊严，生活在无边的痛苦和内疚

---

① Fae Meynne Ng, *Bone*, Haper Perennial, 1994, p. 5. 译文参见陆薇译本，译林出版社 2003年版，第 3 页。

② Fae Meynne Ng, *Bone*, Haper Perennial, 1994, p. 6.

中。他的收藏癖，成为他排解失意和痛苦的唯一途径，那些毫无意义的旧书信、旧报纸，成了他唯一的精神慰藉。无疑，利昂的病症，正是其阉割创伤的心理投射。

可见，《吃碗茶》、《中国佬》和《骨》中的华裔华人男性都经受着强势文化的"阉割"之痛，"被阉割"的经历使他们都存在不同程度的心理疾患，这集中反映了亚裔男性在强势文化压迫之下的主体性危机。

总之，美国亚裔男性形象总是与种族差异相关，种族差异使得亚裔男性与"阉割"意象联系了起来，使这一词语成为美国亚裔历史上一个负载着亚裔集体创伤体验，饱含"辛酸和愤怒"的词语。这一关键词为我们解读亚裔美国文学、正确了解美国亚裔的历史提供了一个非常有意义的视角。尽管赵健秀提出亚裔男性被阉割的时代背景以及伍德尧讨论"种族阉割"所依扎的文本背景都离当今有些年代，但时至今日，美国大众文化对亚裔男性的表征仍然没有太大的改观①，他们依然是失声的、被视而不见、被边缘化、被"阉割"的群体。因此，我们讨论"种族阉割"仍然具有当下的意义。

第二节　分裂的亚美主体:"种族影子"

正如众多亚裔美国文学批评家所注意到的，亚裔美国人追寻主体性的过程可谓艰辛曲折。史丹利·苏和德劳德·苏在1971年所观察到的亚裔"边缘人"心态和人格扭曲现象，其实在亚裔美国文学中多有表现，例如在汤亭亭、赵健秀、黄哲伦等一批亚裔美国作家的作品中，涉及亚裔美国人遭受心理扭曲和精神分裂症折磨的描写甚为常见，由此形成了亚裔美国文学充满压抑、神秘气氛的幽灵叙事传统，甚至有评论者称之为亚裔美国

---

① King-Kok Cheung, "Of Men and Men: Reconstructing Chinese American Masculinity", *Aspects of Diaspora: Studies on North American Chinese Writers*, ed. Lucie Bernier, New York: Peter Lang, 2001, p. 123.

文学的哥特式传统。① 丰富的文学表现说明了亚裔美国人在特定的生活环境中遭遇主体性分裂的现象尤为普遍，对此现象，著名亚裔文学理论家黄秀玲有过精辟的分析，并且提出了"种族影子"这一重要的概念。

一 "种族影子"心理学溯源

黄秀玲在《解读亚裔美国文学：从必需到奢侈》（*Reading Asian American Literature：From Necessity to Extravagance*，1993）中分析了"种族影子"在亚裔主体心理上的影响。黄秀玲认为，"种族影子"是"类我"（the double）在种族化主体身上的显现。"类我"，又称为第二自我（the second self）、他我（alter ego）、影子（shadow）、反自我（the anti-self）、对立自我（the opposing self）、隐秘自我（the secret self）等，它实际上并非是亚裔文学独有的主题，而是文学中具有普遍性的母题，在19世纪浪漫主义和前浪漫主义小说中尤为多见，被认为是"由于压抑和投射而成的，表现为分裂、分离、解体和破碎等不同形式，是自我认可和自我认知产生危机的表征"。②

"类我"（the double），来自德语单词 Doppelganger，原意为"幽灵"。据米莉察·奇夫科维奇的研究，该词是在1796年由小说家让·保罗·里彻特（Jean Paul Richter）引进文学的。③ 但"类我"一词的确切定义则众说纷纭，莫衷一是。正如阿尔伯特·杰拉德（Albert Guerard）所说的："类我一词在文学批评中的含义模糊，令人为难。"④ 正因如此，"类我"作为一个文学母题，方为文学批评家们提供了足够的探索空间。克里福德·哈林（Clifford Hallam）在《作为非完整自我的类我》（"The Double as Incomplete Self：Toward a Definition of Doppelganger"）一文中指出，"在最广义的意义

① 陆薇：《哥特叙事烛照下的华裔美国文学研究》，《文艺报》2009年7月25日。

② Sau-ling Cynthia Wong, *Reading Asian American Literature：From Necessity to Extravagance*, Princeton University Press，1993，p. 82.

③ Milica Živkovic, "The Double as the 'Unseen' of Culture：Toward a Definition of Doppelganger", *Linguistics and Literature*，2. 7（2000），p. 122.

④ Albert Guerard, "Concepts of the Double", *Stories of the Double*, ed. Albert Guerard, J. P. Lippincott，New York，1967，p. 3.

上,"类我"可以指一个文本中几乎任何双重的、在某些情况甚至是多重的结构"。① 哈林将"类我"看成是"非完整自我",罗杰斯(Rogers)认为"类我"是个体心理或灵魂内部冲突的产物②,多里斯·埃德(Doris Eder)认为"类我"是自我的"对立补充体"③,还有一些理论家则认为"类我"是分裂的自我。总之,大体而言,"类我"的概念被用于揭示自我与"非我",或主体的其他非显性部分的关系。从这一意义上出发,"类我"其实与荣格的"人格面具"(persona)有内在的联系。在荣格的理论中,人格面具是特定的人在特定场合的心理活动的总和,是人格的"侧面"。面具可以分为角色面具(如家庭角色面具、职业角色面具、社会角色面具)、年龄面具、公开面具与隐私面具、正常面具与病态面具、主导面具与辅助面具、性别面具等不同类型。人在不同的场合使用不同的面具,而且无时无刻不戴着面具。在文学中,人们通常运用"面具"意象来指文学作品中人物内心世界的不同侧面,或者说不同的自我(自我与对立自我,或第二自我、他我),例如英国诗人叶芝。叶芝在《人类灵魂》(1917)一文讨论自我和反自我,充分阐述了他的"面具"理论。叶芝认为,人的智能再创造是外部命运的对立面,"而我所谓的'面具'是出自其内在本质的一切的情感的对立面"。④ 因此,面具是自我的对立面,即反自我或第二自我,叶芝认为自我只有找到且自觉地模仿反自我,人格才有可能发展完善,也才能具有创造力。叶芝将其面具理论运用于诗歌创作中,探索人的内心世界,追求自我的完整,实现了诗歌艺术和哲学思想的完美统一,从另一方面也说明叶芝认同人的多面性,其在文学中对自我的探索契合了心理学自我和主体性理论的发展。

---

① Clifford Hallam, "The Double as Incomplete Self: Toward a Definition of Doppelganger", In *Fearful Symmetry: Doubles and Doubling in Literature and Film* (Proceedings of the Florida Sate University Conference on Literature and Film), edited by Eugene J. Crook, Tallahasse: University of Florida Press, 1980, p.5.

② Robert Rogers, *The Double in Literature*, Detroit: Wayne State University Press, 1970, p.4.

③ Doris L. Eder, "The Idea of the Double", *The Psychoanalytic Review*, 65, 1978, pp.579–614.

④ W. B. Yeats, *Autobiographies*, London: Macmillan, 1955, p.152.

文学中的"类我"几乎都是从心理学研究中汲取营养的。心理学上"类我"研究的成果极为丰硕。早在 1919 年，弗洛伊德就在《诡异者》（"The Uncanny"）一文中提出"类我"是受压抑的自我回归的许多渠道之一。而对"类我"研究最具影响力的是奥托·兰克（Otto Rank）的《类我》（The Double，1979）。此后，有很多批评家开始关注文学中的"类我"，基本上都带有心理学的成分。罗伯特·罗杰斯（Robert Rogers）的《文学作品中的类我》（The Double in Literature，1970）、C. F. 凯普勒（C. F. Keppler）的《第二自我的文学》（The Literature of the Second Self，1972）、拉尔夫·提姆斯（Ralph Tymms）的《文学心理学中的类我》（Double in Literary Psychology，1949）、卡尔·米勒的《类我：文学史的研究》（Doubles：Studies in Literary History，1985）、保罗·可埃提斯（Paul Coates）的《类我和他者：后浪漫主义小说中作为意识形态的身份》（The Double and the Other：Identity as Ideology in Post-Romantic Fiction，1988）等。这些关于"类我"/第二自我的研究可视为人格面具理论、主体性理论在文学领域的发展，而"类我"也成为心理学和文学的交融点，并由此获得了更多的文化内涵，从一个侧面体现了现代对人的关注由生物性主体向文化性主体倾斜的趋势，也体现了文学对主体精神内在的关怀。

在亚裔美国文学文本中，不乏关于亚裔美国人与"类我"邂逅的描写。尽管人性的压抑和自我投射是所有文学中具有普遍性的母题，但黄秀玲认为"类我"反复出现在亚裔美国文学中更多与种族因素相关，因此她提醒我们，运用传统"类我"概念不足以发现亚裔美国文学中"类我"现象的特殊性。[1] 为此，黄秀玲超越了传统"类我"理论，发展出了"种族影子"——"与种族相关联的类我子类别"（racially linked subtype of the double）[2]，并在传统心理分析的基础上强调对"类我"的历史语境化阅读。她认为，相比西方"主流"文学，对"类我"加以历史语境化对于阅

---

[1]　Sau-ling Cynthia Wong, *Reading Asian American Literature：From Necessity to Extravagance*, Princeton University Press, 1993, p. 78.

[2]　Ibid., p. 92.

读亚裔美国文学尤为必要。①

二　"种族影子"与亚裔美国人之"自我憎恨"

"种族影子"作为一种心理现象，并非玄虚不可捉摸，而是必定表现在族裔主体的行为上，而且是持续性的、发展性的，具有阶段性的特征，它既是长期心理压力累积的结果，又是由外界偶然因素诱发而形成的。在亚裔美国这一语境中，"种族影子"的成因与亚裔遭受歧视以及由此而产生的自我认同危机直接相关。

黄秀玲在论及"类我"的心理机制时指出，"类我"的核心是"对自我的不认账"（disowning）：

> 尽管"类我"的研究者在许多其他理论问题上存在着广为人知的分歧，但他们在一点上却惊人地一致：即认为"对自我的不认账"在"类我"的形成过程中起着关键作用。虽然只有一部分研究者直接采用了精神分析的术语和理论，但所有的研究者都认同这样的观点，即"类我"是由于压抑和投射而形成，总的抵抗过程表现为分裂、分离、分解和破碎等不同形式。"类我"是自我接受和自我认同产生危机的表征：自我的一部分被意识本体所否认，于是便化身为一个外部的个体，这个外部个体似乎对主人公有着异乎寻常的控制力，而且不是日常的逻辑解释得了的。②

此处不由得令人联想起亚裔美国文学批评话语中的"自我憎恨"（self-hatred）一词。"自我憎恨"是现代心理学个性研究的成果之一。美国心理学家 G. W. 奥尔波特（Allport）在《偏见的本性》（*The Nature of Preju-*

---

① Sau-ling Cynthia Wong, *Reading Asian American Literature：From Necessity to Extravagance*, Princeton University Press, 1993, p. 114.

② Ibid., p. 82. 译文参考詹乔、蒲若茜、李亚萍译本《从必需到奢侈——解读亚裔美国文学》，中国社会科学出版社 2007 年版，第 121 页。

dice, 1978）一书中对自我憎恨曾作过以下定义："自我憎恨既指个人对拥有所属群体受歧视的特征而感到羞耻——无论这种特征是真实或是想象中的，也指个人对所属群体中拥有同样特征的其他成员产生的厌恶感。"①就其心理机制而言，奥尔波特认为自我憎恨是个体遭受歧视时的自我保护。个体遭受歧视，大体会有两种反应，一种是责他型（extropunitive），另一种是内责型（intrapunitive）。责他型的人会责罪于外部事物，如一些受到歧视的黑人会责罪于普遍意义上的白人、制度性的歧视等，内责型的则会责怪自己，认为是自己低劣，理应受到歧视。②黑人理论家法依也对黑人的自我憎恨心理有过深入的分析，认为黑人的自我憎恨是黑人遭受白人种族主义强加于他们的心理压力，使他们产生病态的自我观念，这一过程中，黑人从白人社群方面获得的自我形象是最为主要的决定因素。

早在 1971 年，亚裔美国心理学家苏氏兄弟（Standley Sue & Derald Sue）便在发表于《亚美研究》的一篇文章中指出被美国社会边缘化的亚裔"边缘人"（marginal man）会将美国主流文化理想化，反过来会对自己的族裔文化与传统持否定、拒斥的态度，并因为他们将这种敌视态度内化从而产生"种族自我憎恨"的心理，他们往往因为自身具有本族特征而厌恶自己，而这种自我厌恶又进一步使其更加憎恨自己。③ 1972 年，赵健秀、陈耀光在《种族主义之爱》（"Racist Love"）一文中也留意到亚裔美国人的自我贬抑，并指出这种自我贬抑是由于他们内化了白人对他们的评价：

> 作为白人至上主义的一种工具，主体为了能有效运作，他必须接受并生活在一种美名化的自我贬抑状态之中。这种自我贬抑只不过是主体接受白人关于客体性、美、行为和成就的标准，将之当作绝对的道德准则，并且承认因其不是白人，所以永远无法达到白人的标准这

---

① G. W. Allport, *The Nature of Prejudice*, Cambridge, MA: Perseus Books, 1978, p. 148.

② Ibid., p. 160.

③ Stanley Sue & Derald W. Sue, "Chinese-American Personality and Mental Health", *A Companion to Asian American Studies*, ed. Kent A. Ono, Malden: Blackwell, 2005, pp. 23 – 24.

一事实。①

　　赵健秀本人多次借其创作作品批判亚裔的自我憎恨心理。例如在《唐老鸭》中，赵健秀塑造了一个深受种族自我憎恨心理困扰的华裔少年唐老鸭形象。唐老鸭接受了白人社会的同化教育，痛恨自己的华裔属性，憎恶一切与中国和华人相关的事物，包括自己的姓名，他甚至想离家出走，逃离唐人街。在其戴了"东方主义视镜"的眼里，唐人街是一块丑陋、吵闹、杂乱的边地，充斥着一切他讨厌的事物："愚蠢"的中国人、"难听"的中国话、各种"滑稽可笑"的食物、"滑稽可笑"的春节习俗。然而讽刺的是，急于摆脱华裔身份的唐老鸭却并没有得到白人社会的接纳，他们仍然嘲笑他，当其面贬低华人，伤其自尊。种族自憎心理和被主流社会排斥的双重疏离感使这个少年形成了一种伍德尧所称的抑郁型种族化主体性（melancholic form of racialized subjectivity）。② 所幸的是，唐老鸭最终在父亲的中国文化教育之下完成了自我蜕变，而不至于发展成更加病态的自我分裂。

　　毋庸置疑，种族自憎心理若无法得到纠正，其沉积必然导致心理扭曲、变态。黄秀玲的兴趣正是放在探究这种心理导致的病态表现，她发现主体为了维持心理整体性的错觉，采取了投射这一心理过程：

> 　　投射，一个颠倒了象征性进食方向（向内投射）的心理过程（如胀裂和呕吐），阻止了自我憎恨的威胁。通过把自身不受欢迎的"亚洲性"投射到一个"类我"身上——也就是我说的"种族影子"——人们把实际上与自我不可剥离的东西描述为异类，因而得以排斥它、疏离它。③

---

① Frank Chin and Jeffery Paul Chan, "Racist Love", *Seeing through Shuck*, ed. Richard Kostelanetz, New York：Ballantine, 1972, p. 67.

② David L. Eng, *Racial Castration*, Durham & London：Duke University Press, 2001, p. 72.

③ Sau-ling Cynthia Wong, *Reading Asian American Literature：From Necessity to Extravagance*, Princeton University Press, 1993, pp. 77 – 78. 译文参考詹乔、蒲若茜、李亚萍译本《从必需到奢侈——解读亚裔美国文学》，中国社会科学出版社 2007 年版，第 114—115 页。

这一经心理投射而产生的"类我",其实并非抽象的影像,而是化身为一个外部个体。例如在汤亭亭小说《女勇士》学校浴室一幕中的那个留着"中国娃娃式"的头发、长着"粉蛋蛋"脸蛋的沉默女孩,便是叙述者种族自憎心理投射的产物。在这个大家所熟知的情节中,叙述者讨厌那个总是沉默不语的女孩,将她堵在学校洗手间,强迫她说话,但女孩总是不出声,女孩的沉默激怒了叙述者,她扭打沉默女孩,掐她"粉蛋蛋"的脸,拽拉她那"中国娃娃式"的头发,不断折磨她,迫使她说话,但沉默女孩始终没有"发声",这让叙述者越发怒不可遏、歇斯底里。著名华裔学者张敬珏在解读这一情节时指出叙述者之所以折磨沉默女孩,是由于叙述者接受了白人的标准而产生的种族自我憎恨。① 黄秀玲认为这个沉默女孩完全可能只是叙述者的想象,叙述者和沉默女孩其实有着太多共同点,她们都是"沉默"者,都是没有能力发出自己声音的人,因此沉默女孩其实是叙述者的"第二自我"或"类我",是叙述者压抑和投射心理过程的产物。沉默女孩实际上代表了叙述者自我中的一部分,那个己所不喜,意欲抛弃而又不得的部分——她身上的亚洲属性,这就是她的"种族影子"。

黄秀玲将自我憎恨的投射比喻为进食的反向——呕吐,其实可以从中找到克里斯蒂娃"贱斥"理论的影子,也与李磊伟的"亚裔贱斥感"(Asian abjection)有相通之处。尤其是黄秀玲,基本上是沿用了符号学和心理学的路径。

总之,由其心理机制来看,"种族影子"是一种心理过程的产物,是由于族裔个体感受到族群经受歧视性的对待,在无法扭转局势的预期中产生了对族群特征的贬抑,并发展为对自我的贬抑,乃至自我憎恨的心理,个体为了维持自身心理的整体性,将这种憎恨心理投射到外界个体或事物上面而产生的。

---

① King-Kok Cheung, *Articulate Silences*, *Hisaye Yamamoto*, *Maxine Hong Kingston*, *Joy Kogawa*, Cornell University Press, 1993, p. 89.

三　心理分析与社会历史语境化：以"种族影子"解读亚裔美国文学

亚裔美国文学中有关"种族影子"的描写并不少见。对于亚裔美国文学文本中的"种族影子"，黄秀玲认为仅仅从心理层面分析亚裔对自我的拒斥和厌憎是不够的。尽管"类我"无论在欧美传统文学中还是亚裔美国文学的族裔文学中都有其普遍性，但普遍共性的存在并不能抹杀亚裔美国文学的独特性，这就是交织着种族、性别等因素的族裔性的显性存在。尽管近年来有越来越多的呼声倡导亚裔美国文学走向去族裔性，向文学性回归，但不可否认，亚裔美国文学产生于特定社会历史语境，无论从创作的角度还是从批评的角度，都无法脱离其赖以生长的土壤——亚裔所处社会历史语境，正如李磊伟所言："对于美国华裔文本的阐释，必须了解美国华裔历史的特殊性，如果不了解其中的政治和文化联系，美国华裔文学传统这一概念没有任何意义。"① 因此，对亚裔美国文学中的"类我"，研究者也不得不考虑产生"类我"的社会历史语境。黄秀玲在书中写道：

> "类我"的亚裔美国研究者被迫要考虑社会历史细节，这是因为对于一个边缘化的群体而言，如此显著地出现于现存研究文献中的词汇，如"性格"、"文明化自我"或"反社会倾向"等，从来就不是中性的也不是不带有种族标志的。美国的少数族裔从来就没有权利定义他们自己的"性格"，也没有充分的自由参与他们置身其中的"社会"和"文明"。②

黄秀玲以上文讲到的《女勇士》中学校洗手间里发生的那一幕来说明，

---

① David Leiwei Li, "The Production of Chinese American Tradition: Displacing American Orientalist Discourse", In Shirley Geok-Lin Lim and Amy Ling, ed., *Reading the Literatures of Asian American*, Philadelphia: Temple University Press, 1992, pp. 319 – 320.

② Sau-ling Cynthia Wong, *Reading Asian American Literature: From Necessity to Extravagance*, Princeton University Press, 1993, pp. 77 – 78. 译文参考詹乔、蒲若茜、李亚萍译本《从必需到奢侈——解读亚裔美国文学》，中国社会科学出版社 2007 年版，第 126 页。

"分析的条件必须加以拓展，不仅需包括个体的心理，而且其心理是如何在社会和文化矩阵发挥作用的，以及所产生行为是如何被诠释的"。[1] 叙述者讨厌女孩沉默不语，想方设法折磨她，强迫她说话。在此事件中，一方似乎更为强大一些，另一方弱小一些。心理学研究表明，当人们身处有压力、愤怒或者受到嘲弄的环境下，很有可能会有施暴行为，尤其是心智尚未成熟、未能控制自己情绪的青少年，更容易发生欺凌比自己弱小者，以此释放精神压力。表面上看，此事件是两个个体之间的事，但实际上并非如此，叙述者的心理与其种族背景密切相关，其所邂逅的"类我"是一种"种族影子"。黄秀玲指出，对叙述者为何与这一"类我"邂逅的问题，不能仅仅遵循欧美传统文学从个人心理结构角度来分析，因为叙述者是一个在美国社会遭受种族歧视的华裔美国人。叙述者折磨这个女孩，起因是她憎恨沉默女孩的沉默不语，但沉默本身并非引起叙述者愤怒的真正原因，"沉默代表了种族差异的残余，在种族主义社会里，亚裔美国人注定只能待在种族主义的社会里低人一等的位置上。正是这差异的不可磨灭使主人公愤怒"[2]。女孩的沉默使叙述者看到了自己的沉默，看到了自己所不喜的亚洲性，看到了华人族群在美国社会所处的劣势，这个女孩是叙述者的"类我"，也是亚裔族群的影子。与"种族影子"的邂逅使叙述者产生了既厌恶又同情的复杂情绪，这种情绪实际上是针对自我的，或者是针对亚裔族群的。在此意义上讲，《女勇士》中这个打人事件绝非一次孤立的少年滋事，而是一次政治事件，它是亚裔族群受歧视历史以及亚裔主体性危机的文学化表述。

的确，从心理层面分析华裔美国文学作品中频频出现的与"类我"邂逅的情形，可以使阅读更为深入，直抵作品中人物内心深层次的心理结构，更能获得对鲜活个体的理解和共鸣。但同时，只有将作品中人物置于亚裔美国厚重且广阔的历史语境之中，方能全面把握和准确地阐释人物的

---

[1] Sau-ling Cynthia Wong, *Reading Asian American Literature: From Necessity to Extravagance*, Princeton University Press, 1993, p. 89.

[2] Ibid., p. 85. 译文参考詹乔、蒲若茜、李亚萍译本《从必需到奢侈——解读亚裔美国文学》，中国社会科学出版社2007年版，第133页。

心理和行为，并形成更有意义、更能引人深思，更具启发性的结论。可见，"种族影子"的概念既遵循心理分析的方法，又强调阅读的社会语境化，为阅读亚裔美国文学中的"类我"提供了非常有用的工具。

例如，运用"种族影子"的概念来解读赵健秀的《鸡笼里的华人》（*The Chickencoop Chinaman*，1981）中的"种族越界"行为，可以获得关于族裔经验不同以往的洞见。剧中的女性人物莉是一个冒充白人的越界者。她说着一口"标准英语"，头发染成了金色，极力隐瞒自己的华裔血统，以白人女性的形象出现在众人面前，连丈夫汤姆也被蒙在鼓里。剧本没有交代莉冒充白人的原因，但正如法侬所说的，如果一个有色人种被成为白人的欲望所淹没，"那是因为他生活在一个让他会产生自卑情结的社会，一个肯定某个种族的优越性的社会"。① 鉴于华人与白人在美国社会所处的地位和处境的差别，我们不难理解莉选择冒充白人的苦衷。在亚裔/华裔美国人处处感受到种族压迫和歧视的环境下，为了争取更好的发展机会，或是得到白人主流社会的接纳，利用外貌冒充白人，甚至是冒充其他族裔，是某些像莉这样的亚裔/华裔混血儿的生存策略。然后，讽刺的是，冒充白人的莉却指责剧中男主角谭模仿黑人土语是看不起自己的中国血统："我知道你讨厌当中国人。"② 在她眼里，无论是谭还是自己的前夫汤姆，都欠缺男子气概，"全都是懦夫"。③ 莉的指责与自己的假冒行为恰恰构成了反讽，她对谭等人的冷嘲热讽，其实正是其遭遇"种族影子"的表现。

莉与"种族影子"的邂逅在某种程度上预示其面临着自我主体性的分裂。她就像法侬所说的"精神结构面临了解体的危险"。④ 莉的白面具尽管伪装性强，令人难以察觉，但依然掩盖不了其内心的虚弱和不安。她的

---

① ［法］法兰兹·法侬：《黑皮肤，白面具》，陈瑞桦译，（台北）心灵工坊文化2005年版，第182页。

② Frank Chin, *The Chickencoop Chinaman*；*And*，*The Year of The Dragon*：*Two Plays*, University of Washington Press, 1981, p. 24.

③ Ibid.

④ ［法］法兰兹·法侬：《黑皮肤，白面具》，陈瑞桦译，（台北）心灵工坊文化2005年版，第182页。

"双面性"常常不知不觉从其言语中流露出来。身份的双面性拉扯着她的人格，使她一直生活在矛盾和徘徊之中。莉所面临的困境也是很多亚裔美国人所面临的困境，这既是个体心理的，也是与种族因素密切相关的。

从上面的例子可以看出，"种族影子"的概念帮助我们从心理分析的视角以及社会历史的视角来观察种族越界者的行为，从中了解越界者内心的矛盾、内疚，感受他们面临的主体性危机，理解族裔他者的生活和文化困境。当然，这一论断并不意味着运用"种族影子"的概念是阅读这一作品的唯一路径。

总之，在黄秀玲看来，"种族影子"构成了"类我"的一个富有特色的次类别，它与种族问题密切相关，因此在解读亚裔美国文学中的"种族影子"时，必须对传统"类我"理论"作一种更强调社会政治因素的、更严格的修正"①。黄秀玲批判性地将传统"类我"理论应用于亚裔美国文学批评，在其基础上提出"种族影子"的概念，这是与其对亚裔美国文学之本质的认识相一致的。尽管黄秀玲首开亚裔美国文学批评母题研究，重视亚裔美国文学的文学性表达，从而有别于由金惠经开创的亚裔美国文学批评的社会历史批评路径，但她同时充分认识到亚裔美国文学的政治性功能。在《解读亚裔美国文学：从必需到奢侈》一书结尾处，黄秀玲引用伊安·穆罕默德（Jan Mohamed）与劳埃德（Lloyd）的"少数族裔生存策略"论，强调亚裔美国文学的意识形态性，写道："最终，亚裔美国文学的'效用'在于它可以为它由其而来的群体更广泛意义上的文化生存和文化繁荣做贡献。……正是因为文学具有意识形态性，艺术家追求游戏空间才对亚裔美国人的历史斗争——政治任务有重要的意义。"② 可见，黄秀玲以"种族影子"概念补充和修正了传统"类我"理论，正是她努力融合亚裔美国文学的政治性功能和文学性功能的体现，由此彰显了亚裔美国文学的普遍性和独特性、一般性和具体性，这对亚裔美国文学批评具有重要的启示意义。

---

① Sau-ling Cynthia Wong, *Reading Asian American Literature: From Necessity to Extravagance*, Princeton University Press, 1993, p. 92.

② Ibid., p. 211.

第三节 亚裔美国之"种族忧郁症"

在有关种族问题的学术话语中，不乏从社会学、人类学和历史维度进行的研究，而缺乏直面亚裔主体心理阴暗面的勇气。普林斯顿大学英文系教授程安琳（Anne Anlin Cheng）可谓勇为人先，她在其著作《种族忧郁症》（*The Melancholy of Race*，2000）一书中，以弗洛伊德的忧郁症理论为基础，着力于揭示种族问题中隐而不显的种族化心理。她弃"种族怨忿"（racial grievances）一说而取"种族忧郁症"（racial melancholia），认为"种族怨忿"说只不过是政治行动的幌子①，并不能真正揭示亚裔在美国社会的经验和情感感受，而"种族忧郁症"这一概念则将被种族化的美国亚裔视为真正的主体，并开启了洞见亚裔主体灵魂的一扇窗户。本节梳理"种族忧郁症"的概念，并结合亚裔美国文学文本进行解读。

一 "种族忧郁症"：从个体心理到社会意识形态

程安琳的"种族忧郁症"一说借用了弗洛伊德的"忧郁症"概念。1917 年，弗洛伊德发表的《哀伤与忧郁》（"Mourning and Melancholy"）一文，区分了哀伤与忧郁。"哀伤"是对丧失的正常反应。当所爱的对象不存在了，势必要求主体将利比多从对象中撤离，但这一过程需要时间来完成。主体在初期会因不愿将利比多从所爱恋对象中撤离，转向新的对象，从而产生痛苦的情绪。在"哀伤"中，主体会有短暂的逃避表现，与外部世界脱离，但主体的自尊并没有受到威胁，不会因丧失而产生自责，并且能够接受丧失对象的"死亡"，因此随着时间的推移，能够走出丧失的阴影，并"移情别恋"，恢复正常情绪。而在"忧郁"中，主体不能向

---

① Anne Anlin Cheng, *The Melancholy of Race*, New York: Oxford University Press, 2001, p. 173.

丧失事实妥协，无法接受爱恋对象的丧失，并在心理上陷入了种种自我纠缠中。其症状包括情绪沮丧，对外界失去兴趣，逃避一切可能引起联想的活动，丧失了爱的能力，自我评价降低，产生自罪自责，甚至会虚幻地期待做出自我惩罚性的自残行为。[①] 弗洛伊德认为："在哀伤中，世界变得贫瘠、空洞；而在忧郁中，变得贫瘠、空洞的是自我（ego）本身。"[②] 也就是说，忧郁是一种无穷无尽的自我贫困化状态，不断地在消耗自我。因此，忧郁是一种病态的心理状态。

不仅如此，忧郁还与自恋纠缠在一起，因为丧失的客体经过心理投射会成为自我的一部分或是延伸，抑郁症患者原本倾注于所丧失客体之上的利比多被抽离，转而注入自我（ego），使自我确立起与丧失客体之间的认同（弗洛伊德称之为自恋性认同）。"自我希望将这一丧失客体纳入其自身，其方式……就是通过吞噬它。"[③] 其结果是，从原本对对象的爱恋，转为自恋，从对象的丧失，转为了自我的丧失。因为自我和对象之间存在冲突，抑郁症患者就纠缠于自恋性的自我贬低和自责之中，表现为自我的混乱、自我的丧失。

综上所述，哀伤是接受了丧失事实的正常反应，而忧郁则非但没有与丧失的爱恋对象从情感上分离开来，反而将其内化。尼克拉斯·亚伯拉罕（Nicholas Abraham）和玛丽亚·多洛克（Maria Torok）用"内向投射"（introjection）和"吸纳"（incorporation）这两个术语来区分哀伤和忧郁。在"内向投射"这一过程中，主体承认并接受了丧失，而"吸纳"则是主体"吞噬"了所失之对象，将之纳入其心理幽深之处，成为主体心理一个深藏的秘密。[④]

在弗洛伊德的理论中，哀伤和忧郁的诱发根源在于丧失，如丧失至亲，

----

① Sigmund Freud, "Mourning and Melancholia", *The Standard Edition of the Complete Psychological Works of Sigmund Freud*, Vol. XIV, London: Hogarth press, 1917, pp. 243 – 244.

② Ibid. , p. 246.

③ Ibid. , pp. 249 – 250.

④ Nicolas Abraham and Maria Torok, *The Shell and the Kernel: Renewals of Psychoanalysis*, Volume 1, ed. and trans. Nicholas T. Rand, Chicago: U of Chicago P, 1994, pp. 125 – 138.

失去所宠爱之物/人，等等，但丧失并不一定是指所爱对象的死亡，也可以是对失去某种抽象的事物的反应，如失去一个人的国家、理想、自由等。①面对无形的丧失，忧郁症更加难以察觉，更具有隐蔽性，因此也更加难以克服。这也是程安琳之所以将这种病态心理称为无穷无尽的自我消耗。

弗洛伊德对忧郁的研究是从个人心理角度进行的，值得指出的是，有些研究者并不满足于弗氏的个人心理视角，而是试图将个人心理置于社会、种族等的背景之下，大大拓展了透视忧郁的维度。例如有一些研究将忧郁与社会性别认同形成（gender formation）相关联，如巴特勒在《事关紧要的身体：性别的推论限制》（*Bodies That Matter*：*On the Discursive Limits of Sex*，1993）中所论及的异性恋忧郁症（heterosexual melancholia）以及在《权力的精神生活：服从的理论》（*The Psychic Life of Power*：*Theories in Subjection*，1997）中提出的"忧郁作为性别认同形成的框架"；卡娅·西尔弗曼（Kaja Silverman）关于女性气质和负面俄狄浦斯情结之忧郁性质的论述；以及朱莉安娜·舒萨雷（Juliana Schiesari）的《抑郁症的性别化：女性主义、精神分析与文艺复兴时期文学中丧失一词的象征性》（*The Gendering of Melancholia*：*Feminism*，*Psychoanalysis*，*and the Symbolics of Loss in Renaissance Literature*，1993）等。有些学者则试图将忧郁与种族认同相关联。早在1967年，法侬在《黑皮肤，白面具》一书中已经将种族与抑郁症概念相联系的，尽管法侬并没有明确谈论抑郁症。在谈论"自恋"时，他形容"黑色身体"为"扭曲的、重新着色的、为忧伤所包裹的"②。而最先深入探讨忧郁症与种族认同问题的，当属程安琳出版于2000年的《种族忧郁症》。

程安琳的"种族忧郁症"概念使其得以从精神分析角度探索种族身份认同。她批评多元主义、杂糅理论忽略了心理过程，不足以解释认同过

---

① Sigmund Freud，"Mourning and Melancholia"，*The Standard Edition of the Complete Psychological Works of Sigmund Freud*，Vol. XIV，1917，p. 243.

② Frantz Fanon，*Black Skin*，*White Mask*，Trans. Charles Markmann，New York：Grove Press，1967，p. 112.

程。① 她认为，族裔"他者"所经验的丧失，是从一个主体沦为"客体"（object），沦为丧失的对象，沦为被视而不见者，这一过程不应因为政治方面的顾忌而加以掩盖，而是应该以敢于直视伤疤的勇气，从本体论和精神层面加以充分的探索。② 为此，她指出需要将研究的眼光从以往政治性导向的"种族怨忿"（racial grievances）转向对内在性的"忧伤"（grief），因为"公开性的怨忿是一社会论坛，是有着'种族忧郁症'的少数族裔难以或者无法接触到的奢侈品"。③

对种族化的"他者"而言，"他"成为丧失者，不是因为其不在场，而是在场而被视而不见。实际上，"他"成为双重的幽灵：在宰制性文化凝视眼光中，"他"是个"隐而不见"的幽灵；同时"他"通过认同的心理过程将丧失，即自我的被"他者"化、幽灵化，吸收、内化为自我的一部分，其结果便是身体里面也居住着一个"他者"，一个幽灵。这种双重幽灵化的状态对少数族裔造成的心理创伤是难以弥合的，因为他们会从此陷于没完没了的自卑、自责之中，无法忘却，难以自拔。

尽管程安琳主要着眼于亚裔主体的经验和心理，但其"种族忧郁症"概念并不局限于种族化的族裔主体。她认为，不但少数族裔遭受"种族忧郁症"的痛苦，宰制性文化同样也受到"种族忧郁症"的困扰。这是因为，宰制性文化既要排斥族裔他者，然而却又无法将他们忘却，存在对之既厌弃又认同的纠结心理，以程安琳的表述，他们"需要不断埋葬种族他者，以便纪念他们"。④ 可见，程安琳的"种族忧郁症"将族裔个体的心理与社会意识形态相结合，使其讨论超越了有限的心理范畴和族裔范畴，上升为对美国社会普遍存在的意识形态困境的一种表述。同时，其理论将族裔问题研究的重点放在"忧伤"（grief）又避免了以往表述"怨忿"的政治性话语忽视主体的弊病。

---

① Anne Anlin Cheng, *The Melancholy of Race*, New York: Oxford University Press, 2001, p. 26.
② Ibid., p. 14.
③ Ibid., p. 174.
④ Ibid., p. 11.

继程安琳的理论探索之后，其他学者也试图将忧郁症的心理分析与种族认同问题相结合，如伍德尧（David L. Eng）和韩心河（Shinhee Han 音译）发表于 2008 年的一篇文章《关于种族忧郁的对话》（"A Dialogue on Racial Melancholia"），运用弗洛伊德的哀伤和忧郁的概念探讨亚裔处于压抑性状态的精神方面和政治方面的原因。他们认为，移民、同化和种族化的过程既非病理性的也非永久性的，而是涉及哀伤与忧郁之间的协商，具有流动性。伍德尧与韩心河的文章强调了种族忧郁是群体性的心理。值得注意的是，此文的第一作者伍德尧是从事亚裔研究的学者，而第二作者韩心河则是一名精神科医生，两人的合作促使亚裔种族认同研究在心理维度上更加深入。这些独辟蹊径的探索为族裔研究者提供了非常有价值的启示。

二　同化路上永远的痛：华裔美国文学中的"种族忧郁症"

从对抑郁症理论的梳理中，大致可以拈出两个关键词：丧失和认同。由于丧失了热爱的对象，主体却拒绝承认丧失的事实，其心理因而无法跨过这一道坎，在无法忘怀的同时，与丧失对象认同，将之内化为自我的一部分，并由此导致了悲伤、愤怒、自责的情绪。这一心理过程与亚裔美国人在美国的族裔经验有着非常显著的吻合性。亚裔作为一个群体，自从他们的祖先像能在各种贫瘠土壤落地生根的天堂树一样移植美利坚这片土地上，他们就时时体验到了丧失之痛和忧郁的折磨。可以说，忧郁症如影随形地困扰着这个群体，不断地吞噬、破坏甚至摧毁他们正常的心理机制。这种群体性的病态心理与亚裔的种族背景、与他们在美国社会的融入和同化历程息息相关。

如前文所提及，"哀伤"与"忧郁"所涉及的丧失的不一定是有形的人或物，也可以是国家、自由、理想等。① 在亚裔美国人的经验里，忧郁

① Sigmund Freud, "Mourning and Melancholia", *The Standard Edition of the Complete Psychological Works of Sigmund Freud*, Vol. XIV, 1917, p. 243.

起源于他们永远无法达至的白色性，起源于他们无法实现的同化梦。出于现实的考虑，亚裔生活于美国社会，与美国文化、美国主流社会认同无可厚非。然而这一选择需要付出沉重的代价。一方面，选择同化，意味着选择了白色文化的标准，也意味着忽视了差异的意义和价值，其结果便是亚裔自我文化身份的迷失以及随之而来的失落、困惑、自卑等的困扰。另一方面，由于歧视和偏见的顽固存在，亚裔融入美国社会的进程相当缓慢，或者某种意义上说是难以真正实现的。现实中的种种障碍使亚裔长期处于伍德尧和韩心河所说的"在融入美国国家肌体过程中所处的悬置状态"，即无法融入美国"大熔炉"。"这种悬置状态，对于亚裔美国人而言，暗示了白色性的理想渐行渐远。这些理想处于无法达至的距离之外，只是一种无法抗拒的幻想和丧失的理想而已。"[1] 这种身份的悬置状态无疑对亚裔造成了极大的精神困扰，欲得而不能的痛苦煎熬，带来的是"丧失"的心理体验以及随之而来的忧郁症。

在亚裔美国文学的诸多文本中，在描写亚裔选择同化与否以及在试图同化的路上的种种遭遇和心路历程时，同样摆脱不了抑郁症的阴影。在汤亭亭的《女勇士》中，叙述者因为没能拥有理想化的、符合白色标准的身体，没有白色文化所重视的发声能力，在学校里受到歧视，深切感受到融入美国社会的理想的"丧失"而产生愤怒、悲伤、自我贬低甚至是自我厌憎。她将这种情绪投射到那个长着娃娃脸，和她自己一样发不出声音、沉默的中国女孩身上，于是出现了在洗手间里折磨女孩的一幕：她掐着那个女孩胖胖的脸蛋，撕扯她的头发，不断强迫她说话。这一幕在小说中整整占了 5 页的篇幅，在叙述者悲伤愤怒的讲述中，整个虐待事件过程充满了压抑、暴力和歇斯底里的气氛。这一幕令人想起托妮·莫里森《最蓝的眼睛》里的一段叙述，叙述者科佩拉收到教会赠送的布娃娃，却难抑一股冲动想要撕烂这个有着蓝色眼睛的布娃娃，因为这个蓝眼睛布娃娃代表了那

---

① David L. Eng & Shinhee Han, "A Dialogue on Racial Melancholia", *Psychoanalytic Dialogues*: *The International Journal of Relational Perspectives*, 10.4 (2008), pp. 667 – 700.

些金发碧眼的白人女孩，正是她们的存在，吸引了人们赞赏的目光，令受冷落的叙述者羡慕嫉妒之余越发自卑：

　　我只有一个念头：把它撕烂……但真正令人感到恐怖的不是把布娃娃撕烂。真正令人感到恐怖的是我把这同样的冲动转向白人小女孩们……为什么人们看到她们就说，"哇……啊"，而看到我却不会这样呢？"……

　　如果我捏他们，他们的眼睛——和布娃娃疯狂闪烁的眼睛不同——将因疼痛而眯紧，他们的叫喊声也不会像从冰盒里发出的声音，但而是令人着迷的痛苦的叫声。①

在这两处情景中，受折磨的对象不同，但两位叙述者的反应都表现出典型抑郁症症状：悲伤夹杂着愤怒，爱交织着憎恨，将主体推向歇斯底里的极端情绪。在《女勇士》中叙述者憎恨的对象表面是沉默的女孩，实质上却是其自我，因为这个沉默女孩其实是叙述者自我投射的影子。按照弗洛伊德的理论，由于热爱对象的丧失，主体在悲伤和愤怒之余，又通过认同作用，将热爱对象包容进自我中，成为其自我的一部分，因热爱对象的丧失而引起的愤怒随着转向自我，那么叙述者对于沉默女孩的愤怒，既是对理想无法实现——无法达至白色性、无法与美国主流同化——的愤怒，也是对自我的自责自憎和自我惩罚。在《最蓝的眼睛》中，蓝眼睛布娃娃象征了叙述者所认同的失去了的理想，叙述者如此憎恨它，以至于想要将之撕烂，并进而带着仇恨和快意想象自己折磨白人女孩的情形，这是因为"忧郁症者与丧失对象之间的关系不仅仅是爱或怀旧，而且还有深深的怨恨"。② 无论是前者的自我憎恨还是后者的对所认同所热爱对象的憎恨，都是对"丧失"，也即无法同化、无法融入白色性这一事

---

① Tony Morrison, *The Bluest Eye*, New York: Plume, 1994, pp. 22 – 23.
② Anne Anlin Cheng, *The Melancholy of Race*, New York: Oxford University Press, 2001, p. 9.

实的病态心理反应。

在伍慧明的《骨》中，通篇更是笼罩在忧郁症的压抑气氛中。小说围绕着一个若隐若现、谜一般的主题"丧失"——丢失了的梁爷爷骨灰和安娜的死——而展开，引导读者抽丝剥茧般去解开各个人物的生活和情感之谜。小说中人物从利昂到"妈"再到莱拉、安娜、妮娜，在美国这个"美丽的国家"却都过着并不幸福的生活，饱受忧伤压抑的折磨。利昂是来自广东的"契纸儿子"——冒充身份的移民，年轻时怀着到"金山"成就一番事业的梦想离乡别井来到美国，孰料迎接他的是一个充满了敌意和歧视的社会，这个社会根本不给予华人移民工作、生活和个人发展的机会。以其亚洲人面孔，再加上没有合法的身份，在找工作求生存的路上他处处碰壁，落魄潦倒，并最终酿成婚姻家庭的不幸：谋生艰难加上生意失败，毕生的一点积蓄被骗走，妻子出轨，夫妻日日争吵不休，二女儿跳楼自杀，全家人为此陷入无尽的悲伤和自责之中。利昂的妻子当初因为被前夫抛弃而下嫁利昂，可生活并没有由此而更加轻松，反而充满了劳累和艰辛，他们的婚姻就像服苦役一样。她因一时情绪失控而委身于工厂老板，此后便生活在愧疚和自责之中，尤其是二女儿跳楼自杀后，她更是陷入无尽的痛苦之中。二女儿安娜成为父母感情不和、家庭生意失败的牺牲品，以跳楼自杀的极端方式逃离令她窒息的这个世界。大女儿莱拉努力扮演一个语言译者和文化译者的身份，成为父母之间、父母与唐人街之外的世界、父母与另外两个女儿之间的沟通桥梁。但莱拉为此而牺牲了自己的生活，困锁在"妈"和利昂的生活里面。小女儿妮娜为了逃离压抑的家，也选择了远走他乡，当了一名空中乘务员，将自己放逐在蓝空中，成为黄秀玲所说的"被监禁在一个可移动的监狱里"，"处处可去却又无处可去"的人①。

梁爷爷遗骨的丢失这一意象有着重要的象征意义。老一辈移民在美国

---

① Sau-ling Cynthia Wong, *Reading Asian American Literature：From Necessity to Extravagance*, New Jersey：Princeton UP, 1993, p. 157.

辛苦奋斗一辈子之后，依然无法在美国找到归属感，唯有将落叶归根作为唯一的期盼和最后的精神寄托。① 梁爷爷穷尽毕生积蓄帮助利昂移民来到美国，无非是为了得到利昂一个承诺，在其身故后将遗骨送归故里，不料在身故后只能被草草葬于公墓里，成为无名无主的荒冢一堆，最后尸骨不知所终。这凄凉的结局暗示了老一辈亚洲移民不但生前无法被美国社会接纳，连死后也只能成为无归宿的游魂孤鬼。按照朱莉安娜·张（Juliana Chang）的看法，梁爷爷遗骨的不知所终象征了亚洲移民不被纳入美国的象征秩序，尽管他们因美国经济需要而被允许进入美国，成为被剥削的劳工，但他们却必须被拒斥于美国意识形态之外。②

遗骨的遗失不仅标志着第一代移民被拒斥的族裔经验，也标志着第二代亚裔美国梦的破灭。利昂将其生活的不幸归咎于遗失了梁爷爷的骨灰，这是因为父亲（尽管是契纸父亲）骨灰的丢失，意味着利昂的失败和无能，意味着他的美国梦的破灭。利昂怀抱美国梦，背负对上辈人的承诺而来，最后不仅不能返乡光宗耀祖，甚至连起码的孝道也无法尽到，沦为不忠不孝之子。父亲尸骨无存，宣告了利昂为人子的失败，而之后安娜的死，则彻底宣告了他为人父的失败。所爱之人的丧失是一个指符，其符义则是理想即美国梦的丧失。丧失所留下的空洞，吞噬了利昂的生活，也吞噬了"妈"、莱拉、安娜、妮娜的幸福。

这一家人无疑是很不幸的，他们的生活充满了悲伤、愤怒、相互指责、自责、自我惩罚，甚至是自我毁灭。可以说，这是一个患了忧郁症，或者更具体而言，是患了"种族忧郁症"的家庭，因为这一切的根源在于他们的种族身份。利昂一家的忧郁和痛苦，都是源于他们融入美国这一梦想的无法实现造成的，而他们这一家，仅仅只是千千万万亚洲移民家庭的

---

① 作者伍慧明在一次访谈中谈到其创作《骨》的初衷是为了纪念那些无法落叶归根而遗憾终身的老一辈移民，她希望其创作的这部作品成为对老一辈移民记忆的一个安息地。见"Interview with Fae Myenne Ng"，By Jennifer Brostrom，*Contemporary Literary Criticism Yearbook*，Detroit：Gale，1994，pp. 87 – 88。

② Juliana Chang，"Melancholic Remains：Domestic and National Secrets in Fae Myenne Ng's *Bone*"，*Modern Fiction Studies*，51. 1（Spring 2005），pp. 110 – 133。

其中一个。正如伍德尧与韩心河在他们的文章中所言，"无法克服白色性理想的丧失这一打击的……更多是社会普遍性的，而不是个体性的"。① 也就是说，对于美国亚裔这个群体而言，忧郁症的存在具有普遍性。尽管亚裔在美国的存在已经有着一百多年的历史，但他们的同化之路依然充满了艰辛。这也从另一方面解释了为何亚裔美国文学文本大多散发出忧郁的气质。

三　病态的族裔自我

正如程安琳所指出的，忧郁症并非指丧失本身，而是与丧失之间相互纠缠的关系。② 主体如果无法接受丧失的事实，无法走出丧失的阴影，那么将陷入无穷无尽的自我纠缠之中。所以，忧郁症的另两个关键词是病态和自我消耗。在亚裔美国文学文本中，患有"种族忧郁症"而呈现出病态心理的人物并非少数。《女勇士》中的叙述者就是其中一例。

《女勇士》的叙述者，一个华裔小女孩，在洗手间里折磨那个沉默女孩的一幕，表现出极其分裂的精神状态。她无缘无故地将女孩堵在洗手间里，掐捏其脸蛋，撕扯其头发，在沉默女孩始终不发一声时，更是怒不可遏，歇斯底里，最后绝望地哭着边威胁边哀求其开口讲话。她自己还认为："我这样是为了你好。"③ 如此以爱的名义施暴，既爱且恨，实际上是心理学上所说的投射作用。投射到沉默女孩身上的是汤亭亭自己的影子。她之所以如此憎恨这个沉默女孩，其原因就是她在这个女孩身上看到了自己的影子："我们还是有许多相同之处的。"④ 她责备沉默女孩的这段话其实就是对自我的责备：

> 你就想这样下去吗？一辈子都哑吗？（你知道哑意味着什么吗？）

---

① David L. Eng & Shinhee Han, "A Dialogue on Racial Melancholia", *Psychoanalytic Dialogues*: *The International Journal of Relational Perspectives*, 10. 4 (2008), p. 671.

② Anne Anlin Cheng, *The Melancholy of Race*, New York: Oxford University Press, 2001, p. 8.

③ Maxine Hong Kingston, *The Woman Warrior*, Pan Books Ltd. , 1975, 1977, p. 162.

④ Ibid. , p. 155.

难道你就不想当啦啦队长，不想做个善于交际的女人？你以后靠什么生活？不错，你不得不出去工作，因为你当不了主妇。想当主妇，先得有人和你结婚。而你，你是棵植物，知道吗？如果你不说话，你就只能是植物。如果你不说话，就没有个性。……你总得让人知道你有个性有头脑。你以为会有人照料你这蠢货一辈子？[①]

从这段话语的口吻可以想象，叙述者汤亭亭面对的人表面是沉默女孩，实际上却是她的另一个自我。这个女孩内心已经分裂成几个部分：一个同化了的自我，是一个经由对美国理想的内化而形成的幻影；还有一个她痛恨的、无法磨灭的种族化自我。然而这个种族自我的难以消抹，不断提醒她美国理想的丧失，提醒她其所做出的同化努力并不成功。她对这个种族自我有着如此之多的不满和愤怒，以至于她无法接受其在自己身体里的存在，同时也失去了对那个同化了的自我的信心，她必须以一场怪病来缓解自我分裂的危机。

在洗手间事件之后的一年半里，小女孩病倒了，莫名其妙的病，"没有痛楚，没有症状，只是左手掌心的纹线断成了两截"。[②] 美国亚裔理论家黄秀玲（Sau-ling Cyinthia Wong）认为，这个意象象征着叙事者内心的分裂，是精神疾病的"躯体症状化"（somatization）。[③] 精神病学研究表明，忧郁症患者会表现为多种躯体症状，如头痛、胸闷、肚子疼、周身乏力、睡眠障碍等，但查不出器质性病因。尽管小说没有具体说明，但在长达一年半的时间里卧病在床，"没有痛楚，没有症状"，昭示了叙述者患有忧郁症的可能，而引起其疾病的原因，就是种族身份认同过程中分裂自我之间的失调。如果自我的混乱和分裂是种族身份认同必经的过程，那么，"种族忧郁症"是否无法避免呢？

---

① ［美］汤亭亭：《女勇士》，李剑波、陆承毅译，漓江出版社1998年版，第164页。

② 同上书，第165页。

③ Sau-ling Cynthia Wong, *Reading Asian American Literature: From Necessity to Extravagance*, New Jersey: Princeton UP, 1993, p.90.

《骨》中的利昂也是一个有着病态心理的人物。小说对利昂没有正面直接的描写，其形象是经由莱拉的叙述而从侧面呈现出来的，但这一亚裔男性形象是小说的灵魂人物，虽灰色黯淡，却令人无法忘怀：他落魄潦倒，沉默寡言，患有强迫症和忧郁症，是个可怜的病人，一个被美国社会抛弃的人，一个虽在场而又被视而不见的人。他的忧郁症表现为或是沉默寡言，或是暴怒咒骂，也表现在其强迫症行为上。联系到利昂的人生境遇，可知偏执刻板的收藏行为正是由于其长期处于逆境中造成的挫败感的心理投射。他做事虎头蛇尾，把东西拆开而不重新装好，其实也是利昂得不到机会去实现梦想，美国梦破碎后的心理投射。

如果说《女勇士》中叙述者经历的是自我的分裂，那么《骨》中利昂则在忧郁中将其自我消耗殆尽。他的所有梦想已经破灭，面对生活，唯有选择逃避或者自欺欺人。为了在家人面前保有一点可怜的自尊，他一直编故事解释自己为何得不到理想的工作，在家人面前充英雄，说什么"等军队可以接受他了，可仗却打完了。等他有了工作技术与经验，可他却不会英文。房子的大小没有了问题，但社区却不合适"。① 将自己埋在废旧物品中是一时的逃避，将自己放逐到海上是一段时间的逃避，对家人编织谎言可以是半辈子的逃避。

对于利昂而言，他的丧失已经不是同化梦的丧失，而是作为一个人彻底丧失其价值和存在感。他是一个被抛弃的他者。法侬在分析"他者"的心理时指出："情感的无价值化总是会让遗弃焦虑患者产生一种极端艰难和纠缠的情绪，觉得自己被排拒、无所安身、过于漂泊……作为'他者'，就是觉得自己总是在不稳定的位置上，处于警戒状态，随时准备被抛弃，以及……无意识地做所有那些让预期的灾难得以发生的事。"② 正是被抛弃感使利昂随时准备消失，就像梅森所说的，"从大家眼前消失，这是利昂

---

① Fay Myenne Ng, *Bone*, Harper Perennial, 1994, p.58. 译文参见陆薇译本，译林出版社2003年版，第54页。

② ［法］法兰兹·法侬：《黑皮肤，白面具》，陈瑞桦译，（台北）心灵工坊文化2005年版，第156页。

处理问题的方法"。① 所以利昂一遇上不顺心的事情，就会不打招呼一走了之，到海上漂泊。大海的意象在暗示生活的漂泊无依的同时，也暗示了其心理的不稳定。

值得指出的是，《女勇士》的叙述者的病态、《骨》中利昂的病态，绝不仅仅是个体的心理问题，而是在种族主义阴影下艰难生存的亚裔社会的健康问题，甚至是整个美国社会的文化健康问题，或者说是所有殖民文化的健康问题。法侬在《黑皮肤，白面具》中分析法属殖民地黑人的异化和自卑心理并得出一个结论："是种族主义造成了自卑者。"② 那么，对于"种族忧郁症"，是否可以这么认为，是种族主义造就了"种族忧郁症"者？

我们在前文讨论了同化过程带来的忧郁症后果以及忧郁症对自我的吞噬，但依照弗洛伊德的理论，忧郁并非一无是处，他甚至认为，忧郁为我们提供了一次难得的机会，可以观察"人类自我的建构"。③ 在弗洛伊德的理论中，投射和内向投射是自我的形成所必须的，也就是说，忧郁反过来在自我心理形成中扮演着重要的角色，因为忧郁者可以在对丧失的投射和内向投射过程中，从丧失中汲取能量，促进自我的建构。然而，我们认为，即使忧郁可以促进自我意识的形成，但这一过程并非顺利的，尤其对于"种族忧郁症"而言，种族忧郁关涉同化的政治，关涉社会文化的健康，其复杂性远远超出了单纯的心理分析的范畴。只要种族主义依然存在，同化的政治也将继续存在。虽然同化梦在给种族化身体带来痛苦的同时，也可以为其带来摆脱痛苦的希望，因而可以是种族化身体寻求自我疗治的一种补救措施，但正如程安琳所指出的，"只要健康和病理与种族栓系在一起，只要同化加强了融合的逻辑……这样的'治疗'依

---

① Fay Myenne Ng, *Bone*, Harper Perennial, 1994, p. 62. 译文参见陆薇译本，译林出版社 2003 年版，第 58 页。

② ［法］法兰兹·法侬：《黑皮肤，白面具》，陈瑞桦译，（台北）心灵工坊文化 2005 年版，第 175 页。

③ Sigmund Freud, "Mourning and Melancholia", *The Standard Edition of the Complete Psychological Works of Sigmund Freud*, Vol. XIV, 1917, p. 247.

然值得怀疑"。① 在这样的逻辑下，追求同化与否依然是个两难的困境。但是我们可以坚信这一点，同化问题不仅是有关种族主体自我认同、自我治疗的问题，也与美国社会文化健康相关联，如何解决这个问题对美国社会的未来有着深远的影响。

就亚裔美国文学批评而言，运用"种族忧郁症"这一范畴来解读亚裔美国文学，的确非常有助于揭示亚裔在美国社会的经验和情感感受。因为由此视角出发，我们势必需要将作家笔下的亚裔个体视作真正的主体，深入其灵魂深处，听其发自灵魂深处的呼声，而不仅仅将之视作社会政治中的客体，被动地等待来自博弈中的各方的评判。

---

① Anne Anlin Cheng, *The Melancholy of Race*, New York: Oxford University Press, 2001, p. 94.

第五章　亚裔美国文学之女性主义批评

在亚裔美国文学的发生与发展中，亚裔女性作家功不可没，她们作品中的女性题材也成为美国主流女性主义学者关注的热点。自 20 世纪 80 年代以来，随着对亚裔美国文学的女性主义批评日益丰富，批评者在挖掘亚裔美国文学史的基础上，转向对亚裔女性题材的解读。这些批评话语吸收了欧美女性主义批评和黑人女性主义批评的养分。由此，亚裔女性的"沉默"、亚裔美国"女性谱系"以及亚裔女性"性资本"等概念都成为亚裔美国文学女性主义批评的关键词。而由于性别研究和种族研究的交织，亚裔美国文学的女性主义批评表现更为驳杂多元。

第一节　"此时无声胜有声"：亚裔美国文学批评中的"沉默"诗学

早在 1976 年，汤亭亭在其小说《女勇士》中，通过故事女主人公"我"表达了对亚裔沉默的刻板印象的反抗："我"对自己所代表的"沉默"亚裔充满愤怒，当"我"发现同班另一个华裔女孩"就是不讲话"，就把她堵在学校洗手间里，强迫她说话，"你得说话，我要迫使你说话"，"我伸出手来，把她脸腮有肉的部位捏在拇指与食指之间"，威逼她"说话，你说不说？"但那个华裔女孩仍不说话，最后，

"我开始哭了……"①

汤亭亭通过书写表达了"言说"的热切愿望：故事中的"我"在母亲所讲述故事的空白之处，加入了自己的想象，再现了一个有血有肉、遭遗弃但具有强大反抗精神的"金山婆"形象："我姑姑缠着我。她的鬼魂附在我的身上。"② 她写出了姑姑的故事，将其家族不可告人的故事言说出来，为"沉默的"亚裔美国女性发声和代言。

实际上，"沉默"是20世纪以来思想界、文学批评界共同关注的命题之一，跨越了哲学、心理学、女性研究、族裔研究等多个学科领域。本节拟以亚裔美国文学批评话语中的"沉默"为关键词，结合西方学界的"沉默"研究、女性主义和少数族裔理论，剖析"沉默"的深刻内涵及其与亚裔美国主体建构的复杂关系。

一 "沉默"/"言说"二元对立的存在与转化

英语的"沉默"（silence）可作名词，也可作动词。在诸多的批评文本中，"沉默"是"言说"（speech）的反义词，表现了压迫者与受压迫者的权力关系，但与此同时，不少批评家已深刻洞察了"沉默"的"言说"意义。

20世纪以来，"沉默"作为语言的"终极现象"进入批评视野。德国哲学家海德格尔首先注意到语言的能动性，认为人不是在言说语言，而是在倾听语言的言说③，不是人规定语言，而是语言规定人的存在。在20世纪，文学语言"以放弃交流功能为代价来换取语言文学自身本质的凸显，呈现为一种沉默、无言或静寂"④，沉默的存在证明作者更重视文学的形式而非文学的语言。

法国哲学家莫里斯·布朗肖则将沉默和言语截然二分：人在社会活动

① ［美］汤亭亭：《女勇士》，李剑波、陆承毅译，漓江出版社1998年版，第159—164页。
② 同上书，第15页。
③ 耿幼壮：《倾听：后形而上学时代的感知范式》，北京大学出版社2013年版，第21页。
④ 同上书，第82页。

中沉默着，话语似乎在自言自语，"语言成为本质的东西，语言作为本质的东西在说话"①，言说的语言体现出首创性和目的性，而个人则"在这沉默中得以忘怀和宁静"，此论暗示了言说的强大功能和个体在语言面前的渺小。在《文学空间》一书中，布朗肖明确指出，一部作品根本性的孤独体现在"言语消失在作品的寂静空无"② 之时，而作品的孤独是作品精神力量的体现。"寂静"等同于沉默，在布朗肖看来，寂静，作为话语的双重状态之一，与本质的话语对立，是"未加工的话语"，"它的全部力量在于不存在，它的全部荣耀展示在它的不在场中。一切全不在场：这是一种非实在的、虚构的语言，是使我们去假想的语言，它来自静又回到静"。③

苏珊·桑塔格在《沉默的美学》中也默认沉默与言说的二元对立，认为沉默的存在依赖言说，由言说来彰显。她直言：

> 沉默从未停止暗示它的对立面，也从未依赖它的对立面。……若要承认沉默的存在，就必须确认其周围环境——声音与语言的存在。沉默不仅存在于一个充满语言和其他声响的世界里，而且任何给定的沉默总是被标识为声音间隔的时间段。④

然而，当她谈到艺术家运用沉默来净化自己和艺术时，桑塔格把沉默上升至意义的终极指向，她的沉默是"非透明的"沉默，拒绝"阐释"的沉默，代表美学的最高境界。她说："沉默是苦思冥想的地带，是思想成熟的萌芽阶段，是最终为言说争取到权力而经受的磨炼。"⑤ 在她看来，沉默是言说的对立面，是艺术家"背弃"社会的行为，要达到沉默的境界，艺术家必须"比其他所有人技高一筹"。⑥

---

① ［法］莫里斯·布朗肖：《文学空间》，顾嘉琛译，商务印书馆 2003 年版，第 23 页。
② 同上书，第 3 页。
③ 同上书，第 20 页。
④ ［美］苏珊·桑塔格：《沉默的美学》，黄梅等译，南海出版社 2006 年版，第 56 页。
⑤ 同上书，第 52 页。
⑥ 同上书，第 53 页。

因此，在桑塔格看来，沉默也是一种言说方式，是以观众听不见的方式进行的。但她同时指出，艺术家的沉默有其消极意义，因为完全沉默，作品面临着"无从理解，无从察觉，无从听闻"① 的境遇，沉默的意义有时难以被观众所捕捉和体会，因而很难成为艺术品浑然天成的附属品。

可见，西方哲学所研究的沉默与言说处于二元对立的两极，沉默是一种无声的语言，是美学的最高境界，正如中国哲学所称"大音希声，大象无形"。但是随着后结构主义对二元对立的消解，西方/东方，自我/他者，主体/客体，主流/边缘，白人/黑人，男性/女性等既相互依存又相互否定的二元对立关系被打破，学界开始关注沉默/言说的关系，尤其是体现了压制性权力关系的边缘群体的沉默。

福柯率先将沉默和权力联系起来考察，他在《性经验史》中说：

> 如同沉默一样，话语不是一劳永逸地服从于权力或反对它。我们必须承认一种复杂的和不稳定的相互作用，其中话语可能同时既是权力的工具和后果，又是障碍、阻力、抵抗和一个相反的战略的出发点。话语承载着和生产着权力；它加强权力，又损害权力，揭示权力，又削弱和阻碍权力。同样，沉默与隐秘庇护了权力，确立了它的禁忌。②

在福柯看来，话语既生产着权力，又制约着权力，而沉默是话语的另一种形式，和话语一样，沉默也庇护了权力，将其置于"不可说"的地位。福柯的论述将"沉默"和权力联系起来，赋予了"沉默"以积极的意义。

与此同时，女性主义批评者和有色人种作家开始聚焦"沉默"，他们书写弱势群体的沉默，揭开沉默背后的权力机制，并赋予其积极的抵抗意

---

① ［美］苏珊·桑塔格：《沉默的美学》，黄梅等译，南海出版社 2006 年版，第 53 页。
② ［法］米歇尔·福柯：《性经验史》（增订版），余碧平译，上海世纪出版集团、上海人民出版社 2005 年版，第 66 页。

味，极大地丰富了"沉默"的内涵和外延。

女性主义的开山鼻祖弗吉尼亚·伍尔夫（Virginia Woolf）在《一间自己的房间》（*A Room of One's Own*，1929）中写道："有一件事情时时困扰我，为什么在这类文学（记载事实的文学）中，女性不曾留下只言片语，而男子似乎人人都能歌诗。"① 随后她又直言："令我感到悲哀的，是 18 世纪之前女性的默默无闻。"② 伍尔夫从女性主义的角度将男性和女性置于二元对立的位置。当男性洋洋洒洒、著书立说的时候，女性的身影无处可觅，女性声音也无处可听。如果说男性以言说为主要特征，那么女性则以沉默为主要特征。在男性/女性、言说/沉默的二元对立中，男性和言说占据了绝对的主导地位，女性的从属地位使其沉默，而沉默又强化了其从属地位。

对于女性"沉默"的思考，引发了一拨又一拨女性主义者的反思，其中，蒂莉·奥尔森（Tillie Olsen）的《沉默》（*Silences*，1965）对女性写作中的沉默研究极具代表性：

> 文学历史和现实因为沉默而晦暗不明：有些沉默是我们公认的伟大崇高所造成的经年的沉默；有些沉默隐而不见；有些沉默在一部相关著作出版后便不再被论述；有些沉默从来没有被著书立说。
>
> ……
>
> 这些不是自然的沉默，在创造的自然周期中需要时间来更新、休耕、孕育。我在这里提到的沉默是不自然的，对奋力长成的事物的不自然的阻挠，但却阻挠不了。③

蒂莉·奥尔森的"不自然的沉默"主要指的是女性写作因各种形式的压抑

---

① ［英］弗吉尼亚·伍尔夫：《一间自己的房间》，贾辉丰译，人民文学出版社 2003 年版，第 35 页。

② 同上书，第 39 页。

③ Tillie Olsen, *Silences*, NY：Delta，1965，p. 6.

导致的沉默。在性别和种族的语境下，这种"不自然的沉默"代表着权力关系：在性别关系中，男性对女性的性别压迫导致女性无法自由表达思想，因而"沉默"；在种族主义环境下，东西方文化遭遇时，东方文化成为弱势文化，东方人在西方文化的强势挤压下被迫沉默。

有色人种作家写作中的沉默集中体现于有色人种的"不可见"现象。生活在美国的少数族裔在美国主流社会里不可见，因此他们的声音无法被听到，他们处于被压制的沉默状态。克拉拉·苏曼可（Klara Szmanko）在解释"不可见"时说：

> 当整个社会通过刻板印象的棱镜观察有色人种时，少数族裔隐喻性的不可见。……当外部世界几乎看不到有色人种时，有色人种在文字上不可见。有色人种在假扮他者身份，有意识地决定扮作他人而不是自己之后，他们几乎不可见。在大多数情况下，他们通过操控自己的刻板印象而实现文字上的不可见。在所讨论的所有作品中，文字上的不可见直接来源于隐喻性的不可见。①

苏曼可在此区分了"隐喻性的不可见"和"文字上的不可见"，在她看来，不可见的根源是美国主流社会对于少数族裔的刻板印象，而字面意义上的不可见是隐喻性不可见的直接后果。黑人作家拉尔夫·埃里森（Ralph Ellison）创作的《看不见的人》（*The Invisible Men*，1952）是"不可见"的少数族裔写作的典型。因为他是黑人，所以他"不可见"，他的声音也不可能被听到。整个黑人群体处于被强制的沉默状态，这是一种"不自然"的沉默，代表着权力的压迫。

作为亚裔美国女性，其沉默因性别和种族的双重边缘身份而根深蒂固。因此不同代际的亚裔女性作家热衷于书写沉默，如汤亭亭、谭恩美，

---

① Klara Szmanko, *Invisibility in African American and Asian American Literature*, Jefferson, North Carolina, and London: McFarland & Company, Inc., Publishers, 2008, p. 6.

山本久枝等，亚裔文学评论家也非常关注文本中的沉默现象，对沉默进行解读，以揭示沉默背后的权力关系，并赋予沉默以积极的内涵。

二　"不说"的"言说"："沉默"的抵抗性力量

列维－斯特劳斯在《结构主义人类学》中说，"女人围绕宗族、世系、家族活动着，相反，团体是围绕着个人"。① 女性作为男性的附属物而存在，她们的地位由家族、族群决定，她们的主体性形象消弭不见。同时，作为美国社会的少数族裔，亚裔美国女性被刻板印象的话语所规定，处于不可见的地位。"沉默"、"温顺"、"含蓄"的背后是亚裔女性"不自然的沉默"。

1993 年，亚裔美国批评家张敬珏发表专著《尽在不言中：山本久枝、汤亭亭、小川乐》（*Articulate Silences*：*Hisaye Yamamoto*，*Maxine Hong Kingston*，*Joy Kogawa*），以三位亚裔美国女作家的作品为例，从女性主义的角度对亚裔美国文学中的"沉默"书写作了系统而深刻的分析，激发了亚裔美国批评界对亚裔"沉默"的关注。2004 年，帕特里夏·邓肯（Patricia Duncan）发表专著《讲述沉默：亚裔美国女性作家及其言说的政治》（*Tell This Silence*：*Asian American Women Writers and the Politics of Speech*），以翔实的史料和精辟的分析继续推动对亚裔，尤其是亚裔美国女性"沉默"的研究。

自 19 世纪以来亚裔大规模进入美国后，美国主流社会对亚裔的刻板印象逐渐形成。亚裔被认为是"礼貌、顺从、勤劳、含蓄、神秘莫测的"②；此印象与亚裔的"沉默"特点联系紧密。如果说"含蓄"和"神秘莫测"是美国主流社会强加给亚裔的"刻板印象"，那么亚裔女性的"沉默"既是缘于亚裔传统文化的规约，又是来自社会现实的胁迫。

中国传统文化对于"沉默"历来是高扬的，所谓"沉默是金"，"逢人只说三分话，话到嘴边留三分"；而女性的沉默，尤其得到倡导和嘉许。

① 转引自张京媛主编《当代女性主义文学批评》，北京大学出版社 1992 年版，第 164 页。

② Yen Le Espiritu，*Asian American Women and Men*：*Labor*，*Laws and Love*，California：AltaMira Press，2000，p. 111.

在《女戒》中，女性的四德之一是"妇言"，辜鸿铭在《中国人的精神》里解释"妇言"："妇言不是指流利或精彩的言论，而是不说粗话、狠话，知道什么时候说，什么时候不说。"① 根据"妇言"的定义，中国女性最重要的是懂得保持沉默，克制自己言语行为；理想的中国女性形象是慈眉顺眼、任劳任怨，"低头向暗壁，千唤不一回"。而在日裔文化中，沉默同坚忍相联系，"日本男人和女人都被要求要含蓄"。②

除了传统文化的影响，亚裔在美国社会的"沉默"更基于族群内部的客观原因：第一代移民大多不能熟练使用居住国的语言，无法流畅自如地发出自己的声音；亚裔内部诸多的隐秘故事，诸如偷渡，诸如"契纸儿子"（paper son），均是不能言与他人的"秘密"，所以《女勇士》中的叙述者在小说开篇就被母亲告知"你不能把我要给你讲的话告诉任何人"③，所以美国社会长期视亚裔为"他者"；亚裔美国人因为家庭、社会习俗和美国社会种族歧视强加的"沉默"而长期处于"失声"状态，丧失了言说的权力。

对此，亚裔美国文学文学家、批评家们举起反抗的旗帜，从不同的角度解读亚裔的"沉默"，为其赋予意义和力量。

首先，以赵健秀、汤亭亭、谭恩美为代表的亚裔美国文学家以文学为武器，赋予亚裔美国人言说的能力，抵抗美国主流社会隐性的种族歧视。赵健秀在《哎—咿！：亚裔美国作家选集》序言中说："白人种族主义成功的方式之一就是少数族裔的消声（silence）…… 华裔美国人被告知沉默与被主流社会忽视和排挤无关，与安静和异域有关。"④ 因此，以赵健秀为代表的"哎—咿集团"致力于挖掘亚裔美国人在美国奋斗、贡献的历史，宣称美国是自己的家，发出了亚裔美国人激烈的抗议之声；汤亭亭在其小说

---

① 辜鸿铭：《中国人的精神》，外语教学与研究出版社 1998 年版，第 68 页。

② King-Kok Cheung, *Articulate Silences*：*Hisaye Yamamoto*, *Maxine Hong Kingston*, *Joy Kogawa*, Ithaca：Cornell University Press, 1993, p.48.

③ ［美］汤亭亭：《女勇士》，李剑波、陆承毅译，漓江出版社 1998 年版，第 1 页。

④ Frank Chin, et al. eds., "preface", *Aiiieeeee! An Anthology of Asian-American Writers*, Washington, D. C.：Howard University Press, 1974, pp. xxv – xxvi.

中塑造了一个个热爱"言说"的华人裔形象，如《孙行者》中颇有些饶舌的惠特曼·阿新，《女勇士》中的"勇兰"，《中国佬》中的伯公等；而谭恩美的小说《灵感女孩》中的姐姐邝，《喜福会》里的母亲们也都善于"讲古"……

而张敬珏在《尽在不言中》中主张消解"沉默"和"言说"的二元对立。她认为语言有其自身的缺陷，比如，语言狡猾的性别化和欺骗性，语言传递部分事实和主观事实。她认为语言是一把双刃剑："语言能解放，但也能扭曲和伤害［个体］；沉默可湮没，也可辅助、安抚和交流。"① 在此，她强调了沉默的积极作用，借以反驳语言被赋予的特殊地位。为此，她对亚裔的"沉默"进行了"文化语境化"，将其置于亚洲的文化环境中进行解读。张敬珏指出："沉默的形态需要区分。……沉默可能由家庭强加，以试图保持尊严和隐私；能由族裔群体强加，以遵守文化礼仪；能由主导文化强加，以阻止任何少数族裔发出自己的声音。"②

通过区分沉默的形态，张敬珏考察了"沉默"的文化脉络，考察"沉默"如何从亚裔社区推崇的一种优良品质变成亚裔在美国的生存策略。亚裔群体从亚洲迁移至美国白人至上的文化语境中，不可避免地遭受了扭曲、贬抑，"沉默"的品质从而丧失了其原初的意旨。同时，亚裔美国批评者对"言说"的过度强调"使他们看不见含蓄一词的积极的文化美学表现"。③ 另外，由于种族歧视和经济压迫，只有保持沉默，亚裔才能在美国找到栖身之地，"沉默"成了他们的生存策略之一，正如张敬珏所言，"言语的限制，在中国文化和日本文化中经常被极力推崇，在与其相对应的移民社群里面对种族主义时却被强化成一种生存策略，它限制孩子发出声音，特别当这个孩子被认为是他者的时候"。④

张敬珏试图打破"沉默"和"言说"的二元对立的努力，颇有秉持中

① King-Kok Cheung, *Articulate Silences*：*Hisaye Yamamoto*，*Maxine Hong Kingston*，*JoyKogawa*，Ithaca：Cornell University Press, 1993, p. 128.

② IbId. , p. 3.

③ IbId. , p. 8.

④ IbId. , p. 6.

国传统文化中"中庸"之道的意味。"中庸"之道在于对事情的分析不偏不倚，特别是对分列于两极的观点。"沉默"，尤其是"含蓄"，是亚裔在重视"言说"的美国社会被歧视的根源之一，但也是亚洲文化珍视的性格特点之一；"言说"被亚裔美国批评家推崇，体现了西方重"言说"的文化传统的压倒性影响，遮蔽了"沉默"的东方美学价值。

如果说张敬珏对"沉默"进行了"文化语境化"，那么帕特里夏·邓肯则对"沉默"进行了"历史语境化"，在其专著《讲述沉默：亚裔美国女性作家及其言说的政治》中，邓肯运用女性主义理论和后殖民理论重新解读"沉默"，试图还原亚裔"沉默"的历史场景。黛博拉·米克斯（Deborah M. Mix）盛赞邓肯的文章，认为"邓肯的书对一个很难的主题研究透彻，论述充分。她用整合历史叙事、政治语境和文学文本的能力创造了一个有意义有深度的分析"。[①]

邓肯从权力的角度出发，重新定义了"沉默"，认为"沉默是一种不同的说话方式"，"沉默是不说的愿望（a will not to say/a will to unsay）"，"沉默拒绝参与故事"。[②] 她同时区分了主动沉默和被迫沉默（Being silent vs being silenced），认为"Being silent"是一种主动的沉默状态，是主动的"不说"，比被迫沉默相比更为积极，"being silenced"则是由外力造成，对于亚裔而言，主要源于父权制及种族歧视的压力。

但是，不管主动"沉默"还是被动"沉默"都参与了历史话语的建构。米克斯认为，"许多学者在面对历史的沉默时，他们的目标是揭示并将迷失的声音嵌入官方叙事中"，这种方式"并没有打破总体化的历史叙事"。[③] 而邓肯主张将沉默解读为在场和抵抗的标记，而不是缺席和隶属的标记，这样就可能把它理解为历史叙事的一部分，而不是历史叙事失败的

① Deborah M. Mix, "Review on *Tell This Silence*：*Asian American Women Writers and the Politicsof-Speech*", *Modern Fiction Studies*, 51. 1（Spring 2005），p. 207.

② Patti Duncan, *Tell This Silence*：*Asian American Women Writers and the Politics of Speech*, Iowa City：University of Iowa Press, 2004, p. 14.

③ Deborah M. Mix, "Review on *Tell This Silence*：*Asian American Women Writers and the Politics of Speech*", *Modern Fiction Studies*, 51. 1（Spring 2005），p. 205.

标记。

可见，邓肯不是从"沉默"与"言说"的二元对立来定义"沉默"，相反，她将"沉默"和"言说"放在同一战壕，"沉默"是另一种"言说"，是一种"不说"的"言说"。正如"言说"产生的权力是生产性的，"沉默"所产生的权力也是生产性的。邓肯把"不说"当作"言说"的方式，赋予其话语权，将历史上的空白、沉默同历史性文本同构，显示出了"沉默"的抵抗性力量。正如《女勇士》中叙述者所说，"我们竟有那么多秘密。……我把话忍在喉咙里——在能洞察秋毫的老师面前沉默了。有些秘密是万万不可当着洋鬼子的面说的，那些与移民有关的秘密一旦说出来，就会被送回中国"。① 所以，她将"沉默"作为一种抵抗策略。华裔正是通过"不说"抵抗了美国政府的权威，因为"不说"，白人就无法了解自己的移民历史；"不说"，白人就无法辨认华裔个体；"不说"，白人就找不到驱逐华人的借口。

邓肯进一步将亚裔的"沉默"进行"历史语境化"，她认为：

> 历史化沉默迫使我们辨别它的"许多面孔"，确认不同的时间空间语境下的差异，以及不同的社会政治群体所利用的话语间的差异。同时，历史化沉默允许我们将一套可用于（比如说）性别的理论设想单单只投射到当代种族话语上。②

"历史语境化"的策略包括追溯华裔移民史、华裔女性在美国的历史和日裔在第二次世界大战中被拘禁的历史等，尤其是被迫沉默的历史。例如华裔妓女，她们存在于历史中却较少被言说，首先她们没有自己的代言人，其次她们的行为违反了华人的社会传统道德，见不得光，因此她们被排斥在亚裔社区，甚至主流社会之外。直到 20 世纪后期，华裔妓女的历史才在

---

① ［美］汤亭亭：《女勇士》，李剑波、陆承毅译，漓江出版社 1998 年版，第 166 页。
② Patti Duncan, *Tell This Silence：Asian American Women Writers and the Politics of Speech*, Iowa City：University of Iowa Press, 2004, p. 29.

华人作家的作品里有所表现：如严歌苓的《扶桑》讲述了 20 世纪初华人妓女扶桑在美国旧金山的传奇人生；华裔作家林露德（Ruthanne Lum Mc-Cunn）的《千金》（*Thousand Pieces of Gold*，2004）讲述了华人传奇女子宝莉·毕默斯被拐卖至美国做妓女的经历。

此外，邓肯论述了女性的主体性与"沉默"的相互作用，在重读《女勇士》时，她发现一个悖论：一方面，叙述者的沉默，是美国的移民政策和亚裔家庭的强迫所致——亚裔移民家庭有关于移民的秘密和谎言是不能说的；另一方面，"普通华人女性的声音又大又专横。我们这些华裔女孩不得不低声细语，像美国女性一样"①，因为学不会美国女性的"低声细语"，华裔女性只能选择沉默。也就是说，沉默既是华裔女孩保护亚裔移民家庭的必需，又是她们试图融入美国社会，获得美国主流认同而不得已的选择。

如何既保守自己族群的秘密，又成功融入美国社会，获得自己的主体性地位？为何亚裔一方面将沉默视为消极，另一方面又保持沉默？要解读这一悖论，我们必须客观审视"沉默"背后的历史文化内涵。

三 "沉默"诗学与族裔、性别身份建构

在《寻找母亲的花园》中，艾丽丝·沃克说，"我们的母亲和祖母们，她们等待着有那么一天，藏在她们心里的那些不为人知的东西会被人们知晓"。② 而伊利格瑞（Luce Irigary）在讨论"性别差异"时直言，"在女性历史的沉默之中，似乎尚有未吐之言"。③ 亚裔女性的沉默历史悠久，这些"不为人知的东西"或"未吐之言"便是亚裔女性在面对自己的母辈或父辈的沉默时试图挖掘的东西。

可见，沉默事实上包含着巨大的信息量，它通过"不说"而言说，巨大的无声的沉默同时迫使他人思考沉默的内涵以及沉默主体的边缘处境。

---

① ［美］汤亭亭：《女勇士》，李剑波、陆承毅译，漓江出版社 1998 年版，第 155 页。
② 杨自伍主编：《美国文化选本》下册，华东师范大学出版社 1996 年版，第 390 页。
③ 张京媛主编：《当代女性主义文学批评》，北京大学出版社 1992 年版，第 385 页。

亚裔美国作家对沉默的反思为美国主流社会理解亚裔的沉默提供了契机，同时也为亚裔借沉默而发声的努力提供了实践平台，这对于亚裔族裔身份的建构是有益的尝试。

亚裔的沉默既是美国社会的种族、性别压迫使然，也是母国文化传统使然。对于亚裔来说，沉默既是美国主流社会强加给亚裔的刻板印象，更是亚裔抵御美国主流文化彰显自身独特文化的途径，因为，"沉默是一种不同的说话方式"，"沉默是不说的愿望"。①

基于对沉默的研究，张敬珏提出了"双声话语"（double-voiced discourse）的诗学范畴，而该范畴有三层意义：第一，它涵盖山本久枝、汤亭亭、小川乐这三位作家包含权威叙事以及预示"真理"和"历史"的不稳定性的多种方法，即未成年人和成年人视角的并置、新闻体和韵文体的插入、"记忆"和"反记忆"的并置；第二，它与女性写作直接相连，因为女性写作经常"被编码"，或者由"主导的"和"缄默的"故事组成；第三，特指带连字符的作家的双重血统。② 在亚裔文学文本中，山本久枝的小说《十七个音节》（*Seventeen Syllables*，1988）和汤亭亭的《女勇士》《中国佬》等都体现了"沉默"的言说功能。

"沉默"的言说功能的发掘首先符合女性主义的写作特色，亚裔女性作家以隐晦的方式表达对男权制度的抗争。正如苏珊·格巴（Susan Gubar）在《〈空白之页〉与女性创造力问题》中分析伊萨克·迪克森的短篇小说《空白之页》时说：

> "空白之页"在无故事中包括了所有的故事，正如静寂包括了所有潜在的声音，白纸包括了所有可能的色彩。蒂莉·奥尔森的《静寂》和里奇的《谎言、秘密与沉默》都指出了在妇女文化中静寂之声的中心

---

① Patti Duncan, *Tell This Silence*: *Asian American Women Writers and the Politics of Speech*, Iowa City: University of Iowa Press, 2004, p. 14.

② King-Kok Cheung, *Articulate Silences*: *Hisaye Yamamoto*, *Maxine Hong Kingston*, *Joy Kogawa*, Ithaca: Cornell University Press, 1993, p. 15.

性，尤其是妇女的声音是如何以听不见的方式来传达这个问题的。①

女性主义的文本包含了两个故事：一个是可见的故事和一个是不可见的故事，通过这种"编码"的叙事，女性作家的作品也能通过男性权威的审查，并与更多具有相似命运的女性姐妹联系起来。

其次，"沉默"的言说功能与巴赫金的"双声语"一脉相承，巴赫金认为：

> 引进小说的杂语，是用他人语言讲出的他人话语，折射地表现作者意向。这种语言，是一种特别的双声语。它为两个说话人服务，同时表现两种不同的意向，一是说话的主人公的直接意向，二是折射出来的作者意向。在这类话语中有两个声音，两个意思，两个情态。而且这两个声音形成对话式的呼应关系，方法彼此是了解的，仿佛正在相互谈话。双声语总是实现了内在对话化的语言。②

巴赫金的"双声语"指的是作者与作品中主人公的对话，通过不同的声音来揭示小说的戏剧冲突。与此同义，"沉默"的言说是一种"编码"的叙事：小说的"主导"叙事下暗藏着"缄默"的叙事，后者才是评论者关注和解码的重点。亚裔美国作家在创作时，通过"缄默"的叙事文本思考族裔身份的建构。

"新生代"华裔美国作家张岚（Lan Samantha Chang）的《渴望》（*Hunger*, 1998）就是通过"双声语"，表面上讲述一个美国新移民家庭"沉默"的父女冲突，父辈与两个女儿之间经常沉默不言，导致家庭关系矛盾重重，而故事的另一条线揭示的是父辈与子辈两代人在美国遭受的种族歧视。通过"沉默"叙事，作者将矛头指向亚裔作为美国"模范少数族

---

① 转引自张京媛主编《当代女性主义文学批评》，北京大学出版社1992年版，第178页。
② ［苏联］巴赫金：《巴赫金全集》第三卷，白春仁、晓河译，河北教育出版社1998年版，第110页。

裔"的神话，对其发难，并揭露其虚伪性。"模范少数族裔"的倡导，表面上是高扬亚裔的勤劳、安分，实则是对亚裔整体形象的扭曲和歧视，给华裔家庭造成了无尽的创伤和疏离，甚至导致个人与族裔身份的困惑与迷失。

苏珊·桑塔格有言：沉默虽然依赖言说，但它要高于言说，因为它代表着"思想成熟的萌芽阶段"，是意义的终极指向。而斯坦纳在《逃离言词》中有近似的观点：

> 在有些东方哲学中，比如，在佛教和道教中，灵魂被视为摆脱了肉身的桎梏，穿过顿悟之境，朝上飞升，直抵愈加深邃的沉默。"思"的至高至纯境界是"廓而忘言"。妙不可言的东西总是在语言的疆界之外。只有打破语言壁垒的灵视，方能登堂入室，大彻大悟。①

他同时补充："西方传统也知道超越语言进入沉默。"② 可见，沉默既是言说的另一极，也是言说的高级形态。东方哲学追求着沉默，追求着语言文字之外的"妙"与"悟"。在东方哲学浸润下长大的亚裔族群应更能辩证客观地理解沉默的内涵。

亚洲母国文化对于沉默的推崇使亚裔群体有别于美国社会的其他少数族群。在美国，同样作为弱势族群的非洲裔一直致力于发出自己的声音。黑人女性主义者贝尔·胡克斯（bell hooks）鼓励女性，特别是有色女性，反击、挑战沉默，她说：

> 在女性主义群体内，沉默经常被看作是具有性别歧视的"女性的合适言说"——女性屈从于父权权威的标记。……黑人女性的奋斗，不是从沉默走向言说，而是改变我们言说的本质和方向，发表使听者

---

① ［美］乔治·斯坦纳：《语言与沉默：论语言、文学与非人道》，李小均译，上海世纪出版集团、上海人民出版社 2013 年版，第 19—20 页。

② 同上书，第 20 页。

听的言说，能够被听到的言说。①

亚裔和美国黑人有着不同的文化底蕴。黑人女性是美国社会被种族和性别双重边缘化的群体，她们追求言说所代表的权力，以使主流社会听到自己的声音。但是亚裔文化中对沉默的积极的哲学体认，对"廓而忘言"的美学追求，无不在试图颠覆沉默与言说的二元对立，从而再现中国文化的传统意蕴。对于亚裔群体来说，他们在建构族裔身份的过程中，首先必须认可沉默的积极内涵。

亚裔"沉默"刻板印象的形成与美国社会19世纪的排外政策和早期亚裔移民低下的社会身份有很大的关系。由于早期亚裔移民大多数人是"苦力"或契约劳工的身份来到美国，他们不会讲英文，在主流社会毫无立足之地，故而在社会生活的方方面面都被消声。亚裔美国作家和批评家在论述"沉默"时均认识到了这一点，因此致力于颠覆"沉默/言说"的二元对立。尤其是美国"民权运动"中以及之后成长起来的亚裔美国作家，他们通过再现"沉默"的亚裔群体，表达了对自己父母辈、祖辈沉默形象的包容与理解，并通过追寻沉默背后的故事，找寻自己的位置。

在汤亭亭的《中国佬》中，叙事者（女儿）对沉默寡言的父亲说："我想告诉你，在你少言寡语时我觉得出你在想些什么；假如我猜错了，请你能告诉我。如果我对你有误解，那么你只须讲出事情的真相就行了。"② 叙述者希望自己的父亲能亲口告诉自己过去的故事，表达了女儿想要走进父亲的内心世界，了解父亲、亲近父亲的热切愿望。张岚《遗产》（*Inheritance*，2004）中的叙述者红声称，"我出生在一个自己不知道的故事的中间，我被养大，什么都不知道，故事的中心平静无波"。③ 她想了解父亲和母亲、阿姨之间的爱情，但父母一直保持"沉默"，拒绝"言说"。

---

① 转引自 Patti Duncan, *Tell This Silence: Asian American Women Writers and the Politics of Speech*, Iowa City: University of Iowa Press, 2004, p. 9.

② ［美］汤亭亭：《中国佬》，肖锁章译，译林出版社2000年版，第8页。

③ Lan Samantha Chang, *Inheritance*, NY: Norton & Company, Inc., 2004, p. 78.

红通过自己的人生体验理解了父亲和阿姨荫男之间的爱情，并成了他们和母亲之间、历史和现实之间沟通的纽带。而伍美琴（Mei Ng）《裸体吃中餐》（*Eating Chinese Food Naked*，1998）中的女儿叙事者，也是通过了解父亲"沉默"背后的故事，完成了自己族裔身份的体认和主体性的建构。

与此同时，亚裔作家依靠"沉默"所形成的巨大空白，挖掘出一段段不为人知的移民历史，彰显亚裔对美国国家的贡献，争取亚裔该当的主体地位：如汤亭亭的《中国佬》和赵健秀的《唐老鸭》，均以再现华裔劳工对建设横贯铁路的巨大贡献，"声称美国是自己的家"（claiming America）。日裔作家约翰·冈田（John Okada）的《双不小子》（*No-no Boy*，1957）书写日裔在第二次世界大战时期遭遇的种族迫害；日裔新生代作家茱丽大冢（Julie Otsuka）2011 年发表的小说《阁楼里的佛陀》（*The Buddha in the Attic*，2011）以 20 世纪上半叶的日本照片新娘为群像，书写了她们努力适应美国生活，在性别歧视和种族歧视盛行的日裔社区艰难生存的历史。

"沉默"的背后，是一代代亚裔对自己作为少数族裔身份的理解和传承——华裔修建美国西部铁路，韩裔做"慰安妇"，以及菲律宾裔做劳工的历史……亚裔在美国努力奋斗、勉力生存的点点滴滴以更清晰完整的面貌呈现在世人面前。可见，"沉默"的积极力量不容忽视。

第二节　"寻找母亲的花园"：亚裔美国女性的"母性谱系"追寻

亚裔美国女性作家进行文学创作时发现，与相对成熟的白人或黑人女性文学创作相比，亚裔女性文学创作缺少自己的传统。为此，她们决定像艾丽丝·沃克一样，"寻找母亲的花园"。在寻找的过程中，亚裔女性作家钩沉了被历史湮没的亚裔女性作家作品，并在自己的创作实践中去建构"母性谱系"。本节通过梳理"母性谱系"建构的历史背景、理论背景和创作实践，旨在剖析亚裔"母性谱系"建构的必要性，其对亚裔母女关系、族裔文化传承的作用及其发展的趋势。

一 母女叙事：亚裔"母性谱系"建构的理论背景

"母性谱系"（matrilineage）一词的前半部分"matri-"为拉丁语，意为"母亲"，后半部分为英语，意为"线性"，意为追溯母亲一脉的传统，被解释为"一个家庭、宗族、部落或其他群体中从母亲一边的或女祖先那传承下来的血缘关系"。从定义上可见，母亲是一个泛指，它不仅指一个家庭内的母亲，而且指一个宗族内、一个族群内的女性祖先，它也限定了对"母性谱系"的追寻不是泛化的行为，而是族裔群体内部的行为，而追溯行为的主体都是女儿。

学界在探讨亚裔美国"母女"关系时进行了理论梳理，将其理论源头追溯至心理学和社会学两大领域，心理学对于"母女"关系的论述上溯至弗洛伊德。弗洛伊德认为，女儿同母亲的"前俄狄浦斯"关系是"延展的、强烈的、模棱两可的"。[1] 在弗洛伊德看来，儿子会因为亲近父亲和阳具而最终排斥母亲，女儿则从来没有成功地同母亲分离，她会像自己的兄弟一样转向父亲而对母亲充满敌意，但女儿对母亲的爱会减缓她对父亲的爱以及同母亲的竞争关系。由此可见，母女关系充满矛盾：一方面女儿渴望与母亲分离，另一方面她们又渴望与母亲建立长久的互利共生的关系。在弗氏理论的整体框架下，母亲被简化为生孩子和照顾孩子的工具，她总是作为孩子欲望客体的身份出现，而作为女性主体的身份总是不在场，其结果是被他者化。母亲饱受非议、沉默不语、孤立隔绝，在弗洛伊德叙事的边缘徘徊。

南希·乔多罗（Nancy Chodorow）的《重建母职：精神分析与性别社会学》（*The Reproduction of Mothering：Psychoanalysis and the Sociology of Gender*，1978）全面论及"前俄狄浦斯"阶段母女关系，对美国少数族裔女性

---

[1] Qtd, In Nancy Chodorow, *The Reproduction of Mothering：Psychoanalysis and Sociology of Gender*, Berkeley：University of California Press, 1978, p. 109.

写作中母亲与女儿之间心理冲突的动态过程的描述有重大的启示意义。乔多罗认为"前俄狄浦斯"阶段的母女关系比母子关系更持久、更强烈，这一点上，她认同弗洛伊德的观点，因为母亲和女儿是同一性别，母亲把女儿当作自己的同类和自己生命的延续来对待。乔多罗进一步指出，女性是迫于社会压力而成为母亲的，而且"母亲被困于母亲身份中，其身份以其孩子为确认，不能作为独立的主体。女儿也不能作为独立的主体而存在，她和母亲永远被困在俄狄浦斯的交互主体间的斗争中"。[①] 乔多罗将母与女置于二元对立的两极，且其笔下的母与女之间的矛盾冲突都发生在以父亲为重要权威的西方核心家庭。

法国女性主义心理学的另一代表人物露丝·伊利格瑞提出，女性的颠覆力量要建立在"女性谱系"（genealogy of woman）之上，也就是通过建立类似于"前俄狄浦斯"阶段的女性联系，恢复　种新型的母女认同关系，而且是主体与主体之间的新型关系。[②] 另一代表人物埃莱娜·西苏号召进行"妇女写作"，她认为，"女性文本应该彰显女性写作同母亲之间的紧密关系，这些女性文本应该强调'声音'（voice），而非'目光'（look），母亲的声音、她的乳房、奶水，永远环绕在她和她的读者周围"。[③] 埃莱娜·西苏提倡的"女性写作"通过写作回到与母亲合二为一的"前俄狄浦斯"阶段，以此回到未经父权制文化扭曲的原初的女性自我。[④] 她在写作中强调女性的主体地位，强调女性作家独特的生理和心理体验，具有重要意义。

在对"母女"关系的梳理中，波伏娃也做出了重要贡献，她在《第二性》中考察了"母女"关系，区分了儿子和女儿对母亲处境和心态产生的

---

① Helena Grice, *Negotiating Identities: An Introduction to Asian American Women's Writing*, Manchester: Manchester University Press, 2002, p. 40.

② 杨莉馨：《西方女性主义文论研究》，江苏文艺出版社 2002 年版，第 192 页。

③ Helena Cixous, *Reading with Clarice Lispector*, Minneapolis: University of Minnesota Press, 1990. 转引自岳凤梅《拉康与法国女性主义》，《妇女研究论丛》2004 年第 3 期。

④ 蒲若茜：《族裔经验与文化想象：华裔美国小说典型母题研究》，中国社会科学出版社 2006 年版，第 144 页。

不同影响。母亲对儿子始终有着矛盾的心情：她希望儿子拥有无限的权力，但又希望他在自己的掌控之中。而对于女儿，母亲则把自己身上的一切模糊不清的关系转嫁过去，女儿"是母亲的化身，又是一个与之不同的人；母亲既溺爱着女儿，又本能地带着敌意"。①

因此，当女儿长大成人欲寻求独立的时候，母女之间的矛盾便激化了。波伏娃的理论过度强调母女之间的矛盾和斗争，特别是母亲和享受父亲宠爱的女儿之间的矛盾，暗示了女性在父权社会的他者地位，而这种地位又因为两者之间不能建立有效的联盟而恶化。因此，研究"母女"关系的女性主义批评者一直试图修正并恢复母女之间原本存在的"母性谱系"。

对"母女"关系的社会学分析主要来源为安德里娅·里奇（Andrienne Rich），虽然她在某种程度上也得益于心理分析。在《女人的诞生：作为经验和制度的母性》（*Of Women Born*：*Motherhood as Experience and Institution*，1976）一书中，她区分了作为经历的母亲身份和作为体制的母亲身份，后者即父权制度对女性的要求，并指出母亲身份的社会学建构过程。玛丽安娜·赫奇（Marianne Hirsch）这样总结里奇的贡献：

> 在父权制文化中不可能有关于妇女的系统研究，不可能有关于妇女受压迫的理论，这个理论需要考虑到作为母亲的女儿和女儿的母亲的角色，在前代和后代的关系中研究妇女，在更广阔的情感、政治、经济以及家庭和社会组织结构中研究她们的代际关系。②

赫奇通过强调里奇研究的社会背景指出了里奇在父权制文化中研究女性的重要性，因为女性研究涉及了政治、经济、家庭文化、代际传承等方面面的影响。里奇独树一帜的研究成果不仅引起了女性研究界的强烈反响，

---

① ［法］西蒙·德·波伏娃：《第二性》，李强选译，西苑出版社 2004 年版，第 128 页。

② Marianne Hirsch，"The Mothers and Daughters"，*Signs*：*Journal of Women in Culture and Society*，1981，p. 202.

而且对文学、社会学等学科领域产生了持续影响。

正如弗吉尼亚·伍尔夫在《一间自己的房间》中说"我们作为女性，是通过母亲来回溯历史的"①，亚裔美国女作家要在美国寻找自己的根，也必然会去到母亲那里寻找自己精神的源泉，如果说西方学界对"母女关系"的探讨推动了亚裔美国作家对自己族群内母女关系的反思，那么亚裔美国作家的文学文本反过来推动了"母女"关系理论的发展。乔多罗在《重建母职》之后出版的著作《女性气质、男性气质与性：弗洛伊德及其他》（*Femininities，Masculinities，Sexualities：Freud and Beyond*，1994）中以亚裔美国作家谭恩美的小说《喜福会》为例证推进自己的论述；里奇《女人的诞生》的修订版中增加了题为"母亲身份和女儿身份"的新章节，其中将谭恩美的小说作为自己女儿文本的例证，这两个例证证明亚裔美国作家的创作对母女关系研究的推动作用。

谭恩美小说在西方女性主义研究中被引用从侧面再现了亚裔美国文学的发展壮大。事实上，亚裔美国文学在黄秀玲所称的第二阶段得到了长足的发展，因为这是一个"自我定义和自我表征"的时代。② 大量亚裔美国女作家开始了创作生涯，她们推动了亚裔美国文学的发展，同时，她们有着非常强大的文学愿望，那就是建构亚裔"女性谱系"，而"母性谱系"的具体表征为"母女"关系，即建构一种母女之间正常交流、相互理解的和谐关系。为此，她们撰写了关于"母女"关系的小说文本，反思母女之间的关系和文化内涵。具体文本包括汤亭亭的《女勇士》、谭恩美的《喜福会》《灶神之妻》《接骨师之女》、伍慧明的《骨》、任璧莲的《梦娜在应许之地》、诺拉·玉子·凯勒的《慰安妇》，等等。亚裔美国"母女关

---

① ［英］弗吉尼亚·伍尔夫：《一间自己的房间》，贾辉丰译，人民文学出版社 2003 年版，第 66 页。

② 黄秀玲将亚裔美国文学发展分为三个阶段：第一阶段从 19 世纪 50 年代到 20 世纪 50 年代，是"暴力和偏离"的时代；第二阶段从 20 世纪 60 年代到 80 年代，是"自我定义和自我表征"的时代；第三阶段从 20 世纪 80 年代后期始，是"多元自我、场域、越界"的时代。参见 Sau-ling Wong and Jeffrey J. Santa Ana, "Gender and Sexuality in Asian American Literature", *Signs：Journal of Women in Culture and Society*, 25. 1（Autumn, 1999）, pp. 171 – 226。

系"研究专著有何丽云（Wendy Ho）的《在她母亲的花园里：亚裔美国母女书写的政治》（*In Her Mother's Garden: The Politics of Asian American Mother-Daughter Writing*，1999）、海伦娜·葛莱思（Helena Grice）的《协商身份：亚裔美国女性写作简介》（*Negotiating Identities: An Introduction to Asian American Women's Writing*，2002）和玛丽亚·阿思芙（Maria Assif）的博士学位论文《亚裔和犹太裔美国文学中的母女关系：故事身份》（*Mother-Daughter Relationship in Asian and Jewish American Literatures: Story (ing) Identity*，2005）等。另外，宁恩桂（Erin Khue Ninh）所著《忘恩负义：亚裔美国文学中负债的女儿》（*Ingratitude: The Debt-Bound Daughter in Asian American Literature*，2011）从女儿的角度分析亚裔美国文学文本。由此可见，在亚裔美国文学的创作和批评中，"母性谱系"的建构已然成果卓著，异彩纷呈：相关文学文本和评论著作应运而生。因此，尤其有必要深入了解亚裔美国女作家笔下的母性谱系建构历史并认真思考其之于全球女性主义研究的贡献。

二 亚裔"母性谱系"之源与流：亚裔美国女作家的母性谱系建构

由于美国主流对亚裔的种族歧视政策，亚裔美国女性间的谱系传承更为复杂，其中既有与亚裔男性"建构父系英雄传统"的抗衡，也有对黑人女性作家建构母系传统的致敬，更有与白人女性主义批评传统的吻合，同时亚裔女性的谱系建构折射出亚洲文化传统的抗争和妥协，反映出亚裔"母系谱系"建构的必要性。

亚裔"母性谱系"的建构是与亚裔男性作家建构"父系英雄传统"相抗衡的结果。自19世纪60年代开始，大量华工进入美国，取代当时已经解放的黑人。美国主流社会对华工的态度经历了由"慈善的时代"到"敌意的时代"的转变，亚裔美国男人的形象也经历了由"性欲旺盛"到"无性别特征"再到"同性"的变化。到20世纪中后期，主流社会更形成了对亚裔美国人"女性化"或"被阉割"的"模范少数族裔"刻板印象。针对这种情况，华裔美国男性作家如赵健秀、徐忠雄、李健孙等通过挖掘华裔在美国淘金和修建铁路等历史，试图对华裔男性形象进行重构，建构华裔美国"父系英雄传统"，但他们不惜以忽略、放逐华裔女性为代价，黄秀玲在分析徐忠雄的作品时说："如果这结论象征着精神父系的胜利以及对父系遗产的合法继承的话，这完全是通过避开女性原则——没有拯救女性原则来实现的。"[①] 黄秀玲在另一篇文章《"糖姐妹"情谊：透视谭恩美现象》（"Sugar Sisterhood：Situating the Amy Tan Phenomenon"）中也写道："哎—呷集团"集体从事的亚裔美国"男性谱系"的复兴通过牺牲女性的角度而获得。在《哎—呷！：亚裔美国作家选集》序言中，亚裔女性作家的突出成绩被认为是白人社会的文学女性化而被直截了当地公开指责，而在《大哎—呷！：华裔与日裔美国文学选集》中，没有一个在世的亚裔美国女性作家被收录进去。[②] 因此，反抗亚裔男性作家和批评家的父权制话语，建构与亚裔男性"父系英雄传统"相抗衡的"母性谱系"，是亚裔美国女作家的当务之急。

亚裔美国女性作家的另一力量来源是黑人女性主义。艾丽丝·沃克在《寻找母亲的花园》一文中提及没有自己传统的黑人女性所面临的生存困境："黑人妇女被称为'人间之骡'。当我们恳求别人的理解时，我们的性格遭到歪曲；当我们请求单纯的呵护时，我们得到的却是空洞的鼓舞人心的称号，然后就被弃置一旁再也无人过问。当我们寻求爱的时候，我们得到的却是生儿育女的责任。"[③] 因此，沃克呼吁"我们必须毫不畏惧地从旧我中摆脱出来，看到那生动的创造力，并认识到这创造力我们自身同样能够具备，而这却是我们祖母辈中的一些人不允许知道的"。[④] 沃克将非裔

---

① Sau-ling Cythia Wong, *Reading Asian American Literature：From Necessity to Extravagance*, New Jersey：Princeton University Press, 1993, p. 146.

② Sau-ling Cythia Wong, "Sugar Sisterhood：Situating the Amy Tan Phenomenon", in Harold Bloom ed., *Bloom's Modern Critical Views：Amy Tan*, New York：Infobase Publishing, 2009, p. 54.

③ Alice Walker, "In Search of Our Mothers' Gardens", 杨自伍主编《美国文化选本》下册，华东师范大学出版社 1996 年版，第 395 页。

④ 同上。

"母性谱系"的源头追溯到美国黑人女性文学创作的先驱，菲利斯·惠特利（Phillis Wheatley），在她看来，这位早期的女诗人"既不是傻瓜也不是本民族的叛徒"，她"是在将我们祖先的歌意保存下来"。① 此外，沃克称佐拉·赫斯顿（Zora Hurston）为"最最自由不羁的黑人女作家"。② 沃克在"寻找母亲的花园"的过程中最终"发现了自己"③，也就是说，寻找"母亲的花园"的过程其实是追寻自己的族裔身份的过程，沃克在追溯"母性谱系"的过程中明确了自己的族裔身份和文化身份，这为亚裔美国女性的身份追寻提供了借鉴。

华裔女性批评家林英敏（Amy Ling）率先向艾丽丝·沃克学习，开始寻找"亚裔母亲的花园"，她在《世界之间：华裔美国女作家》（*Between Worlds：Women Writers of Chinese Ancestry*，1990）的序言中介绍了此书的由来。她出生于北京，六岁时移民美国，在美国遭受了亚裔美国女性传统缺失的尴尬，她在美国图书馆的故纸堆里寻找答案，发现在华裔和华裔欧亚混血在美国用英语所写和所出版的文学作品中，女性的数量超过男性，而且女性的作品质量更上乘。作者明确表示自己的目的是"展示我母亲花园里的花，将这些作家放在学术地图上，在国会图书馆的主题目录上给她们一个标题，使她们的存在和她们的作品合法化，解救她们于默默无闻"。④ 她说："我追寻楷模，找到了学术上的和人生的楷模，她们的出现使我惊奇不已。"⑤

林英敏的贡献在于建构了亚裔美国女性文学的传统，发出了亚裔女性自己的声音，堪与白人女性主义者和黑人女作家在建构自己的文学传统上所做的努力相媲美。美国女性主义评论家肖瓦尔特（Elaine Showalter）在《她们

---

① Alice Walker，"In Search of Our Mothers' Gardens"，杨自伍主编《美国文化选本》下册，华东师范大学出版社 1996 年版，第 395 页。

② 同上书，第 393 页。

③ 同上书，第 401 页。

④ Amy Ling，*Between Worlds：Women Writers of Chinese Ancestry*，New York：Pergamon Press，1990，p. xv.

⑤ Ibid.，p. xii.

自己的文学》中挖掘出维多利亚时代许多曾经名不见经传的女作家，极大地丰富了美国文学；黑人女作家在建构自己的文学传统时也挖掘出许多湮没无闻的作品，如赫斯顿的《她们眼望上苍》（*Their Eyes Were Watching God*，1937）和吉尔曼（Charlotte Perkins Gilman）的《黄墙纸》（*Yellow Wallpaper*，1892）等。同样，在林英敏的不懈努力下，一批亚裔美国女作家被挖掘出来，其中欧华混血的伊顿姐妹最为著名，姐姐伊迪斯·伊顿是被称为"华裔美国小说创作第一人"的"水仙花"，她在美国社会排华情绪很严重的情况下，为华裔美国人代言，显示出了非凡的勇气。林英敏发掘的其他作家包括活跃于第二次世界大战期间的五位亚裔女作家：韩素音、郭镜秋（Helena Kuo）、施蕴珍（Mai-mai Sze）及林语堂的两个女儿林如斯和林太乙；以及另一位著名女作家，她是为美国华人女性解放而奔走的薛锦琴，她是第一个当众演讲的中国女性，被称为"华人的圣女贞德"。

林英敏在研究中发现施蕴珍和庄华有着相似的背景，前者的自传《回声》（*Echo of a Cry*，1945）和后者的《跨海越洋》（*Crossing*，1968）有着相似的主题，"从心理和主题上来说，施的作品似乎是庄华的母文本（mother text）"。① 鉴于玛丽娜·向（Marina Heung）曾论及庄华的《跨海越洋》与汤亭亭的《女勇士》之间的"母性谱系"传承②，这里形成了一个有趣的"母文本"传承系统：施蕴珍—庄华—汤亭亭。在此传承过程中，亚裔女性在美国的经历不断被书写，被记忆，被赋予历史感，以对抗自己族群内的遗忘和主流社会对其形象的湮没。同时，华裔美国作家也在批评界中被建构为传承关系，如黄玉雪（Jade Snow Wong）被汤亭亭等华裔美国女作家尊为"华裔美国文学之母"；汤亭亭被称为"水仙花的精神孙女"等。

亚裔美国文学在构建"母性谱系"中"母女"关系的同时，也补充了

---

① Amy Ling, *Between Worlds*: *Women Writers of Chinese Ancestry*, New York: Pergamon Press, 1990, p. 106.

② Heung, Marina, "Daughter-Text/ Mother-Text: Matrilineage in Amy Tan's *Joy Luck Club*", *Feminist Studies*, 19. 3 （Autumn, 1993）, p. 597.

亚裔美国女性的历史，粉碎了主流社会对亚裔女性的歧视性描写。以华人母亲为例，"通过传教士、外交官和游客渗透进美国的观念，华人母亲被刻画成父权社会里狠心的母亲、妓女、受害者和奴隶的刻板印象。有一些华人母亲杀死她们的孩子，尤其是她们的女儿的耸人听闻的报道"。① 美国社会关于中国人"杀婴"的报道被传教士解读为"没有天然情感的异教徒母亲"所为，是"信奉异教"的结果，而不是贫穷的结果，因此中国女性被认为"不道德"，"和19世纪维多利亚时代的文明观相去甚远"。② 李恩富在《我在中国的孩童时代》（"When I was a Boy in China"，1887）中的"家中女孩"一章中回应了美国社会的偏见：

　　说到中国妇女问题，对其误解程度远远超过男性，实因人们对此知之甚少。……令我愤愤不平的是，在美国有一个流行的说法，认为中国女孩子在生出来时，由于父母亲不需要她们而常常被弄死。没有比这更荒谬的了。……按人口比例和财富分配来看，杀婴事件在中国和美国一样是少之又少的。③

　　亚裔美国文学作品中的母亲不再是刻板印象中厌恶女儿的残忍母亲，她们爱自己的女儿，希望在美国生活的女儿能有独立自主的生活。《喜福会》中，即将来到美国的母亲希望"在美国，我有个跟自己一样的女儿。……但是在那里，没有人会瞧不起她，因为我要让她讲纯正的美语。在那里，她的生活将无比充实，生活中没有悲伤"。④ 亚裔美国"母性谱系"的建构表达了母亲和女儿互利共生的生存状况，再现了母女之间的冲突、交流和和解，颠覆了长期以来美国主流社会对华人女性的刻板印象，揭示出"母与女"的联合能更有效对抗社会中的父权制度，从这个意义上

① Wendy Ho, *In Her Mother's Garden*: *The Politics of Asian American Mother-Daughter Writing*, Walnut Creek and Oxford: AltaMira, 1999, p. 67.

② Ibid.

③ ［美］李恩富：《我的中国童年》，唐绍明译，珠海出版社2006年版，第22—23页。

④ Amy Tan, *Joy Luck Club*, New York: Ivy Books, 1989, p. 3.

来说，"母性谱系"的建构是对亚裔女性遭受种族和性别歧视的双重搭救。

　　而对于亚裔美国女性文本的主要受众——亚裔美国社群，尤其是社群中的女性，她们的作品则充分展现出其审美功能和社会功能。随着美国移民法的修正，大批亚裔美国女性来到了美国，将以往的"单身汉"社区改变为"家庭社区"。自 1965 年移民法废除了歧视性排斥中国移民的配额法，更多亚裔女性来到美国。这些新来的移民不同于旧移民，他们受过一定的教育。母亲们离家去国，来到美国生活，她们首先面临着与自己受美国教育成长起来的女儿之间的矛盾和冲突。她们需要适合自己的阅读文本，需要有文本来反映她们自己的生活，这样的生活是美国主流白人文学所无法再现的。因此，只有亚裔美国女性作家的小说对于她们来说，有情感的真实，能够与书中角色感同身受。谭恩美在小说出版后，收到亚裔美国女性寄来的信件，称赞她对母亲的描写很真实，认同母与女之间的斗争、疏离和孤独的情感，文化移位，以及对她们在美国融合—同化过程的关注①，这说明亚裔美国女性读者需要对她们生活的文学再现，她们在被表述的过程中，困惑也得到宣泄，这就是文学的审美功能。

　　另外，作为美国社会少数族裔运动和女性主义运动的产物，亚裔美国女性作家的作品还有其社会功能。何丽云认为，谭恩美和汤亭亭的小说对于许多亚裔美国女性读者来说是催化剂，鼓励她们对自己的生活更挑剔，启动讨论，更新社会、情感和政治的联系，在压抑的体系里认识个人的机制能为个人和集体的行动和变化提供丰富的机会。②"母女"关系的文本再现，使母与女都对自身状况有更清醒的认识，对她们在男权社会的位置有清醒的认识，并了解其中的压迫机制。亚裔美国读者从作家这里不仅读到了似曾相识的故事，而且获得了解决问题的途径：它帮助母亲深入女儿的内心深处，也帮助女儿去了解母亲，同时探讨并再现了母与女作为美国社会的边缘人群，如何更好地融入美国生活，同化为美国公民。进一步

---

　　①　Wendy Ho, *In Her Mother's Garden: The Politics of Asian American Mother-Daughter Writing*, Walnut Creek and Oxford: AltaMira, 1999, p. 51.

　　②　Ibid., p. 50.

说，"母女"情谊是另一种姐妹情谊，在男权至上的社会里，女性需要联合起来，需要相互理解、相互倾听，需要建立母与女之间的文化精神的传承。

但是，由于亚裔美国女性"母性谱系"的建构一定程度上与白人女性主义批评传统相吻合，白人女性主义的受众对有色女性创作和关于有色女性"母女"关系的论述特别感兴趣，因此亚裔美国女性文本的受众还有一类人，她们是白人女性读者。为了迎合这一群体的阅读要求，亚裔美国女作家一方面试图将其母系祖先从种族和性别主义的双重压迫中解放出来，另一方面不自觉地使用东方主义话语，强化了先在的华人"刻板印象"。例如，在《喜福会》中，许安梅目睹自己的母亲为了给外婆履行孝道，用小刀割下胳膊上的肉，给外婆熬药吃；此外还有姨太太吞食鸦片自杀、买卖女仆、溺死女婴等令人惊叹的细节。黄秀玲在《"糖姐妹"情谊：透视谭恩美现象》中对此进行了具体分析，并指出谭恩美使用的两种叙事方式："时间性拉远距离"和"真实性记号"，从而"产生一种东方主义效果"。[①]谭恩美等亚裔美国女作家因此展示了一种几乎令人感到不可思议的异域描写，让白人读者产生文化优越感，减弱了亚裔美国文本对主流文学的挑战和亚裔美国族群对主流社会种族歧视的抗议，成为一大遗憾。

三 母与女的对抗与和解："母性谱系"中的叙事策略

在《"糖姐妹"情谊：透视谭恩美现象》一文中，黄秀玲认为，谭恩美的小说是女权运动力量的宣言，也是女权运动的产物，并将她的成功归因于对母女关系的描述，认为这种题材选择正好迎合了美国女性主义母性谱系的话语传统，而美国女性主义在过去十年到十五年以来势头正不断上升。[②]换句话说，谭恩美成功地抓住了"母性谱系"文学中的特别矛盾。

---

① Sau-ling Cythia Wong, "Sugar Sisterhood: Situating the Amy Tan Phenomenon", in Harold Bloom ed., *Bloom's Modern Critical Views: Amy Tan*, New York: Infobase Publishing, 2009, pp. 49 – 83.

② IbId., p. 51.

为证实自己的见解，黄特地引述了南·鲍尔·马格林（Nan Bauer Maglin）所归纳的"母性谱系"文学的特点：

> 女儿认识到她的声音不仅仅是她自己的；超越各种原因引起的盲点和歪曲之见，真正努力去了解母亲的重要性；关于母亲力量的惊人与屈辱；叙述母性谱系的重要性，找到一种母与女得以回归和保留的仪式；还有，对与生俱来的母亲传承给女儿的沉默与痛苦的绝望和愤怒。①

由上可知，"母性谱系"的传统中的两个主要角色是母亲和女儿，而汤亭亭的《女勇士》和谭恩美的《喜福会》是评论界用来论证亚裔美国"母性谱系"追寻的经典文本。在她们的文本中，母女之间的冲突主要表现为代表着中华文化的母亲和代表着美国文化的女儿之间的冲突和生活在"前工业时代"落后时空中的母亲与生活在民主、平等、富裕的美国现代社会的女儿们的冲突，母女之间的对立甚至代表着"第三世界"与"第一世界"的对立。在冲突与对立中，母亲表现得非常强势，女儿则一直试图摆脱母亲的影响，但最终与母亲和解，从母亲那里得到了力量的源泉。以谭恩美的《喜福会》为例，小说中的十六个故事分为四组：第一组叙述母亲的童年；第二组叙述女儿的童年以及她们与母亲的关系；第三组叙述女儿成年后的生活；第四组再次由母亲叙述，母亲和女儿开始对话、沟通。故事的叙述既突出了女儿的声音也突出了母亲的声音。中国妈妈们叙述与母亲相连的故事以回应她们断裂和被遗弃的记忆，这些母亲们在打破沉默同时，将过去重塑为"喜"和"福"的故事，希望自己的女儿能从中汲取精神能量，在此，母亲代表着故国的传统、文化，以及与故国的联系。小说的最后，在美国出生的女儿精美和被母亲遗留在中国的姐姐们重聚，家庭的延

---

① Sau-ling Cythia Wong, "Sugar Sisterhood: Situating the Amy Tan Phenomenon", in Harold Bloom ed., *Bloom's Modern Critical Views: Amy Tan*, New York: Infobase Publishing, 2009, p.51.

续——通过女性一脉——被重建。母性谱系这里意味着培养姐妹情谊的可能性，也意味着跨文化联系的融合。①

考虑到叙事者的权威和绝对主导位置，虽然亚裔美国女作家的作品中的叙述者一般为女儿，但母亲也借此发出自己的声音。亚裔女儿经常处于矛盾之中：一方面她们希望和母亲分离，这是成长必经的步骤，另一方面，她们希望从母亲那里获得精神养分。这种矛盾的心理和她们的族裔身份一起成为她们融入美国主流社会的障碍，使她们在双重夹缝之中，顾虑多多，矛盾重重。谭恩美作品里的母亲和女儿在彼此疏离的时候，经历了强烈的孤独、分裂、无助的感觉，这些感觉都是男性统治的结果。②

华裔美国作家笔下的女儿在文本中塑造了两类母亲：一种是情感意义上的母亲，另一种是文化意义上的母亲。对情感意义上的母亲，她们渴望得到认可、赞赏，从而获得对抗主流社会权威的力量。谭恩美《接骨师之女》中生活在美国的女儿露丝是一名"职业写手"，她有一个强势的母亲茹灵。虽然《接骨师之女》中的露丝最初并不认同自己的母亲，她望着镜子里的自己，禁不住感叹："当然，谢天谢地，在其他方面她并不像母亲"③，这正是里奇所谓的"母亲恐惧症"（matrophobia），"母亲恐惧症"并不是指女儿害怕母亲，而是指女儿害怕成为母亲那样的人，拒绝母亲所代表的性别、社会身份和文化传统。华裔女儿身上表现出来的"母亲恐惧症"表明她并不认可母亲所代表的中国文化身份，同时也表示她内心认同美国文化的努力。在母亲患老年痴呆症后，露丝搬回和母亲同住，开始了解母亲在中国的过去。茹灵的亲生母亲"宝姨"是位接骨师之女，由于她家珍贵的龙骨而遭受劫难，后成为哑巴，自己的女儿茹灵过继给他人，无法相认，在母女最终相认之时宝姨却被迫自杀，茹灵带着心中永远的伤痛来到

① Marina Heung, "Daughter-Text/Mother-Text: Matrilineage in Amy Tan's *Joy Luck Club*", *Feminist Studies*, 19.3 (Autumn, 1993), p.610.

② M. Marie Booth Foster, "Voice, Mind, Self: Mother-Daughter Relationships in Amy Tan's *Joy Luck Club* and *The Kitchen God's Wife*", in Harold Bloom ed., *Bloom's Modern Critical Views: Amy Tan*, New York: Infobase Publishing, 2009, p.95.

③ Amy Tan, *The Bonesetter's Daughter*, New York: G. P. Putnam's Sons, 2001, p.16.

美国。露丝了解了自己外婆的故事后，也理解了自己的母亲，她自己定期"失声"的症状不治而愈，与男友的紧张关系也得到和解。也就是说，女儿最终选择认同母亲及她所代表的中国文化，并获得了与现实交锋的力量。

谭恩美在这部小说中建构了三代女性之间的谱系关系。宝姨是有着九百年历史的接骨师家族的女儿，因此与宝姨的谱系认同更有深意——露丝不仅和母亲一脉建立了族裔联系，而且同中国传统文化之根建立了联系。而且，露丝的中国文化身份感在找到外婆的名字后表现得特别强烈，"露丝开始哭起来。她的外婆有个名字。谷留信。她存在过。她仍然活着。宝姨属于一个家族。茹灵属于同样的家族，露丝则属于她们两个"。① 这种血脉的传承代表着文化上的归属感，她不再是在美国生活的少数族裔女性，而是有着厚重文化根基的现代女性，这一意识给予了她在美国勇敢面对生活的勇气。

华裔美国作家笔下的女儿塑造的文化意义上的母亲，是花木兰、蔡琰等。她们希望从这些英雄女性身上获取战斗的力量，并改写被中国传统文化所戕害的中国女子。这一类母亲在汤亭亭的《女勇士》中表现最为明显。《女勇士》中的"白虎山学道"中，汤亭亭化用了花木兰的故事，将花木兰塑造为女权英雄，目的是为了抵抗华裔美国族群中的"厌女"传统。那些诸如"养女好比养牛鹂鸟"，"宁养呆鹅不养女仔"② 的习语让"我"深恶痛绝，"于是，我一直迫使自己成为地道的美国女性，否则不谈恋爱"。③ 于是，"我"重构花木兰的故事，塑造一个独立自主的华裔女性。其实，无论是花木兰还是蔡琰，她们都是中华文化中杰出的女性，华裔作家在讲述这些文化名人的故事时，不仅是在向美国读者展示自己的文化之根，也是在向美国传播中华文化。

随着亚裔"母性谱系"文学的发展，对于"母亲"和"女儿"的定

---

① Amy Tan, *The Bonesetter's Daughter*, New York: G. P. Putnam's Sons, 2001, p. 350.
② ［美］汤亭亭:《女勇士》，李剑波、陆承毅译，漓江出版社1998年版，第42页。
③ 同上书，第43页。

义也日趋多元。葛莱思（Helena Grice）在专著中提到：一些亚裔美国女性作家经常描写不寻常的母亲范式，其中奶奶或婶婶会承担养育孩子的重任，因此，不仅生物学上的母亲和她的孩子有彼此拥有、排斥他人的关系，这种关系在许多基于心理分析的母女组叙事中也被提及。① 基于葛莱思的观点，"母亲"的定义被大大拓展。母亲既指生物学意义上的母亲，也可指代理/收养母亲（surrogate mothers）、继母、婆婆，婶婶，以及父兼母职的父亲等；母亲的处境也各不相同，有单身/结婚/离婚的母亲、异性恋/同性恋母亲等。同样，"女儿"也有多种类型，包括叛逆的女儿，失意的女儿，作为母亲密友的女儿。

在将"母"与"女"的外延拓展后，亚裔美国文学的文学内容更加丰富起来。根据阿思芙的观点，谭恩美的《灵感女孩》也是一种"母女关系"的文本，小说中的邝虽是奥利维亚同父异母的姐姐，但也一直是身兼母职。"当我的老师给妈妈打电话，说我在发烧时，是邝来到看护员的办公室把我带回家；当我在溜旱冰时摔跤后，是邝给我包扎的手肘；她给我梳辫子，为凯文、汤米和我准备午餐，还试着教我唱中国的儿歌；当我掉了一颗牙齿时，是她来安慰我；我洗澡时更是她来用洗澡布擦拭我的后背。"② 邝与奥利维亚之间亦母女亦姐妹的关系印证了作者建构"母性谱系"的努力。

在传承母系文化方面，"讲故事"是少数族裔女性所采用的策略。艾丽丝·沃克在《寻找母亲的花园》中提到她母亲时说："通过多年来听母亲讲述她自己一生的故事，我不但已经吸收了这些故事本身，而且吸收了讲故事的方法，那种认识到她的故事——如同她的一生一样——必须记录下来的紧迫感。"③ 亚裔中国女性通常被描写为沉默寡言，缺乏主体性，但是母国的经历使她们有丰富的讲故事的资源，赵健秀的戏剧《龙年》中的

---

① Helena Grice, *Negotiating Identities: An Introduction to Asian American Women's Writing*, Manchester: Manchester University Press, 2002, pp. 43 – 44.

② ［美］谭恩美：《灵感女孩》，孔小炯、彭晓丰、曹江译，浙江文艺出版社 1999 年版，第 11 页。

③ 转引自杨自伍主编《美国文化选本》下册，华东师范大学出版社 1996 年版，第 398 页。

中国妈妈（China Mama），她是一家之主（patriarch）留在中国的第一任妻子，突然被送往旧金山去抚慰临死之人，遗憾的是，这位"中国妈妈"沉默寡言，她的故事随着她的沉默而消失。但是谭恩美笔下的中国妈妈们不再沉默，她们向女儿们讲述曾经发生在自己身上的故事，女儿们从母亲那里获取了文化身份，曾经沉默寡言的母亲通过"讲古"传统被赋予了"言说"的权力。黄秀玲认为《喜福会》和《灶神之妻》就是"中国妈妈"的复仇。①

母亲讲故事意味着母亲从"沉默的非主体"转变为"言说的主体"。她们讲述自己离家去国的伤痛、曾经的苦难，对女儿在美国获得成功和独立自主的期望。例如《喜福会》中的母亲们渴望被理解、被服从、被尊重，希望把女儿从"丑小鸭"变成"白天鹅"，希望女儿"更勇敢、更自信，不依靠丈夫，有好的工作，好的地位，好的声音，能感觉自己的价值"。② 精美的妈妈讲述中国抗日战争期间逃难的故事，精美由此知道了自己的血脉、自己的根在中国。映映讲述"月亮夫人"的故事时不禁感叹："我丢了自己。……我希望找到自己。"③ 通过讲故事，母亲们曾经的伤痛得以治愈，也赋予女儿寻找自己的声音的勇气和力量，这是谭恩美建构的和谐的母女关系。女儿通过倾听了解了母亲、走进母亲，从而亲近了祖居国文化，找到了自己的文化之根。汤亭亭《女勇士》中的母亲也是讲故事的高手，在《乡村医生》一节，母亲讲述了自己在广州捉鬼的经历。然而在美国，女儿们发现"美国也到处是各式各样的机器，各式各样的鬼——的士鬼、公车鬼、警察鬼、开枪鬼、查电表鬼、剪树鬼、卖杂货鬼"。④ 这些"鬼"是移民生活中面对的挑战，女儿通过母亲的故事知道了"鬼"是危险的，但"鬼"并不是不可战胜的，在与各类"鬼"打交道的过程中，

---

① Sau-ling Cythia Wong, "Sugar Sisterhood: Situating the Amy Tan Phenomenon", in Harold Bloom ed. *Bloom's Modern Critical Views: Amy Tan*, New York: Infobase Publishing, 2009, p. 54.

② Wendy Ho, *In Her Mother's Garden: The Politics of Asian American Mother-Daughter Writing*, Walnut Creek and Oxford: AltaMira, 1999, p. 155.

③ Amy Tan, *Joy Luck Club*, New York: Ivy Books, 1989, p. 83.

④ ［美］汤亭亭:《女勇士》，李剑波、陆承毅译，漓江出版社1998年版，第88页。

甚至悟出了与“鬼”和谐相处之道。母亲通过讲故事的方式同女儿交流，她们讲出自己的文化传统，也讲出了自己在美国生活面临的种种困难，女儿在听故事的时候不仅在汲取母国文化，同时也为美国的生活汲取精神力量，她们思考，并建构母亲故事中的空白之处，从而达到母系文化的有效传承。因而，从根本上说，母女关系是女儿亲近祖居国文化、达到身份认同的最佳途径。

亚裔美国“母性谱系”建构立足于汤亭亭、谭恩美等重要作家的作品，以欧美女性主义批评和黑人女性主义批评为理论基础，再现了亚裔母与女之间的关系，准确地说，再现了在旧中国生活的母亲和出生在美国之间的女儿之间的冲突与和解。“母与女”的叙事中的叙事主体一般为女儿，但母亲也发出了自己的声音，并以故国的经历教育女儿的成长。“母性谱系”的建构有助于亚裔女性形成自己独特的文化和历史观念，找到自己的文化之根，同时有利于亚裔女性的主体性建构。

第三节 “性资本”：亚裔美国女性刻板印象的现代演绎

“性资本”（sexual capital）是苏珊·科西（Susan Koshy）在《性的归化：亚裔美国人和种族通婚》（*Sexual Naturalization：Asian Americans and Miscegenation*，2004）中提出的核心概念。此书将种族和性别结合考察，将种族化的女性“性动能”（sexual agency）理论化，并立足于美国的异族通婚现象，通过考察美国历史上的反异族通婚法案和亚裔美国女性的移民史，认识到“性资本”在亚裔女性的女性气质重构中的重要作用。

20 世纪 60 年代以来，亚裔被定义为“模范少数族裔”，原因在于他们忍耐、顺从，在逆境下仍然取得了成功，获取了社会地位。白人主流社会将亚裔树立为所有少数族裔学习的对象，从而建构了亚裔作为“宠物身份”（pet status）的印象。“性资本”与亚裔“模范少数族裔”的神话紧密交织，被科西称为"性感的模范少数族裔"。"性感的模范少数族裔"一词则强调亚裔女性和白人女性的区别，将亚裔女性和白人女性隔离开来，白人女性在一波又一波的女性主义浪潮中为争取自己的权利而努力奋斗，挑战了白人男性的权威地位，因此在白人男性眼中就不那么"性感"，而亚裔女性由于在历史及文学作品中的各种性感形象和"温顺、服从"等刻板印象，成为白人男性眼中的佳偶。科西关心是种族身份在异族婚恋中的作用，她敏锐地捕捉到当下社会"种族和性的意义已经被重塑"①，她从历史和文化的角度对此进行了深刻的思考，从性别和种族的角度入手分析亚裔女性的女性气质，试图以"性感的模范少数族裔"一词"缓解资产阶级性秩序的文化危机"。②

本节拟通过对"性资本"概念进行考证，指出它是亚裔美国女性归化美国的策略之一。在分析《茉莉》中被社会历史文化重重遮蔽的女性身体时，思考其被前置再现的意义以及同其主体性的彰显之间的关系。同时，本节还将考量"性资本"形象对于亚裔美国女性形象建构的影响。

一　亚裔美国女性的突围之举："性资本"概念溯源

科西在对比研究《蝴蝶夫人》和穆克吉（Bharati Mukherjee）的《茉莉》（*Jasmine*，1989）两个文本时，发现了一百年间亚裔女性形象由"性商品"（sexual commodity）到"性资本"的变迁。科西论道："我创造出这个词是为了捕捉蕴藏在 20 世纪亚裔美国女性气质形象中的变化的价值。我用性资本一词指某一特定文化中恋爱或婚姻关系领域使吸引力指数化的特质的总和，从而影响了一个个体的生存机会和机遇。"③

"性资本"概念中最重要的一个关键词是"资本"，科西的"资本"概念同布迪厄（Pierre Bourdieu）的社会资本和文化资本同源。在布迪厄看来：

---

① Susan Koshy, *Sexual Naturalization: Asian Americans and Miscegenation*, California: Stanford University Press, 2004, p. 17.

② Ibid., p. 135.

③ Ibid., p. 15.

　　资本是积累性的劳动（它以物化形式，或具体化、肉身化的形式呈现）。这种劳动在私人性，即排他性的基础上，被行动者或行动者小团体占有。这种劳动（资本）使他们能够以具体化的形式，占有社会资源。[①]

"资本"的生成发生在一定的场域内，资本不仅是场域活动竞争的目标，同时也是场域活动竞争的手段。"资本"的定义中最关键的是资本总是少数人所占有的，也就是在一个固定的场域内资本具有排他性，资本的拥有使个体更易获取社会中的资源。那么资本在社会空间中是如何分布的呢？布迪厄认为：

　　社会空间的位置，主要由经济资本和文化资本这两类资本划分和组织。垂直性的第一区分表明：大量拥有这两类资本中任何一种的行动者属于支配阶级，反之被剥夺这两类资本的人则属于被支配阶级。而水平的亚级区分，则显示出支配阶级内部占有更多经济资本的人属于支配阶级，而富于文化资本的知识分子属于被支配阶级。[②]

布迪厄在此区分了"经济资本"和"文化资本"，由于经济基础决定上层建筑，个体的经济状况因此决定了他的社会地位。而根据科西的定义，"性资本"是同"文化资本"类似的一种资本，作用于经济资本而产生价值，它既依附于经济资本又独立于经济资本。

　　"性资本"概念中的另一个关键词是"性"，它涉及女性气质在婚姻关系中的建构。19世纪40年代开始，亚裔女性开始移民美国，美国主流社会逐渐形成了有关亚裔女性形象的两大刻板印象，林英敏对此作了如下归纳：

---

① 转引自赵一凡等编《西方文论关键词》，外语教学与研究出版社2006年版，第570页。
② 同上书，第571页。

一种是龙女（dragon lady），邪恶的傅满洲的女人版。她长着利爪般的六寸长的指甲，紧身的绸缎衣服开衩到大腿。她边抽着一英尺长的雪茄烟边性感地笑着，同时还能轻易地毒死一个男人。她是"东方的"女巫，既让人渴望又充满危险。另一种是羞怯的莲花（lotus blossom）或中国玩偶（China doll）：羞涩、娇小、恭敬。她端正贤淑，纤纤玉指掩口低笑，双眼低垂，总是走在男人的身后十步之遥，最妙的是，她全身心地服务男人。①

"龙女"和"莲花"的刻板印象为亚裔评论界广泛认同。玛丽·杨（Mary E. Young）也认为"华裔美国女性的主要形象是龙女、妓女和被动的玩偶"。②

"龙女"一词源于中美文化对"龙"的不同看法。中国文化中，"龙，鳞虫之长。能幽能明，能细能巨，能短能长。春分而登天，秋分而潜渊。饶炯注：龙之为物，变化无端，说解因着其灵异如此，以能升天，神其物，而命之曰灵"。③ 可见，龙是灵异之动物，吉祥之象征，中国的皇帝也称自己为"真龙"天子，但在西方文化中，"龙"首先作为邪恶的、危险的、好斗的怪物出现在《圣经》，被认为是撒旦的另一个自我，是早期盎格鲁－撒克逊文学《贝奥武夫》中英雄贝奥武夫要弑杀的对象。"dragon"和"lady"的组合，让危险之物有不危险的外表，更平添了几分危险，既充满诱惑又让人恐惧。"龙女"形象最早出现在漫画家米尔顿·卡尼夫（Milton Caniff）的作品中。典型的"龙女"是傅满洲的女儿"花流水"（Fah Lo Suee）。

"莲花"的形象则颇似希腊的爱神（love goddess），她娇羞迷人、温柔可人、对男人百依百顺。在亚裔文化的大语境下，"莲花"化身为"中国娃娃"、"日本艺伎"、"战争新娘"和"越南妓女"等各种妩媚迷人、让

①　Amy Ling, *Between Worlds*：*Women Writers of Chinese Ancestry*：*Women Writers of Chinese Ancestry*, New York：Pergamon Press, 1990, p. 11.

②　Mary E. Young, *Mulls and Dragons*：*Popular Cultural Images in the Selected Writings of African-American and Chinese American Women Writers*, Westport：Greenwood P, 1993, p. 84.

③　王同亿编：《现代汉语大辞典》，海南出版社1992年版。

男人浮想联翩的形象，遮蔽了亚裔美国女性的内在气质，是西方男性对东方女人的想象性建构。

"龙女"和"莲花"形象都与性有关，都来自西方主流话语，都是从西方男人的视角，人为建构的东方女性之形象。它将亚裔女性建构为异域的"他者"——性感、淫乱、不值得信任，从而将亚裔女性的性欲表征为不同于白人女性的性欲，证实了东方的堕落。这是对亚裔女性形象的扭曲，却持续出现在美国作家和华裔男性作家关于华裔女性形象的塑造中，正如黄秀玲所言："温顺的'莲花'和有控制欲的'龙女'形象对美国公众的想象力产生了持久的影响，阻碍了亚裔女性表征自我的能力和发出可以被听到的声音的能力。"①

"性资本"的产生也与发生在 20 世纪 60、70 年代美国的第二轮女性主义运动紧密相关。女性主义运动暴露了婚姻对女性的束缚、对女性奋斗的限制，性的解放改变了人们的性道德观，在一定程度上鼓励了性自由，但和谐的婚姻始终以婚姻内两性和谐和相亲相爱为主要特征。亚裔女性曾是婚姻外代表自由性爱的形象，在西方女性主义运动蓬勃发展之后成为兼具传统女性美德和具有性吸引力的完美组合，由此成为与白人女性对立的一极，她的存在挑战了白人女性主义对白人男性气概和传统家庭结构的挑战，这就是亚裔女性的"性资本"。"性资本"的出现意味着亚裔女性被主流社会男性所接受，进入他们所属的社会空间。亚裔女性则凭借这一地位自由地流动于白人男性之间，其目的是为了为自己争取更好的生存空间。

在科西看来，"性资本"是不同于"经济资本"和"文化资本"的另一种资本，是利用"性"去"占有社会资源"，它意味着亚裔女性向美国社会归化的努力。在其著作中，科西着重阐述了"性资本"转化为经济资本的过程。与"经济资本"和"文化资本"主要通过"财产世袭、商品交

---

① Sau-ling Wong and Jeffrey J. Santa Ana, "Gender and Sexuality in Asian American Literature", *Signs, Journal of Women in Culure and Society*, 25.1（Autumn, 1999）, p. 185.

换"来扩大规模①不同，"性资本"主要来源于亚裔女性的族裔身份，它通过代代沿袭、文学想象或社会实践等过程逐步形成。因此，"性资本"的目的虽然也是"占有社会资源"，但它凭借的不是个人的努力，而是对白人男性的依附以及"婚姻"的模式，一些亚裔移民女性以身体为资本获得了美国的公民权。

二　被前置的女性身体：《茉莉》中的"性资本"话语解读

"性资本"是科西基于对印度裔美国作家巴拉蒂·穆克吉小说《茉莉》的讨论而提出的关键词，回归到此文本中可以更准确地理解这一概念。故事女主角茉莉出生在印度的农村，是家中的第五个女儿，在她即将出嫁的年龄，家中一贫如洗，好在她姿色骄人，成功嫁人，可惜丈夫在离开印度前往美国的前夕死于非命。成为寡妇的茉莉在印度社会已经没有未来，等待她的是印度的陋习"sati"，即寡妇自焚，为丈夫殉葬。她不甘如此牺牲，决心去美国，在丈夫向往的美国校园完成这一仪式，为此她想尽办法，最终登上了前往美国的飞机。在美国的第一晚茉莉就被蛇头"半脸"强奸，但她摇身一变成为卡莉女神②，杀死了欺凌她的"半脸"。随后，她将自己的印度衣物焚烧，祭奠丈夫之后，开启了美国之旅。

茉莉辗转来到纽约，成为泰勒家的保姆，在女主人追求性爱自由时，和男主人泰勒生活在一起。在纽约街头偶遇杀死丈夫的恐怖分子后，她被迫再次流亡至爱荷华。正经历中年危机的银行家巴德对她一见钟情，抛弃结发妻子，和她生活在一起。巴德在一次报复事件中致残，茉莉不离不弃，甚至怀上了他的孩子。彼时，泰勒仍对她念念不忘、紧追不舍。茉莉犹豫多时后最终决定和泰勒一起私奔至加州，开始他们的新生活。

---

① 转引自赵一凡等编《西方文论关键词》，外语教学与研究出版社 2006 年版，第 571 页。

② 卡莉女神（Kali）是印度教中湿婆神的配偶神，是毁灭的象征。卡莉女神变幻莫测，时而形态优美，时而变化成具有黑色身体、四只手臂，吐着血淋淋舌头，以驱除恶魔的女神。穆克吉曾说道："茉莉就是卡莉神，毁灭女神。"转引自黄芝《变幻莫测的"卡莉女神"——解读芭拉蒂·穆克尔吉的〈詹丝敏〉》，《解放军外国语学院学报》2007 年第 5 期。

　　茉莉的故事是一部亚裔女性移民美国的历史。茉莉在丈夫死后偷渡进入美国的"奥德赛"式的移民经历与早期亚裔美国女性移民史形成互文。"19世纪后半叶到20世纪前期，几乎有一百万人从中国、日本、韩国、菲律宾和印度移民到美国和夏威夷"[1]，但同时期进入美国的亚裔女性人数却寥寥可数。合法进入美国的亚洲女性多以商人的妻子或美国公民的妻子的身份入境。20世纪初期，日本人根据"君子协定"带来他们的妻子，在美国重建家庭。很多日本女性以"照片新娘"的身份来到美国，韩国女性也是如此。第二次世界大战之后，大概有20万的亚洲女性，作为"战争新娘"移民美国。20世纪下半叶，又出现了一种新的途径："邮购新娘"（mail-order bride）。

　　从商人的妻子到"邮购新娘"，亚裔美国女性的移民史同样也是一部以婚姻、以身体换取美国公民身份的移民史，同时它形构了早期亚裔美国女性移民的"性商品"形象。

　　由此考察小说《茉莉》，茉莉从印度去往美国的过程既是非法移民的结果，也是从族内婚姻转向异族通婚的过程，影射早期亚裔女性以婚姻的形式或"性商品"形象进入美国的历史，但茉莉成功地摆脱了"性商品"的形象，并利用自己的"性资本"周旋于美国主流社会。茉莉在美国的第一晚就杀死自己的欺凌者，同时也杀死了她作为"性商品"的形象。她从没有独立的主体意识的女性成长为利用第三世界女性的刻板印象为自己争取权利的女性，她在社会上成功的位移主要借助于她的身体。在象征着自由的广袤天地的美国，她在对身体的利用中，一步步向西迈进，俨然一位西进的女英雄形象。

　　女性身体的前置化再现不仅表现在女性身体的空间位移上，同时还表现在少数族裔女性的族裔身份扮演行为上。族裔身份的扮演行为与巴特勒的性别操演理论紧密相关，代表着一种政治策略。巴特勒认为成功女性为避免引

---

　　① Yen Le Espiritu, *Asian American Women and Men*：*Labor*，*Laws and Love*，California：AltaMira Press，2000，p. 16.

起男性的焦虑和惩罚而在公共场合伪装出女性气质，掩盖其身上具有的男性特质的现象①，是一种"性别操演"。当巴特勒的"性别操演"理论与族裔身份相结合后，"族裔性别操演"不仅仅是避免引起男性的焦虑，某种程度上是为了吸引白人男性的注意力，从而达到自己的目的。正如茉莉在小说中所表现出来的向主流社会靠近的行为，可以理解为"归化者的扮演"（passing as assimilationist）②，其目的是归化进入美国。茉莉在与巴德的交往中扮演着迷人而娇弱的第三世界女性，她清楚地知道，巴德追求她是因为"我是异族。我是黑暗、神秘、奥妙的化身。东方赋予我活力和智慧。只是做我自己就已经让他活力重生"。③ 在这里，"做我自己"并不是指以西方的标准要求自己，成为一个独立自尊的个体，而是利用白人男性的种族偏见，成为他们眼中的印度女性：沉默、神秘、温柔。茉莉扮演"莲花"般柔弱的女性形象吸引白人男性，满足了他们对东方女性的想象性建构。

茉莉所扮演的"莲花"形象在身体的重生仪式之后出现，而重生在于杀死旧的世界，具体表征为对身体的暴力行为。小说开篇，当算命师预言茉莉将守寡和流亡，并敲击她的头部时，茉莉倒地，树枝戳进她的额头，形成一个星形的伤疤，预示小说中的暴力叙述的开始。茉莉随后游到河中太阳光亮处，一具腐烂的狗的尸体触目惊心。对她来说，远离印度就是远离死狗腐烂的气味。茉莉在杀死"半脸"后声称，"我的身体只是一个躯壳，即将被抛弃。然后我就能再生，债务和罪孽都已偿清"。④ 此时的茉莉杀死了自己的旧我，浴火重生，在美国社会所向披靡，她所结识的白人男性在她全新的形象面前表现出身体失能的征兆。泰勒患有不育症，巴德坐上了轮椅。小说中的暴力叙述，呼应了茉莉重生的过程；在台湾学者陈淑娟看来，"茉莉除了屠杀白种男人对她的蹂躏外，也说明了这是一个重生

① Judith Butler, *Gender Trouble: Feminism and the Subversion of Identity*, New York: Routledge, 1990, pp. 50 – 51.

② Susan Koshy, *Sexual Naturalization: Asian Americans and Miscegenation*, California: Stanford University Press, 2004, p. 141

③ Bharati Mukherjee, *Jasmine*, London: Virago, 2012, p. 200.

④ Ibid., p. 121.

的必要仪式，而穆可杰则运用了神话故事中的复仇女神身体意象，来干扰西方窥奇的心态"。① 由此可见，亚裔美国女性的"性资本"形象包含两层意思：亚裔美国女性的身体形象是具有性吸引力的形象，是在对以往"性商品"形象上的暴力重生；亚裔美国女性在与白人男性的交往中扮演着羞怯莲花、希腊爱神的角色，目的是为了顺利归化进入美国。

科西将性别和种族结合思考异族婚恋中的亚裔女性形象，她没有意识到的是通过异族婚恋模式成为美国公民的亚裔女性在获取平等的公民权方面仍面临被歧视的处境。正如莱斯利·包（Leslie Bow）所说："对于有色人种女性，她们没有言说的立足点，只有身体具象化的位置。对于其形象局限于同超女人味相关联的亚裔女性，性欲化的表征深刻地影响了平等公民权的观点。"② 茉莉和巴德生活在爱荷华州一个相对封闭的社区，她的存在代表着异域性，而非美国性，所以她无法融入巴德的社会，小说的结尾，茉莉的离开意味着小镇的秩序回归正常。

茉莉实践主体性的途径在于发展了自己对于情欲的主动权，她展示了被社会历史文化重重遮蔽的亚裔女性身体，并反抗印度的父权制度，但又从另一方面反证了亚裔女性的刻板印象。包曾大声疾呼："女性在公众领域需要作为一个女人出现，对性别角色的遵从是她作为公民参与社会生活的条件。"③ 包的呼吁对于女性主义运动之后的白人女性来说有一定意义，对于第三世界的女性来说，她们一直就是作为"超女人味"的女性形象出现的，为了争取自己的权益，她们还需认识自己的身体，找到自己的声音。

"性资本"的潜台词是将白人女性和亚裔女性对立起来，此概念呈现出两面性：一方面，将亚裔女性与其刻板印象并置，另一方面，强调了亚裔女性借刻板印象为自己获取更多权益的努力。从"性资本"的角度看，《茉莉》中女权思想并不明显，但是茉莉在控制男人、规划人生、拥有自

---

① 陈淑娟：《离散神话与西进女英雄再造：穆可杰〈茉莉〉的第三世界女性身体经验与变形意涵》，（台湾）《英美文学评论》2008 年第 12 期。

② Leslie Bow, *Betrayal and Other Acts of Subversion: Feminism, Sexual Politics, Asian American Women's Literature*, Princeton: Princeton University Press, 2001, p. 42.

③ Ibid.

己的理想等方面比美国女性主义者走得更远。

三　亚裔美国批评界的焦虑："性资本"之殇

纵观 20 世纪亚裔美国文学，对亚裔女性的歧视性表征令人痛心，相对于亚裔男性的"无性化"特征，亚裔女性只不过是一件"超女人味"的"性商品"。亚裔女性在白人男性笔下是"玩偶"、"商品"，而在亚裔男性笔下同样浸淫着歧视和偏见。科西归纳的"性资本"概念来源于主流社会构建的亚裔女性的"性商品"形象，张扬的仍是亚裔女性的刻板印象。亚裔女性的正面形象的建构在主流社会中依然举步维艰。

"性资本"话语主要来源于"性商品"话语，最典型的再现是是蝴蝶夫人系列故事。1904 年，意大利剧作家普契尼的歌剧《蝴蝶夫人》上演，其哀婉的唱段、悲剧的剧情为其赚足了票房和广泛的知名度。该歌剧的文学来源是法国作家皮埃尔·洛蒂（Pierre Loti）的《菊子夫人》（*Madam Chrysanthemum*，1887）和美国作家约翰·路德·朗（John Luther Long）受其影响而创作的《蝴蝶夫人》（*Madam Butterfly*，1898）。"蝴蝶夫人"对于后世的影响中包括英国作家理查德·梅森（Richard Mason）创作的小说《苏丝黄的世界》（*The World of Suzie Wong*，1957）和 1989 年的歌剧《西贡小姐》（*Miss Saigon*）。国内评论界在评论黄哲伦的《蝴蝶君》时对于"蝴蝶夫人"故事已经有相当的论述，卢俊认为"《蝴蝶夫人》讲述的是一个失败的异族婚姻关系的故事"①，"有着深深的种族主义和殖民主义的痕迹"②。卢俊的论述可以代表评论界对"蝴蝶夫人"形象的公论，即蝴蝶夫人形象代表了"白人男子对东方女子的刻板印象"。③

不仅如此，"蝴蝶夫人"系列故事作为白人男性，特别是水手异域猎艳的传统模式，开创了亚裔女性作为"性对象"（sex object）或"性商

---

① 卢俊：《解构蝴蝶夫人：论黄哲伦的文化策略》，程爱民编《美国华裔文学研究》，北京大学出版社 2003 年版，第 228 页。

② 同上书，第 230 页。

③ 同上。

品"的文学书写传统。"蝴蝶夫人"故事大都发生在日本的通商口岸，非西方本土领域，而是所谓的"化外之地"。萨义德在《东方学》中提到：对19世纪的欧洲而言，随着资产阶级的观念日益取得支配地位，性在极大程度上被加以规范化：一方面，根本不存在"自由的"性爱；另一方面，性在社会中被套上了一层由法律、道德甚至是政治和经济组成的具体而令人窒息的责任之网。① 在这个大背景下，西方男人试图摆脱其在本国内所受到的道德法律约束，自由地与异域，或准确地说，与东方女子恋爱并将其抛弃。在东方，西方人可以找到在欧洲无法得到的体验。

在白人男性与亚洲女人的异族婚恋的模式中，白人是绝对的权威，亚洲女人是东方女性的代表，代表着自由的性爱。她们都被塑造为温婉可人、为爱不顾一切，甚至甘被抛弃也无怨无悔的形象，萨义德称其为"将东方和性一直编织在一起"② 的长盛不衰且一成不变的母题。亚裔女性一旦被认为是"商品"，就没有任何主体性可言，她的美貌、她的异域风情、她的善解人意都只是被消费的对象，白人男性就是她们的救世主。可以说，这完全是白人男性基于自己的种族和性别优势进行的一种居高临下的俯视和主观臆想，是典型的东方主义话语。而这种话语的大量产生满足了白人男性对自己的种族和性别的想象性崇拜，满足了西方读者窥视东方的欲望，并因为充满异域风情而成为西方读者想象东方的一种途径。

"性商品"形象强调亚裔女性依附于男人的地位，"性资本"则进一步强化了亚裔女性的刻板印象，后者将性别和种族联系起来，凸显了亚裔女性的双重弱势地位。亚裔女性深受母国内父权制度的压迫，异族婚姻因而成为亚裔女性摆脱本族群内的父权压迫的途径，在此过程中，亚裔女性利用其不同于主流女性的"莲花"般的刻板印象，成为"性资本"。异族婚恋使亚裔女性彻底臣服于白人男性，因为吸引白人男性的不是男女间的平权关系，而是亚裔女性的温顺和异域风情。要维持婚姻，亚裔女性必须继

---

① ［美］爱德华·W. 萨义德：《东方学》，王宇根译，上海三联书店1999年版，第246页。
② 同上书，第243页。

续扮演这种刻板印象形象，因而将自己置于白人男性的权威之下。《喜福会》中的映映·圣克莱尔嫁给美国人克里福·圣克莱尔，通过婚姻，映映摆脱了使她窒息、人生毫无希望的中国，来到美国。丈夫为她取了个美国名字贝蒂·圣克莱尔，出生日期由 1914 年改为 1916 年。名字的更替意味着由曾经的华人转变为美国公民，而将生日从 1914 年改为 1916 年，也就是说将生肖由虎改为龙，曾经中国的"虎女"（tiger lady）在美国摇身一变成为"龙女"（dragon lady）。映映的跨国婚姻表明女性在恶劣的生存环境下利用男性达成自己的目的只是一种生存策略。另外，曾经的"虎女"在婚后变成了"虎鬼"、"鬼魂"，甚至是"龙女"，表明了亚裔女性通过婚姻、身体获取美国公民身份时所付出的代价。她背井离乡、由人变鬼，成为"龙女"、"苏丝黄"，唯独不能成为独立自主的个体。

穆克吉的《茉莉》中的茉莉则走得更远。她是来自印度的美国女性，但是她有着高度的自觉意识，她说："每次我端起一杯水来喝时，我会很快地闻一闻。我知道我不想成为什么。"① 很显然，她不想做印度人，而想做美国人；她想掌控自己的命运。因此，到美国之后，她既游走于美国不同的阶层空间中，也游走于白人男性之间。茉莉在与男人的交往中，不断地被命名，她的主体性一直受到质疑，她在男人间的游走意味着她的主体建构必须依附于男人。在这一过程中，她一步步获取了美国公民身份。无独有偶，越南裔美国作家莱莉·海斯利普（Le Ly Hayslip）在其 1989 年的自传《天与地换位：一个越南妇女从战争走向和平的历程》（*When Heaven and Earth Changed Places*：*A Vietnamese Woman's Journey from War to Peace*，1989）及其续篇《战争的孩子、和平的女人》（*Child of War*，*Woman of Peace*，1993）中讲述了越南女性在移民美国后获得经济上的独立和情感上的独立的历程。莱莉在越战中饱受性创伤，但她对在西方的美好生活仍充满憧憬，这缘于她对自己身体使用价值的自我意识以及控制自己成为"性商品"的能力。同茉莉一样，莱莉在美国也是在与白人男性一次次的情感纠

① Bharati Mukherjee, *Jasmine*, London：Virago, 2012, p. 5.

葛中获利并变得越来越独立。

但是，亚裔女性持续地以拥有"性资本"的身份出现，势必破坏西方女性的女性主义事业，因为拥有了"性资本"的"模范少数族裔"代表着女性主义运动之前的白人女性形象，在婚姻关系中很容易轻易取代正在进行女性主义革命的白人女性。斯皮瓦克曾拼凑出这样一个句子"白人正在从褐色男人那里搭救褐色女人"[①]，在"性资本"的语境下，这个句子演变成了"白色女人正在从褐色男人那里搭救褐色女人，然后把白色男人拱手送给褐色女人"，这对全球范围内的女性主义运动是一个极大的讽刺。

为抵抗亚裔女性的刻板印象，亚裔女性作家做出了很大的努力，在小说中建构了不同的亚裔女性形象，尤其在 20 世纪 60 年代以后，亚裔女性以新形象出现在文学作品中：她们"坚强、强健、足智多谋、独立、勇敢，既不是'莲花'也不是'龙女'"。[②] 在《女勇士》中，汤亭亭塑造了花木兰、母亲勇兰等亚裔"女勇士"形象以对抗中国文化中的"厌女"传统和西方对华裔女性的偏见，女勇士们具备的资本是高超的武艺、丰富的专业技能、优秀的学业成绩和强大的言说能力。与此同时，与把亚裔女性当作"性商品"或"性资本"不同，当代亚裔美国女作家更热衷于通过历史、家园、传统故事，或母女关系的叙述来建构个体的身份。

科西的"性资本"观点捕捉到了亚裔女性形象的表象，但是对亚裔女性本质形象的把握仍不够准确，将亚裔女性刻画为利用自己的生物性本能，而非文化所赋予的能力去获取所需，这是对亚裔女性形象的诋毁，也与东方主义话语构成同谋。亚裔女性群体要打破桎梏于自身的刻板印象，必须以更为独立、自尊的态度来赢得主流社会的尊重。但是考虑到刻板印象的形成历史悠久，且被欧美主流社会广泛接受，亚裔女性要打破其局限，还需长期的努力。

---

① 转引自陈永国主编《从解构到全球化批评：斯皮瓦克读本》，北京大学出版社 2007 年版，第 11 页。

② Sau-ling Wong and Jeffrey J. Santa Ana, "Gender and Sexuality in Asian American Literature", *Signs Journal of Women in Culture and Society*, 25.1 (Autumn, 1999), p. 194.

第六章 亚裔美国文学与流散诗学

恰如著名的流散理论批评家保罗·吉尔罗（Paul Gilroy）所言，"流散"是一个"古老的词"，然而从其最早的定义到现今作为全球化话语中最为常见的批评术语之一，"流散"一词经历了内涵和外延的不断发展与演变。亚裔美国文学批评实践长期以来与流散有着诸多的关联，随着 20 世纪后期流散批评在全球范围内的兴盛，流散批评范式在亚裔美国文学研究领域也日益声势浩大。但其中的发展流变便如同"流散"一词本身的发展一样，沿经了迂回曲折、纷繁复杂的变化路程。在探讨亚裔美国文学的流散批评范式之前，我们有必要先来回溯与厘清流散与流散批评的源起、发展及其当代的批评内涵。

第一节 "流散"与"流散批评"溯源

从词源来看，"流散"（diaspora）来源于希腊词"diaspeirein"，由表示"跨越、横越"（across）的词根"dia-"和表示"播种、散播"（to sow or scatter seeds）的"sperien"组成。该词最早出现在希伯来语《旧约圣经》的希腊语译文 *Septuagint* 中，特指公元前 3 世纪流亡在埃及亚历山大港的希腊语犹太人群（Hellenic Jewish），以"种子散播之义"寓指离开巴勒斯坦母土的犹太人流离失所的颠沛生活。"流散"指离开单一民族－国家（nation-state）或地理上的故土（geographical location of origin）的移位

（dislocation），及在一个或多个单一民族、领土或国家的重新安置（reloca-
tion）。自此之后，"流散"一词常带有宗教意味，在记叙犹太人的流散困
境的中世纪拉比文献中俯拾皆是。①

随着世界历史变迁，尤其是近几个世纪以来历经殖民主义、帝国主义
等历史进程，全球范围内的跨国界、跨文化迁徙现象越来越普遍，原本被
用来指代犹太人被迫的流离失所与政治迫害的"流散"一词也被广泛地用
来描述其他族裔的人口散居现象。应该指出，"流散"既不同于周游世界
（travel），又不同于游牧生活（nomadism）。尽管"流散"不再局限于用来
指涉犹太人，但一般而言，历史上常以"流散"一词指代被迫的移民与错
置。② 正因如此，奴隶制度、种族迫害、种族灭绝、政治迫害、战争、饥
荒等常被视为是导致移民与族裔散居的主要原因。16 世纪由于奴隶贸易，
非洲黑人大举跨洲界迁移并散居至北美、南美、加勒比海等"新大陆"，
这些事例被普遍认为是近代历史上经典的流散现象。然而，19 世纪以来，
尤其是伴随着 20 世纪全球化进程的不断推进，大规模的移民潮愈演愈烈，
民族－国家身份变得愈发不确定，流散的内涵也不断得到拓展和延伸，其
"被迫"的核心条件也受到挑战，因为新一代的流散现象不乏自觉自愿移
居他乡的流散者。学术界因此也持续展开了一系列激烈的讨论，使流散成
为 20 世纪末至今在文化研究、区域研究、族裔研究等研究领域的一个异常
热门的论题。

一　后殖民视角的流散批评

当代流散研究始于 20 世纪 80 年代末 90 年代初，1986 年耶路撒冷学
者加布雷尔·谢夫（Gabriel Sheffer）主编《国际政治中的现代流散》
（*Modern Diasporas in International Politics*）一书。该书旨在"重新检视流散

---

① See John Durham Peters, "Exile, Nomadism and Diaspora: The Stakes of Mobility in the West-
ern Canon", *Home, Exile, Homeland: Film, Media and the Politics of Place*, ed. Naficy, Hamid
S. London: Routledge, 1999, p. 23.

② See Paul Gilroy, "Diaspora", *Paragraph*, 17. 1 (1994), pp. 207 – 212; James Clifford, "Di-
asporas", *Cultural Anthropology*, 9. 3 (1994), pp. 302 – 338.

行为的国际性和跨国家性"，因此特别关注"母国与归属国的关系"。[1] 通过该书，编者着重探讨两个问题：（1）流散与母土之间不可割舍的原因；（2）母土与归属地的双重权威及流散者的双重忠诚。谢夫颇具洞识地区分了三种稳定的实体，分别是"母土"、"归属地"及"流散"。在他看来，流散是一种处于母土和归属地两个地域之间的三元关系（triadic relations），是错置了的共同的种族-民族主体（a displaced collective ethno-national subject）。在此基础上，谢夫还归纳了流散的两大类别：一是自愿的被归属地所吸引的流散，一是被母国驱逐的被动的流散，并认为正是在归属地的边缘地位赋予了流散有聚合力的"种族-民族"或"种族-宗教"身份认同。

该书常被视为当代流散批评的经典的开山之作，具有不可替代的奠基作用。不过真正掀起流散批评狂潮的是流散批评的第一份学术期刊《流散：跨国研究期刊》（*Diaspora*：*A Journal of Transnational Studies*）的正式创刊。在1991年该期刊的创刊号中，美国学者萨福兰（William Safran）发表论文《现代社会的流散：母土与回归之谜》（"Diaspora in Modern Societies：Myths of Homeland and Return"），针对"流散"的原义与当代意蕴进行了颇有建树的阐释和梳理。萨福兰指出，"流散"一词在当代含义广泛，可以指代好几类群体，如被流放者、被驱逐者、政治难民、异国居民、移民、少数族裔等。鉴于此，他制定出六大原则来区分、锚固流散的指涉范围。萨福兰的归纳对流散现象与批评做了初步而关键的定调，对后来的流散批评具有深远的影响。有学者甚至认为，萨福兰所采用的是一种"概括的修辞策略"，强调集体流散（bloc diaspora）内部的"种族-民族"意识，在这种策略下，"母土和归属地所施加的偶然压力被削弱，而此二个相对消极的领域之间的流散意识被赋予了积极的意义"。[2]

该杂志刊发之后引起了各界对流散的激烈讨论，这些观点甚至时常针锋相对。尽管各不一致，这些意见主要还是从理论性、文化性及历史性等

---

[1] Gabriel Sheffer, ed., "Preface", *Modern Diasporas in International Politics*, London：Croom Helm, 1986, p. 1.

[2] Sudesh Mishra, *Diaspora Criticism*, Edinburgh：Edinburgh UP, 2006, p. 38.

层面分别对"流散"的学理化进行探讨。与此同时，流散引起非常广泛的关注和重视，关于流散的探讨遍布文学、社会学、人类学、电影研究、酷儿理论、区域研究、种族研究和文化研究等学科领域。90 年代的这些流散批评中，最具代表性，也最具影响力的应该是后殖民主义学者从后殖民的视角所进行的讨论，尤其是以吉尔罗、克里福德（James Clifford）、霍尔、勃拉（Avtar Brah）、巴巴、拉达克里希南（Rajagopalan Radhakrishnan）、达利瓦（Amarpal K. Dhaliwal）等人为代表。

1987 年，吉尔罗发表了《"英国国旗上没有黑色"：种族与民族的文化政治》（"*There Ain't No Black in the Union Jack*"：*The Cultural Politics of Race and Nation*）一书。带着对当时盛行的将民族同文化、种族、族裔混为一谈的本质主义的不满，吉尔罗检视"一种流散体系里的黑人文化，以期让其成为绝对主义的不同变形中的一项替代"。[①] 他指出："种族、族裔、民族、文化这些术语是不可交换使用的。……大不列颠黑人群体就是流散的一员。……黑人文化是被积极创造和改造出来的。"[②]

吉尔罗赋予大西洋的黑人奴隶以流散的身份，并且肯定了黑人流散文化的积极建构作用。六年后，吉尔罗进一步在其新作《黑色大西洋：现代化与双重意识》（*The Black Atlantic*：*Modernity and Double Consciousness*，1993）中运用文化研究的方法来探讨黑人文化产物以颠覆当时盛行的文化民族主义（cultural nationalism）。他指出，这些文化民族主义的形式是对"族裔绝对主义"的盲信，而黑人文化对西方的现代化（殖民扩张、种族屠杀、奴隶制度、契约）进程具有文化反击（counter-culture）作用。[③] 这本书在流散研究具有里程碑式的作用，吉尔罗发现了流散新的内涵，并洞识了流散的混杂身份。

吉尔罗的老师，另一位重要的代表学者霍尔同样关注英属殖民地黑人

---

① Paul Gilroy，"*There Ain't No Black in the Union Jack*"：*The Cultural Politics of Race and Nation*，London：Hutchinson，1987，p. 154.

② Ibid.

③ Jana Evans Braziel and Anita Mannur，ed.，*Theorizing Diaspora*：*A Reader*，Malden and Oxford：Wiley-Blackwell，2003，p. 49.

的流散特质，他将德里达著名的延异理论（différance）运用到对英国加勒比海地区黑人群体的文化身份的复杂性的探讨中来，并将其早期对身份政治与文化研究的思考带入流散研究的架构中。在 1990 年的论文《文化身份与流散》（"Cultural Identity and Diaspora"）中，霍尔明确地提出，流散只能通过承认混杂性和多样性的必要性才能得到明确界定，并且指出，流散身份并非一成不变，而是同差异和混杂共生并存的，是经过不断被改造后的结果。霍尔在流散与文化身份方面的论述影响深远，有论者评论道："他的论述为后来的学者如吉尔罗、莫瑟、克里福德和勃拉等得出流散是横向的、流动的和多极的结论有重大的贡献。"①

在霍尔和吉尔罗的基础上，克里福德将旅行理论和流散研究结合起来，提出了流散的边界范式。他 1994 年在《文化人类学》（*Cultural Anthropology*）期刊上发表论文《流散》（"Diasporas"）。其在文中指出：多区域（multi-locale）流散并不须用一个特定的地理政治学边界（geopolitical boundary）来界定，他们并不表现出对家园的实体回归和依恋之间的原则性矛盾。② 他否定了萨福兰关于社会 - 精神属性决定流散身份和流散意识的看法，并指出流散糅合了相关理论范式如边界（border）、旅行（travel）、混种（creolisation）、迁移（migration）、文化汇融（transculturation）及杂糅（hybridity）等。

另一位重要的学者勃拉也回应了流散与"边界"的关系，在她看来，流散与边界之间的关系非常紧密。她还将边界细分为地理、政治、文化、经济与精神等几个层面。她指出，流散、边界与位置的政治（politics of location）三者的关系是与生俱来的，而这一种与生俱来的场域（site）可以被称为"流散空间"（diaspora space）。③ 勃拉认为这是一个矛盾的"非空间"（non-space），恰如米什拉所评价的，从某种意义上说，勃拉的"流散

① Sudesh Mishra, *Diaspora Criticism*, Edinburgh: Edinburgh UP, 2006, p. 17.
② James Clifford, "Diasporas", *Cultural Anthropology*, 9. 3 (1994), pp. 304 – 305.
③ Avatar Brah, *Cartographies of Diaspora: Contesting Identities*, London: Routledge, 1996, pp. 181 – 238.

空间"概念有点类似于霍米·巴巴所称的第三空间。① 巴巴的许多理论著述实际上便是建立在对后殖民流散的思辨上。巴巴把来自第三世界的流散群体视为"文化与政治的流散者",他们既遭遇"文化的错置",又遭受"社会的歧视"。不过,巴巴指出,尽管这些流散者带着"过去创伤的记忆",却能够动摇西方固有的文化与政治。②

流散批评之所以与后殖民研究关系如此紧密,可以说是帝国主义扩张所留下的"后遗症",因为帝国主义引起了西方国家与前殖民地之间人口的剧烈流动,从而使得流散现象成为后殖民研究中至关重要的研究标本。进入全球化时代后,伴随着新的移民潮的日益加剧,流散批评迎来新的挑战,也日益发挥其在当代社会、政治和文化批评方面的重要作用。

二 作为显学的当代流散批评

20 世纪后期至今,流散批评随着跨国主义、全球化进程等历史潮流而越发呈现出蓬勃的生命力。人力、资本、技术、商品、信息等的跨国界流通促进了流散批评的进一步发展。在当今的人文社科研究领域,流散批评几乎无所不在,流散研究已经渗透进许多其他学科领域,成为有极高的包容性和交叉性的一门显学。

当代流散批评继续延续流散的难以定义的特质,进一步对流散概念进行补充、矫正,使其内涵外延不断扩展。霍尔在《献给旧者的新文化?》("New Cultures for Old?")一文中进一步阐明他对"流散"的新内涵的思考,他写道:

> 流散一词,当然可以在"封闭"的层面使用,用来描述人们,不管出于何因,离开了他们的"出生之国",但是通过保留传统及试图最终回归故里——所属文化的正宗"家园"——正是从那里他们漂泊

---

① Sudesh Mishra, *Diaspora Criticism*, Edinburgh: Edinburgh UP, 2006, p. 83.

② Homi Bhabha, *The Location of Culture*, London and New York: Routledge, 1994, p. 8.

分散，来与过去保持联系。但是"流散"也可以有另外的解读。"流散"可以指涉那些永不可能回到祖居国的人的流离；那些不得不被迫与常常无处不在的全新文化打交道的人；以及那些成功为自己重塑了一种时尚的崭新的文化身份，通过有意识或无意识地，执行至少一种文化规则的人。这些就是萨尔曼·拉什迪在《想象的家园》一文中所写的，"与生俱来便横跨世界……是被翻译的男人（和女人）"。他们隶属于至少一个世界的人，操至少一种语言（本义和喻义皆是），持有至少一种身份，拥有至少一个家；他们学会在文化之间协商、翻译，而由于他们是几种历史和文化相交相扣的产物，他们又懂得与差异共存，而且事实上懂得从差异中发声。①

可见，在霍尔看来，流散的指涉范围非常宽泛，甚至可以说，只要跨越二种文化就可以算是流散者。并且，流散者也不必总是如前人所常认为的那样悲观、伤感，而是可以与自己身上与生俱来的差异相安共存，甚至能够利用差异展现自己，实现更好的生存和发展。

科恩（Robin Cohen）于1997年出版的《全球流散：概论》（*Global Diasporas：An Introduction*，1997），亦是另一个延伸流散定义的典型例子，该书在兼顾了对立学派如霍尔、吉尔罗、莫瑟和克里福德等人提出的"认识论转向"后，认为后现代实践彻底颠覆了"母土"和"归属地"的本质概念，并承认运动形式的"不定向性"（"迁移至"或"从……归返"）正在被不同期的、横向的流动所取代。科恩指出，这种流动包括了访问、学习、短期工作、旅行和旅居等，而非整个家庭的移民、永久性定居和接受独一国籍。② 他提出五种种族中立（ethnically neutral）的流散类别——迫害流散、劳力流散、贸易流散、帝国流散和文化流散，并明确举例说明：

① Stuart Hall, "New Cultures for Old?", *The Cultural Geography*, Eds. Oakes, Timothy and Patricia L. Price, London and New York：Routledge, 2008, p. 273.

② Robin Cohen, *Global Diasporas：An Introduction*, Seattle：University of Washington Press, 1997, pp. 127 – 128.

犹太人、非洲人、亚美尼亚人属于迫害流散；英国人属于帝国流散；印度人属于劳力流散；华人和黎巴嫩人属于贸易流散；散落在异域的加勒比人属于文化流散。① 最后，科恩确定流散通常表现出下列的几种特征：

（1）从母土流落天涯，常凄凉悲惨；（2）为了工作、商贸往来或进一步满足殖民野心的离开母土；（3）关于母土的集体记忆和神话；（4）对假定的祖先的家园进行美化想象（idealisation）；（5）回归的行为；（6）长期形成的强烈的族裔意识；（7）与归属国的恶劣的关系；（8）与别国的同种族人有一种难以割舍的情愫；（9）在宽容的归属国里可能带来显著的创造力和丰富的生活。

将发达国家和地区的人口流动也纳入流散的范畴，无疑是具有拓展性的洞识。长期以来，流散总被视为悲伤的、凄凉的、血泪斑斑的迁徙，其使用的语境也多见于来自第三世界的移民现象，因此有学者指出，流散带着西方对东方的歧视，是一个贬义词。② 由此可见，科恩洞识到西方国家与前殖民地之间人口的双向流动，而不仅仅止于落后地区向发达地区迁徙的单向移民，这不只进一步拓展了流散的疆域，也赋予了流散在语域上更为积极的、主动的内涵。

当代流散批评的另一个特点，是对族群流散研究的进一步细化上，尤其体现在对同类流散现象的纵向的历史阶段的区分上。维杰伊·米什拉（Vijay Mishra）在研究印度电影在多地区流散（multi-locale diaspora）的接受问题时将印度流散分为二个部分，一是经典资本主义流散，即 19 世纪至 20 世纪初向印度的殖民地区输出劳力的种植园流散；二是 20 世纪 60 年代后印度人迁移到发达国家的晚期现代资本主义流散。米什拉认为第一种流散与母土断了联系，因此这一时期的流散被贴上了"多种族"而非"多文

---

① Robin Cohen, *Global Diasporas*: *An Introduction*, Seattle: University of Washington Press, 1997, p. x.

② 王宁:《流散文学与文化身份认同》,《社会科学》2006 年第 11 期。

化"的标签，而第二种流散与母土保持着联系，这一时期的族裔性与公正、自我赋权、再现、平等机会等问题密切相关。正是这二种流散在政治上和历史上的差异，决定了奈保尔（V. S. Naipaul）的小说与后来的库雷什（Hanif Kureishi）、查达哈（Gurinder Chad[h]a）和克里希纳（Srinvas Krishna）的小说与电影的显著不同。米什拉认为前面的流散学派都将流散概念理想化了，流散研究需"返回到历史特异性"上来，这需要"通过把研究对象聚焦在考古的、系谱的流散，而非先验流散"。① 这一观点发表后，加巴西亚（Donna R. Garbaccia）、爱德华（Brent Hayes Edwards）等学者也分别就意大利流散、黑人的国际化问题等提出了相似的论点。

在全球化的大背景下，中国人的流散现象越来越普遍，于是在全球的流散批判当中也出现了一些针对中国流散现象的探讨，其中华裔美国学者周雷（Rey Chow）对中国、全球的流散现象的思考尤其具有代表意义。在其于1993年发表的《抵挡流散的诱惑：少数话语、中国女人及高知霸权》（"Against the Lure of Diaspora：Minority Discourse，Chinese Women，and Intellectual Hegemony"）的论文中，周蕾区分了流散与跨国主义的区别，并关注北美华裔学者乐于从事有关中国文学及中国文化方面的研究这一现象，叩问下面两个问题：（1）为何海外华人学者的研究对象集中于他们自己也许不会再返归的空间与文化的人们身上？（2）这些学者对少数族裔家园的研究兴趣与后殖民时期流散空间的主要特征——殖民者/被殖民者的关系有什么可比之处？她聚焦中国研究的实例尤其是从中国女性的地位的角度来反思流散现象，并把北美的华裔学者比作流散中的"知识传媒"（knowledge broker）。她认为，尽管本身处于流散状态的学者在对少数族裔的文化研究上贡献良多，而且他们的工作也得到肯定，也为西方的东方学提供了不同的声音，但是被压迫者依旧失声，迫害依旧存在。她不同意把海外学者的研究成果称作凌驾于祖居国学者之上的知识霸权，而是建议从

---

① See Vijay Mishra, "（B）ordering Naipaul：Indenture History and Diasporic Poetics", *Diaspora*, 5. 2 (1996)，p. 190；Vijay Mishra, *Bollywood Cinema：Temples of Desire*, London：Routledge, 2002, pp. 235 – 236.

事第三世界女性地位及第三世界少数族裔地位的研究的学者应该注意到那些让这些研究得以进行的历史背景，注意到那些使得海外学者比祖居国学者更有优势进行相关研究的历史条件，"毋庸置疑的是，通过享有特权的言论，海外学者正在拯救地球上那些受难者"。① 可见，周蕾从北美学术界的华裔流散现象入手，高度评价了流散文化对祖居国文化所带来的补给、反哺和带动作用，当然，这实际上也是在为流散中的华裔学者正名、争取权益的呐喊。

21 世纪以来，对流散的学理化批评越趋成熟，其中比较经典的作品是2003 年布拉鸠尔（Jana Evans Braziel）和曼努尔（Anita Mannur）主编的《流散之学理化》（Theorizing Diaspora：A Reader），该书编选并评介了关于流散的最有影响的、曾引起剧烈讨论的经典批评文本，从这些文本中可以大致勾勒当代流散批评的轮廓和发展轨迹。还有学者明确地把流散批评当作一门学科来研究，因此也诞生了一个新的批评术语——"流散学"（diaspoetics）。这是斐济裔澳洲学者、诗人苏得舒·米什拉（Sudesh Mishra）在其 2006 年的专著《流散批评》提出来的术语。米什拉认为流散批评是一门糅合了文化理论、种族与族裔理论、边界理论（border theory）、结构主义、解构主义、后现代理论、后殖民理论等当代多种理论，跨越了"移民或公民学、民族志学、电影研究、历史学、音乐学、人口学和经济学等多门学科的学科，他还将研究流散的学者统称为"流散学者"（diasporists）。② 该书的最大贡献是通过检视各流派对流散的探讨，将它们梳理、归纳为双重地域性（dual territoriality）、环境偏侧性（situational laterality）及历史特异性（archival specificity）三种范式。在该书中，米什拉将谢夫、科恩归纳进侧重流散的双重地域性批评范式，而吉尔罗、寇贝纳·莫瑟（Kobena Mercer）、霍尔等关注大不列颠黑人群体的流散现象的理论归为环境偏侧性范式。他指出，双重地域性范式以种族－民族为主要的理论支

---

① Jana Evans Braziel and Anita Mannur, ed. , Theorizing Diaspora：A Reader, Malden and Oxford：Wiley-Blackwell, 2003, p. 180.

② Sudesh Mishra, Diaspora Criticism, Edinburgh：Edinburgh UP, 2006, p. 14.

撑，而第二种范式则偏重于研究流散内（intra-diaspora）及流散际（inter-diaspora）的网络关系①，这两种范式针锋相对，在第二种范式的不断挑战下，双重地域性批评范式于1996年瓦解。不过，环境偏侧性范式总是纠缠于复杂的边际身份问题，这样一种视角使得他们的研究时常给人一种将历史统一性（historical continuum）与族裔统一性（ethnic continuum）混为一谈的印象，这恰恰是提倡第三种研究范式的流散学者所担忧的。②

正是这些从事文化研究、族裔研究、社会学研究等领域的学者在不同阶段针对流散现象的历史、现状不断进行论述和诠释，并且不断补充他们对流散的新的发现和新的思考，流散批评的学术空间和批评范式才得到逐步的拓展和丰富。当代不断涌现的诸多关于流散的经典批评话语，以及越演越烈的相关争论和激辩与在20世纪后半叶达到高潮的全球性大移民相互应和，促使了流散批评作为一种诗学范式的确立。

第二节 亚裔美国文学的流散特质

按照骆里山对亚裔美国文化的本质的归纳，亚裔美国文化具有异质、杂糅、多重性的流散特征。具体到亚裔美国文学中，可以说其流散的特质直指亚裔美国作家、亚裔美国文学作品有别于其他作家和作品的异质、杂糅和多重性。这一种异质、杂糅、多重的特性存在于亚裔美国文化的许多方面，既体现在亚裔美国族群游离不定的文化身份上，又表现在亚裔美国文学在种族、阶级、语言、文化等层面殊异于其他类别作品的混糅特征上。本节拟从作为流散者的亚裔美国人、亚裔美国文学的迁徙与回望主题及亚裔美国文学的异质杂糅性即"此"与"彼"的特质来分别展开讨论。

---

① Sudesh Mishra, *Diaspora Criticism*, Edinburgh：Edinburgh UP, 2006, p. 83.
② Ibid. , p. 100.

一 作为流散者的亚裔美国人

流散使家园在时间和空间上产生了错置，身在当下的"家"，家却在千里之外；抑或千里之外的"家"已不复如前，家却在自己的记忆深处、想象之巅。以天使岛移民为典型代表的第一代亚裔移民，流落他乡，根却在亚洲，毋庸置疑是传统意义上典型的流散者。而在以"多元文化主义"为傲的当代美国，即便这里已经历经民权运动、女性运动、泛亚运动等种种追求平等、自由的思潮的洗礼，新一代的亚裔移民依然摆脱不了"无家可归"的流散之痛。严歌苓用"无所归属"来诠释她的流散处境，因为"即便拥有了别国的土地所有权，也是不可能被别族文化彻底认同的"。而"荒诞的是，我们也无法彻底归属祖国的文化，首先我们错过了它的一大段发展和演变，其次因为我们已深深被别国文化所感染和离间"，"即使回到祖国，回到母体文化中，也是迁移之后的又一次迁移，也是形归神莫属了"。① 可见，在文化身份上，落入对母国和现居国的双重疏离是亚裔移民的恒常的境遇。应该说，缺乏一份笃定的文化身份认同是流散者区别于其他人的最显性的特征。生于印尼、辗转迁移至美国的华裔诗人李立扬由于身份的特殊，尝尽漂泊流散的滋味，他曾发出这样的感叹："主流文化不认为自己是流散的一员，这是非常傲慢的。我希望非华裔美国人读完会说，我也觉得无家可归。"② 由此看来，即使怀抱"世界主义"的李立扬认为漂泊无依应该是当代人所共有的心灵困境，但是事实上，"无家可归"还是华裔美国人所独自共享的窘态。亚裔美国作家对文化的无所适从的极端例子可见泰裔美国作家桑塔（S. P. Somtow）的自白，桑塔以创作科幻小说著称，然而这一种创作喜爱竟然与他的流散者处境密切相关。他在采访中表示，只有在科幻小说中，他才能够释然，因为只有在科幻小说中，你可以不必"纠缠于到底属于哪种文化"，只有在科幻创作中，"你可以从这

---

① 严歌苓：《花儿与少年·后记》，昆仑出版社 2004 年版，第 194—195 页。
② King-Kok Cheung, ed., *Words Matter: Conversations with Asian American Writers*, Honolulu: University of Hawai'i Press, 2000, p. 279.

种文化'偷'一点，从那种文化挪一点，把它们糅合在一起，组成一种新的文化"。①

　　将新移民或第一代移民的亚裔作家归入流散作家的类别可以说是无可厚非的，那么那些占亚裔美国作家更大比例的本土亚裔美国作家是否也算是流散者呢？我们知道，尽管本土亚裔美国人是在美国出生、成长、受教育，尽管按照法律，他们是美国公民，但是长期以来他们也被视为"东方人"，总是受到美国主流社会的排斥和歧视，这使得他们同样生活在认同的困境中。随着20世纪60年代美国民权运动的兴起，身份意识在亚裔美国人中日益增强。亚裔美国文学因此也成为亚裔美国人展现"亚裔美国感"，呼吁成为并被视为美国人的重要战场。在这些运动的推波助澜下，亚裔美国文学纷纷出现以"宣称美国是自己的家"（claiming America）、"争回过去"（reclaiming the past）为主题的作品。赵健秀等人甚至用文学做武器来重塑真确的"亚裔美国人"——既不同于美国又不同于祖居国身份的人。

　　尽管如此，"亚裔美国人"这一称谓不过是亚裔族群为自己争取得来的名分，换句话说，这一称谓不过是自己赋予自己的名号，并非是美国主流社会主动认可的。从"东方人"到"亚裔美国人"的转变，虽然体现着亚裔美国人对自身身份的觉醒，凝聚着浓厚的族裔政治意识，然而本土亚裔美国人依然逃脱不了这"外来者"的命运。在美国土生土长的新一代华裔美国作家梁志英被《新英格兰评论》（New England Review）杂志称为"学徒"，对此梁志英指出，他们言下之意可能是用此词来暗示"我们从我们的族裔领土远道而来，学习英语，或者学习如何写作……十分盛气凌人"。② 林英敏也曾指出："不论是新近移民的还是在美国土生土长的，美国的华裔［人］都发现他们是被困于两个世界的人。他们的面孔无不宣布了一个事实——他们的亚洲族裔性，尽管就其所受教育、生活选择或出生

①　King-Kok Cheung, ed., *Words Matter: Conversations with Asian American Writers*, Honolulu: University of Hawai'i Press, 2000, p. 62.

②　Ibid., p. 234.

而言，他们是美国人。"① 正是因为长期被视为外来者，并且不愿被视为外来者，第二代华裔美国作家任璧莲在她的代表作《典型的美国佬》一书才会以"这是一个美国的故事"来开篇，极力想要将自己美国化，融入美国社会。她对此毫不讳言："作为一位亚裔美国人，我知道我将会受到异样的对待，因此我想要逃出［这一种隔离］。"②

以上例子无不尖锐地揭示了亚裔美国人的不被确定的、不固定的身份。值得指出的是，亚裔美国人这份身份的不确定性不只来自外部的他者凝视，更来自亚裔美国人对自我的定位，来自他们对自身的民族身份、文化身份认同的犹豫不决，其中无不体现出一种流散者摇摆不定的身份迷惘与低人一等的种族忧伤。在张敬珏的亚裔美国作家访谈录《言语之重：亚裔美国作家对话录》（*Words Matter*：*Conversations with Asian American Writers*，2000）中，大部分本土亚裔美国作家都流露出自己对家园、文化根源的迷惘。和出生在亚洲的亚裔美国人一样，他们均无法摆脱身份认同的困扰，这也可以从几本亚裔美国文学选集中得到印证。第一本亚裔美国选集《亚裔美国作家》（*Asian-American Authors*，1972）由许芥昱（Kai-Yu Hsu）和帕卢宾斯克斯（Helen Palubinskas）编著，两位编者在篇首开门见山引出华裔美国作家在身份认同上的两种不同观点，一是赵健秀的"你的身份是什么？"③ 一是李金兰（Virginia Lee）的"没有关于身份的执念"（I have no identity hang-ups)④。这两种截然不同的身份认同观实际上将亚裔美国人长期以来对自己身份的困惑和迷惘展露无遗。第二本亚裔美国文学选集《亚裔美国文学遗产：散文与诗歌选集》（*Asian-American Heritage*：*An Anthology of Prose and Poetry*，1974）是由王燊甫（David Hsin-Fu Wand）主

① Amy Ling, *Between Worlds*：*Women Writers of Chinese Ancestry*, New York：Pergamon, 1991, p. 20.

② King-Kok Cheung, ed., *Words Matter*：*Conversations with Asian American Writers*, Honolulu：University of Hawai'i Press, 2000, p. 220.

③ Kai-Yu Hsu and Helen Palubinskas, ed., *Asian-American Authors*, Boston：Houghton Mifflin, 1972, p. 1.

④ Ibid., p. 2.

编，尽管主编不同，文本不同，但是该文集的核心问题依然是对"何为亚裔美国人？"（What is an Asian-American?）① 这一问题的追问。第三本文选《大哎—咿！：华裔与日裔美国文学选集》更是直接明了地以"哎—咿"的形式为亚裔族群身份认同的困境呐喊。

亚裔美国人，作为跨越美国和亚洲两种文化的人，按照霍尔等当代流散理论家对流散的定义，具有流散者的典型特征，而这也在历史和现状中的亚裔美国人身上得到充分的印证。无论是在美国土生土长还是后来迁入的亚裔美国人，相对于主流话语，他们始终是外来客，是边缘人。他们即便不是身体上的流散者，也是心灵上的流散者。而这些流散特质不只表现在亚裔美国作家的身份认同上，也体现在其笔下的文学作品中。

二　移民迁涉与故国回望：亚裔美国文学的离乡恍歌

亚裔美国文学与流散的关系十分紧密，而流散又与移民经历息息相关，实际上恰是从一个国家到另一个陌生的国家的颠沛流离和血泪斑斑的移民经验造就了亚裔美国文学的萌芽和诞生。19 世纪中期至 20 世纪初，美国由于种植园、开矿和修建铁路等经济机会吸引了来自中国、日本和朝鲜等亚洲国家的大批劳动力。尽管一方面美国急需亚洲劳力，但是另一方面美国国内的反亚情绪却十分高涨，最终美国官方通过了一系列排亚的政策。除此之外，祖居国与居住国的微妙的外交关系，也时常左右着这些移民及其后辈在美国的生存境况。正是在这一种特定的历史背景下，亚裔美国文学应运而生。

以华裔美国文学为例，被视为是华裔美国文学的"开山"之作②的早期华裔美国文学创作——天使岛上的华文诗歌便是 20 世纪初远涉重洋的华人由于被无端拘留在天使岛上而促发写就的。这些诗歌最早由旧金山唐人街编选出版，先后以《金山歌集》（1911）和《金山歌二集》（1915）为题

---

① David Hsin-Fu Wand, ed., *Asian-American Heritage: An Anthology of Prose and Poetry*, New York: Washington Square, 1974, p. 2.

② 吴冰、王立礼主编：《华裔美国作家研究》，南开大学出版社 2009 年版。

结集。1980 年，天使岛移民后裔麦礼谦（Him Mark Lai）、林小琴（Genny Lim）和杨碧芳（Judy Yung）三人从中收集、校勘、编译了 135 首诗歌，出版了中英文对照的《埃仑诗集》（*Island：Poetry and History of Chinese Immigrants on Angel Island，1910–1940*），从而引起了美国社会的注意。

从创作主题来看，这些诗文无不烙印着典型的流散文学特质——失落、困苦、漂泊无依。在这本诗集中，编者归纳分类的五个主题"远涉重洋"（The Voyage）、"羁禁木屋"（The Detainment）、"图强雪耻"（The weak shall conquer）、"折磨时日"（About Westerners）、"寄语梓里"（Deportees，Transients）恰如其分，紧扣族裔流散的主旨，在在呈现了早期华人移民初到美国所遭受的歧视和欺辱，以及他们面对不公心酸苦楚的精神困境。与 19 世纪中后期的大批移民潮类似，由于中国国贫民困、时局动荡，20 世纪初大批华人纷纷漂洋过海，来到美国找寻生计。但是为了控制移民数量、防控疫情等，1910 年 1 月 21 日美国启用了天使岛移民营，苛刻地审核、监控华人移民的大规模进入。在镌刻在拘留所墙上的诗文中，便有不少吟唱诗人去国怀乡、孤苦自怜的流散心境，如：

云雾潺潺也暗天，虫声唧唧月微明。
悲苦相连天相遣，愁人独坐倚窗边。（P53 #13）

兄弟莫通一语，远隔关山；
亲朋欲慰寸衷，相离天壤。（P143）

由于美国的排华政策与措施，囚禁在天使岛上的华人受尽美国官方的苛待，不少人苦不堪言，有些人不堪其辱甚至泅泳、自杀，天使岛诗文中不乏再现这些不平遭遇，控诉美国的蛮横不公的作品，从一定程度上反映了诗人的人权意识。如：

医生苛待不堪言，

钩虫刺血更心酸。

食了药膏又食水,

犹如哑佬食黄连。（A49）

埃屋三椽聊保身,

仓麓积愫不堪陈。

待得飞腾顺遂日,

铲除关税不论仁。（A46）

也有不少诗文思索离乡背井的缘由,不忘感时忧国,既宣泄心中对不平遭遇的痛恨,又抒发同胞之情,相互鼓气,呼吁一种隐忍、团结、乐观的爱国主义、民族主义精神。如：

我国豪强日,

誓斩胡人头。（B44）

寄语同胞勿过忧,

苟待吾侪毋庸愁。

韩信受胯为大将,

勾践忍辱终报仇。

文王囚羑而灭纣,

姜公运舛亦封侯。

自古英雄多如是,

否极泰来待复仇。（A59）

从这些诗文中,我们可以清楚地看到,这些华人移民多是被迫离乡飘零,他们并没有怀抱扎根美国的梦想,"一朝荣归故里"是他们客居美国的最终目的,这亦是为何美国早期的华人移民常被称作"金山客",因为它道明了早期华人移民做着掘金美梦而客居美国的历史内涵。毋庸置疑，中国才是这一代移民归属的家园，然而这一程"荣归故里"的路途，却格外遥远漫长。正因如此，在早期的华裔美国文学创作中，去国怀乡常常是反复吟唱的主题，这一种对母国的根深蒂固的身份认同，与他们流散异乡的艰苦历程及辛酸心路一起，汇集成了一首首离乡的忧歌。

除了早期华裔美国文学作品，早期的其他亚裔美国文学创作也总是紧扣流散主题，如亚裔美国文学的经典之作，菲律宾裔美国作家卡洛斯·布洛桑的《美国在心中》（*America is in the Heart*，1946）同样生动地再现了第一代菲律宾移民从家乡迁移到美国的艰辛历程。这一本自传体小说回望了主人公皮诺依儿时在故国的生活，记录了 20 世纪 20 年代至 40 年代从菲律宾迁徙至美国，以及在美国西部山区经历的种族歧视的血泪史。与同类的华裔美国迁徙书写有所不同，这部小说的主人公原本怀抱的是"种族平等"、"人人自由"的"美国梦"进入美国，不料现实却让他大失所望。现实与理想之间的巨大反差营造了主人公心中深深的失落感，流散的艰辛和痛楚跃然纸上。

20 世纪后半叶以来留学潮、技术移民潮也带来亚裔美国文学新的发展。来自台湾的白先勇、聂华苓、於梨华、陈若曦等，与来自内地的严歌苓、哈金、闵安琪等都是新一代华裔移民作家的代表。与前人类似，在这些作家的创作中，除了论及亚裔移民经历，常见的依然是"怀乡"、"漂泊"、"故国回望"等主题。譬如，严歌苓的《扶桑》叙述了旧金山的早期华裔移民经历；哈金和闵安琪不时以母国的历史为其文学创作的素材；而白先勇、聂华苓等人的创作时常照见他们远离故土的孤独、凄凉的心境。

而除了第一代移民创作，在亚裔移民后裔的创作中，前辈的移民记忆、祖居国的历史同样是他们文学想象驰骋的肥沃土壤。汤亭亭的《女勇士》和《中国佬》、赵健秀的《唐老鸭》、徐忠雄的《家园》、大卫·村（David Mura）的《一个日裔美国人的野餐》（*A Nisei Picnic*）等作品都重现了作为流散者的第一代亚裔移民背井离乡的艰辛迁徙，铭刻了他们在异国他乡为移居国所付出的青春热血。种植园工人、淘金客、铁路修筑工人、洗衣工、洗碗工、佣人、厨子等文学形象都承载着千万个亚裔移民的卑微身影。在新生代华裔美国作家中也不乏以第一代华裔移民经验为主题的作品，如张岚的《渴望》（*Hunger：A Novella and Stories*，1998）通过母亲述说她移民美国的经验，重现了新一代移民踏上美国领土后的生存和生活足迹；在诗集《梦尘之乡》（*The Country of Dreams and Dust*，1993）中，同样在美国出生、成长的新一代华裔美国作家梁志英写道：

> 风尘作客……
> 涉尽重洋。
>
>
> 无名氏，
> 天使岛
> 移民站

诸如此类的文字又一次再现了华裔美国移民的血泪交织的流散历史，由此可见，亚裔美国人的移民历史和移民记忆，不管是个人的，还是集体的，也不管是当代的，还是早期的，都深深地镌刻着流散的印迹。

三　杂糅与异质："此"与"波"融合的文学

林玉玲在《移民与流散》（"Immigration and Diaspora"）一文中对亚裔美国文学作如下总结："家人、家园、社群、原地、失落、错位、迁移、族裔歧异、跨文化反抗、第二代的美国化和融入、身份失定与身份重构，如同在其他美国族裔文学中一样，是亚裔美国文学基本的运行轨迹。"① 仔细端详这些运动轨迹，可以发现，亚裔美国文学实际上是游走于至少两种身份、两种文化、两种历史、两个种族、两个国家、两个时空的叙述，亦

---

① Shirley Geok-Lin Lim，"Immigration and Diaspora"，*An Interethnic Companion to Asian American Literature*，ed.，King-Kok Cheung，Los Angeles：Cambridge UP，1997，p. 292.

即一种"此"与"彼"的杂糅文学。前面提到的迁移和故国回望题材便是亚裔美国作家游离在祖居国与现居国之间所进行的亚裔美国经验叙述和亚洲叙述。很明显，它们是历史与现在的结合，"原乡"与"他乡"的拼贴，具有鲜明的异质性和杂糅性，印证了骆里山所提出的亚裔美国文学的流散本质。

　　除了有关移民记忆的叙述，其他亚裔美国文学也时常呈现出跨文化、跨种族、跨时空的双重意识。谭恩美的几部小说——《灶神之妻》、《灵感女孩》和《接骨师之女》，聚焦于第一代移民的母亲与第二代华裔美国女儿在文化上的差异与冲突、对话与融合，其叙事空间在中国与美国、过去与现在、旧痛与新伤、亚洲祖先文化与西方现代文化等多个层面交替展开。梁志英更加直白地宣称自己的写作特征："我本人试图创作的人物和形象也跨越东西方、跨越国界、跨越文化，有时甚至跨越性别。我们都是文化边界的闯入者。"①

　　尽管马圣美等学者曾指出，"亚裔美国"更侧重"此时此地"，而非"彼时彼地"②，但是不可否认，"彼时彼地"是亚裔美国人与生俱来的、无法回避的文化基因。即便是在亚裔美国文学最具有"除根"意味的美国化叙事中，即使作家力图与亚洲的祖先文化传统彻底决裂，但是依然绕不开自己与"彼地彼时"的关联。伍美琴的《裸体吃中餐》，女主角罗碧是一个完全美国化的女孩，有固定男友，还不时与陌生男子偷欢，然而小说中她对中餐却有着让人哭笑不得的欲望式痴迷。在此，中餐成了一个"斩草除根"型的亚裔美国人难以磨灭的文化基因符号。即便是多次在作品中不断摒弃族裔身份、呼吁一种"世界人"身份的华裔美国作家任璧莲，无论是她的关于成功融入美国主流社会、强调华裔移民的美国性的《典型的美国佬》，还是关于自由选择文化身份和属性的新一代华裔故事的《梦娜在应许之地》，依然还是关于至少两种文化、两种身份，关于跨越边界、

---

　　① 张子清、梁志英：《我们是文化边界的闯入者》，《文艺报》2002 年 6 月 25 日第 4 版。

　　② Sheng-mei Ma, *East-West Montage：Reflections on Asian Bodies in Diaspora*, Honolulu：University of Hawaii Press, 2007, p. xviii.

跨越种族的杂糅叙述。

　　跨文化、跨种族、跨时空的双重意识，赋予了亚裔美国文化与众不同的杂糅性，而正是这一种杂糅性，与亚裔美国人特有的历史混融，使得亚裔美国文学展现出有别于其他美国族裔文学的鲜明特色。恰如霍尔所指出的，流散者既"懂得与差异共存"，且"懂得如何从差异中发声"①，亚裔美国作家时常懂得利用其流散身份的居间优势，打破传统，创造异质，既拓宽了自己的创作内容和形式，又丰富了美国的文学和文化。汤亭亭的多部作品，在对种族、性别与母女关系等问题的叩问中，无不展现了与众不同、别具一格的异质文化叙述。值得指出的是，这些作品所呈现的"异质文化"并不同于祖居国文化，更不同于居住国文化，而是一种糅合东方与西方文化的新的变异。譬如，《女勇士》将花木兰、岳母刺字、《爱丽丝幻游梦境》、佛教中兔子的故事、香港的功夫片混糅在一起。对此，汤亭亭指出：我想展示的是"故事、梦、想象、意识、潜意识"如何"进出睡眠"，如何"混合、溶化、流动"。② 汤亭亭的另一部作品《中国佬》则把作者儿时听来的中文版《鲁滨孙漂流记》又译回英文，而这是一种"来回于文化之间、语言之间，来回于故事与文本之间"的故事。③ 再如赵健秀、徐忠雄等人的作品亦是从中国神话、传奇故事如《水浒传》《西游记》《三国演义》等去挖掘华人男性的英雄

　　传统如孙悟空、关公等，作者结合华裔美国人的历史与现状的新的读解让两种截然不同的文化并置共存，并开出奇葩。事实上，无论是生在亚洲还是生在美国的亚裔美国作家，都善于且乐于从祖居国的历史、文化与文学中汲取营养。比如，梁志英的《凤眼》（*Phoenix Eyes and Other Stories*）在小说集的扉页上便援引《山海经》的典故："鸾自歌，凤自舞"（The male phoenix sings by itself, as it dances alone），当然，除此之外，这

---

　　① Stuart Hall, "New Cultures for Old?", *The Cultural Geography*, ed., Timothy Oakes and Patricia L. Price, London and New York: Routledge, 2008, p. 273.

　　② 单德兴：《"开疆"与"辟土"：美国华裔文学与文化：作家访谈录与研究论文集》，南开大学出版社 2006 年版，第 227 页。

　　③ 同上书，第 224 页。

个标题还结合了西方的凤凰涅槃的传说。这些例子恰好地印证了巴巴提出的关于流散者的"含混"、"杂糅"、"第三空间"的文化身份定位，在不同文化的边缘和交界处建构具有创新意义的、居间的、杂糅的身份。由此可见，流散身份让亚裔美国人扮演两种语言、两种文化的中介，通过重写、改编、挪用，成就了一场场文本旅行和文化旅行。以此为器，亚裔美国作家反而常常左右逢源，甚至可以从边缘位置发出异质的、有力的、颠覆性的声音。

综上，不管是移民叙述、亚洲叙述还是亚裔美国化叙述，亚裔美国文学都是一种历史与现状、中心与边缘、时间与空间的族裔文学。而不管是本土的亚裔美国作家，还是非本土的亚裔美国作家，皆镌刻着流散者的符记。在亚裔美国文学的发展历程中，尽管过去几十年更侧重于亚裔美国化叙述，强调亚裔美国人融入美国主流社会和文化，获得"合法"的身份认同，但是其中始终烙印着异质、杂糅的流散本质，而随着"多元文化主义"和全球化的进展，越来越多的亚裔美国作家和批评者认识到祖居国文化和祖居国属性对美国当代的多元文化景观所做出的贡献，亚裔美国文学的流散特征也更加凸显，更进一步促进了美国文学整体景观的繁复多元与流动开放。

第三节　亚裔美国文学批评中的流散视角

尽管流散批评是到了 20 世纪后期才在全球范围内兴盛起来，但是综观亚裔美国文学批评实践，流散的批评视角实际上早已存在，也似乎一直存在，不过在各个阶段却形态各异、性质不一，甚至可以说虽然同为流散批评，不同阶段、不同阵营所持的观点在本质上却有着天壤之别。另外，有关亚裔美国文学的流散批评视角的合法性的观点也是学界争论的焦点，而关于亚裔流散与亚裔美国之间的联系与区别的立场也时常混声杂糅。本节尝试梳理亚裔美国文学批评中的流散视角，探讨流散视角在亚裔美国文学批评实践当中的发展流变及影响。

一　"流散"的"他者"化

早期的亚裔美国文学研究中，常见的批评视角实际上即是从流散的角度出发，视亚裔美国文学为"他者"之作，强调其异于美国主流文学、传统白人文学的不同之处。确切地说，早期亚裔美国文学的流散批评与移民批评关系密切，两者时常被相提并论，恰如林玉玲所言，"亚裔美国文学批评中，流散文学时常被当作移民文学看待"。① 似乎更令人难以置信的是，亚裔美国文学作品不只被视为移民文学，多年以来甚至被视为是美国移民史的一个分支。毋庸置疑，这与亚裔美国人的弱势地位以及亚裔美国义学长期以来的被忽视状态息息相关。但是，给亚裔美国文学标上"移民"与"他者"的标签，而非"美国文学"，除此之外，夹杂着主流意识形态对少数族裔在文化、政治制衡上的诸多考量。从"他者"的角度出发，评者注重亚裔美国文学作品中的中国属性，或以此有意将东西方的文化、传统一比高下，凸显美国在文化上的优越性，或就此刻意将东西方之间的歧异放大，营造一个难以逾越的分水岭，将亚裔美国文学排斥在主流之外。在《移民与流散》这篇论文中，林玉玲指出：被视为流散文学的亚裔美国文学作品"经常被排斥在以美国为基础的分类之外，涉及超文学、意识形态及政治等原因。尽管移民和流散文学作品与被认为是少数族裔文学、世界主义文学、大都市文学多有交叉重合之处，这些作品却常被游离在美国经典作品之外"。② 确实，我们不能否认，《埃仑诗集》和《金山诗集》给白人读者的最大印象莫过于来自于东方文化的强烈抵触与难以融合。而不只是汉语的亚裔美国文学作品受到如此"礼遇"，英语作品同样也不能幸免。譬如，李恩富的《我在中国的孩童时代》、容闳的《我在中国和美国的生活》也时常被视为他者笔下的流散书写，而为评者所津津乐

---

① Shirley Geok-Lin Lim，"Immigration and Diaspora"，*An Interethnic Companion to Asian American Literature*，ed.，King-Kok Cheung Los Angeles：Cambridge UP，1997，p. 299.

② Ibid.，p. 290.

道的恰恰是这类书写通过"纪实"地叙述不同于美国的异国情调，印证了中国文化低微、封建、落后的刻板印象。

诸如此类的批评固然是由亚裔美国文学的流散特质所决定，但也不能不说是这是一种被动的他者化的流散批评视角，实际上这一种批评论调多见诸美国的非亚裔学者笔下。除了这一种他者化的流散批评视角，客观地说，早期亚裔美国文学很少引起主流批评的关注。尽管除了土著之外，大部分美国人也是移民及流散者的后代，然而亚裔美国移民史却与其他族裔移民史天差地别，甚至与非裔移民史相比，亚裔美国史也显得十分微不足道，亚裔美国文学因此也长期处于消音的状态。直到美国排华法案废除，尤其是在 20 世纪 60 年代的民权运动之后，亚裔美国文学才逐渐得到真正的关注与发掘，其研究视角才得到实实在在的拓展，而亚裔美国文学的流散研究也才有了新的活力注入。不过，上述的流散批评视角及此类相关的写作却成为这一少数族裔激进主义时期亚裔美国研究中激烈论争的对象。

以当时的风云人物赵健秀为例，他言辞激烈所批判的正是早期流散书写及当时盛行的低头媚俗的他者叙述，他批评这些作家将华裔美国文化异国情调化，迎合了美国主流社会的白人优越论，如"用白人的话语方式，使自己美国化了"，从而变得"忠实、驯服、被动"。① 虽然赵健秀也倡导他者叙述和他者化批评，但他所指的"他者"是截然不同的概念，那是既有别于美国又有别于亚洲的新的属性，即亚裔美国感，而他对此所持的批评旨趣显然更是背道而驰的。在他所参与编撰的《哎—咿！：亚裔美国作家选集》和《大哎—咿！：华裔与日裔美国文学选集》两部文学选集中，编者深受后结构主义、后殖民主义等思潮的影响，将亚裔美国作家分为真、假两类并对所谓的"假的"亚裔作家大加贬斥。他们大肆抨击主流文化将亚裔美国人描述成女性化的种族他者，抨击伪亚裔美国作家与主流社会同流合污，共同合谋使亚裔美国人沦为美国社会的异类。以此来梳理亚

---

① Jefferey Paul Chan, et al. ed., *The Big Aiiieeeee! An Anthology of Chinese American and Japanese American Literature*, New York: Meridian, 1991, p. x.

裔美国文学，赵健秀等人是为了呼吁亚裔美国文学迈向不落窠臼的亚裔美国感的生产实践，建构"真确"的亚裔美国文学传统，以实现亚裔美国人真正的美国本土性。

从赵健秀等人的批评中不难发现，他们所迫切想要建构的，其实正是一种典型的流散身份，一种"既不是……也不是……"的新的身份，而他们所极力推崇的能够体现"亚裔美国感"的文学语言——亚裔式美国英语，实际上也正体现了流散文化的另一典型特征——杂糅性。赵健秀自己更是乐于此道，在其创作中屡屡将华人英语、广东话、普通话等混糅使用。他甚至给予日裔美国作家森俊雄（Toshio Mori）的"日裔美国英语"以极高的评价，认为恰恰是它的不合文法使其成为真确的"文学语言"，这是一种"充满日本民间文学的象征、节奏、风味的文学洋泾浜"。① 很明显，赵健秀高度肯定了这一种语言与文化的杂糅现象对文学创作的积极作用。值得注意的是，赵健秀等人的"既不是亚洲人又不是美国人"的自我定位却存在颇多矛盾之处，因为与此同时，他们也极力宣称"美国是自己的家"。然而，尽管他们的主张偏激、片面，不能否认这些却是在视亚裔为异己的主流意识形态下的有力的呐喊。从 20 世纪 70 年代起直至 90 年代的二三十年间，他们呼吁以不同于传统、不同于主流的差异性为主题的亚裔美国文学表征来重塑亚裔美国历史，以独立、异质、阳刚的自我文化定位来颠覆亚裔在白人眼中的刻板印象，以此谋求社会进步和族群发展，这不得不说是朝向主动的他者化流散批评话语的一份有益的尝试。

二 "策略性"本质主义的流散身份观

赵健秀等人的批评可以说一石激起千层浪，此起彼伏的发难、质疑的声音不只来自那些被他们排除在外的"假"亚裔美国作家，还来自于亚裔美国研究学界的其他学者，骆里山就是其中一位。在她的有关亚裔美国研究的标志性论文《异质性、杂糅性、多重性：标示亚裔美国差异》

---

① Frank Chin, "Rendezvous", *Conjunctions*, 21（1993）, pp. 291－302.

（"Heterogeneity, Hybridity, Multiplicity: Marking Asian-American Differences"）中，骆里山指出，赵健秀等人在界定亚裔美国身份时持有的民族主义拒绝文化融合，与同化（assimilation）截然相对，但是这种铁板一块的二元对立实际上并不成立。赵健秀所呼吁的在亚裔美国文学中创造一种种族阳刚之气和男子气概其实依然没有摆脱一而概之的简单化嫌疑。对此林玉玲曾在其论文中批判："极富讽刺性的，许多亚裔美国批评家重复了美国民族主义者的呼声，呼吁为了抵制少数利益集团所造成的分化危机，建构一个共有的统一的美国身份。"① 这其实也是对赵健秀等人在其理想与实践之间所存在裂缝的一种含沙射影。针对这一弊端，骆里山指出了亚裔美国身份的多样性，她写道：

> 亚裔美国人的确被建构成有别于欧裔美国人的异类，但是就亚裔美国人本身而言，我们中间也是繁杂多样、殊而不同的：我们是离"原始的"亚洲文化有不同距离和不同代际的男人和女人——这些文化又有中国、日本、韩国、菲律宾、印度、越南、泰国或柬埔寨之分；我们是生在美国的亚裔美国人和生在亚洲的亚裔美国人；是纯种亚洲人和混血儿；是城里人和乡下人；是难民和非难民；是讲流利英文的和不懂英文的人；是专业人士和工人阶级。与美国的其他移民群一样，亚裔集体性也是不固定的、变动的，它的凝聚力因为代际关系，因为与"家园"（homeland）的不同程度的认同与联系，以及与美国的"主流文化"的不同程度的融入与疏离而变得尤为复杂。②

借助马克思文化理论及法侬、斯皮瓦克等人的后殖民理论，骆里山驳

① Shirley Geok-Lin Lim, "Immigration and Diaspora", *An Interethnic Companion to Asian American Literature*, ed. Cheung, King-Kok, Los Angeles: Cambridge UP, 1997, p.291.
② Lisa Lowe, "Heterogeneity, Hybridity, Multiplicity: Marking Asian-American Differences", *Theorizing Diaspora: A Reader*, ed., Jana Evans Braziel and Anita Mannur, Malden and Oxford: Blackwell Publishing, 2003, p.137.

斥了当时盛行的将"亚裔美国人"看作是等级和家族的建构的批评潮流。她认为，这一种"垂直传递"的"绝对等级化"将亚裔美国文化本质化，淹没了其中的性别、阶级和民族差异。她的观点深受霍尔的文化身份观的影响，她认为文化不是一成不变的，文化也不是代代直线相传的，文化有时是在社区间，在性别、种族和出生国家各界中横向传播的。她对此的论证建立在对一系列亚裔美国文本的细读上，譬如，她认为王正方（Peter Wang）的电影《一段高墙》（A Great Wall，又译《北京故事》）除了表现亚裔美国人与中国人、亚裔美国人与美国人之间的差异，同时还真实地再现了亚裔美国人内部多层面的差异，其中，既有男女之别，又有亚裔美国人在性别、经济状况、年龄等方面的种种差别等。如她所言，这部电影暗喻着这些差别就如同长城一样"不只在中国人和美国人中间，而且在代际之间，男女之间，资本主义和共产主义之间"竖起了许许多多难以逾越的城墙，那是"不可能保持联系，不可能渗透，拒绝变化，拒绝重构和再造"的一系列的障碍。①

为此，骆里山提出一种新的多方位的、多层次的模式来界定亚裔美国身份和亚裔美国文化，即流散的游牧模式（nomadic model），她把上述的电影视为"流散式游牧主义"（diasporic nomadism）的典范。在另一篇论文中，骆里山进一步阐释了这一概念：

> 游牧思想的空间是顺畅的，不似被规约、被管制的空间那样障碍重重。由于顺畅无阻，人们可以通过不同路径，透过不同方式，到达别处；其运行方式如同漫游，在开放的空间里向前延伸，而非逻各斯式的闭合、孤立……②

---

① Lisa Lowe, "Heterogeneity, Hybridity, Multiplicity: Marking Asian-American Differences", *Theorizing Diaspora: A Reader*, ed., Jana Evans Braziel and Anita Mannur, Malden and Oxford: Blackwell Publishing, 2003, p. 150.

② Lisa Lowe, "Literary Nomadics in Francophone Allegories of Postcolonialism: Pham Van Ky and Tahar Ben Jelloun", *Yale French Studies*, 82.1 (1993), pp. 43−61.

显然，骆里山把亚裔美国文化身份看作是一种不固定的、处于动态发展的流散游牧状态，这一种定位打破了早先关于亚裔美国身份的本质主义和文化民族主义的牢笼。由此，在赵健秀等人的基础之上，骆里山不只肯定了亚裔美国文化有别于主流文化和其他族裔文化的差异，同时细分了亚裔美国文化内部的区别，并且揭示了其开放、杂糅、多重、流动的本质。而这种本质，骆里山最后借用斯皮瓦克关于"积极的本质主义的策略性使用"的论述，将之归纳为是一种"策略性"的本质主义。骆里山认为这样一来，既能够利用"亚裔美国人"的"某种被种族化的族裔身份"来"辩驳、扰乱排斥亚裔美国人的话语"，同时又能"暴露'亚裔美国人'内部的冲突与滑移（slippage），以确保这种本质主义不会被我们所要伺机颠覆的机构复制和激增"。①

凭借这些论述，骆里山成为亚裔美国研究的代表学者，不仅如此，她在流散研究的地位也同样举足轻重。布拉鸠尔和曼努尔 2003 年编选的《流散之学理化》论集便收录了骆里山的《异质性、杂糅性、多重性：标示亚裔美国差异》这篇论文，与流散研究的经典大师吉尔罗、霍尔、莫瑟等人并列入选流散研究的里程碑式编著，可见骆里山在族裔、身份与流散研究领域的重要性和话语权。编者对该文给予了高度的评价，并认为骆里山"提供了一条定位美国移民及少数族裔文化的有效途径"。②

三 "亚裔美国"与"亚裔流散"之争

应该说，骆里山批判亚裔美国文学批评中侧重纵向的代际批评，从一个侧面肯定及呼吁一种横向批评，有助于增强亚裔美国人之间横向的纽带关系。事实上，在亚裔美国民权运动和泛亚运动的浪潮中，原先以华裔、日裔、韩裔为主的亚裔美国文学也迎来其他亚裔文学的积极加入，而由于南亚

---

① Lisa Lowe, "Heterogeneity, Hybridity, Multiplicity: Marking Asian-American Differences", *Theorizing Diaspora: A Reader*, ed., Jana Evans Braziel and Anita Mannur, Malden and Oxford: Blackwell Publishing, 2003, p. 151.

② Jana Evans Brazie and Anita Mannur, ed., *Theorizing Diaspora: A Reader*, Malden and Oxford: Blackwell Publishing, 2003, p. 132.

裔美国文学批评大都使用后殖民视角，更是丰富了整个亚裔美国文学的流散批评队伍。但是总体而言，如果按照邱琴玲（Tseen Khoo）和卡姆·路易（Kam Louie）对流散文学批评的核心定义的话①，那么显然亚裔美国文学的流散批评聚焦在种族批评上。而这种种族批评与身份问题息息相关，基本都是围绕如何认识自己、如何定位自己以及如何建构族裔身份的问题，其主旨无非是为了更好地融入美国社会。然而，随着"去国家化"（denationalization）思潮的兴风作浪，亚裔美国文学批评迎来新的问题。1995 年黄秀玲在《去国家化再思考》（"Denationalization Reconsidered：AsianAmerican Cultural Criticism at a Theoretical Crossroads"）一文中指出："经济和政治权力新模式影响了亚洲和美国的相对位置……位置的重新调整起源于跨国资本在全球更大范围内的运动，其所导致的文化上的后果就是多种主体、移居及跨越边界的正常化。"正因如此，分辨"什么是亚裔美国人和什么是亚洲人"这样的问题失去了意义。② 事实上，正如哈佛大学的华裔历史学家杜维明（Tu Weimin）所指出的："越来越多的海外华人正在他们所居住的世界各地选择成为中国人。"③ 而在亚裔美国批评方面，则"随着全球化的进程，越来越多作家和批评家意识到亚裔美国作品与母国文化的亲缘问题"。④ 这似乎已经成为无法逆转的历史潮流，在这种情况下，维护或者说重新强调亚裔美国人的流散身份应该是应时应景的。于是我们看到了越来越多的从流散视角来介入亚裔美国文学的批评事例。譬如，2006年，林玉玲等人主编《跨国主义亚裔美国文学：场所与过境》（*Transnational Asian American Literature：Sites and Transits*）一书，明确地把亚裔美国

---

① 在这本编著的前言中，编者把怀旧、忧伤、种族政治列为流散批评的重要部分。See Tseen Khoo and Kam Louie, ed., *Culture, Identity, Commodity：Diasporic Chinese Literature in English*, Montreal & Kingston and Ithaca：McGill-Queen's UP, 2005, p. 9.

② Sau-ling Cynthia Wong, "Denationalization Reconsidered：Asian American Cultural Criticism at a Theoretical Crossroads", *Amerasia Journal*, 21. 1 (1995), pp. 2 – 5.

③ Weimin Tu, ed., *The Living Tree：Changing Meaning of Being Chinese Today*, Stanford：Stanford UP, 1995, p. ix.

④ King-Kok Cheung, ed., *Words Matter：Conversations with Asian American Writers*, Honolulu：University of Hawai'i Press, 2000, p. 7.

经验的本质界定为"流散、流动和跨界移居"（the diasporic, mobile, transmigratory nature），并且将亚裔美国文学定义为"亚裔美国人入境、重入境、驱逐、再迁徙，及跨越边境等行为的连续的叙事"。① 诸如此类的研究不胜枚举，它们都将亚裔美国文学的本质视为流散文学。

值得回顾的是，在越来越多的亚裔美国学者堂而皇之地重申亚裔美国文学的流散本质之前，亚裔美国人的流散身份并不被所有人都认可，正如同亚裔美国流散批评的发展并不是一路坦途一样，在其是否合法的问题上实际上存在着诸多论争。按张敬珏的说法，一边是有学者担忧维护华裔美国人的流散身份会让美国主流社会更加排斥华裔美国人，从而使得华裔美国人的边缘化窘境更加雪上加霜；而另一边则针锋相对地认为，相反的，"宣称美国是自己的家"（claiming American），或者总是侧重亚裔对美国的贡献只会加剧美国的霸权统治，破坏亚裔美国内部不同族群的异质性和多样性。②

事实上，从马圣美的两本论著的命名及其中的探讨便可以看出这段时期亚裔美国流散批评的历史轨迹及学界的认可的流变。1998 年马圣美出版了《亚裔美国文学和亚裔流散文学中的移民主体性》（*Immigrant Subjectivities in Asian American and Asian Diaspora Literatures*）一书，从标题不难看出两者是不同的概念。在书中，马圣美甚至还论及亚裔美国文学和亚裔流散文学的区别，譬如在书的《前言》中他写道："本书的第一部分质询亚裔美国文学，以及更小范围的亚裔流散文学中的移民再现问题。"③ 在此，他认为亚裔流散文学有别于亚裔美国文学，并且没有亚裔美国文学壮观。2007 年马圣美出版了另一本书《东西蒙太奇：关于流散的亚裔身体的思考》（*East-West Montage: Reflections on Asian Bodies in Diaspora*）。这一本书

---

① Shirley Geok-Lin Lim, et al. ed., *Transnational Asian American Literature: Sites and Transits*, Philadelphia: Temple UP, 2006, p. 1.

② See King-Kok Cheung, ed., *Words Matter: Conversations with Asian American Writers*, Honolulu: University of Hawai'i Press, 2000, p. 7.

③ Sheng-mei Ma, *Immigrant Subjectivities in Asian American and Asian Diaspora Literatures*, Albany and New York: State University of New York Press, 1998, p. 1.

从身体的流散视角来解剖亚裔流散文学，其中论述的文本有不少是原先被公认为亚裔美国文学的经典文本。如果说他在前一部书以两种称谓来分别涵盖其探讨的文本表明了他还十分谨慎地保守着亚裔美国文学与流散之间的界限的话，那么在后一部书中，他以流散来统称汤亭亭、谭恩美、约翰·冈田等经典的本土华裔美国作家及其作品的内涵，则说明了他已经放弃了此前所持的区别。

值得指出的是，尽管马圣美将本土华裔美国文学也划入流散的疆域，在他看来，"亚裔美国"与"亚裔流散"（Asian Diaspora）依然是有区别的：

> 亚裔美国［研究］更多聚焦于"此时此地"，而非"彼时彼地"；更多聚焦于政治激进和族裔斗争，而非悲楚的怀旧。强调直接落在"亚裔美国"的第二个词上。……亚裔流散研究拒绝承认区域研究的东方主义者的遗产，反而受益于他们提供的亚洲文化和语言，从近东南亚的后殖民研究空间拓展而来；越过了以美国为中心的亚裔美国研究的藩篱……①

很明显，这些论述给予了亚裔流散批评高度的合法性，在论者看来，它甚至能够弥补"亚裔美国"的不足，拓展、延伸、扭正现有领域的研究。马圣美把"亚裔流散"比作"四不像"（sibuxiang），"什么都不是，而恰恰它什么都不是，反而可以什么都是"。②

当然，林玉玲和马圣美等华裔学者由于本身的漂泊流散经验，会更加关注非本土出生成长的华裔美国作家——如果将这些研究对象与本土华裔美国作家相比的话——因此，他们热衷于从流散视角来切入亚裔美国文学也理所当然。但是如此明确地以"流散"来替代"亚裔美国"，甚至呼吁以"亚裔流散"来替代"亚裔美国"的正确性，则体现了亚裔

---

① Sheng-mei Ma, *East-West Montage：Reflections on Asian Bodies in Diaspora*, Honolulu：University of Hawai'i Press, 2007, pp. xviii – xxi.

② Ibid. , p. xxi.

美国文学的流散本质越来越深入人心，当中折射了整个研究语境对流散视角的主动使用。

不过，从流散的视角出发，大部分亚裔美国学者依然还是强调亚裔美国文学的政治性。譬如，尽管马圣美认为从流散的角度来介入亚裔美国文学有助于"在全球化时期组成一种跨学科的、跨文化的批评"，但是他的依据依然是取流散的"分散"、"去中心"的"核心内涵"①，以此来强调流散批评对美国及西方主流霸权统治的消解作用。相比之下，相关领域的亚洲学者似乎更笃定地热衷于以流散的视角来关注亚裔美国文学，而且，除了关注这一种视角的政治批评功能外，亚洲学者更加重视亚裔美国文学与母国文化之间的关联。以中国为例，中国学界对亚裔美国文学当中的中华文化的根源、传承、变异等的挖掘远比美国学界普遍。中国学者更加强调中华作为一个"家园"对流散在外的华人，不管是第一代的流散者，还是流散者后裔的影响和关联。中国学者也更加关注亚裔美国文学当中的诗学与美学成分，并且强调亚裔美国文学及其他华人流散文学对中华文化走向世界的推动作用。譬如，在多篇对流散文学及文化身份、中华文化的论述中，王宁一如既往地将华裔美国文学视作流散文学，并认为汤亭亭和哈金等华裔美国作家"在很大程度上扮演了一种文化翻译者的角色，他们在两种文化之间游刃有余，通过语言的媒介来表达自己的思想和生活经历"，"通过这种'本土全球化'式的写作，把一些（本土化的）中国文化中固有的概念强行加入（全球性的）英语之中"，"在很大程度上已经推进了中华文化和文学的国际化乃至全球化进程"。②

早在1997年，在《回顾亚裔美国文学研究》（"Re-viewing Asian American Literary Studies", 1997）一文中，张敬珏便洞察了亚裔美国文学研究所经历的重要的转变，她写道：

---

① Sheng-mei Ma, *East-West Montage：Reflections on Asian Bodies in Diaspora*, Honolulu：University of Hawai'i Press, 2007, p. xxi.

② 王宁：《文明对话与文化比较：世界文学语境下的华裔流散写作及其价值》，《深圳大学学报》（人文社会科学版）2012年第6期。

　　身份政治由早期的强调文化民族主义和美国本土性，变成了现在的强调多样性和流散，从"宣称美国是自己的家"到铸造亚美之间的联系，从专注于种族和男性气质到围绕族裔、性别、性和阶级的多种关注；从首要关心社会历史和社群责任到陷入后现代主义和多元文化主义中所面临的诸种矛盾和可能性。①

　　诚然，在当代全球化的语境下看待中国/亚洲的文化的流散，看待流散族裔如何在流散中求得生存和发展，看待文化如何在世界范围内、在强与弱之间进行互动、补给，不管是对"中华文化走出去"，还是对美国的"多元文化社会"都同样具有重要的价值和研究空间。随着亚洲和中国的崛起，随着游走于两个社会、两种文化之间的流散者队伍的壮大，这一种流散的视角将会更加流行，这也会影响美国的亚裔美国文学批评的整体景观。纵观亚裔美国文学批评史，可以说，流散批评已从原先的被动的他者化批评逐渐演变成当今的主动迈向差异性文化批评及比较研究，使亚裔美国文学研究逐渐从一种族裔政治批评走向流散的比较诗学，也使得亚裔美国文学研究更加走向开放、动态、多元。

---

　　① King-Kok Cheung, ed., *An Interethnic Companion to Asian American Literature*, Cambridge, New York and Melbourne: Cambridge UP, 1997, p. 7.

结　语

　　在美国，近四十年来，在亚美研究的学科体制之内，亚裔美国文学批评范式，经历了一系列的转变，其关注的核心问题、理论热点一直处于发展过程之中，发生了以下显著的改变：（1）从专注有色人/白人种族对立到关注种族多元共存；（2）从静态、封闭到动态、扩展的种族概念；（3）从研究作为牺牲品的亚美社群到研究美国社会中差异性的权力主体及其相互关系；（4）从对亚裔同质性的研究到泛族裔性、异质性的比较研究；（5）美国内部的亚裔族群研究转变为全球性离散研究的一部分。①

　　随着研究范式的转变，亚裔美国文学批评的理论关键词也得到丰富和拓展：从早期批评话语中对亚裔美国人定义的区分，对"亚裔美国感性"的追寻，对弘扬"文化民族主义"还是"多元文化主义"的讨论，到后现代思潮观照下对亚裔种族、性别、性、阶级的多维度呈现，以及20世纪末"全球化"语境中的"去国家化"、"跨国"、"流散"论争等，亚裔美国文学批评观照亚裔美国人各个历史阶段的生存语境和文学想象，在与后现代主义、后殖民主义、女性主义、文化研究等理论的互动中，凝练出一系列具有自身特色的理论关键词，初步形成了亚裔美国文学批评的理论体系。

　　在国内，学界主要专注于华裔美国文学的文本研究，尚未从整体上关

---

① See David Leiwei Li, *Imaging the Nation: Asian American Literature and Cultural Consent*, Stanford: Stanford University Press, 1998; Stephen Hong Sohn and John Blaire Gamber, "Current of Study: Charting the Course of Asian American Literary Criticism", *Studies in the Literary Imagination*, 37.1 (2004), pp. 1 – 19; Sau-ling Cynthia Wong, "Denationalization Reconsidered: Asian American Cultural Criticism at a Theoretical Crossroads", *Amerasia Journal*, 21.1 (1995), pp. 1 – 27.

注亚裔美国文学及批评。但国内近几年出版的一些华裔美国文学研究专著已颇具理论层面的探索，这些著作立足于文学文本，从不同的理论视角诠释华裔美国文学，既展示华裔美国文学作为族裔文学的特殊文化身份诉求和叙事方式，也挖掘出其具有普适性的伦理道德思想和美学原则，大大丰富了世界性的华裔美国文学研究。同时，少许英文亚裔美国文学专著在国内翻译出版，如凌津奇（Jing-qi Ling）的《叙述民族主义：亚裔美国文学中的意识形态与形式》（2005）、黄秀玲（Sau-ling Cynthia Wong）的《解读亚裔美国文学：从必需到奢侈》（2007），还引进了英文原版的亚裔美国文学批评奠基之作——金惠经（Elaine H. Kim）的《亚裔美国文学：作品及社会背景介绍》（2007）。

对亚裔美国文学批评的研究在我国是一个崭新的研究领域，故挖掘其发生发展的历史背景，把握其批评范式的转变，厘清其理论关键词，是我们为建构具有学科意义的亚裔美国文学批评体系的第一步。本专著实现了从华裔到亚裔，从文学文本研究到批评理论研究的突破，开始探索亚裔美国文学理论体系和诗学建构——从某种意义上讲，这是对我国学界长期以来专注于华裔美国文学文本研究的自然延伸和重要补足。

但毋庸讳言，由于时间和材料的局限，本著作并没有穷尽亚裔美国文学批评中所有重要的问题，对不同批评范式的理论关键词也不能进行更加全面和深入的探究，尤其是著作撰写过程中，对刚刚出现的热点问题和冒现的理论关键词来不及进行探讨，实为遗珠之憾。同时，在美国，亚裔美国文学及批评研究隶属于"亚美研究"，而随着"全球化"呼声的高涨，这一新兴学科与"亚洲研究"、"美国研究"或"离散族群研究"不可避免地产生了学科边界的重叠或融合，研究对象处于学科交叉和动态变化之中——这，也是本研究的难点之所在。

综观世界，移民/流散文学已经成了世界文学一道特殊的风景线，而对亚裔美国文学批评和理论的研究可以与世界性的流散文学理论形成对话，因而具有世界性的意义。同时，从文化传承、移民历史及亚裔美国文学批评发展的轨迹来看，亚裔美国人在以"白色"为组织原则的美国社会需要争取许多共同利益，但在其批评实践过程中也不无与美国主流社会的对话与妥协。通过对亚裔美国文学批评范式及理论关键词的研究，同为亚裔的我们可以反观自身，反思"全球化"语境中中国人应当采取的文化立场与策略——这，应该是"全球化"语境中，作为亚裔美国文学研究者的我们随时应该秉持的信念。

参考文献

一 英文参考文献

Adams, Bella, *Asian American Literature*, Edinburgh: Edinburgh University Press, 2008.

Allport, G. W., *The Nature of Prejudice*, Cambridge, MA: Perseus Books, 1954/1978.

Ashcroft, Bill, et al., *Post-colonial Studies: The Key Concepts*, The 2nd edition, London and New York: Routledge, 2000.

Berson, Misha, ed., *Between Worlds: Contemporary Asian-American Plays*, New York: Theatre Communications Group, Inc., 1990.

Bhabha, Homi K., *The Location of Culture*, London and New York: Routledge, 1994.

Bolaffi, Guido, et al. ed., *Dictionary of Race, Ethnicity and Culture*, London: SAGE Publications, 2003.

Bow, Leslie, *Betrayal and Other Acts of Subversion: Feminism, Sexual Politics, Asian American Women's Literature*, Princeton: Princeton University Press, 2001.

Brah, Avatar, *Cartographies of Diaspora: Contesting Identities*, London: Routledge, 1996.

Braziel, Jana Evans and Anita Mannur, ed., *Theorizing Diaspora: A Reader*,

Malden and Oxford: Wiley-Blackwell, 2003.

Brostrom, Jennifer, "Interview with FaeMyenne Ng", *Contemporary Literary Criticism Yearbook*, Detroit: Gale, 1994.

Browder, Laura, *Slippery Characters: Ethnic Impersonator and American Identities* (Cultural Studies of the United States), Chapel Hill: U of North Carolina P, 2000.

Bruchac, Joseph, ed., *Breaking Silence, An Anthology of Contemporary Asian American Poets*, New York: The Greenfield Review Press, 1983.

Butler, Judith, *Gender Trouble: Feminism and the Subversion of Identity*, New York: Routledge, 1990.

Campbell, KarlynKohrs, "Agency: Promiscuous and Protean", *Communication and Critical/Cultural Studies*, 2. 1 (March 2005).

Chan, Jefferey Paul, et al. ed., *The Big Aiiieeeee! An Anthology of Chinese American and Japanese American Literature*, New York: Meridian, 1991.

Chang, Juliana, "Melancholic Remains: Domestic and National Secrets in Fae-Myenne Ng's *Bone*", *Modern Fiction Studies*, 51. 1 (Spring 2005).

Chang, Lan Samantha, *Inheritance*, NY: Norton & Company, Inc., 2004.

Chang, Lan Samantha, *Hunger*, New York: Penguin Books, 2000.

Chen, Tina, *Double Agency: Acts of Impersonation in Asian American Literature and Culture*, Stanford, California: Stanford UP, 2005.

Cheng, Anne Anlin, *The Melancholy of Race*, New York: Oxford University Press, 2001.

Cheung, King-Kok, "Re-viewing Asian American Literar Studies", *An Interethnic Companion to Asian American Literature*, New York: Cambridge UP, 1997.

Cheung, King-Kok and Stan Yogi, *Asian American Literature: An Annotated Bibliography*, New York: The Modern Language Association of America, 1988.

Cheung, King-Kok, "Of Men and Men: Reconstructing Chinese American Masculinity", *Other Sisterhoods: Literary Theory and U. S. Women of Color*, Ed. Sandra Kumamoto, Urbana: U of Illinois P, 1998.

Cheung, King-Kok, ed. , *Words Matter: Conversations with Asian American Writers*, Honolulu: University of Hawai'i Press, 2000.

Cheung, King-Kok, ed. , *An Interethnic Companion to Asian American Literature*, Cambridge, New York and Melbourne: Cambridge UP, 1997.

Cheung, King-Kok, *Articulate Silences: Hisaye Yamamoto, Maxine Hong Kingston, Joy Kogawa*, Ithaca: Cornell University Press, 1993.

Chiang, Mark, "Autonomy and Representation: Aesthetics and the Crisis of Asian American Cultural Politics inthe Controversy over *Blu's Hanging*", *Literary Gestures, The Aesthetic in Asian American Writing*, Ed. Rocio G. Davis and Sue-Im Lee, Philadelphia: Temple UP, 2006.

Chin, Frank et al. ed. , *Aiiieeeee! An Anthology of Asian-American Writers*, Washington D. C. : Howard University Press, 1974.

Chin, Frank et al. ed. , *The Big Aiiieeeee! An Anthology of Chinese American and Japanese American Literature*, New York: Meridian, 1991.

Chin, Frank, *Bridge* 2 (Dec. 1972) .

Chin, Frank, *Bulletproof Buddhists and Other Essays*, Honolulu: University of Hawaii Press, 1998.

Chin, Frank, *The Chickencoop Chinaman And The Year of The Dragon: Two Plays*, Seattle: University of Washington Press, 1981.

Chin, Frank, *Rendezvous*, Conjunctions 21, 1993.

Chin, Frankand Jeffery Paul Chan, "Racist Love", *Seeing Through Shuck*, ed. Richard Kostelanztz, New York: Ballantine Books, 1972.

Clifford, James, "Diasporas", *Cultural Anthropology*, 9. 3 (1994) .

Chodorow, Nancy, *The Reproduction of Mothering: Psychoanalysis and Sociology of Gender*, Berkeley: University of California Press, 1978.

Cohen, Robin, *Global Diasporas: An Introduction*, Seattle: University of Washington Press, 1997.

Cooklin, Katherine Lowery, *Poststructural Subjects and Feminist Concerns: An Examination of Identity, Agency and Politics in the Works of Foucault, Butler and Kristeva*, The University of Texas at Austin, 2004.

Daniels, Roger, *American Immigration: A Student Companion*, New York: Oxford University Press, 2001.

Duncan, Patricia, *Tell This Silence: Asian American Women Writers and the Politics of Speech*, Iowa City: University of Iowa Press, 2004.

Durham Peters, John, "Exile, Nomadism and Diaspora: The Stakes of Mobility in the Western Canon", *Home, Exile, Homeland: Film, Media and the Politics of Place*, ed. Hamid S. Naficy, London: Routledge, 1999.

Eder, Doris L., "The Idea of the Double", *The Psychoanalytic Review*, 65, 1978.

Eng, David L., *Racial Castration*, Durham & London: Duke University Press, 2001.

Eng, David L. & Shinhee Han, "A Dialogue on Racial Melancholia", *Psychoanalytic Dialogues: The International Journal of Relational Perspectives*, 10. 4 (2008) .

Espiritu, Yen Le, *Asian American Women and Men: Labor, Laws and Love*, California: AltaMira Press, 2000.

Fanon, Frantz, *Black Skin, White Mask*, Trans. Charles Markmann, Grove Press, 1967.

Foster, M. Marie Booth, "Voice, Mind, Self: Mother-Daughter Relationships in Amy Tan's *The Joy Luck Club* and *The Kitchen God's Wife*", *Bloom's Modern Critical Views: Amy Tan*, ed. Harold Bloom, New York: Infobase Publishing, 2009.

Foucault, *Power/Knowledge*, ed. and trans, Colin Gordon, New York: Pantheon Books, 1980.

Freud, Sigmund, "Mourning and Melancholia", *The Standard Edition of the Complete Psychological Works of Sigmund Freud*, Vol. XIV, 1917.

Galzer, Nathan, *We Are All Multiculturalists Now*, Cambridge, Massachusetts: Harvard University Press, 1997.

Gilroy, Paul, "There Ain't No Black in the Union Jack": *The Cultural Politics of Race and Nation*, London: Hutchinson, 1987.

Gilroy, Paul, "Diaspora", *Paragraph*, 17.1 (1994).

Goffman, Erving, *The Presentation of Self in Everyday Life*, New York: Penguin Press and Doubleday, 1959.

Gordon, M. Milton, *Assimilation in American Life: The Role of Race, Religion and National Origins*, New York: Oxford University Press, 1964.

Grice, Helena, *Negotiating Identities: An Introduction to Asian American Women's Writing*, Manchester: Manchester University Press, 2002.

Grice, Helena, *Maxine Hong Kingston*, Manchester: Manchester University Press, 2006.

Guerard, Albert, "Concepts of the Double", *Stories of the Double*, ed. Albert Guerard, J. P. Lippincott, New York, 1967.

Guignery, Vanessa, Catherine Pesso-Miquel and Francois Specq, *Hybridity: Forms and Figures in Literature and Visual Arts*, Newcastle: Cambridge Scholars Publishing, 2011.

Gunew, Sneja, "The Melting Pot of Assimilation", *Transnational Asia Pacific: Gender, Culture, and the Public Sphere*, Eds. Shirley Geok-Lin Lim, Larry E. Smith and WimalDissanayake, Urbana and Chicago: University of Illinois Press, 1999.

Haggan, Graham, *The Postcolonial Exotic: Marketing the Margins*, London: Routledge, 2001.

Hall, Stuart, "Cultural Identity and Diaspora", *Theorizing Diaspora: A Read-*

er, eds. Jana Evans Braziel and Anita Mannur. Malden, MA: Blackwell Publishing, 2010.

Hall, Stuart, "New Cultures for Old?" *The Cultural Geography*, Eds. Oakes, Timothy and Patricia L. Price, London and New York: Routledge, 2008.

Hallam, Clifford, "The Double as Incomplete Self: Toward a Definition of Doppelganger", *Fearful Symmetry: Doubles and Doubling in Literature and Film* (Proceedings of the Florida State University Conference on Literature and Film), ed. Eugene J. Crook, Tallahasse: University of Florida Press, 1980.

Hegedorn, Jessica, ed. , *Charlie Chan Is Dead: An Anthology of Contemporary Asian American Fiction*, New York: Penguin Books USA Inc. , 1993.

Heung, Marina, "Daughter-Text/Mother-Text: Matrilineage in Amy Tan's *Joy Luck Club*", *Feminist Studies*, 19. 3 (Autumn 1993).

Ho, Wendy, *In Her Mother's Garden: The Politics of Asian American Mother-Daughter Writing*, Walnut Creek and Oxford: AltaMira, 1999.

Hsu, Kai-Yu, and Helen Palubinskas, ed. , *Asian-American Authors*, Boston: Houghton Mifflin, 1972.

Huang, David Henry, *M. Butterfly*, New York: Dramatists Play Service, Inc. , 1988.

Khoo, Tseen and Kam Louie, eds. , *Culture, Identity, Commodity: Diasporic Chinese Literature in English*, Montreal & Kingston and Ithaca: McGill-Queen's UP, 2005.

Kim, Elaine H. , "Foreword", *Reading the Literatures of Asian American*, Eds. Shirley Geok-Lin Lim and Amy Ling. Philadelphia: Temple University Press, 1992.

Kim, Elaine H. , "'Such Opposite Creatures' Men and Women in Asian American Literature", *Michigan Quarterly Review*, 29. 1, 1990.

Kim, Elaine H. , *Asian American Literature: An Introduction and Their Social*

Context, Philadelphia: Temple UP. , 1982.

Kingston, Maxine Hong, *The Woman Warrior*, Pan Books Ltd. , 1975, 1977.

Kingston, Maxine Hong, *China Men*, New York: Vintage, 1980/1989.

Kingston, Maxine Hong, "Cultural Misreadings by Chinese American Review-ers", *Asian and Western Writers in Dialogue: New Cultural Identities*, Ed. Guy Amirthanayagam. London: The Macmillan Press LTD, 1982.

Kondo, Dorinne K. , "M. Butterfly: Orientalism. Gender and a Critique of Es-sentialist Identity", *Cultural Critique*, 16, 1990.

Koshy, Susan, "The Fiction of Asian American Literature", *The Yale Journal of Criticism*, 9, 1996.

Koshy, Susan, *Sexual Naturalization: Asian Americans and Miscegenation*, California: Stanford University Press, 2004.

Lacan, "The Insistance of the Letter in the Unconscious", *Modern Criticism and Theory: A Reader*, Ed. David Lodge, London: Longman, 1988.

Lai, Him Mark, Genny Lim and Judy Yung, trans. and ed. , *Island: Poetry and History of Chinese Immigrants on Angel Island, 1910 – 1940*, San Francisco: Kelsey Street Press, 1980.

Lee, Sue-Im, "The Aesthetic in Asian American Literary Discourse", *Literary Gestures: The Aesthetic in Asian American Writing*, Eds. Rocio G. Davis and Sue-Im Lee, Philadelphia: Temple University Press, 2006: 1 – 14. Honolulu: University of Hawaii Press, 1998.

Li, David Leiwei, *Imagining the Nation: Asian American Literature and Cultual Consent*, Standford: Standford UP, 1998.

Li, David Leiwei, "The Production of Chinese American Tradition: Displacing American Orientalist Discourse", *Reading the Literatures of Asian Ameri-can*, Ed. Shirley Geok-Lin Lim and Amy Ling, Philadelphia: Temple University Press, 1992.

Lim, Shirley Geok-Lin, "Immigration and Diaspora", *An Interethnic Compan-*

ion to Asian American Literature, Ed. Cheung, King-kok, Los Angeles: Cambridge UP, 1997.

Lim, Shirley Geok-Lin, et al. ed. , *Transnational Asian American Literature: Sites and Transits*, Philadelphia: Temple UP, 2006.

Lim, Shirley Geok-Lin, "Feminist and Ethnic Literary Theories in Asian American Literature", *Feminist Studies*, 19. 3 (1993).

Ling, Amy, *Between Worlds: Women Writers of Chinese Ancestry*, New York: Pergamon Press, 1990.

Ling, Amy, "Chinese American Women Writers: The Tradition behind Maxine Hong Kingston", *Maxine Hong Kingston's The Woman Warrior: A Casebook*, Ed. Sau-ling Cynthia Wong, New York: Oxford University Press, Inc. , 1999.

Ling, Amy, "Whose America Is It?", *Transformations*, 9. 2 (1998).

Lodge, David, *Modern Criticism and Theory: A Reader*, London: Longman, 1988.

Lowe, Lisa, "Heterogeneity, Hybridity, Multiplicity: Marking Asian-American Differences", *Theorizing Diaspora: A Reader*, Eds. Braziel, Jana Evans and Anita Mannur, Malden and Oxford: Blackwell Publishing, 2003.

Lowe, Lisa, *Immigrant Acts: On Asian American Cultural Politics*, Durham and London: Duke University Press, 1996.

Lowe, Lisa, "Immigration, Citizenship, Racialization: Asian American Critique", *Immigrant Acts: On Asian American Cultural Politics*, Durham and London: Duke University Press, 1996.

Lum, Wing Tek, *Expounding the Doubtful Points*, Honolulu: Bamboo Ridge Press, 1987.

Ma, Sheng-mei, *Immigrant Subjectivities in Asian American and Asian Diaspora Literatures*, Albany and New York: State University of New York Press, 1998.

Ma, Sheng-mei, *East-West Montage: Reflections on Asian Bodies in Diaspora*, Honolulu: University of Hawai'i Press, 2007.

Mackin, Jonna, "Split Infinities: The Comedy of Performative Identity in Maxine Hong Kingston's *Tripmaster Monkey*", *Contemporary Literature*, 46.3 (2005).

Mama, Amina, *Beyond the Masks: Race, Gender and Subjectivity*, New York: Routledge, 1995.

Min, Yong Soon, "Territorial Waters: Mapping Asian American Cultural Identity", *New Asia: The Portable Lower East Side*, 7.1 (1990).

Mishra, Sudesh, *Diaspora Criticism*, Edinburgh: Edinburgh UP, 2006.

Mishra, Vijay, " (B)ordering Naipaul: Indenture History and Diasporic Poetics", *Diaspora*, 5.2, 1996.

Mishra, Vijay, *Bollywood Cinema: Temples of Desire*, London: Routledge, 2002.

Mix, Deborah M., "Tell This Silence: Asian American Women Writers and the Politics of Speech (review)", *Modern Fiction Studies*, 51.1 (Spring 2005).

Morrison, Tony, *The Bluest Eye*, New York: Plume, 1994.

Moslund, Sten Pultz, *Migration Literature and Hybridity: The Different Speeds of Transcultural Change*, London: Palgrave Macmillian, 2010.

Mukherjee, Bharati, *Jasmine*, London: Virago, 2012.

Nicolas, Abraham and Maria Torok, *The Shell and the Kernel: Renewals of Psychoanalysis*, Volume 1. Ed. and trans. Nicholas T. Rand. Chicago: U of Chicago P, 1994.

Ng, Fae Meynne, *Bone*, New York: Hyperion, 1993.

Okazaki, Sumie, "Sources of Ethnic Differences between Asian American and White American College Students on Measures of Depression and Social Anxiety", *Journal of Abnormal Psychology*, 106.1 (Feb 1997).

Olsen, Tillie, *Silences*, NY: Delta, 1965.

Payne, Michael, ed. , *A Dictionary of Cultural and Critical Theory*, Oxford: Black Well, 1996.

Pyke, Karen D. and Denise L. Johnson, "Asian American Women and Racialized Femininities: 'Doing' Gender across Cultural Worlds", *Gender and Society*, 17. 1 (2003) .

Radhakrishnan, R. , "Ethnicity in an Age of Diaspora", *Theorizing Diaspora*, Eds. Jana Evans Braziel & Anita Mannur, Malden: Blackwell Publishing, 2003.

Rogers, Robert, *The Double in Literature*, Detroit: Wayne State University Press, 1970.

Rushdie, Salman, *Imaginary Homelands: Essays and Criticism 1981 – 1991*, London: Granta Books, 1991.

Said, Edward W. , *Orientalism*, New York: Penguin Books, 1978.

Sheffer, Gabriel, ed. , *Modern Diasporas in International Politics*, London: Croom Helm, 1986.

Sohn, Stephen Hong and Gamber, John Blaire, "Current of Study: Charting the Course of Asian American Literary Criticism", *Studies in the Literary Imagination*, 37. 1 (2004) .

Strozier, Robert M. , *Foucault, Subjectivity and Identity: Historical Constructions of Subject and Self*, Detroit: Wayne Sate UP, 2002.

Sue, Stanley and Derald Sue, "Chinese-Amerian Personality and Mental Health", *Amerasia Journal*, 1. 2 (July 1971) .

Surh, Jerry, "Asian American Identity and Politics", *Amerasia Journal*, 2 (Fall 1974) .

Szmanko, Klara, *Invisibility in African American and Asian American Literature*, Jefferson, North Carolina, and London: McFarland & Company, Inc. , Publishers, 2008.

Tong, Ben R. , "The Ghetto of the Mind: Notes on the Historical Psychology of Chinese American", *Amerasia Journal*, 1.3 (Nov 1971) .

Tu, Weimin, ed. , *The Living Tree: Changing Meaning of Being Chinese Today*, Stanford: Stanford UP, 1995.

Tan, Amy, *The Bonesetter's Daughter*, New York: G. P. Putnam's Sons, 2001.

Wand, David Hsin-Fu, ed. , *Asian-American Heritage: An Anthology of Prose and Poetry*, New York: Washington Square, 1974.

Watson, Conard William, "Preface", *Concepts in the Social Science: Multiculturalism*, Buckingham: Philadelphia Open University Press, 2000.

Weedon, Chris, *Feminist Practice and Poststructuralist Theory*, Oxford: Blackwell, 1987.

William, Laura Anne, "Foodways and Subjectivity in Jhumpa Lahiri's ' Interpreter of Maladies' ", *MELUS*, 32.4 (Winter 2007) .

Wong, Elizabeth, "China Doll", *Contemporary Plays by Women of Color*, Eds. Kathy A. Perkins and Roberta Uno, New York: Routledge, 1996.

Wong, Sau-ling Cynthia, "Ethnicizing Gender: An Exploration of Sexuality as Sing in Chinese Immigrant Literature", *Reading the Literatures of Asian America*, Eds. Shirley Geok-Lin Lim and Amy Ling, Philadelphia: Temple University Press, 1992.

Wong, Sau-ling Cynthia, *Reading Asian American Literature: From Necessity to Extravagance*, New Jersey: Princeton University Press, 1993.

Wong, Sau-ling Cynthia, "Denationalization Reconsidered: Asian American Cultural Criticism at a Theoretical Crossroads", *Amerasia Journal*, 21.1 – 2 (1995) .

Wong, Sau-ling Cynthia, "Sugar Sisterhood: Situating the Amy Tan Phenomenon", *Bloom's Modern Critical Views: Amy Tan*, ed. Harold Bloom, New York: Infobase Publishing, 2009.

Wong, Sau-ling and Jeffrey J. Santa Ana, "Gender and Sexuality in Asian American

Literature", *Signs*, 25. 1, (Autumn 1999).

Wong, Shawn, *Asian American Literature: A Brief Introduction and Anthology*, New York: Addison-Wesley Educational Publishers Inc., 1996.

Young, Mary E., *Mulls and Dragons: Popular Cultural Images in the Selected Writings of African-American and Chinese American Women Writers*, Westport: Greenwood P, 1993.

Young, Robert J. C., *Colonial Desire: Hybridity in Theory, Culture and Race*, London and New York: Routledge, 2006.

Živkovic, Milica, "The Double as the 'Unseen' of Culture: Toward a Definition of Doppelganger", *Linguistics and Literature*, 2. 7 (2000).

二　中文参考文献

［美］本尼迪克特·安德森:《想象的共同体:民族主义的起源与散布》,吴叡人译,上海世纪出版集团 2011 年版。

［苏联］巴赫金:《巴赫金全集》第二卷,李辉凡、张捷、张杰、华昶等译,河北教育出版社 1998 年版。

［苏联］巴赫金:《巴赫金全集》第三卷,白春仁、晓河译,河北教育出版社 1998 年版。

［美］朱迪斯·巴特勒:《性别麻烦:女性主义与身份的颠覆》,宋素凤译,上海三联书店 2009 年版。

［美］厄尔·比格斯:《不上锁的房间》,宋文译,群众出版社 2008 年版。

［法］西蒙·德·波伏娃:《第二性》,李强选译,西苑出版社 2004 年版。

［法］莫里斯·布朗肖:《文学空间》,顾嘉琛译,商务印书馆 2003 年版。

陈淑娟:《离散神话与西进女英雄再造:穆可杰〈茉莉〉的第三世界女性身体经验与变形意涵》,(台湾)《英美文学评论》2008 年第 12 期。

陈永国、赖立里、郭英剑主编:《从解构到全球化批评:斯皮瓦克读本》,北京大学出版社 2007 年版。

陈越编:《哲学与政治:阿尔都塞读本》,吉林人民出版社 2003 年版。

程爱民主编：《美国华裔文学研究》，北京大学出版社 2003 年版。

［法］法兰兹·法侬：《黑皮肤，白面具》，陈瑞桦译，（台北）心灵工坊
　　文化 2005 年版。

［法］米歇尔·福柯：《性经验史》（增订版），佘碧平译，上海世纪出版
　　集团、上海人民出版社 2005 年版。

［法］米歇尔·福柯：《权力的眼睛——福柯访谈录》，严峰译，上海人民
　　出版社 1997 年版。

高宣扬：《德里达的延异和解构》，载冯俊等《后现代主义讲演录》，商务
　　印书馆 2003 年版。

耿幼壮：《倾听：后形而上学时代的感知范式》，北京大学出版社 2013
　　年版。

辜鸿铭：《中国人的精神》，外语教学与研究出版社 1998 年版。

何文敬、单德兴：《再现政治与华裔美国文学》，台北："中研院"欧美研
　　究所，1996 年。

［美］黄秀玲：《从必需到奢侈——解读亚裔美国文学》，詹乔、蒲若茜、
　　李亚萍译，中国社会科学出版社 2007 年版。

［美］黄运特：《跨太平洋位移：20 世纪美国文学中的民族志翻译和文本间
　　旅行》，陈倩译，江苏人民出版社 2012 年版。

黄芝：《变幻莫测的"卡莉女神"——解读芭拉蒂·穆克尔吉的〈詹丝
　　敏〉》，《解放军外国语学院学报》2007 年第 5 期。

［美］C. S. 霍尔、V. J. 诺德贝：《荣格心理学入门》，冯川译，生活·读
　　书·新知三联书店 1987 年版。

［美］裘帕·拉希莉：《疾病解说者》，卢肖慧、吴冰青译，上海文艺出版
　　社 2005 年版。

［美］茱帕·拉希里：《不适之地》，施清真译，上海译文出版社 2011 年版。

［英］伊丽莎白·赖特：《拉康与后女性主义》，王文华译，北京大学出版社
　　2005 年版。

［美］苏珊·兰瑟：《叙事的权威——女性作家与叙述声音》，黄必康译，北

京大学出版社 2002 年版。

［美］李恩富：《我的中国童年》，唐绍明译，珠海出版社 2006 年版。

李贵苍：《文化的重量：解读当代华裔美国文学》，人民文学出版社 2006
年版。

［美］林英敏：《蝴蝶图像的起源》，单德兴译，见何文敬、单德兴编《再
现政治与华裔美国文学》，台北："中研院"欧美研究所，1996 年。

［美］凌津奇：《叙述民族主义：亚裔美国文学中的意识形态与形式》，吴
燕译，中国社会科学出版社 2006 年版。

［美］令狐萍：《金山谣——美国华裔妇女史》，中国社会科学出版社 1999
年版。

陆薇：《走向文化研究的华裔美国文学》，中华书局 2007 年版。

陆薇：《歌特叙事烛照下的华裔美国文学研究》，《文艺报》2009 年 7 月
25 日。

［美］乔治·H. 米德：《心灵、自我与社会》，赵月琴译，上海译文出版社
2008 年版。

［美］卡米拉·帕格里亚：《性面具：艺术与颓废》，王枚等译，内蒙古人
民出版社 2003 年版。

蒲若茜：《族裔经验与文化想象：华裔美国小说典型母题研究》，中国社会
科学出版社 2006 年版。

［美］爱德华·W. 萨义德：《东方学》，王宇根译，生活·读书·新知三联
书店 1999 年版。

［美］苏珊·桑塔格：《沉默的美学：苏珊·桑塔格论文选》，黄梅等译，
南海出版社 2006 年版。

单德兴：《铭刻与再现——华裔美国文学与文化论集》，台北：麦田出版社
2000 年版。

单德兴：《"开疆"与"辟土"：美国华裔文学与文化：作家访谈录与研究
论文集》，南开大学出版社 2006 年版。

单德兴：《对话与交流：当代中外作家、批评家访谈录》，王德威主编《麦

田人文》，台北：麦田出版社 2001 年版。

单德兴、何文敬主编：《文化属性与华裔美国文学》，台北"中研院"欧美
　　研究所，1994 年。

宋伟杰：《文化臣属·华埠牛仔·殖民谎言——论华裔美国作家刘裔昌、
　　赵健秀、黄哲伦》，见程爱民主编《华裔文学研究》，北京大学出版社
　　2003 年版。

［美］谭恩美：《灵感女孩》，孔小炯、彭晓丰、曹江译，浙江文艺出版社
　　1999 年版。

［美］汤亭亭：《女勇士》，李剑波、陆承毅译，漓江出版社 1998 年版。

［美］汤亭亭：《中国佬》，肖锁章译，译林出版社 2000 年版。

［美］汤亭亭：《献身书写与和平的女勇士：汤亭亭访谈录》，单德兴主编
　　《故事与新生：华美文学与文化研究》，南开大学出版社 2009 年版。

［美］理查·谢克纳著，孙惠柱主编：《人类表演学系列：谢克纳专辑》，文
　　化艺术出版社 2010 年版。

王宁：《文明对话与文化比较：世界文学语境下的华裔流散写作及其价值》，
　　《深圳大学学报》（人文社会科学版）2012 年第 6 期。

王宁：《流散文学与文化身份认同》，《社会科学》2006 年第 11 期。

王同亿编：《现代汉语大辞典》，海南出版社 1992 年版。

王晓路：《文化批评关键词研究》，北京大学出版社 2007 年版。

吴冰：《关于华裔美国文学研究的思考》，《外国文学评论》2008 年第
　　2 期。

吴冰、王立礼主编：《华裔美国作家研究》，南开大学出版社 2009 年版。

［美］伍慧明：《骨》，陆薇译，译林出版社 2003 年版。

［英］弗吉尼亚·伍尔夫：《一间自己的房间》，贾辉丰译，人民文学出版
　　社 2003 年版。

许永强、罗永生选编：《解殖与民族主义》，中央编译出版社 2004 年版。

严歌苓：《花儿与少年》，昆仑出版社 2004 年版。

（春秋）晏婴著，卢守助译注：《晏子春秋译注》，上海古籍出版社 2012 年版。

杨莉馨：《西方女性主义文论研究》，江苏文艺出版社 2002 年版。

杨自伍主编：《美国文化选本》下册，华东师范大学出版社 1996 年版。

姚大志：《现代之后——20 世纪晚期西方哲学》，东方出版社 2000 年版。

张京媛主编：《当代女性主义文学批评》，北京大学出版社 1992 年版。

（春秋）子思：《中庸》（英汉对照），［英］理雅各（Legge，J.）译，外
　　语教学与研究出版社 2010 年版。

张子清、梁志英：《我们是文化边界的闯入者》，《文艺报》2002 年 6 月
　　25 日。

赵文书：《和声与变奏：华美文学文化取向的历史嬗变》，南开大学出版社
　　2009 年版。

赵文书：《美国文学中多元文化主义的由来——读道格拉斯的〈文学中的
　　多元文化主义系谱〉》，《当代外国文学》2014 年第 1 期。

赵一凡等编：《西方文论关键词》，外语教学与研究出版社 2006 年版。

赵稀方：《后殖民理论》，北京大学出版社 2009 年版。

赵毅衡：《符号学：原理与推演》，南京大学出版社 2011 年版。

后　记

在这本专著即将面世之际，心中有太多感慨，有太多的感谢感恩需要表达！

首先要感谢我的已毕业博士研究生宋阳、许双如、肖淳端和潘敏芳，她们全程参与了我主持的国家社科基金青年项目，参与资料搜集，文献整理和专著的撰写。若没有她们的积极参与和学术贡献，本书不可能以这样的面貌呈现在大家面前！

值得欣慰的是，在共同研究的过程中，我的博士生们一步步选定了自己终身追寻的学术目标，成长为亚裔/华裔文学研究的发扬光大者！肖淳端以博士学位论文选题为基础获得了国家社科基金人文社科项目资助，许双如、潘敏芳、宋阳以博士学位论文选题为基础获得了教育部人文社科项目资助！而她们的研究，都是在不同程度上拓展了亚/华裔文学研究的版图，同时提升了亚/华裔文学研究水平！如今，当年的博士生都已成长为其所在大学的教授、副教授，她们也有了自己的研究生和科研团队！作为老师，看到自己的学术后辈薪火相传、生生不息，心中的幸福感和满足感无以言表！我要衷心感谢我的学生们——是她们的互动和反哺让我的学术生命更加丰盈，更加美好！

其次，我要感恩我的博士生导师饶芃子教授！饶师今年已八十有四，但她依然笔耕不辍，时有学术产出！17年前，饶师带领我进入海外华人文学研究领域，以她自己专精的学术造诣和崇高的学术地位为学生的成长搭就了高水平学术平台，使我得以在高起点上快速成长！她更以炽热的学术激情和壮心不已的斗志吸引着我，沿着她开拓的道路执着前行！虽然海外华人文学的研究既非外国文学也非中国文学的主流研究领域，我们师徒几代人却在这块领地上辛勤耕耘，积极进取，开拓出一块又一块的新领地，种上一片又一片的小树林，如今，这领地已蔚然成林，渐成气候了！饮水思源，饶师的引领、栽培之功，学生我永远铭记在心，感激感恩在心！

同时，我要感谢暨南大学文学院文艺学专业、海外华人文学专业、比较文学与世界文学专业以及外国语学院英语语言文学专业的前辈和同事们长期以来的支持和鼓励！特别感谢蒋述卓教授、刘绍谨教授、王列耀教授、张世君教授、黄汉平教授、赵静蓉教授、宫齐教授、程倩教授！是他们，伴随着我的每一步成长，见证着我每一个小小的进步！是他们，给了我和我的学生自由而宽阔的学术发展空间，积极支持我们坚守初心，实现梦想！

作为"双肩挑"的干部，作为暨南大学国际交流合作处的处长/港澳台侨办公室主任、外国语学院的教授/硕士研究生导师和文学院的博士研究生导师，我既要协助校领导制定、实施我校的国际化发展战略，完成国际处复杂繁重的行政管理工作，同时要完成定额的教学任务并承担硕士生、博士生的指导工作，承担国家社科基金等项目并不断有学术发表！面对如此多的责任和义务，我渴望自己分身有术，常常恨不得长出三头六臂来！

多亏了校领导的悉心指导和国际处兄弟姊妹的大力支持，才使我能真正"双肩挑"——既圆满完成了学校国际化的各项目标并实现了多个领域的突破性成果，还能坚守在讲台上，给学生们传道、授业、解惑，并在科学研究上不掉队，保持了一定的学术水准！在此，我要衷心感谢几年来国际处的主管校领导胡军校长、林如鹏书记、宋献中校长和张宏副校长！我更要感谢国际处小蜜蜂一样辛勤工作的兄弟姊妹，尤其是曾经的李琼副处长、现在的王昱副处长和何睿弘副处长！国际处的兄弟姊妹共19人，如同一个相亲相爱的大家庭！他们视我如姐姐，如师长，对我有敬重有服从，更多的则是宽容、友爱、无条件的支持和付出！

本书有幸被选入"暨南社科高峰文库"并由中国社会科学出版社出

版，离不开暨南大学社科处同事们的大力支持！感谢社科处潘启亮处长、黄晓燕副处长、杨杰副处长多年以来对我学术研究的持续关注和大力支持，感谢路东伟老师为本书的送审和出版所付出的劳动！更要感谢中国社会科学出版社编辑同仁们的艰辛付出！2006年我的第一本专著《族裔经验与文化想象：华裔美国小说典型母题研究》就是在中国社会科学出版社出版的！我与此出版社的学术缘分可谓源远流长！

最后，我要感谢我的家人！多年来虽然我与先生、女儿分隔三地（广州、中山、芝加哥/洛杉矶），但一家人总是相亲相爱、相互理解、相互支持！我的先生，是我的初中同学，他知我懂我助我，给了我职业和人生发展的最大自由！无论何时何事，他从不干涉我的选择，而是在我犹豫、摇摆时给我打气，帮我分析利弊，并鼓励我坚定地走下去！他从不要求我做家务，女儿一出生就鼓励我请保姆，认为我应该把更多的精力用在工作上，努力实现自己的人生价值！他反对上一代为下一代做牺牲，坚决反对我为了女儿降低对自己的期许！更加难能可贵的是，先生不仅在自己的事业上吃苦耐劳、积极进取，而且非常具有生活情趣：他业余所做的耳放、功放、耳塞、弹弓，他精心侍弄的天台花园，给了我紧张工作之余最大的放松和享受！

我的女儿 Newphy，是我永远的开心果！从小到大，我们母女分享甚多：从她懵懂的童年开始，她就知道妈妈除了要教书和带学生，还要读书、写文章、拿项目！她知道妈妈没有太多时间陪她玩，所以就自己读小人书、画画、听音乐，早早地找到了自己独处的最佳方式！虽然13岁就赴美留学，但她的心从来没有离开过！由于现代通信的发达，我们一直通过Skype、QQ 和微信等通信方式保持着密切的联系：刚去芝加哥那几年，每天她会一首接一首地给我唱英文歌、日文歌，会告诉我她取得的一点一滴的进步；在洛杉矶上艺术中心设计学院（Art Center College of Design）后，她会把她完成的每一幅新作最先发给我，特许我在朋友圈分享！作为母亲，我常常为自己没能在女儿成长阶段更多地陪伴她而愧疚，但我更为自己早早放手促成了她的独立自强而深感庆幸！——她从13岁起就独自行走世界，独自面对陌生的国度、陌生的文化、陌生的寄宿家庭和寄宿学校，独自面对崭新的生活与学习环境所带来的种种困难和挑战！幸运的是，Newphy 没有在任何困难面前退却，她从始至终都忠于自己的梦想，一直在实现自己梦想的道路上执着追寻！女儿的成长和成功，给了我无穷无尽的前进动力，让我每一天都充满了阳光，充满了希望！

如果没有亲人、师友、学生和同事们的支持和帮助，我绝不可能取得些许的成绩！以上的致谢，不足以表达我感恩感谢之万一！唯愿在今后的人生旅途中，继续与他们相依相守，逐梦前行！

蒲若茜

2019 年暮春于暨南园